KB247316

고교생과 함께하는
김윤식 교수의 서양고전 특강

②

엮은이 / 김윤식

서울대학교 국어국문학과 교수, 문학평론가
주요 저서에 『한국 근대소설사 연구』『작가와 내면풍경』
『현대소설과의 대화』와 고등학교 『문학』 교과서(한샘출판) 등
80여 종이 있고, 1985~90년까지 약 5년 간
KBS TV 교양 프로그램 「고전백선」을 진행한 바 있음.

고교생과 함께하는
김윤식 교수의 서양고전 특강 ②

1998년 4월 25일 초판 1쇄 발행
2000년 11월 25일 초판 4쇄 발행

엮은이 : 김윤식
펴낸이 : 홍진태
펴낸곳 : (주)한국문학사

주소 : 서울특별시 마포구 대흥동 433-2
전화 : 편집 / (02)706-8541~3
영업 / (02)706-8545
팩시밀리 : (02)706-8544

출판등록 1979. 8. 3. 제16-15호

값 7,000원

© 1998 김윤식

ISBN 89-87527-13-1 04300
89-87527-11-5 (세트)

통합교과형 수능·논술 대비

고고생과 함께하는
김윤식 교수의 서양고전 특강

②

김윤식 엮음
(서울대 국어국문학과 교수)

(주)한국문학사

책을 펴내며

　고전(古典)이란, 오랜 세월이 흘렀음에도 불구하고 여전히 인류의 귀중한 정신적 자산으로 남아 있는 작품을 말한다. 선인들이 고전 속에서 인생의 숭고한 가치를 배워야 한다고 말하는 것은 이 때문이다. 그러나 고전을 읽는 사람은 그리 많지 않다. 고전은 오히려 골치아픈 책, 재미없는 책으로 취급받기 일쑤다. 고전을 읽지 않는 이유에는 여러 가지가 있을 것이다.

　첫째, 고전 읽는 일 자체의 어려움을 들 수 있다. 분명 고전은 잠자리에서도 읽을 수 있는 산문류와는 다르다. 상당한 정신집중이 필요하며, 때에 따라서는 그 고전이 씌어졌던 당대의 시대 상황이나 정신 풍토에 대해서도 풍부한 지식이 있어야 한다. 예를 들어, 플라톤의 『국가』를 제대로 읽기 위해서는 고대 그리스 도시 국가의 정치 상황에 대한 이해가 있어야 한다. 그러나 대부분의 사람들은 고전을 읽을 때, 그 책 한 권이면 모든 내용을 충분히 이해할 수 있으리라고 기대한다. 이러한 기대감이 곧바로 실망감과 연결되는 것이다. 고전을 읽을 때는 충분한 해설이 부가된 작품을 골라 읽는 일이 필요한 것은 이 때문이다.

　둘째, 고전의 현대적 의의에 대한 적극적 관심의 부족을 들 수 있다. 시대가 달라지면 어떤 현상도 그 의의가 변용되게 마련이다. 우리에게 그 시대에 대한 정확한 이해능력이 없고 과거로부터 배우고자 하는 의지가 없다면, 고전은 그저 낡은 종이조각에 불과하다. 플라톤의 『국가』는 노예 존재를 당연시하던 사회의 산물인데,

오늘의 시각에 서서 플라톤을 노예제 존립을 인정했다는 이유로 반민주적인 사람이라고 판단한다면, 우리는 그의 책을 더 이상 읽을 필요조차 없어지는 것이다. 우리는 플라톤이 현대인보다 덜 민주적이었다는 점을 확인하기 위해 『국가』를 읽는 것은 아니다. 플라톤이 얻어 낸 것을 현대인들이 잃고 있는 것과 비교해 보려는 관점을 갖출 때 비로소 고전 읽기의 현대적 의의를 발견할 수 있을 것이다.

누군가는 '고전'을 '모든 사람이 말하는 책, 그러나 아무도 읽지 않는 책'이라고 지적하여, 고전을 읽지 않는 풍토에 대해 재치 있는 비판을 가하기도 했다. 이제 고전이 독자에게 친숙한 책, 현대인들에게 가치 있는 책이 되기 위해서는 어떤 식의 독서가 필요할 것인가에 대해 고민할 시점이 되었다. 이 책은 이러한 문제의식 속에서 편집된 것이다. 다행히 대학입시 논술고사가 '고전을 대상으로 출제한다'는 원칙을 천명하고 있다. 고전 읽기가 그들 수험생에게도 많은 도움을 줄 수 있으리라 생각된다.

편자가 1985년부터 1990년까지 약 5년 간에 걸쳐 진행했던 KBS TV 교양 프로그램 「김윤식의 고전백선」을 기반으로 하고, 아울러 「서울대 선정 고전 200선」 자료도 참고로 하여 작품을 선정하였다. 그러나 이러한 기준을 기계적으로 적용한 것은 아니다. 고등학생의 눈높이에 맞춰 지나치게 전문적이거나 어려운 고전은 제외했고, 최근 저술 중에서도 고전적인 의의를 가진다고 생각하는 책들은 과감하게 수록하였다.

이 책을 집필하면서 한 가지 아쉬움으로 남는 것은 분량 관계상 고전 작품의 전체 내용을 게재하지 못하고 부분적으로 예시할 수밖에 없었다는 점이다. 길고 중량감 있는 고전을 처음부터 끝까지 인내심을 가지고 읽으면서, 인류의 스승이라 할 만한 그들 저자들과 내면의 대화를 나누는 것이 가장 바람직한 고전 읽기 방식임에는 틀림없다. 그러나 방대한 양의 고전을 읽는 데 있어 절대적인 시간이 부족하거나, 또는 고전이라는 중압감 때문에 선뜻 고전 읽기를 겁내 하는 청소년들에게도 고전에 대한 이해가 필요하리라는 생각에서 이러한 편집체제를 택했다. 따라서 이 책은 고전의 세계를 향해 가는 안내서의 일종이다. 이 책을 읽고 난 다음에, 왜 우리에게 고전이 절실히 필요한지 이해할 수 있을 정도만이라도 된다면, 이 책의 편집의도는 실현된 셈이다.

이 책은 크게 세 부분으로 나누어져 있다. 첫째, 작가와 작품의 개요를 설명하는 부분이다. 독자들은 이 대목에서 고전이 탄생하게 된 시대적 사상적 배경을 이해하게 된다. 둘째, 고전작품의 한 대목을 발췌한 부분이다. 해당 작품 중에서 가장 중요하다고 생각되는 부분을 발췌한 이 대목을 읽으면서 작품 전체의 모습을 생각해 보는 것도 좋은 공부거리가 될 것이다. 셋째, 통합형 문답 부분이다. 이 대목은 대입 논술고사를 준비중인 수험생들에게 도움이 될 것이다. 그러나 독자들에게 이 책을 단순한 수험서로 읽지 말아 줄 것을 당부드린다. 책을 읽는다는 것은 결국 '저자와 독자 간의 대화'이다. 저자의 견해에 대해 질문하고 비판하는 것이야말로 독자를 또 한 사람의 저자로 만들어 주는 요소이기 때문이다.

우리는 고전의 저자들에게 존경심을 표하기 위해 책을 읽는 것은 아니다. 그들의 견해는 분명 지혜롭고 통찰력으로 가득 차 있지만, 우리는 그들과 다른 환경에서 살고 있다. 그러므로 우리는 우리 자신을 위해서 책을 읽는 것이고, 따라서 우리 식으로 읽을 자유가 있는 것이다. 고전이란 소문만 무성한 책이 아니다. 우리 현대인들에게 귀중한 토론의 장을 제공하는 귀한 자료로 거듭날 때 비로소 고전은 고전다워질 것이다.

끝으로 이 책의 기획과 편집 작업에 서경석 교수(대구대학교)와 김만수 교수(군산대학교)의 역할이 컸음을 밝혀 둔다.

1998년 봄
김 윤 식

고교생과 함께하는
김윤식 교수의 서양고전 특강 ②

차 례

차 례

2권의 체제와 내용

　제2권은 서양의 고전 중에서, 정치·경제·사회·과학에 해당하는 사회·자연과학 작품들을 실었다. 동양의 학문이 다분히 종합적이고 직관적이라면, 서양의 사회과학과 자연과학은 좀더 전문적이고 분석적인 점이 특색인바, 이 책을 읽어 나가면서 서양 학문의 토대가 된 이러한 전통에 대해 이해할 수 있기를 기대해 본다. 본문에 실린 순서대로 책의 내용을 간략하게나마 소개하기로 한다.

　플라톤의 『국가』는 고대 그리스의 민주정치를 이해하는 데 가장 중요한 책이다. 플라톤은 국가를 통치하는 이념으로 지도자의 덕(德)과 지혜를 강조했다. 이는 국가가 무력이나 기타 부당한 폭력에 의해 지배되어서는 안 된다는 점에 대한 강조이기도 하면서, 동시에 덕과 지혜를 갖춘 철인(哲人)만이 국가의 지도자가 될 수 있다는 점에 대한 강조이기도 하다. 이 책은 국가와 정체의 이념을 최초로 제공했다는 점, 국가를 구성하는 각 계층의 사람들에게 그에 적합한 역할을 부여했다는 점에서 귀중한 가치를 지니지만, 현대의 자유민주주의와는 다른 모습도 담고 있어 좀더 비판적인 독서가 요구된다.

　아리스토텔레스의 『정치학』은 정치에 대한 최초의 체계적인 저술에 해당하며, 근세에 와서 국가계약설이 부활되기 이전까지 가장 큰 영향력을 미쳤다. 노예제도를 인정하고 여성을 열등한 존재라고 믿었던 점 등은 그가 당시의 시대적 인습과 사고의 한계를 극복하지는 못했음을 보여 주기는 하나, 국가에 대한 최초의 본격적인 이론화 작업이었다는 점에 의의가 있다. 정치란 무엇인가에 대한 논의는 이 책에서부터 시작된다고 보아도 과언이 아니다. 여기에는 정치 공동체로서의 국가의 기원과 본질, 민주정·귀족정·군주정 등 각종 정치체제의 성격과 장단점, 가장 바람직한 체제가 갖추어야 할 조건 등이 당시 국가 체계에 대한 비판과 함께 제시되어 있다.

마키아벨리의 『군주론』은 언뜻 보기에는 절대 왕정을 옹호하고 후에 마키아벨리즘으로 통용되는 정치의 비윤리적 기교를 떠올리게 하지만 루소나 알튀세르가 극찬했듯이 공화주의자이며 이탈리아 통일을 염원하는 민족주의자로서의 마키아벨리의 면모를 보여 주는 저작이다. 이 책을 통해 마키아벨리가 의도했던 목표가 무엇인지를 이해해 보는 것도 의미 있는 일이다.

갈릴레이의 『프톨레마이오스와 코페르니쿠스의 2대 세계체제에 관한 대화』는 중세의 종말을 알리는 지동설을 교묘한 논법을 통해 주장하고 입증한 저작이다. 그는 이 책에서 천동설을 주장하는 인물과 지동설을 주장하는 인물을 등장시켜 토론을 통해 지동설의 과학성을 설득하였다.

홉스의 『리바이어던』은 성경에 나오는 가공의 괴물을 세목으로 삼은 것에서도 짐작할 수 있듯이, 17세기 영국의 혼란한 상황 속에서 강력하고도 절대적인 주권의 필요성을 이론적으로 제기한 저작이다. 그는 인간의 정념 중 죽음에 대한 공포와 권력욕이 그 핵심이라 파악하고, 그 때문에 자연상태 속에서 인간은 '만인의 만인에 대한 투쟁상태'에 놓여 있다고 보았다. 홉스는 주권의 절대성이 이러한 자연상태를 벗어나기 위한 개인들의 동의와 계약으로부터 나왔다고 설명한다. 그의 사상은 자유주의의 승리 이후 권위주의적 주권론의 표본처럼 인식되어 왔으나, 새로운 혼란의 시기라고 할 수 있는 20세기 말의 시점에서 새로운 평가를 받고 있다.

　존 로크의 『통치론』은 법치국가성, 대의제 민주주의, 입법권과 행정권의 분리, 저항권 등 근대 자유민주주의 이론을 정초한 선구적인 저작이다. 그는 정치사회의 기원을 개인의 생명과 자유와 재산을 보호하기 위한 자발적인 동의에서 찾았는데, 이러한 사상은 정치권력의 기초가 모든 국민에게 있다는 국민주권론의 원형을 이루는 것이다. 로크는 통치자의 권위가 국민에 의해 위임된 것이므로 국민이 통치자에게 부여한 위임을 배반한 통치자는 제거될 수 있다고 보았다. 명예혁명 직후에 발간된 이 책을 통해 로크는 몽테스키외, 루소 등 18세기 정치사상계에 지대한 영향을 미쳤다.

　몽테스키외의 『법의 정신』은 절대왕정이 전제정치로 타락하는 것을 막고 정치적 자유를 실현하는 것을 주제로 삼았다. 그는 이 저서에서 시민적 자유를 확립하기 위해 필요한 조건들을 검토하고 삼권분립의 필요성을 최초로 제기하였다. 이러한 면모는 그가 근대적 공법 원리의 창시자이자 입법주의 정치체제의 발전에 있어 무시할 수 없는 공헌자라는 것을 여실히 보여 준다.

　루소의 『사회계약론』에는 우선 인민주권설이 명확한 형태로 서술되어 있다. 그의 인민주권 개념은 항상 홉스와 비교된다. 홉스가 계약으로부터 국가주권의 절대성을 도출해 낸 데 반하여 루소는 계약을 맺은 국민의 의지, 즉 일반의지의 절대성을 강조했다. 이 일반의지 개념은 루소의 체계에서 매우 중요한 역할을 한다. 자연으로부터 주어진 양도할 수 없는 개인의 자유와 국가 질서의 본질에 속하는 일정한 정도의 권력을 조화시킬 수 있는 사회형태를 그는 구상했다. 곧 개인들의 자유로운 합의를 통한 계약에 의해 그것이 이루어질 수 있다고 그는 보았다. 이러한 계약을 통해 개별 인격체들이 사회적 연합체로 결합하여, 공적 자아와 공적 의지, 즉 일반의지를 갖게 되는 것이다. 따라서 일반의지에 따르는 일은 자기 자신의 의지에 복종하는 것과 같다. 이러한 루소의 사상은 인민이 직접 정치에 참여하는 민주주의 이론을 제창함으로써 민주주의의 새 장을 열기도 했으나, 한편으로 일반의지에 도전할 우려가 있는 국가 내 당파를 인정하지 않음으로써 역사의 어떤 특정 시기에는 독재자의 이론으로 악용되기도 하였다.

애덤 스미스의 『국부론』은 자유방임에 근거한 자본수의 경제체제에 대한 신념이 잘 제시된 경제학의 고전이다. 경제체제가 '보이지 않는 손'에 의해 지배되므로, 국가는 개인의 자유로운 경제활동과 사유재산제를 보장해 주는 선에 그쳐야 한다는 그의 이론은 현대 자유민주주의 국가의 정치·경제체제에 대한 기초적인 이론을 제공하였다.

다윈의 『종의 기원』은 동식물의 진화과정을 면밀하게 조사하여, 생명의 역사가 결국 간단한 상태에서 좀더 복잡한 상태로 진보하는 과정이라는 점을 주장하였다. 그의 이론은 '진화론'이라는 개념으로 요약될 수 있는데, 다윈의 이러한 진화론은 생물학 외에도 다른 학문에 큰 영향을 미쳐, 인간과 사회가 진화와 진보의 길을 걷고 있다는 희망적인 결론을 제공하였다. 그러나 현대사회에서 문제시되는 지나친 생존경쟁의 이념조차 그의 '적자생존' 이론에 기대고 있다는 점에서 비판의 여지를 남기기도 했다.

마르크스의 『자본론』은 우리에게 익숙한 책이면서도 읽혀지지 않았던 대표적인 저작이다. 『자본론』이 예상했던 세계가 결국 역사적으로 부정되었음은 오늘날의 현실이 입증하는 바이지만 이 저작에 대한 진지한 독서를 통해 『자본론』의 세계를 알고 나아가 극복하는 것이 중요하다고 생각된다.

　뒤르켐의 『자살론』은 자살 원인으로 알려진 모든 사항들을 과학적인 방법을 통해 검토함으로써 이 부문에 큰 업적을 남긴 저서로 평가된다. 그는 자살 원인을 비사회적 요인과 사회적 요인으로 나누어 분석한 다음, 자살은 개인적 요인에 의해서가 아니라 사회구조 및 그 기능과의 연관 속에서 사회학적으로 설명되어야 한다는 기본 입장을 밝혔다. 그리고 19세기 유럽의 자살 증가 요인을 '산업화로 인한 과도기적 혼란 상태'에서 찾고, 그 치유책으로 '사회집단의 건전한 유대감 형성'이라는 대안을 제시하였다.

　막스 베버의 『프로테스탄티즘의 윤리와 자본주의 정신』은 금욕적인 노동과 부의 축적을 소명으로 생각하는 프로테스탄티즘의 윤리를 검토한 후에, 이러한 종교적 윤리가 결국은 자본주의 정신의 토대가 되어 지금의 합리적인 서구 사회를 가능하게 만들었다는 진단을 제시했다. 막스 베버의 연구는 지금껏 과학적 연구대상이 되지 못했던 종교현상 등을 사회과학 연구에 끌어들이는 작업에 성공함으로써, 사회과학 연구의 가장 모범적인 방법론을 제시했다는 평가를 받기도 한다.

　슘페터의 『자본주의 · 사회주의 · 민주주의』는 자본주의와 사회주의의 장단점을 비교하면서, 어쨌든 양체제가 성공하기 위해서는 민주주의가 필수적이라는 결론을 내세웠다. 그의 이론은 고전적 자본주의에 대한 불안감이 싹트기 시작했을 때 생성된 것으로서, 자본가의 '혁신'에 의해 이러한 위기가 극복될 수 있다는 믿음에 근거를 두고 있다. 우리는 이 글에서 경제체제가 어떻든 그것을 운용하는 것은 결국 사람이며, 따라서 사람들의 의지가 가장 중요한 요소가 된다는 사실에 공감하게 될 것이다.

　슈뢰딩거의 『생명이란 무엇인가』는 생명 현상의 본질을 물리학자의 관점에서 흥미롭게 다룬 저작이다. 그는 '화학적 부호'를 고안해 방대한 양의 유전정보가 염색체처럼 작은 구조 안에 저장될 수 있다는 것을 보여 주었다. 또한 그는 생명체가 주변으로부터 부(negative)엔트로피를 끌어들임으로써 엔트로피 증가를 억제하여 최대 엔트로피 상태인 죽음에 이르지 않고 생명을 유지한다고 설명했다. 그 결과 그는 생명을 '기능하고 있는 부호를 그 자체 안에 포함해야 하고 소요되는 부엔트로피를 공급받을 수 있는 상황에 놓여 있어야 하는 것'으로 규정하였다. 슈뢰딩거는 신비로운 생명 현상에 대한 물리학적 화학적 해명을 시도함으로써, 신에 대한 인간의 영원한 도전적 과제에 접근했던 셈이다.

카를 포퍼의 『열린 사회와 그 적들』은 크게 보아 사회주의 혁명 이론에 대한 비판서로서의 의미를 가진다. 포퍼는 플라톤·헤겔·마르크스 등의 역사이론이 인간의 개성과 자유를 보장해 주기는커녕 오히려 열린 사회를 건설하는 데 위험한 요소로 기능해 왔다고 비판하면서, 열린 사회의 조건으로 '반박 가능성'을 제시했다. 즉, 어떤 이론이나 신념도 반박당할 수 있는 가능성을 가지고 있어야 열린 사회에 이바지할 수 있다는 것이 그의 주장이다. 이러한 주장은 활발한 토론을 권장한다는 점에서 그 의미를 찾을 수 있다.

E.H. 카의 『역사란 무엇인가』는 역사 연구가 단순히 과거의 유산을 복원하는 것이 아니라, 현재적 관점에서 재해석하려는 시도여야 한다는 점을 분명히 보인 역사학계의 교과서적인 저서이다. 다시 말해 역사적 사실의 축적이 역사가 아니라, 현재의 입장에서 새롭게 선택되고 해석된 역사적 사실들만이 역사라는 점을 주장했다. 따라서 이 책은 정신적 좌표를 잃고 표류하는 현대인들에게 역사의 가르침을 전해야 하는 역사가들의 책무를 강조한다.

토머스 쿤의 『과학혁명의 구조』는 과학사가 정적인 계승·발전의 과정이라는 종래의 귀납주의적 견해를 비판하고, 과학의 진보란 하나의 이론 구조의 포기와 그 자리를 양립 불가능한 다른 이론이 대체하는 혁명적 과정이라는 새로운 견해를 제시한 획기적인 저작이다. 그가 말하는 과학혁명의 구조는 전과학—정상과학—위기—혁명—새로운 정상과학—새로운 위기가 되풀이되는 과정이라고 할 수 있으며, 쿤은 이를 실제의 역사적 사례와 함께 설득력 있게 제시했다. 그의 견해는 과학이론의 성립에 있어서 역사적 맥락의 중요성을 환기시켰으며, 비단 과학이론뿐만 아니라 다른 학문 분야와 사회과학에도 적용되는 등 광범위한 영향을 미쳤다.

　마르쿠제의 『일차원적 인간』은 부정(否定)과 비판정신을 강조한다. 현대의 대중들이 이러한 비판정신을 상실하게 되면, 파시즘과 같은 가공할 만한 위기의 상태, 즉 일차원적인 사회로 전락한다는 경고를 담고 있다. 사실 물질적 풍요의 증대가 곧바로 개인의 행복, 사회의 건전한 의식을 보장해 주는 것은 아니다. 사회 내부에 잠재해 있는 구조적인 모순에 대해 끊임없이 비판하는 과정을 통해서만 개인과 사회의 행복을 지킬 수 있다는 사회철학이 마르쿠제를 비롯한 독일 프랑크푸르트 학파의 공통된 견해였다.

　대표적인 현대물리학자인 하이젠베르크의 『부분과 전체』는 자신이 건전한 시민이자 과학자로 성장하는 과정에서 겪은 경험을 담고 있는 책이다. 여기에서는 전체가 부분들의 단순한 총합이 아니라는 점이 강조되었다. 즉 전체는 그 나름의 독특한 세계를 담고 있으며, 부분들의 물리적 총합만으로 전체를 파악하려는 시도는 옳지 않다는 점에 주안을 두었다. 여기에서 하이젠베르크 물리학의 핵심인 '불확실성' 이론에 접하게 된다. 사물현상의 전체를 설명할 수 없다는 하이젠베르크의 주장은 데카르트의 형이상학과 뉴턴의 고전물리학이 대표해 온 '확실성'의 모델을 부정하면서 현대물리학의 발달에 힘입어 이제는 부정할 수 없는 정설로 자리 잡고 있다. 그러나 이 책은 물리학에 관련된 이론서적은 아니다. 오히려 조국과 인간과 학문을 사랑한 한 젊은이가 점차 자기 세계를 구축해 가는 모습을 담은 책으로 읽혀야 할 것이다.

롤스의 『정의론』은 현대의 정치철학과 도덕철학에 새로운 시각과 방법을 제공한 저서이다. 그의 '공정으로서의 정의관'은 기본적인 권리와 의무의 할당에 있어 사회적·경제적 불평등을 허용하되 사회의 최소 수혜자에게 그 불평등을 보상할 만한 이익을 가져오는 경우에만 정당하다는 원칙에 기초를 두고 있다. 롤스는 이러한 정의의 원칙을 중심으로 자유주의 사회의 기본적인 정치적·사회적 제도의 정의에 대한 문제, 다른 사회적 가치에 대한 배분의 문제, 정치 권력의 정당한 사용에 관한 문제를 해결하고자 하였다. 우리는 이 책을 통해 자유와 평등의 접점에 대한 심도 있는 이론적 탐구에 접할 수 있을 것이다.

보들리야르의 『소비의 사회』에서는 현대 사회를 정치경제학의 경우처럼 '생산'이라는 관점에서 파악하지 않고 '소비'라는 관점에서 파악한다. 사회의 소비체계 속에서 새롭게 형성되는 정치경제학의 의미 있는 시도라고 평가되는 이 책을 통해 우리는 사회의 여러 소비 문화 구조들을 인식할 수 있을 것이다.

『토인비와의 대화』는 영국의 역사학자인 아널드 토인비가 방송 프로그램에 출연하여 현대 사회의 병폐를 화제로 삼아 한 일본인 학자와 나눈 대화의 기록이다. 일본인 학자의 질문에 토인비가 응답하는 형식으로 꾸며진 이 책에서 토인비는 서구문명의 저변에 깔린 과학중심주의, 물질중심주의, 개인주의 등의 병폐를 지직하고, 이에 대해 새로운 대안을 제시했다.

앨빈 토플러의 『권력이동』은 21세기의 새로운 문화산업이 권력의 중심에 놓일 것이라고 예측한 책이다. 미래학자인 앨빈 토플러는 이 책 이전에도 이미 그의 다른 저서 『제3의 물결』과 『미래의 충격』을 통해, 농업혁명과 산업혁명 다음에는 정보혁명이 도래할 것이며 이러한 미래사회는 지금까지의 사회와는 매우 다른 충격적인 변화를 담을 것이라는 진단을 제출하여 인류의 미래사회에 대해 과학적인 예측을 한 적이 있다. 우리는 이러한 논의를 통해 우리가 곧 당면하게 될 21세기의 과제에 대해 생각해 볼 기회를 갖게 될 것이다.

프랜시스 후쿠야마의 『역사의 종말』은 베를린 장벽과 동구와 소련에서 공산주의 체제가 무너진 역사적으로 매우 중요한 시점을 배경으로 하여 씌어진 저작이다. 그가 말하는 역사의 종말은 역사적인 어떤 사건이 더 이상 일어나지 않는다는 의미가 아니라, 모든 시대의 모든 민족의 경험에서 생각할 때 유일하고도 일관된 진보의 과정으로서의 역사가 끝났다는 것이다. 그 결과 다른 모든 경쟁체제를 물리치고 마지막으로 남은 것이 바로 자유민주주의 체제다. 자유민주주의 사회는 타인과 동등하게 인정받고 싶다는 대등욕망을 전제로 하는데, 여기에는 남보다 우월해지고 싶은 욕망이 상실된 사회가 될 위험이 본질적으로 놓여 있다. 우월욕망은 자유민주주의의 방향으로 역사를 이끌어 온 힘이지만, 본질적으로 자유민주주의 사회에 충분히 적응되지 못한다는 데서 문제가 발생한다. 후쿠야마는 이 책의 후반부에서 이 두 가지를 어떻게 양립시켜 나갈 것인가 하는 역사철학상의 커다란 문제를 제기하면서 근대 이후로의 전망을 환기시킨다.

이상으로써 서양의 사회과학과 자연과학에 해당하는 25편의 글을 대략적으로 검토해 보았다. 이제 본문을 읽어 나가면서 서양 문명이 도달한 정신의 깊이와 넓이에 대해 충분히 이해하고, 이를 통해 우리는 지혜로운 삶에 대해 생각해 보아야 할 것이다. '저자 소개와 작품 해제' 및 '작품 읽기'를 읽고 난 다음에는 '통합형 문답'에 참여함으로써 지적인 토론의 즐거움을 맛볼 수 있기를 기대해 본다.

국가

플라톤
Platon

고대 그리스 출신의 철학자 플라톤(BC 427~347)은 소크라테스의 제자로
한때 정치에도 관여하였으며, 이때 소크라테스와의 대화가 저서 『국가』에 펼
쳐져 있다. 플라톤의 부형은 이미 오랫동안 소크라테스와 가까이 지내는 사
이였고, 플라톤도 20세 때부터 스승으로 모시고 8년 간 직접 소크라테스의
가르침을 받은 것으로 알려져 있다. 플라톤은 오늘날의 '학문의 전당'이라고
볼 수 있는 '아카데미아'를 설립하여 교육과 저술에 몰두하였으며, 이러한 업
적이 서양 철학의 기반을 이룬다. 대화와 설득을 기초로 하는 그의 독특한
'변증법'은 이성적인 학문 방법으로 정립되었으며, 그의 이데아(idea) 이론
은 진리와 가상의 세계, 실재와 현상의 세계, 참된 지식과 거짓된 지식, 이성
적 인식과 감각적 인식을 구별하는 서양 철학의 기초가 되었다. 그의 초기 저
술로는 『소크라테스의 변명』, 중기의 것으로는 『파이돈』 『향연』 『국가』, 후기
의 것으로는 『파르메니데스』 『티마이오스』 『법』 등이 꼽힌다.

금세기의 가장 위대한 수학자이자 철학자인 화이트헤드(Whitehead)는 '플라톤 이후의 모든 서양 철학은 플라톤의 저술에 대한 일련의 각주에 지나지 않는다'는 말을 하였다. 또 19세기 미국의 위대한 사상가요 시인이었던 에머슨(Emerson)은 아예 '플라톤이 곧 철학이요, 철학은 곧 플라톤이다'라고 찬탄하였다. 심지어는 플라톤이 이 세상에 태어난 사람들 중에서 가장 위대한 인물이요, 서양 문화의 가장 좋은 것이며, 가장 중요한 것은 모두 플라톤에게 그 원천이 있다고 말하기까지 했다. 진실로 플라톤은 서양 철학의 원천으로 후세의 철학자들에게 가장 큰 영향을 미쳤다.

그의 저술은 대부분 대화체로 구성되어 있다. 그러면 왜 플라톤은 모든 저술을 대화의 형식으로 내놓았을까? 그의 스승인 소크라테스의 모습을 생생하게 재현하려는 의도에서 그러한 형식을 취했을 것이라는 견해가 지배적이다. 아테네의 명문 가문에서 태어난 그는 일찍부터 정치계에서 활약할 것이 기대되었으나, 소크라테스의 인격에 접한 뒤 인생관이 바뀌었다. 즉, 플라톤은 그의 저서를 소크라테스와의 대화 형식으로 저술함으로써 스승에 대한 존경심을 표현한 것이다. 그는 권력의 무상함에 마음을 돌이키고, 소크라테스를 본받아 일생을 철학에 바칠 것을 다짐한 것으로 알려져 있다. 소크라테스와 마찬가지로 그에게 있어서도 철학은 고고한 관조에만 머물 수는 없었다. 실제로 소크라테스는 저술을 남길 겨를도 없이, 길가에서 청년들로 하여금 진리를 깨닫게 하는 산파(産婆) 노릇을 하였던 것이다. 소크라테스와 플라톤의 대화, 플라톤과 청년들의 대화는 결과적으로 스스로 아이를 분만하듯, 스스로 진리를 깨닫게 하는 방법, 즉 대화의 형식으로 남겨진 것이다.

여기에서 다루고자 하는 『국가(Politeia)』는 플라톤의 사상이 가장 원숙하게 결정된 50대에 쓴 대작으로, 그 웅대한 구상과 미려한 필치로 세상에 널리 알려져 있다. 그 내용은 매우 다채롭다. 철인(哲人) 정치에 대한 사상을 비롯해서, 통치 계급 사이에서는 아내까지도 공동으로 소유해야 한다는 철저한 공산 사회론, 오묘한 인식론으로 오늘의 철학에도 큰 영향을 미치고 있는 이데아론, 인간 도야의 교육론, 독특한 관념 미학이 담긴 예술론, 정의(正義)의 본질을 다룬 윤리학 등 인생과 사회의 근본적인 문제를 고루 다루어, 이것이 유기적인 관련을 갖고 하나의 통일된 이상주의를 구현하고 있다. 이 저서에는 '정의에 대하여'라는 부제가 달려 있다. 이 부제는 정의를 토대로 한 하나의 유토피아를 구상한 이 책의 내용을 가장 단적으로 요약하고 있다. 즉, 이 국가론은 플라톤이 정의의 원리를 개인과 국가 생활에 실현하려는 것이요, 이러한 국가가 곧 철인이 다스리는 이상 국가인 것이다. 플라톤의 이러한 세계관 내지 국가관은 물론 오늘의 정치 사상이나 국가 관념으로는 수긍하기 어려운 면이 적지 않은 것도 사실이지만, 하나의 고전으로서 비판적인 안목을 가지고 읽어 나간다면 좋은 타산지석(他山之石)이 될 것이다.

플라톤은 시민들을 세 계급으로 분류해야 한다고 주장했다. 평민 계급, 군인 계급, 통치자 계급이 그것이다. 그에 의하면, 통치자 계급만이 정권을 맡을 수 있다. 그러므로 통치자 계급의 수는 다른 두 계급의 수보다 훨씬 적어야 한다. 제일 처음에는 이 통치자 계급을 입법자가 선출하는 것 같다. 그러나 후에는 세습적으로 상속될 수도 있다. 플라톤은 이 통치자 계급이 입법자로서의 기능을 확실히 수행할 수 있는 조건을 제시했다. 제일 중요한 것이 교육이다. 즉, 체육과 음악 교육을 통해 통치자로 하여금 신중함, 예의바름, 용기 등을 함양시켜야 한다는 것이다. 둘째는 철저한 공산

사회의 유지다. 통치자들은 작은 집에서 살고 간소한 음식을 먹어야 한다. 다른 계급의 모범이 되어야 하기 때문이다. 결국 플라톤이 통치자로 내세운 것은 인간적인 덕성을 갖춘 철인인데, 물론 그가 구상한 국가 계급에서 여성과 노예는 제외되었다. 그의 『국가』는 모범적인 가족 관계를 국가의 차원으로 확대 적용시킨 형태로 보인다.

국가는 '크게 쓴 인간'이며, 개인은 '작게 쓴 국가'라고 하여 국가와 개인 사이의 유기적인 관계를 설파한 이 책은, '태양의 비유' '선분의 비유' '동굴의 비유' 등을 통해 플라톤의 이데아 사상을 전개한다. 철인왕(哲人王)에 의해 통치되는 플라톤의 정의로운 국가는 두 가지 방식으로 해석될 수 있다. 철인왕의 지배는 곧 이성(理性)의 지배기 때문에, 플라톤의 『국가』는 이성의 능력에 희망을 거는 현대적 민주주의의 교과서로 해석될 수도 있고, 다른 한편으로는 엘리트주의적인 관점에서 박탈당한 자유를 고려할 때 전체주의적인 교과서로 해석될 수도 있는 것이다.

지금 이 시점에서 염두에 두어야 할 점은 플라톤이 말하는 국가, 즉 폴리스(police)는 오늘날 우리가 생각하는 인구 수천 만의 근대 국가가 아니라, 인구 만 명 내외의 도시 국가를 의미한다는 점이다. 당시의 그리스에는 158개의 폴리스가 있었다고 하며, 우리가 익히 알고 있는 아테네나 스파르타도 이 폴리스 중의 하나였다. 이 책은 쇠퇴해 가는 조국 아테네를 어떻게 회생시킬 수 있는가,라는 현실적인 주제를 다루고 있다. 즉 정치적, 도덕적으로 부패할 대로 부패하여 쓰러져 가는 조국 아테네를 바로 세워 보려는 스승 소크라테스의 뜻을 받들어, 구국의 청사진을 그려 보는 데 있었다. 그것은 현실에 어두운 한 철학자가 머릿속에서 그려낸 관념의 산물만은 아닌 것이다. 그가 주장한 공화국은 오늘날 우리가 생각하는 한낱 유토피아와는 다르다. 그것은 스파르타에서 실제로 실시한 엄격한 정치 제도를 더욱 강화했을 뿐이다. 그리고 이와 같은 철학자의 통치는 피타고라스가 실시한 적이 있었으며, 플라톤의 시대에도 역시 피타고라스 학파 중의 한 사람이 이를 실시했다.

이 책의 주제는 이상적인 정치 공동체 속에서 인간의 삶이 가능하기 위한 기본적인 조건들에 맞추어져 있다. 플라톤은 철인에 의해 통치되는 정의로운 국가를 상상적으로 다루고 있다. 이 국가에서는 선과 악, 이성과 감성이 엄격하게 좋고 나쁨으로 구분되어 있어, 이후 서양 철학의 근간을 이루는 이분법적인 사고가 짙게 깔려 있다.

(가) 교육을 행한 경우와 행하지 않은 경우에 관해서 우리 인간의 본성을 다음 상태와 비슷하다고 생각해 보게. 땅밑에 있는 동굴 모양의 거처에서 살고 있는 사람들을 상상해 보게. 길게 뻗은 입구가 빛이 있는 쪽을 향해서 동굴 전체의 넓이만큼 열려 있네. 그리고 사람들은 그 거처 속에서 어릴 때부터 발과 목이 묶여 있기 때문에 같은 자리에만 머물러 있고, 사슬에 묶인 탓에 고개를 뒤로 돌릴 수 없으니 그저 앞만 보게 되네. 그리고 또 이렇게도 상상해 보게. 그들의 뒤로 멀고 높은 곳에 불이 타고 있어서 그 불빛이 그들을 비추고 있는데, 그 불과 죄수들 사이에는 길 하나가 뒤쪽으로 나서 그 길을 따라 벽이 세워져 있다고. 마치 인형 조종사가 칸막이 위에서 구경꾼들에게 꼭두각시 놀음을 보여 주는 것과 같은 경우가 되는 것일세. …〈중략〉… 그러면 또 이렇게도 상상해 보게나. 즉, 이 벽 위에 나와 있는 온갖 도구라든가, 돌이라든가, 나무라든가, 그 밖의 여러 가지 재료로

만들어진 인간이나 다른 동물의 모양을 사람들이 운반하고 있는데, 운반하고 있는 그 사람들 중에는 으레 말을 하는 사람도 있고, 입을 다문 사람도 있게 마련일세. …〈중략〉… 우선 첫째로 그런 사람들은 그들 자신이나 서로간에 그들의 정면에 있는 동굴의 일부에 불빛으로 던져진 그림자말고 뭔가 다른 것을 본 일이 있으리라고 자넨 생각하는가? …〈중략〉… 그런데, 만약 그들이 말을 주고받을 수 있다면, 그들이 보고 있는 바로 그것을 그들은 실물이라고 믿는다고 자넨 생각하지 않는가? …〈중략〉… 그런데 그들이 갇힌 감옥의 정면에서 소리가 울려 온다고 한다면 어떻겠나? 지나가고 있는 사람들 중의 누군가가 말소리를 벌 때마다, 그 말소리는 앞에 스치고 지나가는 그림자의 말소리라고 죄수들이 생각하지 않겠는가? …〈중략〉… 이렇게 해서, 그런 죄수들은 모든 면에 있어서 오직 여러 가지 인공적인 물건의 그림자만을 진실한 것이라고 생각할 걸세. …〈중략〉… 그들 중의 한 사람이 풀려났다고 해보세. 만약 누군가가 그에게, '네가 전에 보았던 것은 하잘것 없는 것이었다. 그러나 이제 너는 전보다 더 실물에 접근하여 훨씬 더 실제적인 것을 향하고 있으니, 전보다 옳게 보고 있다'고 말하고, 또 그 사람이 통과하는 사물 하나하나를 가리켜 보이면서, 그것이 무엇인가를 묻고 억지로 대답하게 한다면, 자넨 그가 어떻게 말하리라고 생각하는가? 그는 당황해서 그전에 보았던 것을 지금 가리켜 보이는 것보다 훨씬 더 진실성이 있다고 생각하지 않을까? …〈중략〉… 그리고 또 만약에 억지로 그가 불빛 자체를 보도록 했다면, 그는 눈이 아파서 자기가 잘 볼 수 있는 것 쪽으로 돌아서서 달아나려 할 것이며, 그러고는 가리켜 보인 것보다도 정말로 훨씬 명확하다고 생각할 것이 아니겠나? …〈중략〉… 그리고 또 누군가가 그를 거기에서 거칠고 험한 오르막길로 힘껏 끌고 가, 태양빛이 있는 곳으로 끌어내기까지 놓아 주질 않는다면 그는 끌려가는 동안 피로워하고 화를 내서, 태양빛이 있는 곳까지 나왔을 때는 눈은 광선으로

플라톤

가득 차서 지금 참되다고 말하는 것을 무엇 하나 볼 수 없는 것이 아닐까? …〈중략〉… 만약 위쪽에 있는 사물들을 보려면 아무래도 연습이 필요하리라고 생각되네. 우선 처음으로 그가 가장 편하게 볼 수 있는 것은 그림자이고, 다음으로는 물에 비친 인간이나 그 밖에 다른 것의 영상, 그 뒤엔 그 실물일세. 그 다음에는 하늘에 있는 것이라든가 하늘 그 자체로 눈을 돌리게 되는데, 그러기 위해서는 우선 밤에 달빛이나 별빛을 보는 것이 낮에 태양이나 그 빛을 보기보다는 편할 걸세. …〈중략〉… 그렇게 해서 마지막으로는 태양을 볼 수 있게 되겠는데, 그것도 물 위라든가 다른 곳에 비친 태양의 영상이 아니라, 태양 그 자체를 그 자신의 자리에서 확실하게 보고서, 그것이 어떤 것인지를 관찰하게 될 것이라고 나는 생각하네. …〈중략〉… 그리고 다음에는 태양에 관해서 이렇게 추리를 하게 될 걸세. 즉 태양이야말로 계절과 세월의 흐름을 가져다 주는 것이며, 그리고 눈에 보이는 세계에 있는 모든 것을 주관하는 것이고, 또 자기들이 과거에 보고 있었던 온갖 것에 대해서도 어떤 의미에 있어서는 그 원인이 되고 있는 것이라고 말일세. …〈중략〉… 그는 애초의 거처와 그곳에서 지혜로 통했던 것, 그리고 그때 함께 묶여 있었던 사람들이 생각나서, 자기에게 일어난 변화를 스스로 행복하다고 생각하며, 그 사람들을 불쌍히 여길 것이라고 생각하지 않나? …〈중략〉… 만약 그런 사람이 한번 더 아래로 내려가서 앞서의 자리와 같은 자리를 차지하게 된다면, 태양 빛이 있는 데서부터 갑자기 왔기 때문에 그의 눈은 어둠으로 가득 찰 것이 아니겠나? …〈중략〉… 만약 그가 그곳에서 늘 묶인 채로 있던 사람을 상대로, 아직 눈이 침침한 동안에 그리고 눈이 어둠에 익숙해지기 전에, 게다가 익숙해지기까지는 짧지 않은 시간이 걸리겠는데, 다시 그 그림자를 구별하는 경쟁을 벌여야 한다면, 그는 웃음거리가 되고 남들은 그에 대하여 '위쪽에 올라갔다가 눈을 버리고 돌아왔다. 위쪽으로 올라가려는 시도조차 가치 없는 일이다'라고 말하지 않을까? 그리고 그들은 죄수들을 풀어 주고서 위쪽으로 이끌어 가려는 사람을 어떻게든 붙잡아서 죽일 수만 있다면 죽이고 말 것이라고 생각하지 않나?

(『국가』 제7권 '동굴의 비유' 중에서)

(나) 플라톤의 '동굴의 비유'에 의하면, 철학을 알지 못하는 자는 동굴 속에 갇힌 죄수들에 비교되고 있다. 이 죄수는 다만 한 방향으로만 볼 수 있을 뿐이다. 왜냐하면, 그는 쇠사슬에 속박되어 있기 때문이다. 그리고 그의 뒤쪽에는 불이 있고 앞쪽에는 담벽이 있다. 이 죄수들과 벽 사이에는 아무것도 존재하지 않는다. 그러므로 그들이 보는 것은 다만 벽에 비치는 그들 자신의 '그림자'와 그들 뒤에서 움직이는 사물들의 '그림자'뿐이다. 그러므로 그들이 이 그림자를 '실재(實在)'라고 보는 것은 불가피한 일이다. 그들에게 합당한 그 대상에 대한 '개념'을 그들이 가질 길이 없는 것이다. 그러나 마침내 어떤 사람이 이 동굴에서 도망쳐 태양빛으로 나가는 데 성공한다. 그는 처음으로 실재의 사물을 보며 자기는 이제까지 그림자에 속아 왔다는 것을 알게 된다. 만일 그가 통치자가 되기에 합당한 종류의 철학자라면, 그는 그가 나온 동굴로 다시 들어가, 전에 함께 속박되었던 그 사람들을 만나 진리에 관해서 가르칠 책임감을 느낄 것이다. 그리고 그들에게도 동굴에서 나오는 길을 가르쳐 줄 것이다. 그러나 그는 그들을 설복하기에 곤란함을 느낄 것이다. 왜냐하면, 그는 지금 태양광선 속에서 갑자기 어둠 속으로 들어왔으므로 그림자를 그들보다 더 분명히 보지 못할 것이며, 따라서 그는 동굴에서 나오기 전보다 더 어리석어진 것처럼 그들에게 보일 것이기 때문이다.

(B. 러셀, 『서양 철학사』(집문당) 중에서)

 플라톤은 '동굴의 비유'를 통해 진리와 허위, 실재와 허상에 대해 가르치고 있다. 죄수의 등뒤에 켜져 있는 '불빛'이 진리요 실재라면, 죄수가 실재로 보고 있는 '그림자'와 자기 자신의 모습은 허위요 허상에 지나지 않는다. 그러나 일반인들은 이 두 가지를 명확하게 판별하지 못하므로, 철학자들은 이러한 이론을 그들에게 설명해 주기 어렵다.

통합형 문·답

제시문 (나)는 (가)에서 보여 준 플라톤의 유명한 '동굴의 비유'를 버트런드 러셀이 알기 쉽게 해석한 글이다. 이 내용을 '실재'와 '현상'이라는 개념을 사용하여 정리한 다음, 플라톤이 제시하는 철학자의 딜레마를 설명해 보자.

플라톤은 이 세상에 영원하며 보편적인 실재가 존재한다고 믿었다. 그러나 그러한 실재는 눈으로 볼 수 없으며, 다만 그것의 그림자만 남아 있을 뿐이다. 어리석은 사람은 실재는 보지 못하고 그 그림자를 실재로 믿을 것이다. 그것이 그림자에 불과하다는 것을 믿는 사람이 곧 현명한 자, 즉 철학자인 셈이다. 철학자는 눈에 보이는 것, 즉 현상이 가변적이며 임시적이라는 사실을 꿰뚫고 있으며, 눈에 보이지 않으나 보편적인 원리로 작동하는 실재를 알고 있다는 것이다.

그러나 철학자에게는 두 가지 난점이 있다. 첫째, 자기가 보지 않은 것을 '실재'라고 내세울 때, 그것의 근거를 제시해야 하는 일이다. 이 일이 그다지 쉽지 않다는 것은 철학사 내에서 '실재'와 '현상'에 관한 논의가 그치지 않고 있다는 데서도 쉽게 깨달을 수 있을 것이다. 두 번째 문제는 설사 철학자가 '실재'를 알고 있다 해도 그것을 대중들에게 인식시킬 수단이 없다는 점이다. 위의 제시문도 오히려 철학자가 대중들로부터 바보 취급당하는 경우가 많다는 점을 보여 주고 있다.

그럼에도 불구하고 플라톤은 철학자의 '지혜'에 대해 대단한 자부심을 가지고 있었던 것으로 보인다. 현대 사회의 시각에서 보면, 플라톤은 대중들을 불신하고 지식인들의 지혜만을 신봉하는 엘리트주의자로 분류될 수 있을 것이다.

그러나 이러한 엘리트주의는 비판의 여지가 많다. '지혜'라는 것이 있다고 할지라도, 이를 갖춘 철학자에게 정부를 맡기게 할 일종의 완전한 형태의 법 같은 것이 존재할 수 있을까? 총회와 같은 다수결 원칙도 중대한 과오를 범할 수가 있으며, 일반적으로 대중들보다는 우월하다고 믿어 왔던 귀족이나 왕이 어리석었던 경우도 허다했다는 점을 우리는 역사 속에서 여러 차례 경험한 바 있다. 그러므로 엘리트주의는 독단으로 흐를 가능성이 늘 내부에 도사리고 있는 것이다. 그렇기 때문에 우리는 그 극단을 피해야 한다. 예를 들어, 현대 사회에서 어떤 사람이 정부의 지도자는 반드시 대학 졸업자 이상이어야 한다고 주장할 수 있을까? 만약 그런 사람이 있다면, 그는 대학 졸업자들은 그렇지 못한 사람들보다 항상 지혜로우며, 예외는 있을 수 없다는 점을 입증해야 할 것이다. 다시 말해, 어떤 기준을 통해 선출해 낸 사람이 전체 시민보다 더 현명하다고 장담할 수는 없는 것이다.

적당한 훈련과 교육을 통해 정치적 지혜를 얻을 수 있다고 주장할 수도 있다. 플라톤처럼 기하학이나 천문학 등 고상한 학문을 하면 지혜를 얻을 수 있다고 주장할 수도 있을 것이다. 그러나 문제는 이 적당한 훈련이란 어떤 것이어야 할 것인가, 수학은 반드시 다른 학문보다 고상한 학문인가에 대해서 확실한 답변을 준비할 수 없다는 점에 있다. 그러므로 지혜로운 철인에게 정부를 맡긴다는 문제는 현실적으로 해결될 수 없는 딜레마이며, 이것이 결국 민주주의의 궁극적인 존재 이유가 되는 것이다.

작품 읽기 2

플라톤이 지적한 바와 같이, 이성·법·질서 세 가지는 물리적 세계와 윤리적 세계 두 세계 모두의 제1원리다. 미·진리·도덕성을 구성하는 것은 이 세 가지다. 그것은 예술·정치·과학·철학에 나타난다. 만일 조화와 질서를 어떤 집에서 볼 수 있다면, 그 집은 좋고 아름다운 집일 것이다. 그것이 사람의 몸에 나타나면 우리는 그것을 건강 혹은 힘이라 부른다. 그것이 영혼 속에 나타나면 절제 혹은 정의라 부른다. 도구이건 신체이건 혹은 영혼이건 어떤 살아 있는 생명체이건 하여튼 모든 것의 덕은 우연히 이루어지는 것이 아니라, 그것에 배당된 올바른 질서 혹은 기술에 의하여 도달된다. '그리고 현인들은 우리에게 이르기를, 하늘과 땅과 신들과 사람들은 친교와 우애에 의하여 정연한 질서, 절제 및 정의에 의하여 결합된다고 한다. 이런 까닭에 그들은 이 세계 전체를 무질서 혹은 방종의 이름으로 부르지 않고 질서의 이름으로 부른다.' 이 보편적 질서의 원리는 기하학에서 명백하고 뚜렷하게 나타난다. 기하학에서 그것은 '기하학적 균형' 즉 한 기하학적 물체를 구성하는 요소들 사이의 옳은 비례란 개념에 의하여 표현된다. 국가의 참된 구성을 발견하려면 이 원리를 기하학에서 정치학으로 옮기기만 하면 된다. 플라톤은 결코 정치생활을 뚝 떨어진 영역, 즉 존재에서 격리된 부분이라고 생각하지 않았다. 그는 정치생활 속에서도 전체를 지배하는 원리와 동일한 근본 원리를 본다. 정치적 코스모스는 우주적 코스모스의 상징일 따름이요, 또 가장 특징적인 상징이다.

이것은 신화사상에 대한 플라톤의 비판의 바로 그 중심에 곧장 통한다. 얼핏 보면 희랍의 대중 종교에 대한 플라톤의 견해는 아주 독창적인 면이 전혀 없어 보일는지 모른다. 그가 말하는 것은 희랍 철학의 초기부터 거듭 되풀이되어 온 것이다. 그가 신의 본성의 근본적 성격은 그 선함과 단일성이라고 말할 때, 그는 다만 크세노파네스의 논의를 요약한 것이다. 그러나 그는 하나의 새롭고 매우 독특한 특성을 덧붙인다. 그는 주장하기를, 인간은 그 신들에 대한 참되고 보다 합당한 생각을 발견하지 않고서는 그 자신의 인간세계를 질서 있고 규모 있게 할 것을 바랄 수 없다고 한다. 우리가 신들에 관해서 전통적 방식으로 생각하는 한, 즉 신들이 서로 싸우고 속이는 것으로 생각하는 한, 도시국가들은 결코 악을 끊지 못할 것이다. 왜냐하면 인간이 신들에게서 보는 것은 인간 자신의 생활의 투영일 따름이며, 그 반대도 역시 참이기 때문이다. 우리는 국가의 본성 속에서 인간 영혼의 본성을 본다. 우리는 신들에 대한 우리의 생각을 따라 우리의 정치적 이상을 형성한다. 전자와 후자는 서로 대항하며 서로 제약한다. 그러므로 국가의 통치자인 철학자에게는 이 점에서부터 그의 일을 시작하는 것이 매우 중요하다. 그가 맨 처음에 할 일은 신화의 신들을 플라톤이 최고의 인식이라 기술한 것, 즉 '선의 이데아'로 대체하는 것이다.

이것은 플라톤의 『국가』 속에 있는 가장 역설적인 특성들 가운데 하나를 설명해 준다. 플라톤이 시에 대해서 행한 공격은 언제나 그의 비평자들과 주석자들에게 장애물이 되었다. 비단 이 공격의 사실과 방식뿐만 아니라 그 자리가 또한 이상하고 신기하다. 현대의 저작가로서 시와 예술에 대한 배척론을 정치에 관한 저술 속에 삽입할 것을 생각한 이는 아마 한 사람도 없을 것이다. 이 두 가지 문제 사이에서 우리는 아무런 연관도 찾아볼 수 없다. 그러나 이 연관은 우리가 신화의 문제라는 연결물을 염두에 둘 때 명백해진다. 분명히 우리는 플

플라톤

라톤을 시의 적대자로 생각할 수 없다. 그는 철학사상 최대의 시인이다. 그의 많은 대화편, 즉 '파이돈' '고르기아스' '심포지온' '파이드로스' 등은 그 예술적 가치에 있어서 희랍의 위대한 예술품에 결코 뒤지지 않는 것이다. 심지어 『국가』에서도 플라톤은 호머의 시에 대한 그의 사랑과 깊은 찬탄을 고백하지 않을 수 없었다. 그러나 여기서 그는 다시는 한 개인으로서 말하지 않으며 또 그 자신이 개인적 성향에 의하여 영향받는 것을 용납하지 않았다. 그는 예술의 사회적 및 교육적 가치들을 판정하는 입법자로서 말하고 생각했다. 소크라테스는 아데이만토스에게 말한다. '그대와 나는, 지금, 시인이 아니라, 한 국가의 창설자들이다. 그런 자로서 우리의 할 일은 스스로 이야기들을 만들어 내는 것이 아니라, 다만 시인들이 그들의 이야기들을 만들 때 좇아야 할 주요한 윤곽과 또 그들이 넘어서는 안 될 한계를 명확히 아는 것이다.' 서사시인이건 서정시인이건 비극시인이건 그 어떤 시인도 넘어서는 안 되는 이 한계들이 무엇인가? 플라톤이 마다하고 싸우는 것은 시 자체가 아니라, 신화를 만들어 내는 기능이다. 그에게 있어서나 다른 모든 희랍 사람에게 있어서 이 양자는 나뉠 수 없는 것이었다. 까마득한 옛날부터 시인들은 진정한 신화 작가들이었다. 헤로도토스가 말한 바와 같이, 호머와 헤시오도스는 신들의 계보를 만들었으며, 또 신들의 모습을 그려 내고 신들의 임무와 권한을 가렸다. 여기에 플라톤의 『국가』에 대한 참 위험이 있었다. 시를 용납히는 것은 신화를 용납하는 것이었는데, 신화는 모든 철학직 노력을 좌절시키고 플라톤의 국가의 기초들 자체를 헐어 버리지 않고서는 용납될 수 없었다. 오직 시인들을 이상국가로부터 추방함으로써만 철학자의 국가가 파괴적 적대세력들의 침입으로부터 보호될 수 있었다.

(E. 카실러, 『국가의 신화』(현대사상사) 제2장 6절
「플라톤의 『국가』」 중에서)

> 제시문은 플라톤이 시인추방론을 주장하게 된 정치적 배경에 대한 글이다. 이 글을 참고로 하여 정치의 기능과 문학(시)의 기능에 대해서, 둘 사이의 관련양상이나 갈등관계의 측면에서 논해 보자.

정치가 권력에 의해 인간을 지배하는 원리라면, 시는 종교와 함께 인간혼을 지배함으로써 정치와는 다른 방향으로 인간 사회를 조직한다. 따라서 이 양자의 기능은 끊임없는 갈등을 낳고, 거기에서 긴장된 장을 만들어 왔다고 할 수 있다. 정치는 인간의 일상생활 외부에서 인간에게 작용한다. 반면 시(신화)는 아기의 입술과 엄마의 젖과의 관계처럼 어떤 유기적 관계로서 생리적으로 작용한다.

하나의 신화가 민족의 전 생활에 작용한다는 뜻은 바로 이런 것에 있을 것이다. 신화가 인류의 세계 체험의 원형을 의미하기 때문에 신화의 표현인 시의 기능은 초시간적이다. 현대의 뛰어난 시와 고전시 사이에서 역사적인 시간이 느껴지지 않음은 이 때문이다. 이로써 시간성을 띤 정치 권력과 이러한 초시간적 성격을 지닌 시 사이의 갈등 근거가 명백해진다. 대체로 새로운 사상이 그 질서를 실현하려 할 때는 이미 있어 온 그 사회의 고사 습속(古事習俗)과 전통적 질서와 대립하며, 따라서 그 새로운 사상이 정치 권력과 결탁하거나 이용되어 구질서 재편성에 임하게 되는 사례를 역사상 얼마든지 볼 수 있다.

가령, 조선의 건국에서 새로운 정치적 이데올로그들이 『신도가』 『용비어천가』 등의 시 정리 사업에 큰 비중을 둔 점이 그러하다. 이것은 새 역사편찬과 함께 구언어 체계의 인위적 통일이라 할 수 있다. 따라서 권력층의 관점에서 보면 역사의 어느 경우에서도 전통적인 신화를 새로운 국가 형성에 있어 유해한 존재로 간주했음이 드러난다. 한편 국민의 관점에서 보면 새로운 정치 질서나 사상이 종래의 질서를 폭력으로 파괴함을 의미하는 것이 된다. 이 갈등양상은 어느 쪽도 모두 위기 의식을 포함하는 것이라 할 수 있고, 따라서 양자의 기능상의 몫이 어떤 문화적 균형을 취하느냐에 요점이 놓일 것이다.

이상으로써 우리는 정치를 담당하는 실천가나 이데올로그들이 시를 두려워하는 이유를 지적한 셈이다.

오늘날은 상식적으로도 누구나 기계문명시대, 흔히 비인간화의 시대라고 이야기한다. 따라서 물질 문명, 소위 진보주의의 전면 수락과 그 가속도에 의해 안티노미(antinomy, 이율 배반)가 급속히 증가하는 데 따른 인간 소외 현상이 빚어지고 있다면, 시의 신화적 상징이 이에 대처하여 인간성의 원시적 건강성, 삶의 공간 확보를 위해 싸워야 한다는 당위성이 생긴다. 말하자면 시의 기능이 구체화되기에 이른 것이다.

사랑에도 차원이 있다면, 우리는 이성간의 감상적이고 육체적인 욕망이 앞서는 에로틱한 사랑의 건너편 지점에 '플라토닉 러브'를 놓는다. 이 사랑은 보통 연인의 인격에 대한 존경을 바탕으로 하는 정신적인 애정을 일컫는데 사실 그것만으로는 플라톤의 사상과 구체적인 인연은 없다. 플라톤에 따르면 전생에 비겁하고 의롭지 못했던 남자들이 그에 대한 벌로 현세에 여자로 태어난 것으로, 남녀간의 결혼은 두 사람이 서로를 아끼며 공통적인 신념을 가지고 그들의 삶을 꾸려가는 것이 아니라 될 수 있는 한 유능하고 성품이 훌륭한 후세를 낳아야 한다는 사명감에서 비롯된다고 한다.

우리는 지금 동성애에 대한 편견이 건재한 시대에 살고 있지만 당시 그리스에서 남자와 여자 사이의 사랑보다 더 섬세하고 에로틱한 사랑은 나이 든 남자와 미소년 사이의 관계로, 그런 관계는 그 시대의 유행이었다. 플라톤의 존경하는 스승 소크라테스는 부단히 미소년과의 교제를 추구하였는데, 그는 늘 자신의 내면의 형언할 수 없는 아름다움과 비교해 미소년이 갖고 있는 청춘의 아름다움을 가짜라며 비웃었다. 사랑하는 사람에 대한 그의 독특한 행동은 그의 사랑이 완전한 헌신 속에서 다른 사람에게 향해 있으면서 동시에 자신은 물러나와 있는 양상을 보이는데 이것은 플라톤이 철학의 본질을 파악하는 방법과 밀접하게 연결되어 있다.

그의 철학은 그 자체로 에로스의 한 방식이며 따라서 본질상 사랑으로, 에로틱한 관계는 단지 다른 유형의 사랑을 위한 출발점만을 형성할 뿐이다. 플라토닉 러브가 단순히 관능적인 욕구를 억눌러 억압하는 것만은 아니다. 그것은 오히려 육체적 욕구에 제한된 권한만을 인정해 주며 그 사랑은 이 욕구를 고양된 형태의 욕구로 넘쳐들어가게 한다. 플라톤이 이해하는 에로스는 모든 아름다운 것의 원형을 추구하는 것이며 아름다운 것의 이데아를 향한 지향이다.

플라토닉 러브는 철학하는 사람의 정열이고, 그 정열이 없이는 영원을 향한 진정한 추구란 있을 수 없는 것이다.

정치학

아리스토텔레스
Aristoteles

아리스토텔레스(BC 384~322)는 스승인 플라톤과 함께 그리스 최고의 사상가로 평가되며, 만학(萬學)의 비조(鼻祖)라는 별칭을 가지고 있다. 그는 당시 신흥 왕국인 마케도니아의 궁정 의사인 니코마코스의 아들로 태어났다. 어릴 적에는 가업을 잇기 위해 해부학 등 생물학 방면의 연구에 흥미를 가졌는데, 이는 훗날 그의 사고 체계에도 영향을 미쳤다. 17세에 아테네에 진출하여 플라톤의 아카데미아에 입학하였다. 스승인 플라톤은 독서광인 제자 아리스토텔레스를 총애하여 그가 지각을 하더라도 꼭 기다렸다가 수업을 시작했다고 한다. 그는 점차 중요한 철학적 문제에 대해 스승인 플라톤과 입장 차이를 드러내기 시작하였는데, 그 차이는 플라톤이 이상주의자인 반면, 그는 현실주의적인 경향을 보였다는 데 있었다. 아카데미아에서 18년 동안 공부한 후 플라톤이 죽자, 아리스토텔레스는 아테네를 떠나 마케도니아의 왕자인 알렉산더를 3년 간 개인지도하게 된다. 알렉산더가 왕이 된 후 동방 원정에 나설 준비를 하자, 그는 다시 아테네로 돌아와 자신의 학원인 '리케이온'을 열고 무보수로 제자들의 교육에 힘을 쏟았다. 아카데미아의 엄격한 자세와는 달리, 숲 속을 산책하며 학문을 논했으므로, 그와 그의 제자들을 묶어 '소요학파'로 부르기도 한다. 이곳에서 『오르가논』 『형이상학』 『정치학』 『시학』 『니코마코스 윤리학』 『영혼론』 『자연학』 등 방대한 저술을 남겼다.

아리스토텔레스는 인간을 사회적·정치적 동물이라고 정의한 다음, 인간의 선(善)은 공공생활 속에서 실현된다고 보았다. 따라서 정치학은 윤리학과 분리될 수 없다고 보았다. 그는 스승인 플라톤과 마찬가지로, 지배자와 피지배자의 구별이 선천적으로 이루어진다고 보아 노예의 존재를 합리화하고 인간의 불평등 상황을 인정하였다. 그가 살던 시대가 그리스 민주주의가 허물어지던 후기에 해당하여 사회적 질서가 불안하던 때이므로, 그가 강력한 1인 지배를 희망하였다는 점을 감안하며 이 책을 읽어야 할 것이다.

아리스토텔레스의 『정치학(politica)』은 전 8권으로 구성되어 있는데, 제1~3권, 제4~6권, 제7~8권이 그룹을 이루고 있다.

제1권은 '가족론'이다. 국가의 정의와 국가의 구성 부분으로서의 가족이 집중적으로 탐구된 부분이다. 여기에서 '인간은 본성상 사회적 동물이다'라는 유명한 명제가 등장한다. 이는 국가가 사람들의 상호 계약에 의해 성립된다는 견해에 정면적으로 배치되는 견해이며, 이 두 가지 견해는 지금까지도 국가의 성격에 대한 대립된 견해로 남아 있다.

제2권은 '이상국가론'이다. 그는 스승인 플라톤과는 달리, 철학자와 왕의 기능을 분명하게 나누었다. '왕이 철학자가 되는 것은 필요하지도 유익하지도 않다. 오히려 왕은 참된 철학자의 증언을 들어야 한다'고 보면서 당시 스파르타, 크레타, 카르타고의 국가 제도를 비판하고 있다.

제3권은 '시민과 헌정질서에 대한 이론'에 대해 정의하고 있다. 국가의 목적은 국가 공통의 이익을 실현함에 있다. 이 견지에서 그는 세 가지 선한 정체(政體)와 세 가지 타락한 정체를 논한다.

선한 정체는 왕정·귀족정·민주정이며, 타락한 정체는 참주정체·과두정체·과격한 민주정체를 든다. 선한 정체에서는 지배자들이 시민 전체의 이익에 따라 통치하는 반면, 타락한 정체에서는 단지 지배자의 이익에 따라 통치한다.

제4권은 '실제적 헌정질서와 변형'에 관한 내용으로, 주요 정체의 종류와 여러 형태를 다루면서 보통국가들에서의 최선의 정체와 특수상황 아래서의 최선의 정체에 대해 면밀히 검토하고 있다.

제5권은 '혁명의 원인과 헌정질서의 변화'를 주로 언급하고 있다. 정체의 변혁과 그에 영향을 미치는 일반적 원인 및 각 정체의 변혁을 초래하는 특수원인을 살펴보고 그에 대한 방지책 등을 논의하고 있다.

제6권은 '안정질서를 위한 민주정치와 과두정치의 건설방법'을 주요 내용으로 다루고 있는데, 민주제와 과두제의 여러 형태와 특징 및 조직방법 등을 밝히고 있다.

제7권은 '정치적 이상과 교육적 원리'를 다루고 있는데, 국가의 목적이 공동체 전체의 선을 보장하는 데 있음을 재확인한다. 최선의 정체는 그 안에 살고 있는 모든 사람이 가장 선하게 행동할 수 있는 사회이다. 그러나 행복은 덕성 있는 행동에 근거하며, 그러기에 사람이 얼마나 행복을 누릴 수 있는가는 그가 덕을 얼마만큼 실행할 수 있는가에 달려 있다고 본다.

제8권은 '청소년의 교육'에 관한 내용이다. 특히 음악·체육 교육을 집중적으로 논하고 있는데 미완으로 남아 있다.

아리스토텔레스의 『정치학』은 정치에 대한 최초의 체계적인 저술에 해당하며, 근세에 와서 국가계약설이 부활되기 이전까지 가장 큰 영향력을 미쳤다. 그러나 노예 제도를 인정하고 여성은 원래 열등한 존재라고 믿었던 점 등은 그가 당시의 시대적 인습과 사고의 한계를 완전히 극복하지는 못했음을 보여 준다. 어쨌든 그의 국가론은 국가에 대한 최초의 본격적인 이론화 작업이었다는 점에 의의가 있다. 정치란 무엇인가에 대한 논의는 이 책에서부터 시작된다고 보아도 과언이 아니다. 정치 공동체로서의 국가의 기원과 본질, 민주정·귀족정·군주정 등 각종 정치 체제의 성격과 장단점, 가장 바람직한 체제가 갖추어야 할 조건 등이 당시 국가 체계에 대한 비판과 함께 제시되어 있다. 여기에서는 제1권의 내용 일부를 실었다.

　우리가 경험적인 관찰에 의하여 알 수 있는 것과 마찬가지로 모든 국가는 결사(結社)의 일종이며, 모든 결사는 어떤 좋은 것을 달성하기 위하여 형성되는 것이다. 왜냐하면 일반적으로 모든 사람들은 어떤 좋은 결과를 가져오리라는 생각에서 행동하기 때문이다. 따라서 우리는 모든 결사는 일정한 좋은 목적을 가지고 있고, 또한 모든 결사들 중에서 가장 으뜸가며 여타의 결사를 모두 포괄하는 어떤 특정한 결사는 특히 이 목적을 추구하며, 더욱이 가장 으뜸가는 가장 좋은 목적을 추구하는 것이라고 생각할 수 있다. 이 가장 포괄적이며 가장 중요한 결사가 이른바 국가, 즉 정치적 결사인 것이다.

　이 국가의 일을 맡아 보는 '정치가'는 왕국을 다스리는 군주, 가솔을 거느리는 가장, 혹은 여러 노예를 소유한 주인과는 다르다. 어떤 사람들은 이 차이가 근본적으로 다른 성격을 갖는 것이 아니고 정도의 차이, 즉 다스리는 사람들의 수의 과다(過多)에 불과하다고 생각한다. 이 견해에 따른다면 약간 명을 거느리는 사람은 주인이고, 더 많은 수를 다스리는 사람은 가장이며, 그보다 더 많은 수의 사람들을 다스리는 자가 '정치가' 혹은 군주인 것이다. 이 견해에 의하면, 가솔

아리스토텔레스

이 많은 가정과 작은 국가 사이에는 진정한 차이가 없는 셈이다. 뿐만 아니라, '정치가'와 군주 사이의 차이는, 후자는 제약을 받지 않는 유일한 권위를 갖는 반면에, 전자는 정치의 도(道)에 따라 권위를 행사하며 지배를 하기도 하고 타인의 지배를 받기도 한다는 사실에 불과한 것이 되고 마는 것이다.

우리가 정상적인 분석 방법에 따라 이 문제를 생각해 나간다면 우리의 논점은 더욱 분명해진다. 모든 다른 분야의 연구에 있어서도, 어떤 복합체이건 그것이 가장 기본적이고 순수한 요소(즉 다른 말로 하면 선체의 가장 작은 원소)를 찾아낼 때까지 분석을 거듭하는 것과 마찬가지로, 국가를 연구하는 데 있어서도 국가를 구성하는 기본적인 요소들을 분석적으로 고려하지 않으면 안 되는 것이다. 그러면 우리는 위에 언급한 결사들과 그 지도자들 사이의 차이를 더 잘 이해할 수 있게 될 것이다. 또한 우리는 이것에 관련된 일반적인 문제들에 관하여 체계적인 견해를 얻을 수 있는지 알아낼 수 있게 될 것이다.

(『정치학』 제1권 중에서)

 '정치적 결사'라는 표현은 잘못 이해되면 시민들 사이의 '상호 계약론'으로 오해될 수 있다. 그러나 그는 '가장 으뜸가는 좋은 목적'으로서 공동체 전체의 이익을 내세우고 있으므로, 상호 계약론과는 전혀 다른 성격을 담고 있다. 윗글은 다소 장황한 듯 보이지만, 아리스토텔레스의 '국가론'을 이해하는 데 가장 중요한 부분이라 할 수 있다.

아리스토텔레스는 국가를 가장 높은 형태의 공동체로 규정하고 있다(윗글도 이러한 태도를 담고 있으며, 이후 『정치학』 전체의 논지 전개에도 이러한 태도로 일관하고 있다). 즉, 국가는 단순한 생활 필수품을 공급해 주기 위해서가 아니라, 선한 생활을 위하여 존재하는 자족적(自足的)인 공동체라는 것이다. 그러므로 국가는 혈연으로서의 '민족'과도 다르다. 왜냐하면, 민족은 종족으로서 결합된, 크기가 일정하지 않은 집합체인 데 비하여, 국가(폴리스, polis)는 제한된 크기의 실체로 구성되어 있기 때문이다. 사실 아리스토텔레스가 생각하는 도시 국가의 크기는 매우 작다.

직접적인 참여 민주주의가 이루어질 수 있는 크기, 즉 개인들의 단순한 집합체 이상의 것은 아닌 것이다. 그가 '국가'를 자주 '가족'에 비유하는 것도 이 때문이다.

아리스토텔레스는 국가를 하나의 자연적 단체라고 확신한다. 그의 눈으로 볼 때, 가장 단순하면서도 최초의 연합체가 가족인 것이다. 그리고 일상적인 필요를 넘어서는 어떤 목적을 위해 몇몇 가족이 모이면 촌락이 형성되고, 마지막으로 몇몇 촌락이 연합하여 하나의 자족적인 공동체를 이룰 때, 곧 하나의 국가를 구성한다는 것이다. 그런데 인간은 유일하게 태어나면서부터 옳고 그름의 의미를 가진 동물이므로, 인간만이 유일하게 선한 공동체를 구성할 수 있다는 것이다.

> 왜 아리스토텔레스는 정치가와 군주를 굳이 분류하였는가? 정치가, 군주, 가장, 주인 사이의 공통점과 차이점을 정리한 다음, 올바른 정치가에 대한 아리스토텔레스의 견해를 유추해 보자.

군주, 가장, 주인은 이른바 지배자에 해당한다. 그들은 각각 국민, 가족, 노예를 지배하고 있다. 이때 사용하는 '지배'라는 개념은 인간이 불평등하다는 전제에서부터 출발한다고 보아도 될 것이다. 국민은 어리석기 때문에 군주의 지배를 감수해야 하며, 여자와 아이들로 구성된 가족은 남성이자 성인인 가장의 지배를 받는 것이 당연하다는 것이다. 이런 관점에서 본다면, 주인이 노예를 지배하는 것도 매우 당연하다. 노예는 애초 열등한 존재이므로, 주인의 지배를 받을 때 오히려 행복하다는 것이다. 아리스토텔레스는 이 책의 뒷부분에서 노예에 대해 이렇게 설명하고 있다. '노예 제도는 편리하고 정당하다. 노예는 자연적으로 주인보다 열등하기 때문이다. 태어날 때부터 어떤 사람은 종이 되도록 분류되었고, 또 어떤 사람은 통치자가 되도록 정해져 있는 것이다. 그러므로 노예는 길들여진 동물과 다를 바 없고, 길들여진 동물은 사람의 지배 아래에서 더 행복하게 산다.' 그러므로 아리스토텔레스는 군주, 가장, 주인의 차이는 그들이 지배하는 피지배자의 숫자상의 차이, 혹은 지배받는 대상의 차이에 따른 것일 뿐이며, 본질적으로는 같다고 본 것이다.

그러나 정치가는 이와 다르다. 정치가는 단순히 열등한 존재를 지배하는 인간이 아니라는 것이다. 이러한 생각에는 그리스 도시 국가의 특성이 잘 반영되어 있다. 그리스 민주주의는 시민들이 참여하는 민주주의다. 그러므로 정치가는 시민들 위에 군림해서는 안 되며, 시민들 사이의 최고의 선을 추구하기 위해 노력하는 인간형이 되어야 한다는 것이다. 정치가는 시민들을 단순히 지배하는 것이 아니라, 그들이 지향하는 공동의 선을 향하여 이를 조종해 나가는 인물이며, 따라서 정치가에게는 민주주의적인 덕성이 가장 필요한 것이다.

『 작품 읽기 2 』

(가) 여러 마을이 모여 완전한 공동체를 구성하는데 이것이 곧 국가이다. 이 공동체는 어느 정도 완전한 자족성(自足性)이라는 목적을 달성하였다. 그런데 국가에 앞서는 공동체들이 자연 본성적인 것이므로, 국가도 자연 본성적으로 존재하는 것이다.

국가는 본성상 가족이나 개인보다 더 근원적이다. 왜냐하면 전체가 부분보다 더 근원적임에 틀림없기 때문이다. 전체가 없어지면 발이나 손이 자립하여 있을 리 없다. 돌로 만든 손을 손이라고 부르는 경우처럼 단지 이름만 손인 경우를 제외한다면 말이다. 이렇듯 예외적으로, 명목상으로는 죽은 손도 아직 손으로 불리는 것이다. 모든 것은 자신의 기능과 능력에 따라 규정된다. 따라서 어느 것이 자신의 기능과 능력을 상실하게 되었을 경우, 그것은 더 이상 동일한 사물로 지칭될 수 없다. 그저 명목상으로 부르는 것이 아니라면, 국가가 자연적 존재이며 개인보다 더 근원적이라는 점은 이제 분명하다. 왜냐하면 개인이 고립 속에서 자족적인 삶을 살 수 없으므로, 개인은 부분이 전체와 관계하는 것처럼 국가와 관계해야 하기 때문이다.

완성된 상태의 인간은 동물 중에서 가장 좋은 동물이지만, 법과 정의로부터 분리되면 가장 나쁜 동물로 떨어지고 만다. 무장한 정의는 최악의 상태이다. 인간은 지성과 도덕성이 이용해야 할 무기를 가지고 태어나는데, 인간은 이 무기를 반대의 목적을 위해 사용할 수 있다. 그러므로 인간에게 만일 덕이 없다면, 가장 불경하고 가장 야만스러운 존재이며, 성적 쾌감과 식욕에 있어 가장 비열한 존재이다. 이에 반해 모든 덕의 총괄인 정의(正義)는 국가 공동체에 속한다. 왜냐하면 법은 국가 공동체를 지배하는 질서이며, 정의는 무엇이 합법적인가를 판단하기 때문이다.

이러한 고찰에서 명백해지는 것은 국가는 자연적으로 존재하는 것들에 속하며, 또한 사람은 본질적으로 국가에서 살도록 된 동물이라는 것이다. 어떤 우연에 의해서가 아니라 자신의 성질상 국가가 없는 사람은 보잘것없는 존재이거나 아니면 인간 이상의 존재이다. 이런 사람을 호메로스는 다음과 같이 비난하였다.

부족도 법도 가정도 없는 자. 성질상 국가가 없는 자 —— 즉 국가에서 살 수 없는 자 —— 는 곧 격정적으로 전쟁을 즐기는 자다. 그는 마치 장기판에서 홀로 튀어나온 말과도 같다.

사람이 벌이나 혹은 다른 군거동물(群居動物)들에서 볼 수 있는 것 같은 집단생활보다 더 높은 차원의 정치적 결사에서 산다는 이유는

아리스토텔레스

명백하다. 우리들의 이론에 의하면 자연은 어떤 사물도 아무 뜻 없이 만들지는 않는다. 그리고 모든 동물 중에 유독 사람만이 언어 능력을 구비하고 있다. 그저 고통이나 쾌락을 나타내는 소리를 뻘 수 있는 능력은 일반적으로 다른 모든 동물에게도 있다. 즉 그들의 본성은 그들이 고통이나 쾌락을 느끼고 그것을 서로에게 표현할 수 있는 능력을 주는 정도이다. 그러나 언어는 무엇이 유리하고 무엇이 유리하지 않은지, 따라서 무엇이 올바르고 무엇이 올바르지 않은지를 말할 수 있게 한다. 다른 여타의 동물들과 비교해 볼 때, 사람의 독특한 점은 사람만이 선과 악, 정의와 불의, 또는 다른 유사한 성질들을 인식할 수 있는 능력이 있다는 것이다. 그리고 이러한 인식이 사람들 사이에서 공통되므로 가족이나 국가가 형성되는 것이다.

이제 우리는 다음과 같은 결론을 내릴 수 있겠다. 즉 시간상으로는 개인이나 가족이 국가에 선행하지만 논리적으로는 국가가 개인이나 가족에 선행한다. 그 이유는 전체는 필연적으로 부분에 선행하기 때문이다. 만일 신체가 전부 파괴된다면 팔이나 다리만이 살아 남을 수는 없다. 예외적으로 사람들이 모호하게 같은 말을 사용하여 다른 뜻을 나타내는 경우는 있다. 즉 석상(石像)의 손에 관하여 이야기할 때는 몸 전체가 부서진 후에도 '손'은 그대로 남아 있을 것이다. 만물의 근본적인 성격은 그들의 기능과 능력에서부터 나오는 것이다. 따라서 만일 어떤 것이 더 이상 그것의 고유한 기능을 수행할 수 없게 된다면 그것을 같은 것이라고 할 수 없다. 그럼에도 불구하고 언어용법의 모호성 때문에 같은 이름으로 불릴 뿐인 것이다.

이제 우리는 국가는 자연적으로 존재하며, 개인에 선행한다는 것을 이해하게 되었다. 이 두 가지 명제의 증거는, 국가는 전체이며 개인은 그 부분에 지나지 않는다는 사실이다. 개인들은 고립되어서는 자족적일 수 없으므로 전체(국가)에 모두 같이 의존하여야 한다. 그리고 국가만이 자족한 상태를 이룰 수 있다. 고립된 개인은 ―― 즉 정치적 결사

의 혜택을 타인과 더불어 누릴 수 없거나 이미 자족한 상태이므로 그
럴 필요가 없는 —— 국가의 일부가 아니며 따라서 금수(禽獸)이거나
아니면 신일 것이다. 이렇게 사람은 본질적으로 정치적 결사(즉 전체)
의 일부가 되도록 되어 있으며, 따라서 모든 사람들에게 어떤 결사를
형성하려고 하는 잠재적인 충동이 있다. 그럼에도 불구하고 이런 결
사를 처음으로 건설한 사람은 다른 사람에게 가장 큰 혜택을 입힌 것
이다. 사람은 완성되었을 때 동물 중에서 가장 뛰어난 존재지만, 법과
정의가 없으면 가장 나쁜 동물로 전락하고 만다. 불의는 유용한 도구
가 있을 때 더욱 심각해진다. 그런데 사람은 날 때부터, 예를 들어 언
어 같은 유용한 도구를 갖고 태어난다. 이런 도구들은 워낙이 도의적
인 덕(德)이나 사리분별을 이루기 위한 것이지만 때로는 그 반대의 목
적을 위하여 사용될 수도 있는 것이다. 그렇기 때문에 덕이 없는 사
람은 가장 추악하고 야만스러운 존재이며 탐욕과 무절제함이 다른
어떤 동물보다도 더 강하다. 사람은 국가의 정의를 통해서 구원을 받
는다. 왜냐하면 정의란 옳고 그름을 판별하는 것인데 이것을 정치적
결사가 실현하기 때문이다.

(『정치학』 제1권 중에서)

　(나) 국가가 등장하는 까닭이 여기에 있다. 인간이 국가의 구속 아래
살아가고 자기 자신에게 제약과 통제를 가하는 것에 동의하게 되는
궁극적인 원인이나 목적 및 동기는, 그들 자신의 생명을 보존하고 그
결과 좀더 만족스러운 삶을 누리려는 인간 자신의 통찰력에 있다. 다
시 말하면, 인간 위에 무서운 존재로 군림하고 그들에게 처벌에 대한
공포감을 불어넣어 옭아매는 가시적 권력이 없을 때, 인간의 자연스
러운 욕구와 열망에 의하여 빚어질 수밖에 없는 처참한 전쟁상태로
부터 벗어나기 위하여, 인간 자신이 국가에 의한 구속을 받아들이는
것이다. 이것은 만인으로 하여금 그들 모두의 권력과 힘을 한 사람이

44
아리스토텔레스

나 집단에게 양도하고 그들 모두의 의지를 다수결에 따라 그 사람이나 그 집단의 의지로 축소·대체시키는 것이다.

다시 말하면, 개개의 인간이 한 사람이나 한 집단을 지명하여 자신의 모든 권리를 송두리째 양도하고, 만인의 공동 평화와 안전에 관련되는 사안에서 그 사람이나 그 집단이 취하거나 취할 수밖에 없는 행동이 바로 개개인 자신의 행동이라는 사실을 만인이 스스로 받아들이는 것이야말로 전쟁상태에서 탈출할 수 있는 유일한 길인 것이다. 결국 만인은 그들 자신을 그의 의지에 복종시키고 그의 판단에 맡기는 셈이다.

이러한 행위는, 만인에 대한 만인의 계약에 의해 만들어진 단일한 권력체인 국가 내로 만인을 끌어넣는 것으로, 만인의 진정한 통일을 의미한다. 마치 만인이 만인에게, '당신이 그 권력체에 당신의 권리를 포기하고 그 모든 행동과 조치를 승인한다는 조건하에서나 역시 나 자신에 대한 나의 지배권을 그 권력체에 포기하고 그 행동과 조치를 받아들일 것이다'는 식의 선언을 동시에 하는 것과 같다. 즉, 자신들의 평화와 보호를 인간적인 신인 국가에 의탁하게 되는 것이다.

그러나 그 손에 무한한 권력을 쥐고 있는 사람이나 집단의 욕망과 격정에 이리저리 시달릴 신민의 상태는 대단히 비참할 것이라는 반론을 제기할 사람이 있을지 모른다. 그러나 국가에 대해 불평하는 것은, 어떠한 형태로든 불편함 속에 존재할 수밖에 없는 것이 인간의 상황이라는 점, 국가 형태가 무엇이든가에 그 아래에서 인민에게 일어날 수 있는 최악의 해악은 내전의 현장에서 벌어지는 비참함과 가공할 재난에 비하면 별것 아니라는 점, 그리고 약탈과 복수를 못하도록 만인의 손을 묶어 두는 법과 강제력에서 벗어날 때, 그 상전 없는 인간이 처하게 되는 상태란 혼란뿐이라는 점을 고려하지 않은 것이다.

(홉스, 『리바이어던』 중에서)

 (가)에서 '국가는 본성상 가족이나 개인보다 더 근원적이다. 왜 냐하면 전체가 부분보다 더 근원적임에 틀림없기 때문이다'라는 부분은 '결합의 오류'를 보이고 있다. 한 예를 들어, 결합의 오류를 살펴보자.

이것은 처음에 개별적인 의미로 사용된 말을 뒤에 집합적인 의미로 사용할 때 생기는 오류이다. 예를 들면, 어느 학교의 학생 몇 명을 만났는 데 모두 공부를 잘하는 것을 보고, 그 학교 학생들은 전부 공부를 잘한 다고 판단하는 것과 같은 행위를 말한다. 이와 같은 방식으로, (가)에서 는 개인, 가족, 마을, 국가 사이의 차이를 인정하지 않고, 개인이 모이면 가족이 되며, 이러한 결합이 무한히 확대되면 국가가 된다는 식의 논리 는 '결합의 오류'를 범하고 있음을 알 수 있다.

통합형 문·답

> (가)와 (나)의 국가관에는 어떤 공통점과 차이점이 있다. 두 가 지 요소를 잘 정리한 다음, 이러한 국가관에 대한 본인의 견 해를 밝혀 보자.

(가)와 (나)는 국가의 필요성을 역설한 점, 인류가 선택할 수 있는 최상의 공동체로 국가를 상정하고 있다는 데 공통점이 있다. 물론 양자 사이에는 상당히 중요한 차이점이 있는데, (가)는 인간 이 지성과 도덕성을 발휘할 때 선에 도달할 수 있다고 본 반면, (나)는 인간은 애초부터 타인과는 조화될 수 없는 욕망을 갖고 태어났으므로 이를 조정하기 위해 국가라는 차선책이 필요하다고 본 점이 그것이다. 그러나 좀더 비판적으로 따져 보면, 이들의 국 가관은 모두 현대 민주사회에 맞지 않는 요소를 포함하고 있다는 점을 알게 된다.

먼저 (가)의 경우, 국가를 완전한 유기체에 비유하고 있는 점이 문제시된다. 아리스토텔레스는 마을이라는 공동체를 '완전한 자족성'을 갖는 사회로 규정하고 있다. 아리스토텔레스의 관점에 따른다면, 개인의 결합이 가족이 되고, 가족의 결합이 마을이 되고, 마을의 결합이 국가가 된다는 일반화를 꾀하고 있음을 알 수 있다. 즉 가족이 완전한 자족성을 갖는 사회이므로, 이의 연장인 마을과 국가도 자족성을 갖는 사회에 속한다고 본 것이다. 그러나 이러한 일반화는 '결합의 오류'를 범한다고 볼 수 있을 것이다. 한 예를 들어 보자. '모래알 하나는 가볍다. 그러므로 한 트럭의 모래도 가볍다. 왜냐하면 가벼운 것은 아무리 많이 모여도 가볍기 때문이다'라고 논증했다면, 이는 결합의 오류에 해당한다. 또 완전한 상태의 인간이 모여야 완전한 상태의 국가를 구성할 수 있다고 보는 논리도 '순환의 오류'를 범하고 있다. 도대체 완전한 상태의 인간이 어떤 인간인가를 규명할 수 없기 때문이다. 즉 아리스토텔레스의 관점은 소박한 가족의 논리를 확장시켜 이를 국가에 적용하고 있다고 보아도 된다. 물론 당시 아리스토텔레스가 구상한 국가가 시민들이 정치에 직접 참여할 수 있는 소규모의 정치체제를 뜻하는 것이므로, 현대의 복잡한 국가형태와는 다르다는 점을 인정해야 할 것이다. 그러나 이렇게 인정하고 보면, 아리스토텔레스의 국가론은 현대 사회에 걸맞게 수정되어야 할 논의라는 점을 깨닫게 된다.

(나)는 인간의 자연스러운 욕구와 열망을 통제하기 위해서 국가가 필요하다는 점을 역설하고 있다. 그러나 이러한 통제 역할을 국가가 전담해야 한다는 것은 논리의 비약이다. 국가가 통제하지 않더라도, 각 개인은 자신의 경제적 논리, 혹은 교양과 신념에 따라 좀더 절제된 행동을 보이는 게 상식적이다. 애덤 스미스가 말한 '보이지 않는 손'의 조정은 그 한 예이다. 극단적인 예를 들어 보자. 어느 한 사람에게 많은 돈이 생겼다고 가정해 보자. 그는 이

돈을 아무렇게나 낭비하지는 않을 것이다. 그는 미래를 위해서 이 돈을 저축할 수도 있으며, 가난한 친척이나 이웃을 위해 쓸 수도 있을 것이다. 혹 그가 극단적인 낭비를 할 것이라고 걱정할 수도 있지만, 대부분의 상식적인 사람이라면 낭비 후의 파산을 걱정하며 자신의 욕구를 통제할 것이다. 만약 낭비했다면 그는 곧 파산하게 될 것이며, 그렇다면 다시 원점에서 출발해야 하는 것이다. 우리는 사회를 통제하는 장치가 전적으로 국가 권력이라고만 생각하기 쉬우나, 의외로 우리를 규제하는 장치는 많다. 장기적인 이윤 추구를 위해 현재의 소비 욕구를 자제하는 경우, 혹은 자신의 윤리적 책임이나 종교적 신념 때문에 자신의 욕구를 자제하는 경우를 우리는 더 많이 목격하는 것이다. 근대 이후의 국가 형태는 여러 차례 변했다. 한때는 '경찰 국가'를 통해 정부의 간섭을 최소화하는 것이 가장 바람직하다는 견해도 있었다. 이러한 견해의 밑바탕에는 국가 권력을 최소화하고 개인의 책임과 역량을 극대화할 때, 자연히 사회 정의가 이루어질 수 있다는 믿음이 깔려 있는 셈이다. 홉스의 견해는 자칫 악용되면 권력의 남용 및 개인 생활의 억압이라는 부작용을 낳을 수 있다는 점을 고려해야 할 것이다.

현대 사회에서도 국가의 필요성은 여전히 크며 앞으로 더욱 커질 수도 있다. 그러나 국가 권력이 최상의 윤리이며, 국가의 힘이 비대해질 때만 사회의 안정을 기할 수 있다는 주장은 대부분 위정자들이 국민을 기만할 때 사용하는 통치수단이었다는 점을 새삼 상기해 볼 필요가 있는 것이다.

아리스토텔레스

군주론

마키아벨리
Niccolò Machiavelli

르네상스 시대 이탈리아의 역사학자, 정치이론가인 마키아벨리는 피렌체 출생(1469~1527)으로 1481년 다 론실리온의 학교를 다니기 시작, 1480년경 마르첼로 아르리아니의 강의를 받은 것으로 추정된다. 1498년 대의원회에서 피렌체 공화국의 제2장관으로 인준되고, 1500년 프랑스 루이 12세 궁저에 파견되었다. 1512년 에스파냐의 공격에 의해 피렌체 공화국이 무너지고 메디치가의 군주정이 복원되자 공직에서 추방되었다. 1513년 반정부 음모에 연루되어 감금되었으나 특사로 석방되자 메디치 정부에 참여하기 위해 『군주론』을 집필하기 시작하였다. 그러나 기대가 실현되지 않자 반메디치적 공화주의자들과 교유하였으며, 이때 『전술론』『로마사론』 등을 집필하였다. 1520년 메디치 궁정에 뒤늦게 소개되어 『메디치사』를 집필하게 되었지만, 메디치 군주정이 붕괴하고 공화정이 복귀되자 공화주의자들에게 메디치가의 늙은 가신으로 비쳐져 새로운 활동을 하지 못하였으며 곧 병을 얻어 사망한다.

마키아벨리의 사상은 이 『군주론(Il Principe)』(1532)에 의해 대표된다. 사회사상사적으로 보자면 정치적 문제를 윤리적 차원과 독립시켜 과학적으로 취급하려 했다는 점에서 현대 정치학의 출발점으로 간주되기도 한다. 르네상스기를 지나면서 국민국가의 성립기에 이른 이탈리아는 위기에 직면하게 되는데, 이때 본래 공화주의자였던 마키아벨리가 군주에게 책략과 무력을 함께 사용하도록 권고한다. 이것은 인간해방의 문제가 인간 개인의 도덕적 견지나 이상주의적 인격의 차원에서는 극복할 수 없다는 점 때문이다. 이러한 특징은 이탈리아 내부의 정치적 혼란이나 사회적 불안, 이런 요인에 의한 이탈리아 통일의 지체, 프랑스와 에스파냐 등의 개입으로 인한 현실의 위기를 극복하려는 의도에서 제기되었으며, 소위 어떤 이상(가령 인간해방)을 달성하기 위해서는 역사적으로 구체적인 방법론이 거론되어야 한다는 점과도 관련된다. 따라서 『군주론』에서는 이런 문제들이 과학적으로는 민주주의나 평화의 문제를 해결하기 위한 '권력'의 문제로 다루어지고 있다.

그는 말하자면 현실주의적인 정치사상의 소유자라고 할 수 있다. 그의 사상은 16세기 말에 널리 쓰이는 '이익'과 '국가의 이성'이라는 개념의 원초적 기반을 마련하였다고 평가되기도 한다. 즉 도덕적 원리로부터 정치를 분리시키고 정치의 원리를 군주들에게 주지시켜 계산적이고 합리적인 권력의 행사를 도모하는 것이다. 이런 입장은 군주가 국가통치술을 익힌다는 측면에서는 그 도덕적 기준의 부재로 인해 문제가 될 수도 있지만, 한편으로 즉자적인 감정의 배제를 통한 통치라는 측면에서 보자면 정치의 안정성과 예측 가능성을 의미하는 것이기도 하였다.

물론 근대세계의 성립기에 마키아벨리에 의해 제기된 인간사회의 권력 문제는 여러 측면에서 해석되어 왔다. 전체적인 사회를 포괄하는 사상체계를 갖춘 것이 아니어서 단순히 정치가의 전문적 기술로 이해되기도 하여 가령 '현실적'이라는 단어가 단기적인 의미로만 사용된다거나 필요악이라는 단어가 남용된다고 지적된다. 한편 1559년에는 교황청의 금서목록에도 들어가 종교적, 윤리적 입장에서 비판받기도 했다.

그러나 한편으로 마키아벨리의 입장이 정치와 도덕 일반의 관계에 대해서 무관심했던 것은 아니다. 그는 정치 영역에서는 윤리적인 덕이 자동적으로 공적인 덕으로 전환되지 않으며 사적으로는 비윤리적인 행위가 공적으로는 덕이 될 수 있다는 점을 지적하는 과정에서 '대부분의 정치적 상황이 불안정하고 유동적이기 때문에 국가공동체와 인민은 사적인 개인과는 다른 방법으로 통치해야 한다'는 점을 강조하고자 했던 것으로 보인다. 따라서 만약 정부가 안정되고 확고한 상황이 된다면 정부는 연민, 신뢰, 정직, 인륜, 그리고 종교와 같은 기존의 덕을 따라야 한다는 점을 강조하기도 했다.

마키아벨리의 사상을 이야기할 때 특히 주목할 점은 정치란 본질이 아니라 외양이라는 사고다. 마르크스주의 정치관이 역사적 필연성의 실현이라는 본질론적 정치관에 선 것이라면, 마키아벨리가 보는 정치란 변화무쌍한 생성과 현상의 영역이기 때문에 본질론적 진리의 적용을 기부한다. 마키아벨리에게 있어서 군주나 정치적 행위자들이 권력을 통해서 추구하는 것은 영혼의 완성이나 진리의 실현이 아니라 영광과 명예였다. 이러한 요소들은 '외양'의 속성 중 하나이다. 이러한 외양은 대중적인 지지를 확보하기 위해서도 필수적인 것인데 말하자면 능숙한 가장과 위선이 요구된다는 것이다. 그런데 이러한 외양의 조작에 대한 강조는 대중들에게 표면적으로는 통상적인 선과 도덕의 우월성을 늘 강조하는 것이기도 하다. 말하자면 선하다고 위장하는 것 자체가 선을 우위에 두는 사고이기 때문이다.

마키아벨리의 이러한 외양에 대한 생각은 비정상적인 정치 상황에 대처하기 위한 처방으로 제시되었지만 현대 사회에 오면서 대중조작이라는 일상적인 언론 정책으로 일반화되기도 하여 문제로 남으며, 한편으로 그가 인간에 대해 특히 인간 사회의 악에 대해 지녔던 비관적인 시선은 오늘날에 이르러 새롭게 문제되기도 한다.

〔 작품 읽기 1 〕

(가) 군주가 자신의 약속을 지키며 기만책을 쓰지 않고 정직하게 사는 것이 얼마나 찬양받을 만한 것인지는 모든 사람이 알고 있다. 그럼에도 불구하고 경험에 따르면 우리 시대의 위대한 업적을 성취한 군주는 약속을 별로 중시하지 않고 오히려 인간을 혼동시키는 데 익숙한 인물이라는 것을 알 수 있다. 그들은 신의를 지키는 자들에게 맞서서 항상 승리를 거두었다.

그렇다면 싸움에는 두 가지 방도가 있다는 점을 알아야 한다. 그 하나는 법률에 의거한 것이고 다른 하나는 힘에 의거한 것이다. 첫째 방도는 인간에게 합당한 것이고, 둘째 방도는 짐승에게 합당한 것이다. 그러나 전자는 종종 불충분하기 때문에 후자를 사용할 줄 알아야 한다. 따라서 군주는 모름지기 인간에게 합당한 방도를 사용할 뿐만 아니라 짐승을 모방하는 방법을 알아야 한다. 이 정책을 고대의 저술가들은 군주들에게 비유적으로 가르쳤다. 그들은 아킬레스나 고대의 유명한 많은 군주들이 반인반수의 카이론에게 맡겨져 양육, 보호되었다는 점을 지적하고 있다. 반인반수를 스승으로 섬겼다는 것은 군주가 이러한 양면적 본성을 사용할 필요가 있다는 점을, 그 중 어느 한 쪽을 결여하면 그 지위를 오래 보존할 수 없다는 점을 상징한다.

그렇다면 군주는 짐승처럼 행동하는 법을 알아야 하기 때문에 여우와 사자의 기질을 모방해야 한다. 왜냐하면 사자는 함정에 빠지기 쉽고 여우는 늑대를 물리칠 수 없기 때문이다. 따라서 함정을 알아채기 위해서는 여우가 되어야 하고 늑대를 혼내 주려면 사자가 되어야 한다. 단순히 사자의 힘에만 의지하는 자는 사태를 제대로 이해하지 못한다.

따라서 현명한 군주는 신의를 지키는 것이 그에게 불리하게 작용할 때, 그리고 약속을 맺은 이유가 더 이상 존재하지 않을 때 약속을 지킬 수 없으며 지켜서도 안 된다. 이 조언은 인간이 정직하다면 온당하지 못할 것이다. 그러나 인간이란 신의가 없고 당신과 맺은 약속을 지키려고 하지 않기 때문에 당신 자신이 그들과 맺은 약속에 구속되어서는 안 된다.

게다가 약속을 지키지 못한 것에 대한 그럴듯한 이유는 항상 발견되게 마련이다. 이 점에 관해서는 근래의 무수한 예를 들 수 있으며 얼마나 많은 평화조약과 협정이 신의 없는 군주들에 의해서 파기되고 무효화되었는지를 보여 줄 수 있다. 여우의 기질을 가장 잘 모방한 자들이 가장 큰 성공을 거두었다. 그러나 여우다운 기질은 잘 위장하여 숨겨야 한다. 또한 인간은 매우 단순하고 목전의 필요에 따라서 쉽게 움직이기 때문에, 능란한 기만자는 속고자 하는 사람들을 쉽게 발견한다.

최근의 실례 가운데 묵과할 수 없는 것이 하나 있다. 교황 알렉산더 6세는 사람을 속이는 일만을 생각해 왔고 그 기회 포착 수법은 무궁무진하였다. 이 교황처럼 실제로 활약을 하고 또 맹세로서 자기의 언약을 뒷받침하면서도 자기의 약속을 완전 도외시한 사람도 없을 것이다. 그러면서도 그의 속임수가 거침이 없었던 것을 보면 그 사람만큼 이 방면에서 도통한 사람도 드문 것 같다.

요컨대, 군주는 전술한 바 있는 인간의 여러 가지 장점을 모두 갖출 필요는 없다손치더라도, 갖추고 있는 것처럼 보일 필요는 있는 것이다. 아니, 더 솔직하게 말을 한다면, 좋은 기질들을 갖추고 이 기질들을 행동으로써 지킨다면 그것은 도리어 해로운 일이다. 다만 이런 기질들을 존중하는 것처럼 위장하는 바로 그것이 유익한 것이다. 즉, 자비심이 많다든가, 신의가 두텁다든가, 인정이 있다든가, 표리부동하지 않다든가, 경건하다고 믿도록 하는 그것이 바로 중요하다. 동시에 이런 기질과는 전혀 반대의 자세도 취할 수 있어야 하며, 또 그럴 수 있다는 자신(自信)을 평소부터 갖고 있어야만 한다.

무릇 군주라 함은, 특히 신군주(新君主)인 경우, 나라를 유지하기 위하여는 신의도 저버릴 줄 알아야 하며, 자비심을 버리고 인간미를 잃고 반종교적인 행동도 때때로 취하지 않을 수가 없다는 점을 생각해 두어야 하겠다. 즉, 대중에게 선한 인간으로만 통하려고 생각한다면 이는 잘못된 일이다. 따라서 군주는 운명(運命)의 변화, 사태의 변천에 따라 자유자재로 행동할 줄 알아야 한다. 또 앞에서도 말한 바와 같이 될 수 있으면 선(善)의 길에서도 멀어지지 말아야 하겠지만, 필요할 때는 악의 길에도 서슴지 않고 발을 들여 놓을 줄 알아야 하겠다.

그렇기 때문에 군주는 바로 앞에 기술한 다섯 가지 기질에 어긋나는 언행은 결코 삼가하여야 한다. 그래서 군주는 사람들을 인견(引見)하여 대화를 나눌 때 그들이 군주를 어디까지나 성실하고, 신의가 두텁고, 언동이 일치하고, 인정이 많고, 종교심에 가득 찬 인물이라고 생각하도록 마음을 쓰지 않으면 안 된다. 그 중에서도 신심(信心)이 두터운 것으로 생각케 한다는 것은 지극히 중요하다.

사람들은 대체로 당신을 속속들이 알기보다는 겉으로 나타난 외관만으로 당신을 판단하는 법이다. 눈으로 본다는 것은 누구에게나 가능하지만, 손으로 만진다는 것은 쉬운 일이 아니기 때문이다. 모든 사람들이 겉으로만 당신을 볼 뿐 실제로 당신을 아는 사람은 극소수이다. 거기에다 이 소수의 사람들도 군주의 권력이 뒷받침하는 다수의 여론을 반대하지는 못한다. 더구나 재판소가 환문(喚問)할 수 없는 사람들의 행위, 특히 군주의 행동에 관해서는 결과만이 중요할 뿐이다. 그래서 군주는 어쨌든 전쟁에 이기고 나라를 유지하는 것이 제일이다. 그러면 그의 수단은 누구로부터도 훌륭한 것으로 칭송받는 것이다. 대중은 언제나 외관만으로, 그리고 결과만으로 평가하게 마련이며 이 세상은 이들 속된 대중으로 가득 차 있다. 소수는 다수가 판단을 어떻게 하여야 할지 모를 때에 한해서 설득력을 가질 뿐이다.

여기서 이름을 굳이 밝힐 수는 없지만, 요즈음 어떤 군주는 입으로는 평화와 신의를 외치면서 실은 이 두 가지를 모두 반대하고 있다. 하기는 만약 그가 평화와 신의를 고지식하게 존중하였더라면, 아마 지금쯤 그의 국토도 그의 명성도 이미 남아나지 않았을 것이다.

(『군주론』 제18장 「어떤 방식으로 군주는 약속을 지켜야 하는가」
중에서)

(나) 공자께서 말씀하신 대로 분명 사회에 올바른 도리가 행해지는 것도 천명이라는 것이겠고 그에 반해 세상이 혼탁해지는 것도 이 역시 천명이라는 것이어서, 그에 대해서는 인간이 지니는 힘 따위는 아무런 도움이 되지 않을지도 모릅니다. 이러한 정세 아래서 인간은 작은 힘을 다해 자신이 옳다고 믿는 것을 향해 전진할 따름입니다.

이렇게 생각하면 그런대로 마음이 놓입니다만.

인간이 자신의 힘으로 세상을 움직였다든가, 움직이고자 한다든가 하는 생각은 당치도 않은 일이며, 크나큰 천명의 작업 아래서 그것을 응원하거나 역으로 항거하기도 하는, 오직 그뿐인 것입니다.

하긴 그것으로 되는 게 아닐까요? 천명이 겨냥하는 바를 믿을 수 있다면 거기에 자신의 생명을 바치면 되고 아무래도 믿을 수 없다면 하늘과 싸우다 죽는 수밖에 없겠지요.

'마음을 겸허하게 하여 하늘을 대하고 그리고 하늘을 섬기라.' 이 것이 제가 여러 부함 성밖에서의 사색의 결론이며 도달점이었습니다.

(이노우에 야스시, 『공자』 중에서)

(다) 인간의 착한 내면과 정치적 행위가 추구하는 목표 사이의 벌어지는 간극을 통제하기 위해서 마키아벨리는 몇 가지 제안을 하게 된다. 여기에서는 대중의 욕망과 야망을 기율하고 억제하는 데 작용하는 시민적 덕을 창조하고자 한다. 이를 위한 수단으로 법, 제도, 교육 및 종교체제가 제시된다. 이런 맥락에서 마키아벨리는 군대 조직을 가장 강조하게 되는데, 이는 플라톤 체제에서 교육이 담당하는 역할과 유사한 역할을 떠맡게 되었다. 모든 국가의 안보는 훌륭한 군사 훈련에 근거하며, 그것이 없는 곳에는 훌륭한 법이나 그 밖의 어떤 종류의 것도 존재할 수 없게 된다는 것이 마키아벨리의 생각이었다.

마키아벨리의 사상에 있어 국가 통치술과 영혼 통치술 간의 오래된 동반 관계는 종말을 고하게 된다. 따라서 새로운 지식은 악에 정통하여야 하고 그 주된 관심은 지옥을 피하는 것이라는 그의 비관적 어조는 그의 사상이 고전적 모델에 의해 고무된 것이 아니라 기독교 이후의 학문이라는 점을 확인케 한다.

(셸던 월린, 『마키아벨리의 정치사상』 중에서)

논점 (가)에서 우리는 마키아벨리가 주장하는 사적인 윤리와 공적인 윤리의 구별을 읽을 수 있으며, 정치란 어떤 이데아의 실현 통로라기보다는 권력 장악을 위한 각축장으로 이해된다. 말하자면 영혼이나 인격의 수양이 인간의 올바른 목표지만 그것은 결코 정치적 행위의 지침을 제공하지 못할 뿐 아니라 목표가 될 수도 없다.

(나)에서 공자는 정치의 원리를 천명이 실현되는 것으로 보고 있다. 하늘이 하는 일이라는 구절에서 특히 강하게 표현하고 있듯이 인간세계

의 현상적인 정치와 권력은 인간 밖의 어떤 본질에 의해 현현된 현상에 불과한 것이 된다. 이런 점에서 보면 마키아벨리의 정치관과 공자, 혹은 플라톤 같은 관념론자들의 그것과는 거리가 있는 것이 분명해진다.

(다)에서는 마키아벨리의 사상을 근대적인 것으로 평가하면서 이전의 정치사상과 마키아벨리의 그것 간의 차별성을 설명하고 있다.

(가)의 지문에 나타난 마키아벨리의 정치관은 근대적 정치학의 한 장을 열었다고 평가되기도 하지만 현대 시민사회의 입장에서 보자면 비판받아야 할 부분들이 많다. 마키아벨리 정치관의 근대적인 부분들을 (다)를 참고하여 정리해 보고, 오늘날의 입장에서 (나)와 비교하면서 그 단점을 비판해 보자.

마키아벨리 정치관의 요체는 우선 중세적인 기독교적 교리와 시민정치를 분리한 점에 있다고 하겠다. 그에 의하면 정치란 어떤 종교적 이상이나 윤리적 명분을 실현하는 장이 아니다. 명료한 눈을 가진 현실주의자로서 정치사상에 있어서 흐릿한 이상들을 제거하여 정치적 장 자체가 객관적인 연구의 대상이 되어야 함을 주장한 것은 초기 시민사회 시민들의 철학인 미신과 미몽에서의 해방 그리고 도덕적 종교적 이상과 분리된 근대적인 과학자의 태도를 방불케 한다. (다)에서 보이듯 국가 통치술과 영혼 통치술의 분리는 이러한 맥락에서 이해할 수 있겠다. 마키아벨리의 정치 사상은 말하자면 플라톤의 '철인왕의 통치를 통한 이상국가의 건설'과는 대조적인 입장을 지닌다.

그러나 이러한 입장은 중세적 지배질서에 대항할 때만 그 정당성을 보장받을 수 있다고 생각된다. 그는 전통적으로 중세적인 힘을 지닌 세습적 군주와 이제 새롭게 시작하는 새로운 군주를 대비시키곤 했다. 그에 의하면 전자는 이미 권력이 집중되어 있고 통치에 별 어려움이 없기 때문에 순수한 정치학의 대상이 아니라고 본다. 반면 새로운 군주는 새롭게 권력을 장악해 나가야 하고 아직은 약하지만 강력한 국가를 만들어 나가야 하기 때문에 이 경우야말로 진정한 정치가 필요하다고 간주한다. 전자의 권력이 우연한 요소에 의해 자주 행사된다면, 후자의 경우는 어떤 객관적인 테크닉의 필요성이 강조된다. 전자보다 후자는 개인의 정감에 의해 쉽게 영향받지 않는 것이다. 이러한 입장은 그가 중세적인 세습 군주에 대해 상당한 반감을 가지고 있다는 암시로도 읽을 수 있다.

한편 마키아벨리의 사상을 시민사회 확립기의 정치에 적용한다면 오히려 대중들을 통제하는 수단을 정당화시키는 이데올로기로 작용한다. 대중을 속이고 기만하며 대중의 의식구조를 조작하여 효율적으로 그들을 통치하는 통치술로 변하기 때문이다. 가령 제시문 (다)에서 보이듯 마키아벨리가 군대조직의 중요성을 강조한다거나 그것의 기능을 교육제도와 유사한 것이라고 생각할 때 그 제도란 어떤 이상을 실현하는 통로가 아니라 대중을 통제하는 제도적 장치로 간주하는 것이다.

따라서 오늘날의 정치에는 (나)의 지문에서 보이듯 뚜렷한 명분이나 목표 혹은 이상이 필요하리라 본다. (나)에서는 비록 '하늘의 뜻의 실현'이라는 명분을 내세웠지만 오늘날의 입장에서 보자면 대중의 인본적 권리의 보장이나 복지국가의 건설, 개인의 확장된 자유를 매개로 한 사회 전체의 발전 등의 목표를 설정해야 할 것이다. 이럴 때 정치가들은 자신들을 지배자로서가 아니라 국민에 대한 봉사자로서 간주하게 될 터이다.

(가) 공화 정체를 주로 다루면서 여러 정체 전반을 논한 『정략론』을 쓰기 시작해 놓고, 왜 중도에서 중단하고 단숨에 『군주론』을 완성하게 되었을까?

마키아벨리는 공화 정체 아래의 피렌체에서 태어나 자랐다. 사실상의 지배자는 메디치가의 로렌초 일 마니피코였어도, 피렌체는 오랫동안 공화 정체였고, 로렌초라는 뛰어난 지도자 아래서 교묘히 운영되던 시대에 마키아벨리의 정신은 형성되었던 것이다. 그리고 그에 뒤이은 소델리니 정권 아래서의 보다 민주적인 공화 정체가 15년에 이른 그의 작업장이었던 것이다. 이런 마키아벨리가 당시의 피렌체 시민 대부분과 마찬가지로 공화 정체에 친근감을 품고 있었다는 것은 당연한 일일 것이다. 그는 공화 정체의 공명자였다.

그런데 군주 정체를 논한 『군주론』이 먼저 탈고된 것이다. 그러나 거기서 그는 20년이 지나도 명군의 명성이 사그라지지 않는 로렌초 일 마니피코를 본받으라는 말은 하지 않았다. 오히려 몰락한 지 10년이 지났는데도 여전히 많은 이탈리아인이 마치 악마처럼 회상하고 있는 체사레 보르자를, 그 사람이야말로 새 군주의 모델로서 적격한 인물이라고까지 단언하고 있는 것이다.

그것은 자신도 실직의 고통을 겪은 마키아벨리의 가슴속에, 그 전에 그가 생각하고 있던 지도자에게 필요한 조건, 즉, 비르투(재능·역량·능력), 포르투나(운·행운), 여기에 다시 네체시타(시대의 요구에 합치하는 것, 시대성)라는 개념이 불가결하다는 확신이 싹텄기 때문이 아닐까? 그런 그의 눈에는 로렌초 일 마니피코가 아무리 명군으로서 명성이 자자하더라도, 지난 시대의 명군에 불과했던 것이다. 로렌초의 정치는, 국내에서 외양은 공화 정체더라도 실제로는 메디치가가 지배하는 참주 정체였고, 국외에서는 이탈리아 외부에서 전제 군주국의 대두가 아직도 약했던 시대에는 완벽하게 통용되었다. 로렌초 일 마니피코는 이탈리아가 아직 행복했던 시대의 명군이었던 것이다.

　로렌초의 죽음을 경계로 하듯 시대는 변했다. 불행한 시대의 피렌체를, 그리고 이탈리아를 구하려면, 이 시대의 요구에 부응할 수 있는 다른 인물이어야 한다고 마키아벨리는 생각한 것이다. 이를테면, 체사레 보르자 같은 인물이었다. 이것이 본래는 공화주의자였던 마키아벨리가 '전환'한 이유다. 이 공화 정체 공명자는 공화 정체를 버려야 한다는 데 생각이 미쳤다. 그러는 수밖에 이탈리아의 독립과 안전을 확보할 길이 없다는 결론에 도달한 것이다. 이 점이 마음의 친구임에는 변함이 없어도, 마키아벨리와 베트리가 결정적으로 다른 점이었다.

　마키아벨리는 이탈리아의 통일을 생각하고 있었던 것이다. 그러나 정치란 가능성의 기술이라고 생각한 그의 머릿속에는, 19세기 말에 가리발디와 카부르 백작의 협력으로 실현된 현대 이탈리아의 영토는 그려지지 않았을 것이다. 현대 이탈리아의 형태로서의 통일은 16세기 초두에는 비현실적이었다.

　첫째, 공고한 정체로 안정되고 강력한 경제력을 가진 베네치아공화국이 통일에 가담한다는 것은 상상도 할 수 없었을 것이다. 또 밀라노를 중심으로 하는 롬바르디아 지방에 대한 프랑스의 뿌리 깊은 야심도 프랑스의 군사력을 무시 못하는 이상 인정하는 편이 현실적이었다. 그러나 나폴리에서 시칠리아에 이르는 남이탈리아도 스페인 세력의 침투가 깊어 조급히 이를 뒤집기는 우선 어려웠다. 16세기 초두에 본격화된 프랑스, 스페인, 터키 등 대군주국 형성 시대에 대응할 수 있고, 이탈리아의 독립을 확보할 수 있는 강력한 군주국 창설의 가능성은 이런 현상 아래서는 중부 이탈리아밖에 없었다. 그것만 실현된다면 북으로부터의 베네치아와 프랑스, 남으로부터의 스페인의 세력 신장도 저지할 수 있었다. 다시 말해 이것이야말로 체사레 보르자가 구상하여 실행에 옮기려다 중도에서 좌절된 일이었던 것이다.

이런 마키아벨리의 생각은, 당시의 이탈리아에서는 혁명적이었을 것이다. 사람들이 체사레 보르자를 악마처럼 무서워하고 있었으니, 마키아벨리가 도무지 관청의 일자리를 얻지 못한 것은 당연한 일이었다. 마키아벨리의 재능을 높이 사서 그 이재를 활용한 피에로 소델리니조차도, 만일 마키아벨리가 이 같은 생각을 확립하기 시작하고 있다는 것을 알았다면 오싹 무서운 생각이 들어서 한직으로 돌렸을 것이다. 이렇게 되면 「예나 지금이나」에서 보여 준 서머싯 몸의 작가적 상상이 의외로 박진하지 않았던가 하는 생각이 든다. 말하자면, 『군주론』같은 것을 쓰게 되는 마키아벨리가 취직을 할 수 있다면, 체사레 보르자 밑에서나 가능하지 않았을까 하는 상상을 하게 된다는 것이다.

(시오노 나나미, 『나의 친구 마키아벨리』(한길사) 제14장
「『군주론』의 탄생」 중에서)

(나) 우리들은 지금까지, 군주를 법률의 힘에 의해 통합된, 정신적이고 집합적인 인격인 동시에, 국가에서의 행정권 대리 집행인으로 생각해 왔다. 이제 우리는 이 행정권이 하나의 자연인, 하나의 실재 인간의 손아귀에 집중된 경우를 고찰해 보아야겠다. 이 사람은 법률에 의해서 행정권을 마음대로 행사할 수 있는 유일한 사람으로, 우리는 그를 군주 또는 국왕이라 부른다.

집합체가 개인을 대표하는 다른 행정체계에서와는 정반대로 군주정체제에선 한 개인이 집합체를 대표한다. 따라서 군주를 형성하는 정신적 단위는 동시에 육체적 단위로서, 그 안에 다른 정체에서는 법률의 힘으로 겨우 결합시킬 수 있는 모든 직능이, 자연히 결합되어 있는 것이다. 이리하여 국민의 의사와 군주의 의사, 국가의 공적인 힘과 정부의 개별적인 힘이 모두 같은 원동력에 따른다. 기계의 모든 스프링이 한 사람의 손에 들어 있고, 모든 것이 하나의 목표를 향해 작동한다. 서로 파괴하는, 반대되는 움직임이란 없다. 그래서 보다 적은 노력으로 보다 중요한 운동을 일어나게 하는 다른 정체란 상상할 수도 없는 것이다. 해안에 조용히 앉아 힘 안 들이고 큰 배를 띄운 아르키메데스는 사무실에 앉아 넓은 나라를 지배하고 자신은 움직이지 않는 것 같으면서도 모든 것을 움직이는 능란한 군주같이 여겨진다.

그러나 군주정치보다도 더 활력이 있는 정치가 없는 것이 사실이지만, 또한 개인의 의사가 더 우위를 차지하고 더욱 쉽게 다른 의사를 지배하는 정치도 없다. 모든 것이 같은 목표를 향해 움직이는 것이 사실이지만, 이 목표란 대중의 행복이 아니다. 그래서 행정의 힘 자체가 국가를 끊임없이 해치는 것이다. 국왕들은 절대군주이기를 바란다. 그런 절대권력을 갖는 최선의 방법은 국민들로부터 사랑을 받는 것이라고 그들에게 소리쳐도 소용없다. 이 금언은 훌륭하고 어느 점에선 사실이다. 그러나 불행히도 궁정에선 이런 말을 항상 비웃을 것이다. 국민의 사랑에서 비롯된 권력이란 물론 가장 강한 권력이다. 그러나 이 권력은 불안정하고 조건적인 권력이어서, 군주들은 결코 이런 권력에 만족하지 않을 것이다. 가장 훌륭한 국왕도 자기의 지배권을 잃지 않은 채 마음만 내키면 잔인해질 수 있는 법이다. 정치에 관한 설교자들이, 국민의 힘은 군주의 힘이므로 군주의 가장 큰 이익이란 곧 국민이 번영하고 증가하며 강력해지는 것이라고 아무리 군주에게 말해도 헛된 일일 것이다. 군주에게 개인적인 이익은 첫째로 국민이 허약하고 가난하여 군주에게 반항할 수 없게 하는 것이다. 국민이 항상 완전하게 복종한다면, 군주의 이익은 국민이 강력해지는 것이 되므로, 이 국민의 힘이 자신의 힘이 되어 이웃 나라에 위세를 떨칠 수 있게 해준다는 사실을 나는 인정한다. 그러나 이런 이해 관계는 부차적이고 종속적인 것이며, 이 두 가지 가정이란 양립될 수 없기 때문에, 군주들은 항상 자기들에게 직접 이익이 되는 원칙 쪽으로 기울어지게 되는 것은 당연한 일인 것이다. 이것이 바로 사무엘이 히브리 사람들에게 강력하게 지적한 것이고, 마키아벨리가 분명히 보여 준 것이다. 그는 국왕을 가르치는 체 가장하여 국민들에게 커다란 교훈을 준 것이다. 마키아벨리의『군주론』은 공화주의자의 책이다.
(루소,『사회계약론』제6장「군주정치에 관하여」중에서)

> 제시문 (가)와 (나)는 모두 마키아벨리에 대해 우호적인 입장에서 씌어졌다. 그 우호적인 입장이 어떠한 것인지 각각에 대해 요약해 보자.

　(가)의 경우는 마키아벨리의『군주론』집필 시기라든지 마키아벨리 개인의 처지와 관련시켜 그의 인간적인 어려움을 일단 이해하면서 시작한다. 즉 마키아벨리가『군주론』을 집필하게 된 개인적인 입장이 그의 취직과도 관련이 있다는 점을 고려해 준다.『나의 친구 마키아벨리』라는 책의 제목이 암시하듯 그는 사실 평범하고 약점 많고 생활에도 지친, 그리하여 우리와도 아무런 차이가 없는, 따라서 친구로 지낼 수 있는 인간적 존재라는 점을 강조한다. 두 번째로 마키아벨리가『군주론』를 집필한 의도에 주목한다. 시오노 나나미에 의하면 마기아벨리는 이틸리아의 통일을 고려했었다. 이탈리아를 통일시키기 위해 당대의 시점에서 가장 적합한 체제가 무엇인가에 대해 먼저 생각했었다. 자신이 공화주의자라 하더라도 당대의 시점에서 공화제라는 체제를 가지고 이탈리아 외부의 강력한 전제 군주국에 대항하기란 거의 불가능할 뿐만 아니라 그 체제를 성립시키는 것 자체가 불가능하다고 마키아벨리는 보았다. 이런 정황에서 외부의 위험에 맞서 이탈리아를 방어할

뿐만 아니라 이탈리아의 통일까지도 바라보기 위해서는 어쩔 수 없이 강력한 군주제가 필요하다고 그는 생각했다. 이 점이 (가)의 저자가 마키아벨리의 입장을 옹호하는 기본적인 관점이라 생각된다. 즉 그는 공화제보다는 조국 이탈리아의 통일을 먼저 생각했다는 말이다. 이러한 생각은 당시 이탈리아의 입장에서 본다면 대단히 혁명적이었다는 지적도 덧붙이고 있다. 19세기 말에 와서야 이탈리아는 현재의 모습으로 통일되었으니 말이다.

(나)의 경우는 군주의 개인적 자의성에 대한 경고라는 측면에서 마키아벨리의 『군주론』을 옹호한 글이다. 루소에 의하면 강력한 군주가 되려는 군주의 권력욕이란 한이 없다. 나아가서 군주는 자신의 개인적인 변덕이나 자기 개인의 이익에 의존하여 사태에 대처하기도 하며 한편으로는 허약한 국민의 존재를 자신의 안정된 기반이라고 판단하기도 한다. 따라서 군주는 국민의 강력한 지지를 받는 군주가 대외적인 힘에서 강력하다고 할지 모르나 그것은 한시적인 것이라고 생각한다. 강력한 국민은 언제 군주에게 도전할지 모르기 때문이다.

따라서 군주는 절대군주가 되기를 바라고 국민의 허약함을 원한다. 루소에 의하면 이러한 군주정의 한계들 가령 국민의 이익에 반하는 궁정만의 이익 추구를 염두에 두고, 이를 극복하기 위해서 마키아벨리는 '군주의 가장 큰 이익이란 곧 국민이 번영하고 증가하며 강력해지는 것'이라고 주장했다는 것이다. '이것이 바로 사무엘이 히브리 사람들에게 강력하게 지적한 것이고, 마키아벨리가 분명히 보여 준 것'이다. 루소에 의하면 마키아벨리는 국왕의 탈선을 방지하여 강력한 국민의 존재를 염원하였고, 더 나아가 국왕을 가르치는 체 가장하여 국민들에게 국민의 힘에 대해 자각하라는 커다란 교훈을 주었다. 이런 의미에서 루소는 마키아벨리의 『군주론』을 공화주의자의 책으로 규정한 것이다.

일반적으로 마키아벨리는 그가 호의를 보였던 플로렌스의 강력한 지배자인 메디치가에 아부하기 위해서 『군주론』을 쓴 무법적인 음모가로 알려져 있다. 그 자신의 격률 '때때로 선한 것보다 선하게 보이는 것이 더 좋다'에서 느낄 수 있듯 목적을 위해서는 수단과 방법을 가리지 않아도 좋다는 비도덕적인 정치관을 펼친 마키아벨리, 그의 이름에서 비롯된 마키아벨리즘은 지금도 교활하고 비열한 의미로 사용되어, 교묘한 속임수, 위선, 사악함 등을 특징으로 한다.

그런 인물을 일본의 여성 작가 시오노 나나미가 자신의 저작 『나의 친구 마키아벨리』라는 책에서 재평가하여, 그의 새로운 면모를 드러낸다. 그녀가 찾아낸 마키아벨리의 미덕은 바로 시대 상황을 정확하게 꿰뚫는 통찰력. 나나미는 마키아벨리의 이 통찰력이 60년대 초 학생운동의 좌절로 방황하던 자신에게 큰 가르침으로 다가왔다고 밝혔다. 21세기 무한경쟁 시대, 불확실한 시대를 살아갈 현대인에게는 이런 지혜가 필요한 것인지, 최근 미국에서도 마키아벨리에 대한 재평가 작업이 활발하게 전개되고 있다.

하버드대학 교수 하비 맨스필드는 제목에까지 과감하게 '미덕'이란 단어를 사용한 『마키아벨리의 미덕』이란 책을 발간하여, 『군주론』이야말로 활용하기에 따라 인류역사상 가장 유용한 정치학서라고 주장한다. 현대인들이 마키아벨리의 결론에 지나치게 집착하다 보니 알맹이를 놓치는 우를 범한다고 지적한 그는 마키아벨리의 통찰력을 극찬하며, 화가 레오나르도 다빈치와 공동으로 인간 본성을 연구했던 활동에 초점을 맞춰 마키아벨리의 부정적 이미지를 벗겨내고 있다.

마키아벨리의 저작에 반종교적인 냄새가 강함에도 불구하고 그의 실제 생활은 신앙심이 아주 깊은 관대한 인품의 소유자로 묘사되는 등 과거의 인물은 현재와의 대화로 끊임없이 재해석됨을 역설하는 것이다.

프톨레마이오스와 코페르니쿠스의
2대 세계체제에 관한 대화

갈릴레이
Galileo Galilei

이탈리아의 천문학자, 물리학자, 수학자인 갈릴레이(1564~1642)는 이탈리아 피사에서 태어나 피사 대학을 다니다 중퇴하고 아버지의 친구이자 토스카나 궁정수학자인 오스틸리오 리치에게 배우면서 수학과 과학에 흥미를 느끼게 되었다. 이때, 습작으로 쓴 논문이 인정을 받아 대학 강사가 되었는데 베네치아의 파두아 대학에서 유클리드 기하학과 프톨레마이오스가 주장한 천동설 등을 가르치게 된다. 손수 망원경을 만들어 달의 표면이나 목성의 위성을 관찰, 보고하여 토스카나 대공인 메디치가의 전속학자가 되었다. 이후 자신이 만든 망원경으로 천체 관찰을 계속한 결과 천동설 대신 코페르니쿠스가 주장했던 지동설에 확신을 가지게 되었다. 이 결과가 1632년에 집필된 『프톨레마이오스와 코페르니쿠스의 2대 세계체제에 관한 대화』이다. 이 책은 교묘한 서술법을 사용하여 재판에 걸려들지는 않았지만 그 해 7월 교황청의 금서목록에 올라 1633년 이단심문소에 소환되어 자신의 죄를 인정하는 절차를 밟게 된다. 그가 이 절차를 거치고 나오면서 '그래도 지구는 돈다' 라고 중얼거렸다는 일화는 유명하다.

『프톨레마이오스와 코페르니쿠스의 2대 세계체제에 관한 대화 (Dialogo sopora i due massimi sistemi del mondo, tolemaico e copernicaon)』는 1632년 발표되었다. 당시는 교황청의 검열이 엄격하여 책의 서술을 논리적인 차원에서 직설적으로 수행할 수 없었다. 따라서 갈릴레이는 세 사람이 대화하는 형식으로 내용을 서술하면서 책의 내용이 '마치 코페르니쿠스의 편을 든 것처럼 꾸며' 서술했다고 서문에 쓸 정도로 자신의 의중을 위장하려 하였다.

이 책은 4일 간의 토론으로 구성되었다. 등장인물은 모두 세 명. 코페르니쿠스의 지동설을 입증하려는 살비아티와 아리스토텔레스의 'De Caelo' 및 프톨레마이오스의 '알마게스트' 즉 천동설을 신봉하는 심플리치오, 그리고 사회자격인 사그레도 세 사람이 그들이다. 첫째 날은 지구와 천체들의 유사점과 차이점에 대해 토론한다. 둘째 날은 지구의 자전에 대하여 토론하는데 이 부분이 이 책의 핵심이라 할 만하다. 아리스토텔레스나 프톨레마이오스가 주장하여 1400여 년 간 공식적인 이론으로 자리하던 천동설의 근거에 대해 살비아티는 조목조목 비판하는데 결국 심플리치오는 흥미를 갖고 좀더 사색해 보겠다는 입장으로 선회한다. 셋째 날은 지구가 공전한다는 것을 입증하는 토론이다. 지구 공전의 증거로 금성이나 화성의 모양 변화, 행성의 순행과 역행 등을 들고 있다. 넷째 날은 밀물과 썰물에 대해 이야기하면서 지구의 움직임과 이를 관련시키고 있다. 원래 갈릴레이는 종교재판에 걸리지 않기 위해 위에서 지적한 서술상의 편법 이외에도 서문에도 드러나듯이 순수 수학이론 차원에서 이 책을 서술하려 했다고 주장했다.

이 책은 중세기의 우주관과 신관에 대해 일대 타격을 가한 책으로 평가된다. 중세의 우주관이란 물론 천동설을 의미하는데 이 천동설은 우주에 대한 종교적인 의미를 함축한 것이어서 중세 사회를 지탱하는 이데올로기적 기능 역시 수행했었다. 물론 당시까지 일반화되던 천동설이 비과학적이었다는 것은 아니다. 당시의 수준으로 보건대 천동설을 주장하는 사람들의 논거도 역시 과학적인 증거물로 유지되었다. 그러나 여기에 종교적인 색채가 가미되어 아리스토텔레스의 이론에 의하면 월하권은 자연히 최하의 가치를 지니는 인간의 세계이고, 중간에는 천사의 영역, 그리고 항성계에는 신의 영역이 자리잡은 것으로 되어 있다. 따라서 이 천동설을 부정하는 것은 신에 대한 모독으로 간주되었다. 그러나 코페르니쿠스에 의해 천동설이 의심받고 케플러에 의해 행성 운동의 법칙이 발견되자 천동설은 점차 근거를 잃어 마침내 갈릴레이의 이 책을 통해서 지동설이 점차 확고히 자리를 잡아 가게 된다.

작품 읽기 1

(가) 심플리치오 : 같은 반론을 계속하고 있습니다. 코페르니쿠스의 이론에 따르자면 우리의 감각을 부인해야 함을 보이고 있습니다. 우리가 지구와 같이 움직이는 근본 원인은 우리 내부의 본질적인 요인이거나 아니면 외부의 요인이다. 즉, 지구가 우리를 잡아당기면서 가기 때문이다. 만약 후자라면 우리를 그런 식으로 잡아당기는 것을 전혀 느낄 수 없으니, 어떤 당기는 힘이 그와 직접 관계된 물체에게는 느껴지지 않거나 아니면 우리의 감각이 우리를 속이고 있다. 만약 전자라면 즉 내부의 본질적인 요인 때문이라면, 우리 자신에게서 나오는 어떤 움직임을 우리가 못 느낀단 말인가? 우리에게 딸린 영속적인 경향을 우리가 감지할 수 없단 말인가?

살비아티 : 우리가 지구를 따라 움직이는 근본 원인이 내부의 것이

든 외부의 것이든 우리가 반드시 느낄 수 있다는 게 이 사람 반론의 요지군. 우리가 그걸 못 느끼니 내부의 요인도 외부의 요인도 아니다. 그러므로 우리는 움직이지 않는다. 따라서 지구도 움직이지 않는다. 내가 반박하겠는데, 그게 어느 것이든 우리가 느끼지 못할 수 있어. 외부 요인일 가능성에 대해서는 배에서 행한 실험이 모든 난점을 제거해 주고도 남아. 우리는 배를 움직이게 할 수도 있고, 가만히 있도록 할 수도 있어. 우리 감각으로 두 경우 어떠한 차이가 있는지 감지해 내서 배가 움직이는지 가만히 있는지 판단하려고 해봐. 아무런 차이도 감지할 수 없었잖아? 지구에 대해서도 그런 차이가 발견된 게 없다 하더라도 이상할 게 없지. 지구가 우리를 싣고 영원히 움직인다 하더라도, 정지해 있는 것과의 차이를 감지할 수 있는 어떠한 실험도 고려해 내지 못할지도 몰라.

심플리치오, 자네는 파두아에서 항해를 한 일이 있지. 솔직히 말해 보게. 배가 어떤 장애물에 부딪히거나 또는 장애물을 피하기 위해서 갑자기 멈추면, 자네와 다른 승객들이 뜻밖의 일이라 굴러 넘어진 경우가 있겠지. 그런 경우말고, 자네가 움직이고 있다는 사실을 느낀 적이 있나? 어떤 커다란 장애물이 지구와 부딪쳐 지구가 움직이는 걸 막는다면, 자네는 몸이 움직이던 힘에 의해서 하늘의 별들에게로 튀어 올라갈 거야. 그때가 되면 몸안에 있는 힘을 깨닫게 될 거야. 다른 감각과 사색을 통해서 배가 움직인다는 사실을 깨달을 수 있는 건 사실이야. 땅 위에 있는 기둥들이나 건물들을 보면, 배외 떨어저 있기 때문에 반대 방향으로 움직이는 것처럼 보여. 지구가 움직인다는 사실을 그런 경험을 통해 깨닫고 싶으면 별들을 쳐다보게. 마찬가지 이유 때문에 별들은 반대 방향으로 움직이는 것처럼 보여.

이게 내부 요인이라 하더라도 우리가 느끼지 못하는 게 그리 놀라운 일은 아니야. 외부 요인이고 가끔 없어진다 하더라도 평소에 그걸 느낄 수 없는데, 그게 내부 요인이며 늘 우리와 같이 있다면 그걸 느

프톨레마이오스와 코페르니쿠스의 2대 세계체제에 관한 대화

끼지 못하는 게 당연하지 않나? 이 사람이 덧붙여 놓은 게 있나?

　심플리치오 : 불평을 조금 써 놓았습니다. "이 학설을 받아들이면, 바로 곁에서 일어나는 어떤 현상을 판단하려 할 때 우리의 감각이 틀리기 쉽고 쓸모가 없다고 의심해야 한다. 이런 못 믿을 기능을 바탕으로 어떤 진실을 찾아내기를 바라겠는가?"

　살비아티 : 훨씬 더 유용하고 확실한 교훈을 얻을 수 있지. 감각이 우리에게 제공하는 첫 느낌에 대해 너무 확신을 갖지 말고 신중하게 생각해 보게. 감각은 우리를 속일 수 있다. 무거운 물체가 아래로 떨어지는 것을 우리 눈으로 보면 단순한 직선운동일 뿐 다른 어떠한 운동도 아니지. 이 사람은 그걸 우리가 이해하도록 만들려고 이렇게 애를 쓰는 건 아니겠지? 그렇게 확실하고, 분명하고, 명백한 사항을 의심한다고 여기기 때문에 이렇게 화를 내고 불평을 하는 게 아닌가? 그 운동은 직선운동이 아니고 원운동이라고 주장하는 사람들은 돌멩이가 원을 그리며 움직이는 것을 보고 있다고 이 사람이 생각하는 게 아닌가? 이 현상을 해명하라고 사색에 호소하는 게 아니고 감각에 호소하는 걸 보면 이 사람이 그렇게 생각하는 것 같아. 심플리치오, 그건 사실과 달라. 내(나는 두 학설 중 어느 편에도 기울지 않았네. 단지, 코페르니쿠스의 옷을 입고 그 사람인 것처럼 연극을 하고 있을 뿐이야) 자신 돌멩이가 수직선 이외의 선을 따라 떨어지는 것을 본 적이 없고, 앞으로도 절대 볼 수 없을 거야. 그러니 눈에 보이는 모습은 의문의 여지가 없어. 우리 모두가 동의하고 있어. 우리는 다만 사색의 힘을 통해서 진실을 확인하고 거짓을 폭로하려는 것뿐이야.

　사그레도 : 천동설을 추종하는 대부분의 사람들보다 이 학자는 한 수 위인 것 같아. 한번 만났으면 좋겠어. 이 사람에게 존경을 표하는 인사로써 한 가지 알려줄 게 있어. 아마 그도 이 현상을 여러 번 보았을 거야. 지금 우리가 말했듯이, 겉으로 보이는 모습이 얼마나 쉽게 사람을 속이는지, 우리의 감각이 얼마나 쉽게 우리를 속이는지, 이 현

상을 보면 알 수 있어. 달밤에 길을 걸으면 달이 계속 따라오는 것처럼 보여. 걸음을 옮기면 발맞춰 따라오지. 달이 지붕 위로 미끄러져 움직이는 것을 보면 그래. 마치 고양이가 기와를 밟으며 뒤따라오는 것 같아. 우리가 사색을 하지 않으면 이 현상은 우리 느낌을 쉽게 속일 수 있을 거야.

심플리치오 : 단순한 감각이 우리를 속이는 예들은 얼마든지 많이 있습니다. 이런 감각에 대한 이야기는 제쳐 두고, 지구의 움직임이 자연 본성에서 유래한다는 이론에 대한 반론을 먼저 들어 봅시다.

지구가 자연 본성에 따라서 세 종류의 서로 다른 운동을 한다면, 그 움직임은 여러 가지 자명한 이치들과 상충될 것입니다. 첫째, 모든 결과는 어떤 원인에서 유래합니다. 둘째, 저절로 생기는 것은 없습니다. 따라서, 움직이도록 만드는 것과 움직이는 것은 같을 수가 없습니다. 외부의 다른 어떤 것에 의해서 움직여지는 물체뿐만 아니라, 내부 요인에 의해서 자연히 움직이는 물체에게도 이 원리가 적용됩니다. 만약 그렇지 않다면, 움직이는 물체는 결과이고 움직이도록 만드는 물체는 원인인데, 원인과 결과가 모든 면에서 서로 같아지게 됩니다. 그러므로, 어떤 물체이든 완전히 자신에 의해 움직여서 물체 전부를 움직이게 만드는 요인이며 물체 전부가 움직이는 결과가 될 수는 없습니다. 그 물체가 움직이도록 만드는 원리와 그에 따라서 움직이는 것을 그 물체에서 구별해 내야 합니다.

셋째, 우리가 감지하는 일들을 보면, 한 가지 일은 한 가지 결과만을 낳을 수 있습니다. 물론, 동물의 경우 정신은 여러 가지 일들을 할 수 있습니다. 보고 듣고 냄새 맡고 새끼를 낳고…… . 그러나 정신은 여러 종류의 기관을 통해서 이런 일들을 합니다. 즉, 우리가 감지하는 바로는 서로 다른 움직임은 서로 다른 원인에서 유래함을 보일 수 있습니다.

이런 자명한 이치들을 결합해 보면, 지구와 같이 단순한 물체가 자

프톨레마이오스와 코페르니쿠스의 2대 세계체제에 관한 대화

신의 본성에 따라서 세 종류의 서로 다른 운동을 동시에 하는 것은
불가능합니다. 앞에서 가정한 것에 따라서, 전체가 저절로 움직일 수
는 없습니다. 그러므로 지구가 움직이는 세 종류의 운동에 대한 세
가지 원인을 구별해 내야 합니다. 만약 그럴 수가 없다면 한 가지 원
인이 여러 가지 운동을 낳는 게 됩니다. 그러나 어떤 물체에 세 가지
자연스런 움직임의 원인들이 들어 있고, 움직이는 부분이 들어 있다
면, 그 물체는 단순한 물체가 아니고 세 종류의 움직이게 하는 원인
들과 움직이는 부분이 합쳐진 물체입니다. 그러므로 만약 지구가 단
순한 물체라면 지구는 세 가지 운동을 동시에 할 수 없습니다.

뿐만 아니라, 한 가지 운동만 할 수 있다면 코페르니쿠스가 주장한
운동은 단 하나도 할 수 없습니다. 아리스토텔레스가 보였듯이, 지구
는 중심을 향해서 움직이려고 하는 게 명백하기 때문입니다. 지구의
일부분을 떼어 놓으면 지표면을 향해 수직으로 떨어지는 것을 보면
알 수 있습니다.

살비아티 : 이 논리의 구성에 대해서는 고려해야 할 것도 많고 하고
싶은 말도 많아. 그러나 몇 마디 말로써 해결할 수 있으니, 이것을 갖
고 지나치게 일을 벌이고 싶지는 않군. 동물의 경우는 한 가지 원인
이 다양한 활동을 낳는다고 이 사람 스스로 밝혔잖아? 그러니, 해결책
을 내 손안에 쥐어 준 셈이지. 지구의 경우도 마찬가지로 한 원인에
서 다양한 움직임이 나온다고 나는 이 사람에게 답하겠네.

（『프톨레마이오스와 코페르니쿠스의 2대 세계체제에 관한 대화』
제2장 「둘째 날 이야기」 중에서）

(나) 바르베리니 : 싫으시오? 이 친구는 진지한 화제 쪽을 고집하는
군. 좋소. 갈릴레오 선생, 당신네들 천문학자들은 너무나 단순하게 스
스로를 천문학에 꿰 맞추려 든다고 생각지 않으시오?

(그는 갈릴레오를 다시 무대 전면으로 끌고 온다.) 당신네들은 당신네

두뇌에 적합한 원이며 타원, 일정한 속도, 단순한 운동 안에서 사고(思考)하지요. 만약 하나님께서 당신의 성좌들을 이런 식으로 운행시키고 싶어 하셨다면 어떻게 되겠소? (그는 손가락으로 허공에다 불규칙한 속도로 움직이는 극히 복잡한 궤도를 그린다.) 그렇다면 당신네들의 계산은 어떻게 되겠소?

갈릴레오 : 예하, 하나님이 세계를 이런 식으로 짜 맞추셨다면 —— (그는 바르베리니가 그린 궤도를 반복한다.) —— 그렇다면 우리의 두뇌도 이런 식으로 짜 맞추셨을 겁니다. —— (그는 똑같은 궤도를 반복한다.) —— 그래서 우리의 두뇌는 바로 이 같은 궤도들을 가장 단순한 것으로 인식했을 것입니다. 저는 이성(理性)의 존재를 믿습니다.

바르베르니 : 나는 이성을 미흡한 것이라고 여기고 있소. 저 친구 침묵을 지키는군. 자기가 보기엔 나의 이성이 미흡한 것이라고 말하고 싶겠지. 그렇지만 그러기에는 예의가 바른 친구야.

(웃으면서 난간으로 되돌아간다.)

벨라르민 : 이성이란, 선생, 별로 힘을 미치는 것이 못 되오. 사방에서 우리 눈에 보이는 것이라곤 사악함과 범죄, 나약함뿐이오. 진실이 어디 있소?

갈릴레오 : (격분해서) 저는 이성의 존재를 믿습니다.

바르베리니 : (서기들에게) 기록하지 말게. 이건 친구들 간의 학술적 담소일세.

벨리르민 : 이 깊은 세계 속에다(이 세계는 구역실나지 않소?) 뭔가 의미를 집어 넣으려고 초대교회 장로들과 그 후 수많은 이들이 치러 온 엄청난 수고와 깊은 성찰을 좀 생각해 보시오. 저 캄파냐에서 자기 땅의 농작물 때문에 소작인들을 반쯤 벌거벗겨 놓고 매질시키는 작자들의 야만성을 좀 생각해 보시오. 그런가 하면 그 농작물 때문에 그자들의 발에다 입을 맞추는 가난뱅이들의 무지스러움도.

갈릴레오 : 치욕스런 일이오! 이리로 오는 여행길에 저는……

프톨레마이오스와 코페르니쿠스의 2대 세계체제에 관한 대화

벨라르민 : 우리는 우리로선 불가해한 이러한 일들(인생은 온통 그런 일들뿐이오)의 의미를 저 높은 존재에다 책임전가시키고 그로써 어떤 섭리가 수행되는 것이라고, 만사는 하나의 위대한 계획에 맞춰 일어나는 것이라고 역설해 왔소. 그렇다고 해서 절대적 위안이 들어섰다고도 할 수 없소. 그런데 지금 선생은 천체의 운행에 불명한 점이 있다고 지고의 존재를 탄핵한단 말이오. 그러면서 선생 자신은 그걸 명백히 알고 있다고 말이오. 이게 분별 있는 짓이오?

갈릴레오 : (해명을 하려고 손짓을 하며) 저는 신앙심을 가진 교회의 자식……

바르베리니 : 당신 터무니없는 데가 있군. 천진스럽게도 천문학상 가장 굵직한 하나님의 오류를 지적하려 든단 말씀이야! 성서를 펴내기 전에 하나님께서 천문학을 미리 충분히 면밀히 검토하시지 않았겠나? 여보게!

벨라르민 : 당신이 창조해 낸 대상에 관해서도, 창조주 편이 피조물보다는 훨씬 정통하리라는 것이 확률상 옳은 얘기가 아니겠소?

갈릴레오 : 그렇지만 여러분, 결국 인간은 천체의 운행뿐 아니라 성경 말씀까지도 잘못 파악할 수 있다 이겁니다!

벨라르민 : 그렇지만 성경을 어떻게 파악하느냐 하는 문제는 궁극적으로 교회의 신학자들 소관이 아니겠소?

(갈릴레오 침묵)

벨라르민 : 보시오, 결국 당신도 입을 다무는구려. (그는 서기에게 신호를 보낸다.) 갈릴레오 선생, 오늘 밤, 교황청에서는 태양이 세계의 중심인 붙박이 별이며 지구는 세계의 중심도 아닐 뿐더러 떠돌아다니고 있다고 주장하는 코페르니쿠스의 학설을 어리석고 불합리하며 신앙의 측면에서 이단적이라고 결의했소. 나는 이 같은 의견을 포기하도록 당신에게 경고하라는 당부를 받았소이다. (서기에게) 이것을 다시 반복해 보게.

첫째 서기 : 벨라르민 추기경 예하께서 앞서 말한 갈릴레오 갈릴레이에게 오늘 밤, 교황청에서는 오늘 밤, 태양이 세계의 중심인 붙박이별이며 지구는 세계의 중심도 아니고 움직이고 있다고 주장하는, 코페르니쿠스의 학설을 어리석고 불합리하며 신앙의 측면에서 이단적이라고 결의했소. 나는 이 같은 의견을 포기하도록 당신에게 경고하라는 당부를 받았소이다.

갈릴레오 : 그게 무슨 뜻입니까?

(무도회장에서는 소년의 합창으로 앞서의 시 다음 연이 들려 온다.)

'나는 말했노라. 찬란한 계절은 유수같이 흐르는 법 : 장미를 꺾으라 5월이 가기 전에.'

(바르베리니는 갈릴레오에게 노래가 계속되는 동안 입을 다물고 있으라는 시늉을 한다. 그들은 키를 기울인다.)

갈릴레오 : 그렇지만 엄연한 사실은 어떻게 되는 겁니까? 본인이 이해한 바로는 이미 콜레기움 로마눔의 천문학자들께서 본인의 기록들을 인정하셨습니다.

벨라르민 : 심심한 만족을 드러내는 표현으로, 선생께는 명예가 되는 방식으로 그랬지요.

갈릴레오 : 그렇지만 목성의 위성들과 금성의 위상은……

벨라르민 : 교황청 회의는 그런 소상한 대목은 모른 채로 결정을 내렸소.

갈릴레오 : 그렇다면 앞으로의 모든 학문적 연구는……

벨라르민 : 전적으로 보장되지요, 갈릴레오 선생. 그것도 우리 인간은 알 수는 없지만 구할 수는 있다는 교회의 견해에 맞는 범위에서. (그는 다시 무도장의 한 손님에게 인사를 보낸다.) 이 학설 역시 수학적 가설 형태로 취급하는 것은 당신의 자유요. 학문은 교회가 가장 총애하는 합법적 딸이지요, 갈릴레오 선생. 우리 중의 누구도 선생께서 교회에 대한 신뢰를 전복시키려 한다고는 진심으로 생각지 않소.

프톨레마이오스와 코페르니쿠스의 2대 세계체제에 관한 대화

갈릴레오 :(격분해서) 신뢰란 그것이 요청되기 때문에 고갈되어 버리는 겁니다.

바르베리니 : 그래요? (그는 소리내어 웃으면서 갈릴레오의 어깨를 두드린다. 그리고는 그를 날카롭게 바라보고 제법 친절하게 말한다.) 쇠뿔을 바로잡으려다 소를 통째 죽이지 마시오, 갈릴레오 선생. 우리도 그렇게는 안하겠소. 우리는 선생을 필요로 하오. 선생 편에서 우리를 필요로 하는 것보다도 더.

벨라르민 : 어서 빨리 이탈리아의 가장 위대한 수학자를 교황청 의원에게 소개해 드리고 싶소. 그분도 당신을 지극히 존경하고 있다오.

바르베리니 :(갈릴레오의 다른 팔을 붙잡으며) 이렇게 해서 이 친구도 한 마리 양으로 변하는 거지. 선생, 당신도 스콜라파의 착실한 박사 차림으로 나타나는 게 좋았을 걸 그랬소. 이건 오늘 나한테 약간의 자유를 허용해 줄 가면이오. 이런 차림을 하고서라면 이렇게 중얼거릴 수도 있을 테지요 —— 하나님이 없으면 날조라도 해야지,라고 말요. 자, 우린 가면을 쓰도록 합시다. 저 딱한 갈릴레오한텐 가면이 없군.

(그들은 갈릴레오를 가운데 세우고 무도장으로 안내한다.)

첫째 서기 : 마지막 구절을 적었나?

둘째 서기 : 적고 있는 중이야. (그들은 열심히 기록한다.) 그 사람이 이성을 믿는다고 말한 대목을 적어 뒀나?

(종교재판소 추기경 등장)

종교재판관 : 담화가 있었나?

첫째 서기 :(기계적으로) 먼저 갈릴레오 선생이 따님과 함께 오셨습니다. 따님은 오늘 약혼을 했는데 약혼자는……(종교재판관 거절의 손짓을 한다.) 이어서 갈릴레오 선생은 우리에게 장기 놀음의 새로운 방식을 가르쳐 주셨습니다. 장기 말들이 일체의 경기 규칙에 아랑곳없이 장기판의 눈을 껑충 뛰며 움직일 수 있는 방식입니다.

종교재판관:(거절한다) 기록을 보세.

(한 서기가 그에게 기록을 건네 준다. 추기경은 앉아 기록을 훑어 본다. 두 명의 젊은 귀부인이 가면을 쓰고 무대를 횡단한다. 그들은 추기경 앞에서 무릎을 꺾으며 인사한다.)

(브레히트,「갈릴레오 갈릴레이의 생애」제7막 중에서)

논점 (나)의 희곡은 나치 체제하에서 망명길을 택했던 브레히트가 종교재판에 대한 두려움 때문에 자기의 견해를 위장하는 갈릴레이의 처지에 빗대어 자기 비판 혹은 고백을 한다고도 평가되는 작품이다. 그럼에도 갈릴레이 시대의 신과 인간의 문제에 대한 현대적인 해석이 돋보이는 작품이다.

통합형 문·답

> 제시문을 통해 지동설과 천동설의 대립이 어떤 의미를 지니는지에 대해 논술해 보자.

천동설이란 중세 사회를 지탱하는 우주관이었다. 이미 고대에 천동설을 주장한 아리스토텔레스에 의하면 우주는 월상권과 월하권으로 나누어져 있다. 우주는 4원소인 물, 불, 공기, 흙으로 구성되어 있는데 월하권은 이 4원소가 순서대로 구성되어 있지 않고 혼란스럽게 뒤섞여 있어서 끊임없는 변화가 일어나는 직선운동의 세계이다. 이에 반해 월상권은 제5의 원소인 신비한 에테르로 이루어져서 영원불변의 세계이며 모든 운동은 조화로운 원운동을 한다. 이러한 이론은 중세기에 이르러 종교적인 의미와 결합되어 월하권에는 인간의 세계가, 중간에는 천사의 세계가, 월상에는 신

프톨레마이오스와 코페르니쿠스의 2대 세계체제에 관한 대화

의 영역인 천국의 세계가 있는 것으로 해석되었다.

즉 이러한 입장은 신의 섭리로 우주가 창조되었다는 입장이기도 하다. 이러한 측면에서 보면 지구란 신이 자신의 모습으로 창조한 인간이 사는 곳이자 우주의 중심이다. 신의 섭리를 대행하는 교황이 있고 원죄의 구렁텅이에 빠져 있지만 신의 가르침 없이는 그곳에서 벗어날 수 없는 인간이 사는 곳이기도 하다. 이러한 천동설을 부정하는 일이란 따라서 비과학적일 뿐만 아니라 신을 모독하는 일이기도 했다.

주지하듯 신의 세계에서 인간의 세계로, 신앙에서 과학으로의 진전이란 근대사회로의 변화를 의미하는 것이기도 하다. 갈릴레이가 천동설을 부정하고 지동설을 긍정하는 행위는 근대 사회로의 변화를 알리는 과학의 목소리인 것이다. 특히 (나)의 글에서 추기경 벨라르민이 보여 주는 인간에 대한 혐오가 근대사회의 휴머니즘 정신에 정면으로 반대하는 중세적인 입장이라면, 반면 갈릴레이가 인간의 이성에 대해 신뢰를 보내는 입장은 근대적이라 할 수 있다.

뿐만 아니라 이러한 지동설의 주장은 인간은 원숭이에서 진화해 왔다는 다윈의 진화론, 인간은 자기의식의 주인이 되지 못한다는 프로이트의 무의식론과 함께 우주의 중심에 지구가 존재하는 것이 아니라는 점을 강조하여 중세 사회의 인간과 신관을 그 근저에서부터 흔들어 놓았다고 볼 수 있다. 한편 현대 천체과학 발달사에서 보더라도 코페르니쿠스에 의해 제기되고 케플러에 의해 주장된 지동설을 입증하였다는 점에서 '천문학의 혁명'으로 평가받고 있다.

갈릴레이

(가) 몇 년 전에 로마 교황청은 지구가 움직인다고 주장하는 피타고라스 학파의 의견을 금하는 칙령을 내렸다. 이것은 우리 시대에 유행하는 위험한 사조를 막기 위한 온당한 조치였다. 이 칙령이 분별 있는 심리에 의해서 나온 것이 아니라 맹목적인 격정에 의해서 잘못 내려진 것이라고 주장하는 경솔한 사람들이 있다. 천문학 관측에 대해 아는 게 전혀 없는 성직자들이 성급하게 금령을 내려서 지성적인 사색을 방해하고 있다는 불평이 있다.

이런 오만하고 무례한 불평을 듣고, 나는 가만히 있을 수가 없었다. 그 현명한 결정에 대해 잘 알고 있기 때문에, 나는 이 세상 넓은 무대에 나서서 진실을 증언하기로 결심했다. 당시에 나는 로마에 있었다. 재판정에서 가장 높은 고위 성직자가 나를 반겨 주었으며, 그들은 나를 칭찬해 주었다. 그들은 그 칙령을 미리 내게 알려 준 다음에 공표했다.

나는 이 책을 통해서 우리 이탈리아, 특히 로마에서도 이 문제에 대해 외국 못지않게 잘 알고 있음을 밝히겠다. 알프스 너머 사람들이 상상하는 것 이상으로 잘 알고 있다. 코페르니쿠스의 지동설에 대한 모든 사항들을 다루겠다. 이 모든 것들은 로마의 검열을 거쳤음을 밝힌다. 우리도 지적 즐거움을 마음껏 추구할 수 있으며, 매우 교묘한 이론을 발견하고 연구할 수 있는 환경 속에 살고 있다.

이것을 보이기 위해서 나는 이 책에서 코페르니쿠스 편인 것처럼 꾸몄다. 순수한 수학 이론으로서 지동설이 지구가 움직이지 않는다는 이론에 비해 더 낫다는 점을 조목조목 밝혔다. 그러나 그게 꼭 그렇다는 말은 아니고, 일부 소요학파 철학자들의 주장에 비해 낫다는 말이다. 사실 이 사람들은 걷지도 않으니 소요학파라는 이름을 붙일 가치조차 없다. 그들은 그늘을 숭배하며, 정당한 자료들을 바탕으로 사

프톨레마이오스와 코페르니쿠스의 2대 세계체제에 관한 대화

색하지 않고 몇몇 그릇되게 이해한 원리들을 바탕으로 철학을 전개한다.

이 책은 세 가지 중요한 내용을 다루고 있다. 첫째, 지구에서 행하는 모든 실험은 지구가 움직이지 않음을 증명할 수 없음을 밝혔다. 왜냐하면 지구가 움직이든 가만히 있든 아무런 차이도 생기지 않기 때문이다. 옛날 사람들이 몰랐던 여러 관측 결과들을 써서 이것을 밝히겠다. 둘째, 천체들의 온갖 움직임을 자세히 연구하여서 코페르니쿠스의 지동설이 올바름을 확실하게 밝혔다. 새롭게 잘 생각하면 천문학을 훨씬 더 단순하게 만들 수 있다. 그러나 자연이 꼭 그렇게 되어 있다는 말은 아니다. 셋째, 내가 생각해 낸 교묘한 개념을 설명하겠다. 바다에 밀물, 썰물이 생기는 것은 지구가 움직이기 때문일지도 모른다는 생각을 나는 오래전에 말했다. 내 이런 생각은 사람들의 입을 통해서 널리 퍼졌으며, 이것을 바탕으로 교묘한 이론을 전개하는 사람도 나타났다. 누구든 내가 설명한 것을 받아들인다면, 나를 보고 남의 이목을 끌기 위해서 이런 중요한 문제를 함부로 다루고 있다고 나무라지는 않을 것이다. 그러니 지구가 움직인다는 가정을 바탕으로, 이것이 실제일 듯함을 밝힐 필요가 있다.

(『프톨레마이오스와 코페르니쿠스의 2대 세계체제에 관한 대화』
서론 중에서)

(나) 1933년 6월 22일 종교재판에서 갈릴레오 갈릴레이 지동설을 철회하다.

쏜살같이 흘러간 6월의 어느 날,
그날은 네게도 내게도 중요한 날이었지.
암흑으로부터 이성이 솟아 나와
하루 종일 문 앞에 서 있었지.

(로마에 있는 플로렌스 사절의 궁전 안. 갈릴레오 제자들이 소식을 기다린다. 키 작은 사제와 페데르초니는 눈금을 껑충 뛰며 신식 장기를 두고 있다. 한쪽 구석에서 비르기니아가 무릎을 꿇고 천사 축사를 올리고 있다.)

키 작은 사제 : 교황께서 선생님을 맞아들이지도 않았네. 학문적 토론은 아예 없었지.

페데르초니 : 교황이 선생님의 마지막 희망이었는데. 수년 전 교황이 아직 추기경 바르베리니 시절에 그는 로마에서 말한 적이 있었지 —— 우리는 당신을 필요로 하오,라고. 지금 그들이 선생을 수중에 쥐고 있네.

안드레아 : 그들은 선생님을 죽일 거야. '디스코르시'는 끝까지 씌어지지 못할 거야.

페데르초니 : (그를 훔쳐보다) 그렇게 생각하나?

안드레아 : 선생님은 결코 철회하지 않으실 테니까.

(휴지)

키 작은 사제 : 밤중에 잠이 안 와 눈을 뜨고 누워 있으면 별별 쓸데없는 생각들이 몰려온단 말야. 이를테면 지난 밤 나는 줄곧 생각했지, 선생님께서 베니스 공화국을 아예 떠나지 마셨더라면 하고.

안드레아 : 거기선 선생님께서 책을 쓰실 수가 없었어요.

페데르초니 : 그런데 플로렌스에서는 그 책을 발표할 수가 없었잖아.

(휴지)

키 작은 사제 : 그리고 또 혹시 저들이 선생님께서 늘 주머니에 넣고 다니는 작은 돌멩이를 그냥 두었는지 어쨌는지 그런 생각도 했다네. 선생님의 증거석 말일세.

프톨레마이오스와 코페르니쿠스의 2대 세계체제에 관한 대화

페데르초니 : 그자들이 선생님을 끌고 가는 그곳에는 호주머니 따위는 딸려 가지도 않아.

안드레아 : (큰소리로 외치며) 그자들은 감히 그럴 수는 없을 거야! 또 설사 저들이 그런 짓을 한다 쳐도 선생님은 철회하지 않으실 겁니다. "진실을 모르는 자는 단지 한낱 바보에 그치지요. 그렇지만 진실을 알고도 그것을 거짓이라고 칭하는 자는 범죄자란 말요."

페데르초니 : 나도 그렇게는 생각지 않아. 만약 선생께서 그러신다면 난 살고 싶지도 않으리. 하지만 저자들은 폭력을 쥐고 있는걸.

안드레아 : 폭력이 모든 것을 해내지는 못해요.

페데르초니 : 그럴는지 모르지.

키 작은 사제 : (조그만 소리로) 선생님이 감옥에 들어간 지 벌써 23일째, 어제 대심문이 있었고 오늘 회의가 열리고 있군. (안드레아가 키를 기울여 듣자 목청을 높여) 지난날 칙령이 발표되고 이틀 뒤에 내가 여기로 선생님을 찾아왔을 때, 우리는 같이 저쪽에 앉아 있었다네. 그때 선생님은 정원의 해시계 곁에 서 있는 작은 프리아프 상(像)을 가리키셨지. 여기서도 보일 걸세. 그러면서 자신의 일을 한 구절도 바꿔 넣을 수 없는 호라티우스의 시(詩)와 비교하셨다네. 진실을 추구하게끔 자신을 몰아세우는 심미적 감각에 관해 말씀하신 거지. 그리고 이런 모토를 말씀하셨어. —— (라틴어로) 겨울에나 여름에나 가깝거나 멀거나 살아서나 그 이후에 이르기까지. 선생님이 염두에 두신 건 바로 진실이었다네.

안드레아 : (키 작은 사제에게) 콜레기움 로마눔에서 그들이 망원경을 관측하고 있는 동안 선생님께서 어떤 모습으로 서 계셨는지 페데르초니씨에게 들려 드렸나요? 얘기 좀 해보세요! (키 작은 사제, 고개를 가로 젓는다.) 선생님은 보통 때와 똑같은 태도셨지요. 두 손을 허벅지에 얹고 배를 쑥 내민 채 말씀하셨어요 —— 여러분 이성을 가지시기를 간청합니다!라구요. (그는 웃으며 갈릴레오 흉내를 낸다.)

갈릴레이

(휴지)

안드레아 : (비르기니아에 대해) 따님께선 부친이 철회하시기를 기원하고 있군요.

페데르초니 : 내버려두게. 그자들과 얘기를 나눈 후에 제정신이 아니니까. 그들은 플로렌스에 있는 아가씨 고해 신부까지 이리로 소환했다네.

(플로렌스 대공의 궁전에서 보이던 예의 수상한 인물이 등장)

인물 : 갈릴레오 선생께선 곧 이리로 오실 겁니다. 잠자리가 필요할 겁니다.

페데르초니 : 석방되신 거요?

인물 : 다섯시 종교재판회의 석상에서 갈릴레오 선생의 철회 성명 발표가 있기를 모두 기다리고 있습니다. 성 마르쿠스 교회의 큰 종이 울리고 철회 취지가 공식 발표될 겁니다.

안드레아 : 그렇지 않을 겁니다.

인물 : 골목마다 사람들이 운집해 있기 때문에 갈릴레오 선생은 궁정 뒤쪽 이곳 후문으로 이송될 겁니다. (퇴장)

안드레아 : (갑자기 큰소리로) 달은 한낱 땅덩이고 자체의 빛을 갖고 있지 않습니다. 그리고 금성도 자체의 빛을 갖고 있지 않고 지구와 똑같이 태양의 주위를 돌지요. 또 목성은 항성들 가운데 가장 위쪽에 위치하며 어떤 껍질 층에도 고착되어 있지 않으며 그 주위에는 4개의 위성이 돕니다. 또 태양은 세계의 중심이며 제자리에 고정되어 있습니다. 그런가 하면 지구는 중심이 아니며, 움직이고 있습니다. 그리고 선생님은 이것을 우리에게 보여 주신 분입니다.

키 작은 사제 : 이미 보인 것을 폭력이 안 보이게 만들 수는 없지요.

(휴지)

페데르초니 : (정원의 해시계를 내다본다) 다섯시로군.

(비르기니아 더 큰소리로 기도를 올린다.)

프톨레마이오스와 코페르니쿠스의 2대 세계체제에 관한 대화

안드레아: 더 이상 참을 수 없어요! 저자들이 진실을 처형하고 있단 말입니다!

(그는 두 키를 막는다. 키 작은 사제도 마찬가지. 그러나 종은 울리지 않는다. 비르기니아의 중얼대는 기도 소리만 들리는 잠시의 시간이 흘러간 뒤 페데르초니는 아니라는 시늉으로 고개를 가로 젓는다. 다른 두 사람 손을 내린다.)

페데르초니:(쉰 소리로) 아무 소리도 안 나, 다섯시가 삼 분 지났는데.

안드레아: 선생님은 항거하시는 겁니다.

키 작은 사제: 철회하시지 않는 거요!

페데르초니: 그렇다오. 아, 얼마나 잘된 일인지!

(그들은 포옹한다. 모두 기뻐 들떠 있다.)

안드레아: 그러니까 폭력으로 안 된 겁니다! 폭력이 모든 걸 해벌 수는 없습니다! 그러니까 —— 어리석음이 굴복당한 겁니다. 그것은 불가항력의 것이 아니예요! 그러니까 —— 인간은 죽음을 두려워하지 않는 겁니다!

페데르초니: 이제야말로 지식의 시대가 시작되는 것이네. 지금은 태동기지. 선생님께서 철회하셨더라면 어떻게 되었겠나 생각해 보게!

키 작은 사제: 그렇게 말하진 않았소. 다만 너무 염려스러웠지. 내가 믿음이 부족한 탓이야!

안드레아: 그렇지만 저는 이렇게 될 출 알았어요.

페데르초니: 마치 해가 뜨자 깜깜해진 그런 느낌이었네.

안드레아: 마치 산이, 나는 물이다라고 말한 것 같았어요.

키 작은 사제:(눈물을 흘리며 무릎을 꿇는다) 주여, 감사합니다.

안드레아: 이제 오늘로서 모든 것이 변했어요! 인간이, 핍박받은 자가 고개를 들고 나는 살 수 있다고 말하는 겁니다. 단 한 사람이라도 일어서서 아니오라고 말한다면 그만큼 이긴 겁니다!

(그 순간 성 마르쿠스의 종이 요란하게 울리기 시작한다. 모두가 얼어 붙어 서 있다.)

비르기니아 : (일어서며) 성 마르쿠스의 종소리다! 아버지는 형을 받지 않으셨어!

(거리로부터 아나운서가 갈릴레오의 철회를 낭독하는 소리가 들려 온다.)

아나운서의 목소리 : "플로렌스의 수학 및 물리학 교수인 나 갈릴레오 갈릴레이는 태양이 세계의 중심으로 한 지점에 붙박여 있으며 지구는 중심도 아니고 붙박이도 아니라는 본인의 지금까지의 학설을 맹세코 부인합니다. 본인은 진심으로, 가식 없는 믿음으로 이 모든 오류와 이단 행위를, 요컨대 교회를 거역하는 일체의 다른 오류와 다른 의견을 부인, 저주합니다."

(어두워진다.)

(다시 밝아지면 종소리는 여전히 울리다가 사라진다. 비르기니아는 퇴장하여 없고 갈릴레오의 제자들은 그냥 있다.)

페데르초니 : 그는 너의 노고에 대해 제대로 지불하지도 않았지. 바지 하나 살 수도, 자기 책을 출판할 수도 없었어. '학문을 위해 일했다'는 이유로 그런 고통을 겪어 온 거야!

안드레아 : (큰소리로) 영웅을 갖지 못한 불행한 이 나라여!

(소송절차로 인해 알아볼 수 없을 정도로 완전히 변한 모습의 갈릴레오 등장. 그는 안드레아의 말을 들었다. 얼마 동안 그는 문께에 서서 인사를 기다린다. 그러나 아무 반응이 없자 —— 제자들은 그를 보고 피해 물러난다. —— 그는 천천히 나쁜 시력 때문에 불안정하게 앞쪽으로 걸어 나와 발판을 하나 발견하고 거기에 주저앉는다.)

안드레아 : 나는 그 사람을 바로 볼 수 없어요. 나가라고 그러세요.

페데르초니 : 진정하게.

안드레아 : (갈릴레오를 향해 소리친다) 술고래! 달팽이나 먹는 식도

프톨레마이오스와 코페르니쿠스의 2대 세계체제에 관한 대화

락가! 당신은 그래 그 잘난 목숨을 건져 냈나요? (앉는다) 기분이 언짢아요.

갈릴레오 : (냉담하게) 그에게 물을 한 잔 주게나!

(키 작은 사제가 밖으로 나가 안드레아에게 물 한 잔을 가져다 준다. 다른 이들은 키를 모으고 발판에 앉아 있는 갈릴레오를 아랑곳하지 않는다. 멀리서 다시 아나운서의 목소리가 들려 온다.)

안드레아 : 조금만 거들어 주시면, 다시 걸을 수 있어요.

(그들은 안드레아를 문께로 안내한다. 그 순간 갈릴레오가 입을 뗀다.)

갈릴레오 : 영웅을 필요로 하는 불행한 이 나라여!

(브레히트, 「갈릴레오 갈릴레이의 생애」 제13막 중에서)

통합형 문·답

> 제시문들은 과학자 혹은 지식인들이 사회적 압력에 의해 자신의 과학적 진리를 유보하는 모습을 담고 있다. 살기 위해 진리를 철회하는 경우와 진리의 고수를 위해 순교하는 경우를 상정하고 어느 한쪽의 입장을 택하여 자신의 견해를 피력해 보자.

갈릴레이가 종교재판에 회부되었다가 나오면서 '그래도 지구는 돈다'고 이야기했다는 일화는 잘 알려져 있다. 그러나 그것이 사실인지 아니면 후세 사람들에 의해 첨가된 이야기인지는 확인할 길이 없다고 한다. 말하자면 그것은 그가 신념을 고수해 주기를 바라는 후세인들의 소망의 표현일지도 모른다. (가)의 글을 보면 사실 갈릴레이는 자신의 지동설을 서문에서부터 부정하는 듯한 느낌을 강하게 준다. 기회주의적인 태도가 엿보이는 것이다. 물론

갈릴레이

당시의 숨막히는 상황 속에서 자신의 생명을 보호하기 위해 취할 수밖에 없었던 언사로 이해할 수는 있겠지만 과학자로서의 그와 생활인으로서의 그는 엄격한 의미에서는 분리되어야 한다고 생각한다. 가령 과학자의 과학의 논리에 생활인으로서의 논리가 침투해 들어간다면 이미 현대의 역사가 증명해 주듯이 원자탄이나 레이저 무기가 상업적으로 이용될 경우를 진지하게 비판할 수 있는 근거가 없어지기 때문이다. 왜 원자탄을 개발했는가라는 질문에 '살기 위해서 그럴 수밖에 없었다'는 생존논리의 답변밖에 기대할 수 없는 것이다. 그러나 그 답변만으로 그의 행위가 정당화되지는 않는다고 생각된다.

(나)의 글에서도 확인되듯이 갈릴레이는 영웅이 필요 없는 시대 즉 순교가 필요 없는 시대를 염원하였다. 그의 어린 제자가 영웅이 필요한 시대라고 주장하는 것과 대조적이다. '영웅을 필요로 하는 불행한 이 나라여!'라는 외침이 그것인데 이러한 대립은 위의 맥락에서도 비판할 수 있다. 과학적인 진리가 부정되는 비합리적 사회를 개선하기 위해서 역사상으로 많은 사람들이 순교의 길을 걸어 왔다. 반면 진리가 무엇인지 알면서도 더 많은 사람들은 진리를 포기하고 생존을 위해 굴복하여 억압적 체제를 위해 봉사해 왔다. 물론 갈릴레이가 그런 극단적인 태도를 취했다는 것은 아니다. 그러나 과학자 혹은 지식인 일반으로 갈릴레이를 환원시켜 이야기하자면 그렇다는 것이다. 이러한 이유에서 필자는 후사의 경우가 더 바람직하다고 생각한다.

프톨레마이오스와 코페르니쿠스의 2대 세계체제에 관한 대화

리바이어던

홉 스
Thomas Hobbes

홉스(1588~1679)는 런던 교외의 작은 마을에서 시골 교구 목사의 아들로 출생하였다. 성미가 사나운 그의 부친은 싸움을 일삼다가 가족을 남겨둔 채 도망가 버렸기 때문에 홉스는 숙부의 손에 의해 키워졌다. 매우 조숙한 편이었던 그는 1603년 옥스퍼드 대학에 입학했으나 학교 교과에는 별다른 흥미를 느끼지 못했고, 서점을 돌아다니거나 세계지도를 보며 생각에 잠기는 것을 낙으로 삼았다. 대학 졸업 후 디밴셔 백작가의 가정교사로 들어간 홉스는 백작가의 풍부한 장서와 충분한 여유를 통해 학구생활의 기회를 얻는다. 또한 세 차례 대륙 여행에서 데카르트, 갈릴레이 등과의 교우는 그에게 큰 영향을 미쳤다. 물성론, 인간론, 국가론으로 나누어지는 그의 철학에서는 특히 국가론이 유명한데, 이기적 동물인 인간 사회에 질서를 가져오기 위해서는 전제정치가 필요하다고 설명하였다. 주요 저서로 『철학의 근본문제』(1642~58), 『리바이어던』(1651) 등이 있다.

인류 역사는 17세기를 근대적 자연과학이 획기적 발전을 이룬 시기로 기록하고 있다. 즉 뉴턴의 만유인력 법칙의 발견, 데카르트·파스칼·라이프니츠 등에 의한 근대수학의 성립 등은 그 대표적인 사례이며, 이외에도 보일과 린네는 근대 화학과 식물학의 기초를 놓았다. 또한 철학에 있어서도 합리주의적 계몽사상이 발흥하여 급속히 전유럽에 전파되었으며, 이를 토대로 데카르트의 합리주의 철학과 베이컨의 경험주의 철학이 근대 철학의 두 줄기로 성립되었던 것도 바로 이 시기이다.

이렇듯 중세로부터 근대로 이행하는 격렬한 전환 시기에 홉스는 그의 정치사상의 대표적 저작이라고 할 수 있는 『리바이어던(Leviathan)』을 세상에 내놓았다. 홉스가 활동하던 17세기의 영국은 근대적 자연과학과 철학의 성립을 배경으로, 근대적 정치제도의 확립을 향해 나아가는 극심한 정치적 격변기였다. 절대왕정의 학정은 끊임없는 내란을 불러일으켰고, 결국 청교도 혁명(1649)에 의해 찰스 1세가 처형되고 공화정이 수립되기에 이르렀다. 『리바이어던』이 씌어진 1651년은 바로 청교도 혁명 직후에 해당한다. '리바이어던'은 원래 『구약성서』의 「욥기」에 나오는, 지상 최강의 수서 동물이다. 홉스는 그 당시의 혼란을 수습할 수 있는 강력한 주권의 출현을 희망하며 이 책을 집필했던 것이다.

『리바이어던』은 홉스 사상의 성숙기라고 할 수 있는 50대에 구상, 집필되어 그가 63세 되던 해에 출판되었다. 그의 사상이 집대성, 체계화된 이 저술은 서론·결론 외에 제1부 인간론, 제2부 국가론, 제3부 기독교 국가론, 제4부 암흑의 세계론 모두 4개의 장으로 나누어져 있다. 정치 사상을 다룬 이 책의 출발점이 인간론이라는 사실은 무엇보다 흥미로운 점이다. 홉스는 기본적으로 유물론자로서 신마저도 미묘한 물체라고 생각했으며, 인간은 고도로 복잡한 기계라고 보았다. 또한 인간의 행동은 내적 의지인 격정(passion)에 의해서 지배되며, 그 격정은 이성을 수단으로 하기 때문에 언어와 논의와 과학을 건설하는 등 다른 동물과 구별된다고 보았다. 이러한 인간이 지니는 정념 중에서도 특히 홉스가 강조한 것은 죽음에 대한 공포와 권력 추구욕이다. 죽음에 대한 공포와 권력욕으로 인해 자연상태 속에서 인간들은 '만인의 만인에 대한 투쟁' 상태에 놓여 있다. 홉스는 비록 자연상태를 벗어난 조직화된 시민사회라 하더라도, 이와 같은 자연상태가 억제되어 있기는 하지만 항상 우리와 함께 있다는 사실을 환기시킨다. 주권에 대해 절대성을 부여하는 홉스의 입장은 바로 이러한 인간 및 자연상태에 대한 관점에 기인한다.

그러나 주권의 절대성을 주장하고 있지만, 홉스의 절대주권론은 절대주의 시기의 왕권신수설과는 성격을 달리한다. 왕권신수설에서 주권은 신의 의지의 표명으로 설정된다. 그러나 홉스에게 있어서 주권의 절대성은 개인들의 동의에 의해 형성된다는 점에서 사회계약론에 바탕을 두고 있다. 또한 홉스는 국가의 권위가 한편으로는 절대적이지만 결국 조건적임을 분명히 하고 있다. 즉 국가의 권위는 국가 스스로의 의무를 완수하고 국민들의 생명을 보호하는 실제적 힘에 달려 있다는 것이다. 훗날 시민적 전망의 다양한 갈래 중의 하나인 자유주의가 승리를 거둠에 따라 홉스의 철학사상 중 개인주의적인 면모는 무시되고 반대로 권위주의적인 면모만이 강조되어 왔다. 그러나 새로운 혼란의 시기라고 할 수 있는 20세기 말의 시점에서 홉스의 사상은 새로운 평가를 받는 상황에 이르렀다.

(가) 국가는 다수의 인간이 서로서로 어떤 한 인물 또는 인간집단에 대해서 다수에 의해 그들 모두의 인격을 대표할 수 있는 권리가(즉, 그들의 대표자가 되도록) 주어지는 데 관해 합의하고 계약하는 때 제도화된다고 말해진다. 그것에 대한 찬성 또는 반대를 막론하고 모든 사람은 그 인물이나 또는 그 인간집단의 모든 행위와 판단을 마치 그 자신의 것인 양 승인하여 끝까지 그들 상호간에 평화롭게 살고 또 타인들로부터 보호받게 되는 것이다.

이러한 국가 제도로부터 회합을 행한 인민의 동의에 의해, 주권이 수여된 인물 또는 그 집단 사람의 모든 권리와 능력이 나온다.

첫째, 그들은 계약했기 때문에, 여기에 배치되는 어떤 것에 대해서도 이전의 계약에 의해 의무를 갖지 않는 것으로 이해될 수 있다. 그리고 결과적으로 이미 국가를 제정한 사람들은 계약에 의해 한 사람의 행동과 판단을 소유하도록 했기 때문에, 어떤 일에 있어서나 그의 허락 없이는 다른 사람에게 복종하는 새로운 계약을 합법적으로 체결할 수 없다. 그러므로 어떤 한 군주의 신민인 사람들은 그의 허락 없이는 군주체제를 방기(放棄)할 수 없으며 통일성 없는 혼란한 다수로 복귀할 수 없다. 또한 그들의 인격을 책임지고 있는 그로부터 다른 인물 또는 다른 인간집단에게 그들의 인격을 양도할 수도 없다. 그들은 서로서로에 대해 이미 그들의 주권자가 된 사람으로 하여금 행동하고 또 적절하게 행동되도록 계약을 맺어 구속받기 때문에, 어느 한 사람이 이의를 제기한다고 해서 그 나머지 사람들이 모두 그 사람에게 체결된 그들의 계약을 파기해야 한다는 것은 부정의(不正義)다. 그리고 그들은 또한 모든 사람으로 하여금 그들의 인격을 떠맡고 있는 그 인물에게 주권을 주도록 했으므로, 만일 그들이 그 인물을 폐위시킨다면 그들은 그에게서 그 자신의 것을 박탈하는 것이 되므로, 그것 또한 부정의가 된다. 그 밖에 그의 군주를 폐위시키려고 기도(企圖)하는 자가 그와 같은 기도 때문에 군주에 의해 살해되거나 또는 처벌받게 된다면, 그는 그 자신의 처벌을 창조한 자이며, 제도에 의해 존재하기 때문에 모든 군주는 그렇게 해야만 한다. 그리고 어떤 자가 군주 자신의 권한에 의해 처벌받을 수 있는 어떤 일을 행하는 것은 부정의기 때문에, 그자는 그것만으로도 부정한 것이다. 또한 일부 사람들은 그들 군주에 대한 불복(不服) 이유로 인간이 아닌 신과 체결된 새로운 계약으로써 가장하는데 이것 또한 부정의한 것이다. 왜냐하면 신과의 계약이란 존재할 수 없으며, 신의 인격을 대표하는 어떤 사람의 중개에 의해서만 존재하는 것이기 때문이다. 그것은 어느 누구도 할 수 없으며, 다만 신의 가호 아래 주권을 소유하는 신의 대리인만이 할 수 있는 것이다. 그렇듯 신과의 계약을 가장하는 것은 너무도 명백한 허위기 때문에, 심지어 가장하는 자 자신의 양심에서도 허위기 때문에, 그것은 부정할 뿐만 아니라 비열하고 비인간적 성질의 행동이다.

둘째, 모든 사람들의 인격을 떠맡는 권리는 그들 중의 어떤 사람과 군주와의 계약에 의해서가 아니고, 그들 상호간의 계약에 의해서만 그들이 군주로 추대한 인물에게 주어지는 것이기 때문에, 군주측에서의 계약위반도 일어날 수 없다. 그리고 결과적으로 군주의 신하 가운데 어느 누구도 어떠한 찬탈의 구실에 의해서도 그의 예속으로부터 해방될 수 없다. 군주가 된 사람은 그의 신민들과 이전에 어떤 계약도 체결하지 않은 것은 명백하다. 그는 일방적 계약자로서 전체 다수인과 계약을 체결하거나, 개개의 사람과 복수(複數)의 계약을 체결하지 않으면 안 되기 때문이다. 일방적 계약자로서 전체와 계약을 체결한다는 것은 불가능하다. 왜냐하면 그들은 아직까지는 하나의 인격이 아니기 때문이다. 그리고 만일 존재하는 인간들의 수와 같은 정도의 많은 복수의 계약을 그가 체결한다면, 그러한 계약들은 그가 주권을

홉스

가진 후에는 무효가 된다. 그 계약을 파기하기 위해 그들 가운데의 어느 한 사람에 의해 요구될 수 있는 행위는 그 자신의 행위이고, 그 나머지 사람들의 행위이기 때문이다. 그것은 스스로 행해지고 특히 그들 모두의 권리에 의해서 행해진 것이기 때문이다. 이 밖에 만일 그들 가운데 어느 한 사람이 또는 약간의 사람이 군주가 등극(登極)할 때 군주에 의해 체결된 계약의 파기를 주장하고, 다른 사람들이 또는 그의 신하 중 어느 한 사람이 또는 그 자신이 혼자서 그러한 위반이 없었다고 주장한다면, 이 경우에는 이 논쟁을 해결할 재판관이 없게 된다. 그래서 만인은 다시 칼로 되돌아가게 되고, 만인은 국가를 제정할 때 그들이 가졌던 의도와는 반대로 그 자신의 힘에 의해서 스스로를 보호하는 권리를 회복하게 된다. 그러므로 사전(事前) 계약 방법에 의해 주권을 양도하는 것은 허사다. 어떤 군주가 계약, 다시 말해서 조건에 의해서 그의 권리를 소유한다는 견해는 계약이 언약에 지나지 않기 때문에 그것이 공공의 칼에서 생기는 것을 제외하고는, 즉 주권을 소유하고 그의 행동이 그들 모두에 의해 보장되고 그에게 통합된 그들 모두의 힘에 의해서 수행되는 그 인물 또는 인간집단의 구속받지 않는 손에 의해서 얻어지는 것을 제외하고는, 어떤 사람도 복종·포용·제약 또는 보호하는 힘을 가지고 있지 않다는 이러한 쉬운 진리를 이해하지 못하는 데서 생기는 것이다. 그러나 하나의 인간집단이 주권자가 되는 때는 누구도 그러한 계약이 제도화되었다고 상상하지 않는다. 왜냐하면 어떤 사람도, 예컨대 로마의 인민이 그러한 조건에서 주권을 보유하기 위해 계약을 체결했다고 말할 만큼 우둔하지는 않기 때문이다. 로마인들이 합법적으로 로마의 인민을 축출한다는 것은 있을 수 없는 것이다. 인간이 군주정치와 민주정치의 유사성의 이유를 알지 못하는 것은, 그들이 향유하기를 싫어하는 군주정치에 대해서보다는 그들이 참여하기를 희망하는 집단의 통치를 더욱 좋아하는 일부 사람들의 야망으로부터 생기는 것이다.

셋째, 다수의 동의에 의해 주권자를 선정했기 때문에, 동의하지 않은 사람도 이제는 나머지 사람들과 일치해야만 한다. 즉, 주권자가 행하는 모든 행동을 승인하는 데 동의해야만 하고, 그렇지 않으면 나머지 사람들에 의해 살해된다 하더라도 이는 정당하다. 만일 그가 자발적으로 다수가 여는 집회에 갔다면, 그로써 그는 충분히 다수가 제정하는 바를 용인한다는 자신의 의사를 표명한(그러므로 암암리에 서약한) 것이기 때문이다. 그러므로 그가 만일 그것을 용인하기를 거부한다면, 또는 그들의 명령 가운데 어느 것에 저항한다면 그는 자신의 계약에 반대되는 행동을 한 것이며, 따라서 부정하게 행동한 것이다. 그리고 그가 그 집회의 일원이든 아니든 간에, 또 그의 동의가 요청되었든 그렇지 않든 간에 그는 그들의 명령에 복종하거나 그가 이전에 있었던 전쟁상태에 남겨져야만 한다. 거기에서 그는 어떤 사람에 의해서든 아무런 부정 없이 살해될는지 모르는 것이다.

넷째, 모든 신민은 이러한 제도에 의해서 제도화된 주권자의 모든 행동과 판단의 창조자기 때문에 주권자가 행하는 행동은 어떤 것이든지 그의 신민들에게 유해한 것일 수 없으며, 그는 신민 가운데 어느 누구에 의해서도 부정하다고 비판되어서는 안 된다. 타인으로부터 위임에 의해 어떤 일을 행하는 사람은 그의 위임에 의해 행동하는 사람에게 유해한 행위를 하지 않기 때문이다. 그러나 이러한 국가라는 제도에 의해 모든 개별적 사람들은 주권자가 행하는 모든 행위의 창조자며, 주권자의 유해한 행위를 불평하는 사람은 자신이 창조한 것에 대해 불평하는 것이 된다. 그러므로 어떤 사람도 그를 비판해서는 안 되고 그 유해한 행위에 대해서 자신을 비판해서도 안 된다. 왜냐하면 자신에게 유해한 행위를 하는 것은 불가능하기 때문이다. 주권을 소유한 자가 불평등을 범할 수 있는 것은 사실이지만, 정당한 의미에 있어서 부정이나 유해한 행위를 범할 수는 없는 것이다.

다섯째, 그리고 앞의 항에서 언급된 것의 키결로서 주권을 가진 사

홉스

람은 그의 신민에 의해 정당하게 처형되거나 다른 방식으로 처벌될 수 없다. 모든 신민은 주권자의 행위의 창조자이며, 또한 그 자신이 범한 행위 때문에 타인을 처벌하는 것이 되기 때문이다.

(『리바이어던』 제2부 제2장「제도화된 주권자의 권리에 대하여」중에서)

(나) 통치의 목적은 인류의 복지를 도모해 주는 데 있다. 그렇다면 국민이 언제나 전제정치의 방자한 의지의 희생물이 되는 것과, 지배자들이 권력을 남용하여 그것을 국민의 재산 보존을 위해서가 아니라 파괴를 위하여 행사하게 될 경우에 가끔 국민으로부터 저항을 받아야 하는 것과는 과연 어느 쪽이 인류의 복지를 잘 도모해 줄 수 있는 길일까?

이러한 이론은 남의 일에 참견하기 좋아하는 자나 소동을 일으키기 좋아하는 난폭한 자를 즐겁게 하여 통치의 전복을 바라게 할 것이며, 그럴 때마다 재해가 생기게 될 것이라고 말하는 자가 있다 할지라도, 그것은 헛된 이야기다. 하기야 그러한 자들은 마음만 내키면 언제라도 소란을 일으킬지도 모른다. 그러나 그러한 소란을 일으켜도 그것은 오직 그 자신의 파멸과 멸망을 초래케 할 뿐일 것이다. 왜냐하면 원래 국민은 저항을 통해서 자기네들의 권리를 회복시키려고 하기보다는 오히려 고생스럽더라도 묵묵히 참으려는 경향이 농후하므로, 그 재해가 일반에게 널리 파급된 결과 지배자의 흉악한 계략이 명백하게 드러나게 되든가, 또는 그들의 공격 기도가 대다수의 사람들에게 감지될 때까지는 그렇게 쉽사리 움직이려고 하지 않을 것이기 때문이다. 그러나 만일 국민들이 자기네들의 자유를 위협하려는 계략이 착착 진행되고 있다는 사실을 명백한 증거를 통해서 확실히 믿게 된다든가 또는 사태의 일반적인 진행상황이나 경향으로 보아 통치자가 흉악한 계략을 기도하고 있는 것이 아닌가 하는 회의를 느끼지 않을 수 없게 됐다면 이러한 사태에 대해서 책임을 져야 할 자는 과연 누구일까? 그런데 이와 같은 사태가 초래되는 것을 피하게 하려면 얼마든지 피하게 할 수 있는 사람들이 도리어 스스로 이러한 의혹 속에 몸을 던진다고 하면 대체 그 누가 그것을 구제할 수 있을까? 국민이 이성적인 피조물로서의 사려분별심(思慮分別心)을 갖추고, 사태를 그들이 보고 느끼는 대로밖에 결코 생각할 수가 없다고 해서 비난을 받아야 할 자는 국민일까? 그것은 사태를 있는 그대로의 모습으로 생각지 못하도록 만들어 놓은 통치자들의 잘못이 아닐까? 하기야 사인(私人)의 자존심이나 야심(功名心)이나 광포(狂暴)한 성격 등이 때로는 국가에 커다란 혼란을 야기시키는 일이 있으며 그리고 당파 싸움, 즉 내분(內分)이 국가와 왕국에 대하여 치명적으로 되어 왔다는 사실을 나도 인정은 한다. 그러나 재해는 국민의 편에서 보여지는 방종(放縱)과 그리고 그들의 지배자들의 합법적인 권위를 배제하려는 요구에 기인(起因)되어 일어나는 경우가 많았던가? 최초에 혼란을 일으키게 한 것은 압제였던가 아니면 불복종이었던가? 그 물음에 대한 판단을 나는 공평한 역사에 일임하려고 한다. 그러나 나는 다음과 같은 사실만은 이를 확신하고 있다. 즉, 지배자이거나 신민이거나간에 물리적인 힘으로써 군주나 백성들의 권리를 침해하여 정당한 통치의 구성과 체제를 전복시키는 토대를 마련해 놓은 자는 누구나, 인간이 저지를 수 있는 가장 큰 죄를 저지르는 것으로 나는 확신한다. 왜냐하면 이러한 자는 그 통치를 산산조각으로 분쇄해 버림으로써 한 나라에 초래되는 유혈·약탈·황폐화 등의 재해에 대해서 책임을 져야 하기 때문이다. 그리고 그와 같은 일을 저지르는 자는 바로 인류의 적이며 해충과 같은 처치 곤란한 자로 간주되어야 할 것이며, 따라서 그와 같은 해로운 자로서 다루어져야 할 것이다.

(로크, 『통치론』 제2논문 제19장 「통치의 해체에 관하여」 중에서)

홉스

 홉스가 말하는 전쟁상태는 인간들이 계약에 의해 주권을 성립시키고 사회를 이루기 이전의 자연적 상태를 의미한다. 그는 이 자연상태를 육체적 정신적으로 평등한 인간들의 욕망이 충돌하는, '만인의 만인에 대한 투쟁상태'로 이해한다. 이러한 자연상태로부터 벗어나기 위해 인간은 제도를 만들고 자신의 권리를 주권자에게 위임하게 된다는 것이다. 홉스의 생각에 따르면, 주권 자체가 국민들이 창조한 것이므로 국민이 주권을 부정한다면 그것은 곧 자기 스스로를 부정하는 셈이 된다. 주권자의 절대적 권리는 이와 같은 논리의 귀결로서 주어지게 된다.

반면 로크의 경우 국민들의 계약에 의해 주권이 성립된다고 보는 것은 홉스와 같으나, 주권의 존재 이유가 국민들의 복지를 도모해 주는 데 있으므로 주권자에 의해 입법의 계약이 위반될 경우 이에 대해 신민이 저항할 권리를 가진다고 보아, 홉스와는 달리 주권의 제한을 설정하고 있다.

통합형 문·답

1 다음은 『구약성서』의 「욥기」 중 야훼께서 욥에게 신의 절대적 위력을 과시하던 끝에, 자신이 창조한 '리바이어던'의 성능과 위력을 묘사한 대목이다. 이를 참조로 하여 홉스가 그의 국가론의 제목으로 『구약성서』에 나오는 '리바이어던'이라는 가공의 괴물 이름을 붙인 이유에 대해 각자의 견해를 서술해 보자.

너는 낚시로 리바이어던을 낚을 수 있느냐? 그 혀를 끈으로 맬 수 있느냐? 코에 줄을 꿰고 턱을 갈고리로 꿸 수 있느냐? 그가 너에게 빌고 빌며 애처로운 소리로 애원할 성싶으냐? 너와 계약을 맺고 종신토록 너의 종이 될 듯싶으냐? …… 그 앞에서는 아무도 이길 가망이 없어 보기만 해도 뒤로 넘어진다. 건드리기만 하여도 사나워져 아무도 맞설 수가 없다. 누가 그와 맞서서 무사하겠느냐? 하늘

아래 그럴 자가 없다. …… 재채기 소리에 불이 번쩍하고 그 눈초리
는 새벽 여신의 눈망울 같구나. 아가리에서 내뿜는 횃불, 퉁겨 나오
는 불꽃을 보아라. 연기를 펑펑 쏟는 저 콧구멍은 차라리 활활 타오
르는 아궁이구나. 목구멍에서 이글이글 타는 숯불, 입에서 내뿜는
저 불길을 보아라. 목덜미엔 힘이 도사려 있어 그 앞에서 절망의 그
림자가 흐느적댈 뿐, 뗄 수 없이 마구 얽혀 피둥피둥한 저 살덩어리
를 보아라. 바위같이 단단한 심장, 맷돌 아래짝처럼 튼튼한 염통, 한
번 일어서면 신들도 무서워 혼비백산하여 거꾸러진다. 칼로 찔러
보아도 박히지 않고 창이나 표창, 화살 따위로도 어림없다. …… 지
상의 그 누가 그와 겨루랴. 생겨날 때부터 도무지 두려움을 모르는
구나. 모든 권력자가 그 앞에서 쩔쩔매니, 모든 거만한 것들의 왕이
여기에 있다.

(『구약성서』, 「욥기」 제40~41장)

홉스의 저작 『리바이어던』의 핵심은 인간의 안전에 대한 욕망
과 세속권력의 정당성 문제에 놓여 있다고 할 수 있다. 홉스는 인
간행위의 근본적 동기가 권력욕에 있다고 보았다. 그렇기 때문에
이러한 인간의 본성이 방임되는 한 사회는 무한한 혼란과 투쟁의
자연상태로 떨어진다는 것이다. 그리고 그는 이와 같은 자연상태
로 떨어질 위험은 제도화된 시민사회에도 항상적으로 존재한다고
보았다. 홉스에게 있어서, 육체적 정신적 능력에서 평등한 인간들
이 각자의 권력욕으로 인해 충돌하게 되는 이러한 자연상태로부
터 벗어나기 위한 방법은 절대적인 주권을 확립하는 것이다. 통일
된 그리고 단일한 권력만이 개인 의지들의 충돌이 빚어내는 무정
부 상태를 견제하여 진정한 의미에서의 국가 통일을 달성할 수
있기 때문이다. 반대로 국민들이 주권자를 상대로 안전 장치를 수
립하려고 노력한다면, 그들은 주권자보다 더 강력한 권력을 창조

하지 않으면 안 된다. 왜냐하면 그보다 더 약한 권력은 안전을 보장하지 못할 것이기 때문이다. 그 결과 국민들은 현재의 주권자보다 더 강력한 주권자를 맞게 될 것이며, 그 권력에 대한 보장은 또 그보다 더 강력한 주권자에 의해서만 가능할 것이다. 이 과정은 끝이 없을 것이다.

인용된 성경 구절에서 볼 때, '리바이어던'이라는 가공의 괴물은 지상 최강의 존재를 상징한 것으로 볼 수 있다. 이것은 절대적 힘을 보유하고 있기에 어떠한 권력도 이에 저항할 수 없다. 그것은 자연상태로부터 인간이 벗어나기 위해 제도화한 주권의 절대성을 의미한다고 할 것이다.

이 책의 부제가 '종교적 시민적 국가공동체의 재료, 형태 및 권력'이라고 되어 있는 것으로 보아 '국가론' 정도의 제목이 적당했을 수도 있다. 그럼에도 불구하고 홉스가 '리바이어던'이라는 제목을 붙인 것은 절대적 주권의 필요성을 강조하기 위해서였다고 할 수 있을 것이다.

2 (가)와 (나)는 각각 주권에 대한 국민의 저항권 인정 여부에 대해 상반된 입장을 보이고 있다. 이를 바탕으로 주권에 대한 국민의 저항은 가능한지, 가능하다면 어떤 경우에 해당되는지에 대해 생각해 보자.

홉스의 경우 주권에 대한 국민의 저항권은 인정되지 않고 있다. 주권은 국민의 동의에 의해 성립된 것인 바, 주권을 부정한다 함은 곧 스스로를 부정하는 논리가 되기 때문이다. 그러나 로크의 관심은 홉스와는 달리 주권 그 자체보다도 주권이 존재하게 되는 근본적인 원인에 놓여 있다. 곧 주권은 국민의 기본권을 보호하기

위해 존재하며, 따라서 주권보다도 국민의 기본권이 궁극적인 위치에 있다. 여기에서 문제시되는 것은 국민의 기본적 권리를 보호하기 위해 이를 침해하는 어떠한 권력보다도 강력한 절대적 주권이 필요하다는 것과, 그럼에도 불구하고 그와 같은 절대적 권력이 국민의 기본권을 보호할 수 없을 경우라는 딜레마적 상황이다.

홉스의 경우나 로크의 경우 주권의 존재 이유는 자연상태로부터 인간의 안전을 보호하는 데 있다. 따라서 이를 위해 성립된 주권이 국민의 기본적인 권리를 제도적으로 침해할 경우 국민은 이에 저항할 수 있다고 보아야 할 것이다. 그것은 국민의 기본권을 보호하기 위해 성립된 법적 체계와 제도를 회복하기 위한 최후의 수단이기 때문이다. 18세기 이후 서구의 여러 나라들이 국민의 저항권을 제도적으로 인정하고 있는 것은 이 때문이다. 우리 헌법에서도 명문화된 저항권의 규정은 없으나, 헌법 전문에 4·19 의거의 정신과 이념을 계승한다고 밝힌 것은 법보다 우위에 놓인 반헌법적 주권에 대한 국민의 저항권을 인정한 것으로 볼 수 있다.

그러나 침해된 기본적 권리를 법적인 체계에 의해 보상받을 수 있는 경우라면 저항권은 인정되지 않을 것이다. 저항권의 성립 요건은 주권이 기본권을 보장하는 법적 체계 전체를 부정할 경우에만 해당하기 때문이다. 그렇기 때문에 저항권은 기존 법적 체계 전체를 파괴, 부정하는 것을 목표로 할 수 없다. 저항권은 법적 체계를 회복, 유지하는 것을 목표로 하기 때문이다.

통치론

로 크
John Locke

로크(1632~1704)는 영국의 상층계급 가문에서 치안판사 서기의 아들로 태어났다. 엄격하면서도 인간적인 가정에서 성장한 그는 옥스퍼드 대학을 거쳐 32세까지 그곳에서 연구원 및 교수 생활을 했다. 로크는 일생을 통해 의학에 많은 관심을 가졌으며, 사상가로서의 명성을 획득한 명예혁명 이전에는 오히려 의학자 내지 임상의로 알려졌었다. 그가 정치가로서 등장하는 계기가 되었던 애슐리 경과의 만남도 로크가 애슐리가의 주치의가 되면서부터였다. 왕정복고 시대에 자유주의적 사상으로 탄압받던 그는 네덜란드로 망명하여 연구 활동에 전념하다가, 1689년 귀국하여, 만년에는 인식론, 정치철학, 교육론, 경제론 등 여러 방면의 명저를 저술하였다. 그는 영국 경험주의 철학의 중요 사상가로서, 주요 저서로는 『통치론』『오성론』 등이 있다. 『오성론』은 인식론에 있어서의 경험론을 확립한 획기적인 저술로 평가되며, 정치철학에서는 의회정치를 옹호하여 삼권분립을 주창하고 몽테스키외, 루소 등 18세기 사상계에 큰 영향을 주었다.

　로크는 우리가 일반적으로 철학자 하면 떠올리는 스타일의 인물이 아니었다. 그는 활동적이었으며 다방면에 관심과 능력을 가진 사람이었다. 그가 거쳤던 의사, 외교관, 공무원, 경제학자, 시사평론가 등의 경력이 이를 잘 말해준다. 그는 말년에 이르러서야 정치와 행정 방면의 위대한 저술들을 집필하는 데 열중할 수 있었다.

　주요 저서인 『통치론(The Second Treatise of Government)』(1690) 또한 그의 만년의 저작이다. 이 책은 이른바 명예혁명(1688) 직후에 씌어졌다. 청교도 혁명으로 집권에 성공한 크롬웰의 공화정이 더 혹독한 독재정치로 흐르자, 영국은 다시 왕정복고를 맞이하게 된다. 그러나 복고된 왕정은 의회를 해산하고 평민들이 지녔던 많은 권리와 특혜를 박탈하는 등 또다시 악정을 저지른다. 그리하여 제임스 2세를 축출하고 신교적 입헌군주 국가를 수립하기 위한 반란이 일어났는데, 피를 흘리지 않고 평화적으로 성립되었다 하여 훗날 이를 명예혁명이라고 부른다. 흥미로운 것은 그가 이 책을 익명으로 출간하였다는 점이다. 그는 유언에서야 이 책을 자신이 저술하였다고 밝혔다.

　17세기 영국 격변기를 배경으로 저술된 이 책은 두 개의 논문으로 구성되었으며, 우리가 로크의 사회계약설이라 부르는 것은 제2논문에 해당한다. 여기서 로크는 '자연상태'에 대한 설명으로부터 정치권력의 기원을 설명한다. 곧 자연상태에 놓인 '모든 개인들의 계약'에 의해 정치권력이 성립된다는 것이다. 그러나 로크의 자연상태는 홉스가 말한 '만인의 만인에 대한 투쟁상태'와는 대조적으로, 자유롭고 평등한 상태이며 결코 방종한 상태는 아니다. 그러나 화폐 발생과 더불어 소유물의 차이가 생기게 되고, 따라서 다른 사람에 의해 소유권이 침해되는 사례가 발생한다. 또한 자연상태에서는 법률과 재판관과 권력이 없기 때문에 사람들은 자유와 평등을 누리려 해도 그것은 매우 불확실하며 끊임없이 타인에 의해 침해받을 위험에 놓이기 쉽다고 로크는 말한다. 이와 같이 정치사회의 기원을 개인의 생명과 자유와 재산의 보호에서, 그리고 각자의 자발적 동의에서 찾으려고 한 로크의 사상은, 정치권력의 기초가 모든 국민에게 있다는 국민주권론의 원형을 이룬다. 이는 군주의 권위가 신으로부터 나왔다고 설명하는 왕권신수설에 엄밀하게 대립되는 정치사상이라 할 것이다. 홉스도 이 이론을 공격하기는 했지만, 그의 이론은 주권의 절대성을 주장하였을 뿐만 아니라 지나치게 극단적이었기 때문에 대중적인 설득력을 지니기 어려웠다. 그러므로 이 왕권신수설을 실질적으로 전복시킨 것은 바로 로크였다고 할 수 있다.

로크는 통치자의 권위가 결코 절대적일 수 없고 다만 국민에 의해 위임된 것이라 생각했고 따라서 국민이 통치자에게 부여한 위임을 배반한 통치자는 제거될 수 있다고 보았다. 그러나 그는 이러한 국민의 저항권을 이전에 없었던 새로운 체계를 수립하려는 혁명과는 달리, 다만 박탈당한 이전의 권리를 회복하는 것에 한정했다. 이것은 그의 근본 사상이 생명에 관한 권리, 자유에 대한 권리, 소유권 등 인간의 자연적 권리를 바탕으로 하고 있음을 의미한다.

작품 읽기

(가) 정치권력을 올바르게 이해하고, 또한 그것의 기원을 찾아보기 위해서는, 모든 사람들이 자연적으로는 대체 어떠한 상태에 놓여 있

는가를 고찰해 보지 않으면 안 된다. 그것은 완전히 자유로운 상태이다. 즉 그것은 사람들이 일일이 다른 사람의 허가를 얻는다든가 또는 다른 사람의 의사에 전적으로 따른다든가 하는 일 없이, 자연법의 범위 안에서 스스로 적당하다고 생각하는 데 따라서 자신의 행동을 규율하며 또한 자기의 소유물과 자기의 몸을 마음대로 처리할 수 있는 자유로운 상태인 것이다.

인간의 자연상태는 또한 평등한 상태이기도 하다. 그곳에서는 일체의 권력과 지배권은 상호적인 것이 되며, 어느 누구도 다른 사람들보다 더 많은 것을 갖는 일이 없다. 즉 조금도 다름없는 똑같은 종류와 등급의 피조물은 이 세상에 태어나면서부터 아무런 차별 없이 모두 똑같이 자연의 혜택을 누리며 똑같은 능력을 행사할 수 있으므로, 적어도 일체의 피조물의 주(主)이며 지배자인 신께서 어떤 한 사람을 지명하여 그에게 조금도 의심의 여지가 없는 명확한 지배권과 주권을 부여하지 않는 한, 사람들은 누구나 남에게 종속되거나 복종해야 하는 일 없이 모두 평등해야 한다는 사실은 명명백백하기 때문이다.

그러나 이러한 자연상태는 자유의 상태이기는 하지만 결코 방종의 상태는 아니다. 이러한 상태에서는 사람들은 자기의 신체와 소유물을 마음대로 처분할 수 있는 완전한 자유를 갖고 있다. 그러나 사람은 자살할 수 있는 자유와 또한 그의 소유로 되어 있는 어떠한 피조물[生物]도 —— 그것을 살해해 버리는 편이 그것을 단순히 보전해 가는 것보다도 훨씬 더 키중한 도움이 되는 경우를 제외하고는 —— 살해할 수 있는 자유를 결코 갖지 못하는 것이다. 자연상태에서는 그것을 지배하는 하나의 자연법이 있으며 누구나 그것을 따르지 않으면 안 된다. 즉, 그것은 모든 사람들을 구속한다. 그리고 인간의 이성(理性)이야말로 다름 아닌 자연법에 해당하는데, 이러한 이성의 소리에 다소라도 키를 기울이게 되면 —— 뭇사람들은 모두 평등한 독립된 존재이므로 —— 사람들은 누구나 다른 사람의 생명·건강·자유 또는 소유물을 손상시켜서는 안 된다는 사실을 알게 될 것이다. 왜냐하면 사람들은 모두 유일하고도, 전지전능하신 조물주의 손에 의해서 만들어진 것이기 때문이다. 즉, 사람들은 원래 유일 최고의 주되시는 신의 명령에 따라서, 그리고 그가 하시고자 하는 일을 수행하기 위하여, 이 땅 위에 보내진 종이며 또한 주님의 소유물로서 그들은 상호간의 제멋대로의 의사에 의해서가 아니라 오로지 주님의 뜻에 부합되는 동안만 생존해 갈 수 있도록 지음을 받은 존재이기 때문이다. 그리고 서로 동일한 능력이 부여된 우리들은 모두 자연이라는 것을 공동재산으로 갖고 있다. 즉, 우리들은 모두 하나의 자연의 공동사회에 참여하고 있는 것이다. 그러므로 하급(下級)의 피조물이 우리 인간을 위하여 만들어진 것과 마찬가지로 우리들도 서로 상호간에 도움이 되기 위하여 만들어진 것처럼 생각하여, 남을 살해하는 것을 정당화시키는 종속관계를 우리들 사이에 가정할 수는 없는 것이다. 사람마다 제각기 자기 자신을 안전하게 보호해야 하며, 또한 자기의 담당부서를 고의로 버리는 일이 없도록 해야 한다. 그것과 똑같은 이유로, 적어도 자기 자신을 안전하게 보호하는 일이 위협을 당하지 않는 한, 되도록 다른 사람들도 안전하게 보호해 주도록 해야 할 것이다. 또한 가해자를 처벌하는 경우를 제외하고는 다른 사람의 생명과 그리고 무릇 생명을 줄곧 유지하는 데 도움이 되는 것, 즉 다른 사람의 자유와 건강과 신체와 재물 등을 손상시키는 일이 있어서도 안 된다.

(『통치론』 제2논분 제2장 중에서)

(나) 자연은 인간을 신체와 정신의 능력에 있어서 평등하게 창조했다. 예컨대 때때로 어떤 사람이 다른 사람보다도 신체면에서 분명히 더욱 강하고, 또는 보다 기민한 정신을 소유하고 있는 것이 발견될지라도 모든 것을 합하여 평가한다면, 인간과 인간 사이의 차이는 어떤 사람이 거기에 대해 그 자신과 마찬가지로 타인이 주장할 수 없는 어

떤 이익을 자기 것이라고 거기서 주장할 수 있을 만큼 큰 것이 아니다. 왜냐하면 신체의 강함에서 본다면, 가장 약한 사람은 비밀스런 음모를 통해서나 그 자신과 함께 같은 위험에 빠져 있는 타인들과 공모함으로써 가장 강한 자를 죽이기에 충분한 힘을 가지고 있기 때문이다.

그리고 정신의 능력에 관해서 본다면(언어에 근거를 두고 있는 기술, 특히 일반적이며 오류가 없는 법칙, 즉 학문이라고 불리는 것에 근거를 두고 행동하는 기량(技倆) —— 이런 종류의 학문이란 우리가 태어날 때 가지게 되는 자연적 능력도 아니며, 우리가 그 밖의 다른 것을 구하는 동안에 '신려처럼' 얻어지는 것도 아니기 때문에 대단히 소수의 사람만이 가지며, 그것도 극히 근소한 일에 대해서만 갖는 —— 을 제외하고), 나는 힘에서보다도 더욱 큰 인간 사이의 평등을 발견한다. 그것은 신려는 경험에 지나지 않기 때문이다. 또 그들이 평등하게 전념하는 어떤 일에 있어서는, 동등한 시간은 이것을 모든 사람들에게 평등하게 부여하기 때문이다. 이와 같은 평등성을 불신하는 것은, 어떤 인간 자신의 지혜에 대한 헛된 자만심에 지나지 않는다. 거의 모든 사람은, 그들이 일반 사람들보다도 그러한 지혜를 많이 가지고 있다고 생각하는 것이다. 즉, 그들 자신은 명성과 그들 자신과의 의견 일치 때문에, 그들이 시인하는 소수의 타인들 이외의 모든 사람들보다도 많이 가지고 있다고 생각한다. 그들은 많은 타인들이 자신들보다도 지력이 풍부하고 더욱 웅변적이거나 더욱 많이 배웠다는 것을 인정할 수 있을지라도, 그들 자신들만큼이나 현명한 사람들이 많다는 것을 거의 믿으려 하지 않는 것은 인간의 본성이다. 그들은 그들 자신의 지력을 가까이에서 보고, 타인의 지력은 멀리에서 보기 때문이다. 그러나 이 것은 차라리 인간이 그러한 점에서는 불평등하기보다는 평등하다는 것을 증명하는 것이다. 모든 사람은 그의 몫에 만족하고 있다는 것보다도, 더욱 큰 어떤 것이 평등하게 분배되고 있다는 증거는 일반적으로 존재하지 않기 때문이다.

이러한 능력의 평등에서부터 우리의 목적을 달성하는 데 있어 희망의 평등이 생긴다. 그러므로 만일 어떤 두 사람이 같은 것을 욕망하고, 그럼에도 불구하고 그들이 둘 다 향유할 수 없다면, 그들은 적이 된다. 그리고 그들의 목표를 달성하는 과정에서(이 목표는 대체로 그들 자신의 보존이고 때로는 그들의 환락뿐이다) 서로를 멸망시키거나 굴복시키려고 노력한다. 그리고 여기에서 다음과 같은 일이 생겨난다. 침입자가 타인의 단독적인 힘 이외에 두려운 것이 없는 곳에서는, 만일 상대자가 밭을 갈아 씨를 뿌리고 쾌적한 거처를 만들거나 혹은 소유한다면, 침입자는 결속된 폭력을 가지고 그에게서 그의 노동의 성과뿐만 아니라 그의 자유나 생명을 박탈하고 약탈하려고 할 것이다. 그리고 침입자는 다시 그와 같은 다른 상대자로부터의 위험에 부딪히게 되는 것이다.

그리고 이 상호불신으로부터 어떤 사람이든지 자신을 지키는 데 있어서 선수를 치는 것과 같은 적절한 방법은 없는 것이다. 즉, 폭력이나 간계(奸計)에 의해서 그가 자신을 위태롭게 하는 데 충분한 다른 힘을 보지 않을 때까지, 그가 할 수 있는 한 많은 사람들을 지배하는 것이다. 그리고 이것은 그 자신의 보존을 위해 필요로 하는 것에 지나지 않으며, 일반적으로 허용되는 것이다. 또한 그들이 자신들의 안전이 필요로 하는 것 이상으로 추구하는 정복행위에 있어, 그들 자신이 힘을 관조하며 기쁨을 느끼는 자들이 있기도 하나. 그러므로, 만일 그렇지 않고 겸허한 한계 안에서 안락을 즐기려는 사람들이 침략에 의해서 그들의 힘을 증대시키지 않는다면, 그들은 단지 수세를 취하는 것만으로서는 오래 생존해 나갈 수가 없는 것이다. 따라서 그러한 인간에 대한 지배의 증대는 인간의 보존에 필요한 것이기 때문에, 그것은 인간에게 허용되어야만 하는 것이다.

또한 인간은 그들 모두를 위압할 수 있는 힘이 없는 곳에서는 친구를 사귀는 기쁨을 갖지 못한다(그러나 그와 반대로 많은 비애를 갖는다). 왜냐하면 모든 사람은 그가 그 자신에게 하는 정도로 그의 친구들이 자신을 평가해 주기를 바라기 때문이다. 그리고 경멸이나 과소평가의 모든 증거에 부딪히면, 자연적으로 그는 그의 경멸자로부터 손해를 끼침으로써, 그리고 타인들로부터는 본보기를 보여 줌으로써 자신에 대한 더 높은 평가를 얻어 내기 위해 할 수 있는 한 노력하는 것이다(이 노력은 그들을 진압하는 공통의 힘을 가지지 않는 자들 가운데서는 그들이 서로를 멸망시키기에 충분하다).

그러므로 인간의 본성에서, 우리는 세 가지 주요한 분쟁의 원인을 발견한다. 첫째는 경쟁이고, 둘째는 불신이며, 셋째는 명예다.

첫째는, 인간으로 하여금 목표물을 얻기 위하여 침략하게 만들며, 둘째는 안전을 위하여, 셋째는 명성을 위하여 그렇게 만드는 것이다. 첫째는 그들 스스로를 타인의 인격·부인·어린애와 가축의 지배자로 만들기 위하여 폭력을 사용한다. 둘째는 그들을 방어하기 위하여, 셋째는 한마디 말이나 하나의 웃음, 상이한 의견과 과소평가의 어떤 다른 증거와 같은 사소한 것들 때문에 그렇게 하는 것이다. 이런 경우 그것이 직접 자기 일신에 관한 것이거나 간접적으로 자기의 친구나 우인·국민·직업 및 가문에 관계되는 것이다.

이로써 다음과 같은 것이 분명해진다. 즉, 인간이 그들 모두를 두렵게 하는 공통의 힘이 없이 사는 시기에는 그들은 전쟁이라고 불리는 상태에 있으며, 그리고 그러한 전쟁은 모든 사람에 대한 모든 사람의 전쟁인 것이다. 왜냐하면 전쟁이란 전투나 싸우는 행동에만 존재하는 것이 아니고, 전투에 의해 싸우고자 하는 의지가 충분히 알려진 기간에 존재하기 때문이다. 그러므로 시간의 개념은 일기(日氣)의 본질에 있어서처럼 전쟁의 본질에서도 고려되어야만 하는 것이다. 불순한 일기의 본질이 한두 번의 소나기에 존재하지 않고 여러 날에 걸치는 그러한 경향에 존재하는 것처럼, 전쟁의 본질도 실제의 싸움에 있지 않고 투쟁으로의 명확한 지향(志向)에 존재하는 것이다. 그 기간중에는 그와 반대방향으로 향하는 어떤 보장도 존재하지 않으며, 그 밖의 모든 기간은 평화이다.

(홉스,『리바이어던』제1부 제13장 중에서)

논점 로크와 홉스는 모두 정치권력이 자연상태로부터 비롯된다고 보았다. 그리고 자연상태에서의 인간은 육체적으로 정신적으로 평등한 존재라고 설명하였다. 그러나 자연상태의 속성과 본질에 대해서는 상반된 관점을 보였다. 즉 로크에게 있어서 자연상태는 사람들이 자신의 신체와 소유물을 마음대로 처분할 수 있는 자유로운 상태이며, 따라서 이러한 자연상태가 파괴되지 않도록 하기 위해 정치권력이 존재한다고 보았다. 즉 로크에게 있어서 정치권력의 기능은 제한적임을 알 수 있다. 그러나 홉스의 자연상태의 인간은 제한된 욕망을 선점하려는 평등한 다른 인간들과의 충돌로 인해 언제든지 타인에 의한 침입 위험에 놓여 있다. 그렇기 때문에 그는 자신의 안전을 보호하기 위한 타인에 대한 공격을 생존을 위한 필요사항으로 설정하였다.

통합형 문·답

> 위 제시문 (가) (나)는 각각 로크와 홉스에 의해 주장된 자연상태에 대한 설명이다. 양자의 주장을 대비하고 이러한 관점의 차이가 발생하게 된 원인이 무엇인지에 대해 서술해 보자.

로크가 설정한 자연상태는 한마디로 말해 인간의 자유로운 상태이다. 거기에서 인간은 자신의 사고에 따라 자신의 행동을 스스로 규율하고 또한 자신의 소유물과 신체를 마음대로 처리할 수 있다. 즉 타인의 의지에 예속되지 않은 자율적이고도 자유로운 주체들의 공간인 것이다. 또한 로크의 자연상태는 모든 사람들이 평등한 상태이다. 거기에서는 권력이 존재하지 않기에 인간이 타인에게 종속되거나 복종하는 일은 있을 수 없다. 다만 그와 같은 자유로운 상태가 방종의 상태는 아니므로 타인의 생명, 건강, 자유 혹은 소유물을 손상시키는 자유마저 허용되지는 않는다.

홉스의 경우에 있어서 자연상태 속의 인간은, 로크의 경우와 마찬가지로 신체적으로 혹은 정신적으로 평등하다. 그러나 홉스의 자연상태는 평화로운 상호공존의 상태가 아니다. 거기에서의 인간은 신체적으로 혹은 정신적으로 평등할 뿐만 아니라, 희망에 있어서도 평등하기 때문이다. 만일 어떤 사람이 다른 사람보다 신체적으로 혹은 정신적으로 월등하게 우월하다면 당연히 힘이 세고 머리가 뛰어난 사람이 더 많이 향유할 것이다. 그러나 신체적 정신적으로 평등하기 때문에 희망에 있어서도 평등한 것이다. 바로 여기에서 인간 상호간의 충돌과 약탈전이 펼쳐진다. 그렇기 때문에 자신의 안전을 보호하기 위해 먼저 상대방을 공격하는 것이 정당화된다.

이렇듯 제도적인 사회가 형성되기 이전의 자연상태에 대한 관점은 로크와 홉스에게 있어서 상호 대비되는 면모를 보여 준다. 이것은 무엇보다도 두 사람의 인간에 대한 견해가 대립되기 때문이다. 즉 로크는 평등한 인간들 사이에서 자신의 안전이 위협당하지 않는 한 상대방의 안전도 보호해 주어야 한다는 당위를 내세우는 반면, 홉스는 자신의 욕구를 충족하는 것에 그치지 않고 만일의 경우 자신의 안전이 위협당할 경우까지 상정하면서 미리 상대방을 공격함으로써 자신의 안전을 보호하고자 하는 이기적인 인간들의 현실적 욕망을 지적한다. 이는 각각 인간에 대한 이상적 견해와 현실적 견해라는 구도로 다시 대립시켜 볼 수 있을 것이다. 양자의 견해에 대해 일방적으로 비판하거나 옹호하는 것이 곤

란한 이유 또한, 양자의 견해가 내포하고 있는 이상과 현실의 갈
등이라는 이와 같은 본질적인 대립에서 연유한다.

즉 자연상태가 로크의 경우처럼 이상적인 상태라면 왜 인간들
은 계약을 통해 그와 같은 이상적인 상태를 포기하고 제도적인
권력을 수립하는가의 문제가, 그리고 홉스의 경우처럼 그것이 전
쟁상태라면 쥐들에게 있어서 고양이 목에 방울을 다는 것이 불가
능하듯 그것을 극복할 수 있는 절차와 방법을 어떻게 발견할 수
있는가의 문제가 각각 난점으로 남게 되는 것이다.

법의 정신

몽테스키외
Charles-Louis de Scondat Montesquieu

몽테스키외(1689~1755)는 프랑스의 계몽주의 법학자이자 역사철학자로 프랑스의 보르도 근처의 성채에서 출생하였다. 11세 때 파리 근교에 있는 교회 학교에서 고전문학을 수학하고, 1705년에는 보르도로 돌아와 법률을 공부하였다. 1713년 보르도 고등법원의 평정관을 거쳐, 1716년에는 숙부의 뒤를 이어 보르도 고등법원장을 지냈다. 그 후 숙부가 죽자 몽테스키외 남작이라는 작위와 영지, 그리고 보르도 의회 부의장직을 물려받으며 젊은 나이에 사회적·재정적 안정을 얻었다. 그는 숙부로부터 물려받은 관직을 매각하고 유럽을 두루 여행하였는데 특히 영국 체류 기간은 그에게 큰 인상을 주었다. 이후 귀국하여 법률 연구에 전념하면서 고전문학, 지리학, 생물학, 물리학 등의 지식을 쌓았다. 1721년에는 동양인을 통해 당시 프랑스 사회와 정치를 풍자한 서간체 소설 『페르시아인의 편지』를 익명으로 출간한 바 있으며, 그의 주저인 『법의 정신』은 20여 년의 준비 끝에 1748년 제네바에서 출간되었다.

  몽테스키외는 '짐은 곧 국가다'라고 말한 루이 14세에 의해 확립된 절대 군주제가 널리 퍼져 있던 시대에 살면서, 그 한편에서 거세게 발흥하던 시민 사상에 큰 관심을 가졌다. 『법의 정신(De L'Esprit des Lois)』의 타이틀 페이지에 적힌 '어미 없이 태어난 자식(Prolem sine matre creatam)'이라는 문구는 그의 사상의 전범이 된 모델이 없다는 것과 더불어, 프랑스처럼 자유가 없는 나라에서 씌어진 것이라는 인식이 그 밑에 깔려 있는 것으로 볼 수 있다.

  특히 그는 당시 영국에서 성장한 자연법, 대의제 사상을 받아들여 이를 대륙의 합리주의적 방식으로 이론화하기에 힘썼다. 『법의 정신』은 절대왕정이 전제정치로 타락하는 것을 막고 정치적 자유를 실현하는 것을 주제로 하고 있는바, 전제정치에 대한 그의 비판은 단순한 비판으로 그친 것이 아니다. 즉 그가 시민적 자유를 확립하기 위해 필요한 조건들을 검토하고 권력분립의 사상을 만들어 냈다는 사실은, 그가 근대적인 공법 원리의 창시자이자 이후 입법주의 정치체제의 발전에 있어 무시할 수 없는 공헌자라는 것을 여실히 보여 준다. 그의 삼권분립론은 영국의 로크에 의한 행정과 입법권의 분리 주장에 영향을 받은 것으로서, 그는 여기에 사법권의 독립을 내세움으로써 독재의 발호와 자유 말살을 방지하고자 하였던 것이다.

  또한 『법의 정신』은 법학 연구에 있어서 비교법학, 역사법학, 그리고 사회과학적 방법을 정초한 것으로 평가받는다. 이 책의 부제가 '법이 각 정체(政體)의 구성, 습속, 풍토, 종교, 상업 따위와도 가져야 할 관계에 대하여 상속관계의 로마법, 프랑스법 및 봉건법에 관한 저자의 새로운 연구의 추가'라고 되어 있는 것은, 그가 법을 물적, 정신적, 사회적 현실과 연관시켜 경험적, 총체적으로 이해하고자 했음을 잘 말해 준다.『법의 정신』후반부에서 전개된 기후와 정치의 관계에 대한 독특한 그의 주장은 그 좋은 예가 될 수 있다.

이와 같은 방법에 입각하여 고대로부터 근대, 서양으로부터 동양에 걸치는 법과 정치제도를 검토한 결과, 몽테스키외는 모든 국가에 적합한 정치제도는 존재하지 않는다고 말한다. 그는 공화정, 군주정, 전제정이 각각 덕, 명예, 공포에 기초하며, 환경을 기준으로 하여 각 나라에 의해 적절하게 선택될 수 있다는 견해를 제시했다. 즉 공화정은 자원이 빈약한 소국에, 군주정은 보다 풍성한 중간 크기의 국가에, 그리고 전제정은 광대한 제국에 알맞다는 것이다. 결국 그의 주장은 각국의 제반환경에 적합한 고유한 정치제도를 발전시켜야 한다는 것으로 이해할 수 있다.

작품 읽기 1

각 국가에는 세 종류의 권력이 있다. 입법권과 만민에 관한 사항을 집행하는 권력 및 시민법에 관한 사항을 집행하는 권력.

제1의 권력에 의해서 군주 또는 집정관은 일시적 또는 항구적인 법을 만들고, 또 제정한 법을 개정 또는 폐지한다. 제2의 권력에 의해서 그는 강화(講和) 또는 전쟁을 하고, 대사를 파견하고 치안을 유지하며 침입에 대비한다. 제3의 권력에 의해서 그는 범죄를 처벌하고, 또는 개인 소송을 재판한다. 사람들은 이 최후의 것을 재판권이라고 부르며 나머지를 단지 국가의 집행권이라고 부를 것이다.

시민에게 있어서 정치적 자유란 각자가 자기의 안전에 관해서 가지는 의견에서 생기는 정신의 안정이다. 그래서 사람이 이 자유를 갖기 위해서는 한 시민이 다른 시민을 두려워할 필요가 없도록 정치조

몽테스키외

직을 만들 필요가 있다.

동일한 인간 또는 동일한 집정관 집단의 수중에 입법권과 집행권이 합일되는 때, 자유란 존재하지 않는다.

왜냐하면 동일한 군주 또는 동일한 원로원이 폭정적인 법을 만들고, 폭정적으로 그것을 집행할 염려가 있기 때문이다. 또 재판권이 입법권 및 집행권으로부터 분리되어 있지 않으면, 이때 역시 자유는 존재하지 않는다.

만약 재판권이 입법권과 결합하면 시민의 생명 및 자유에 대한 권력은 자의적이 될 것이다. 왜냐하면 재판관이 입법자도 되는 셈이기 때문이다. 만약 재판권이 집행권과 결합되면 재판관은 압제자의 힘을 가질 수 있게 될 것이다.

만일 동일한 인간, 또는 귀족 또는 인민의 동일한 집단이 이들 세 가지 권력, 즉 법을 만드는 권력과 공공 의결을 집행하는 권력 및 범죄 또는 개인의 소송을 재판하는 권력을 행사할 것 같으면, 모든 것을 잃고 말 것이다.

다수의 유럽 왕국에서 정체는 제한적이다. 왜냐하면 군주는 앞의 두 권력은 가지고 있으나 제3의 권력은 그 신하와 국민들로 하여금 행사케 하기 때문이다. 터키에서는 이들 세 권력이 황제의 손에 집중되어 있기 때문에 놀라운 전제정치가 행해지고 있다.

이들 삼권이 합일되어 있는 모든 이탈리아 공화국에서는, 자유가 존재함이 우리 군주정에 있어서보다 못하다. 따라서 이 국가는 자기를 유지하기 위해서 터키와 같이 폭력적인 방법을 필요로 한다. 도찰관(都察官) 및 모든 밀고자가 언제나 소송장을 던질 수 있는 저 고소함(告訴函)을 보라.

이런 공화국에 있어서 시민의 지위가 도대체 어떠한 것인가를 보라. 동일한 집정관 집단은 입법자로서 스스로 가지는 모든 권력을 법의 집행자로서 가진다. 그것은 그 일반적 의지에 의해서 국가에 큰

해를 줄 수가 있다. 그리고 그것은 한 걸음 더 나아가 재판권마저 가지므로 그 특수적 의지에 의해서 모든 시민을 파멸시킬 수도 있다.

거기서 모든 권력이 합일되어 있다. 그래서 거기서는 전제군주의 존재를 배반하는 아무런 외부적인 화려성은 존재치 않으나 사람은 항상 그것을 알아차린다. 따라서 전제적인 존재가 되고자 하는 군주는 먼저 늘 모든 관직을 그 일신에 통일하려고 했다. 그래서 다수의 유럽 왕국은 그 나라의 모든 큰 직무를 그 일신에 통일하려고 했다.

분명히 나는 모든 이탈리아 공화국의 순전한 세습적 귀족정치는 아시아의 전제정치에 꼭 대응하는 것은 아니라고 믿는다. 집정관이 다수가 된다는 것은 때로는 그 관직을 부드럽게 한다. 모든 귀족은 항상 같은 의견을 가진다고는 할 수 없다. 서로 억제하는 합의체가 거기에 만들어진다. 즉 베네치아에서는 대의회라는 입법권을 가지며 프레가디는 집행권을, 콰란티아는 재판권을 가진다. 그렇지만 나쁜 것은 이들 상이한 여러 기관이 같은 집단에 속하는 집정관에 의해서 조직되고 결국 하나의 권력에 귀착한다는 것이다.

재판권을 상설적인 원로원에 부여해서는 안 된다. 필요한 기간 동안만 존속시킬 재판소를 만들어야 하고 그것은 일정한 시기에 법이 정하는 방법에 의해서 행사되어야 한다.

이리하여 인간들 사이에서 그렇게도 두려워하는 재판권은 일정한 등족에게도 또는 일정한 직업에도 속하지 않게 되는 까닭으로 그것은 말하자면 사람의 눈에 보이지 않고, 무(無)가 된다. 그래서 사람은 관직은 무서워하지만 관리는 무서워하지 않는다.

(『법의 정신』 제11편「헌법과의 관계에 있어서 정치적 자유를
　　형성하는 법에 관하여」중에서)

몽테스키외

 몽테스키외는 국가의 권력을 세 종류로 구분하였다. 입법권, 집행권, 재판권 등이 그것이다. 그런데 여기에서 몽테스키외는 만일 입법권과 집행권이 분리되지 않으면 폭정적인 법의 입법과 집행의 우려가 있다고 보았다. 그리고 재판권이 입법권과 분리되지 않으면 시민의 생명과 자유에 대해 권력이 자의적이 될 수 있으며, 재판권이 집행권과 분리되지 않으면 재판관이 압제자의 힘을 가질 위험이 있다고 했다. 그는 정치적 자유를 '각자가 자기의 안전에 관해서 가지는 의견에서 생기는 정신의 안정'이라고 보았기에, 그와 같은 고려로부터 세 권력이 분리되지 않을 경우 발생하는 문제점들을 짚어낼 수 있었던 것이다. 삼권분립에 대한 그의 주장은 이와 같은 문제점을 경계하기 위한 제도적 장치이므로, 몽테스키외는 형식상으로 세 가지 권력이 구분되는 경우라 하더라도 그 모두가 동일 집단에 의해 조직될 경우 그것은 결국 하나의 권력에 귀착하게 된다고 경고했던 것이다.

통합형 문·답

> 제시문을 읽고 몽테스키외가 삼권을 분리해야 한다고 주장한 이유에 대해 설명해 보자.

몽테스키외는 최초로 입법·사법·행정의 세 권력을 분리해야 할 필요성을 주장한 인물이다. 삼권분립에 대한 그의 주장은 로크의 입법과 행정의 분리 주장의 영향을 받은 것이며, 또한 당시 영국에서 성장한 자연법, 자연권, 대의제 사상을 배경으로 한 것이었다. 그는 이와 같은 당대의 시민사상을 합리주의적 방식으로 이론화하였으며, 특히 사법권의 분리를 설정함으로써 근대적인 삼권분립론을 확립하였다.

그는 시민의 정치적 자유의 토대를 개인이 자신의 안전에 관해서 갖는 의견에서 생기는 정신의 안정에서 찾았다. 그렇기에 이러한 자유를 획득하기 위해서는 한 시민이 다른 시민을 두려워할 필요가 없도록 제도적 장치를 만들어야만 한다. 그의 권력분립론 정신은 바로 이와 같은 정치적 자유에 대한 고려에 기초하고 있다.

그는 세 권력이 동일인 혹은 동일집단에 한정될 경우 전제정치로 타락할 위험성이 항존한다고 경고했다. 그리고 세 권력 중 두 권력이 동일 집단의 손에 주어질 경우에도 그와 같은 위험은 엄연히 존재한다고 보았다. 예컨대 입법권과 행정권이 결합할 경우, 그 집단은 폭정적인 법을 만들고 또 그것을 폭정적으로 집행할 위험성이 있다는 것이다. 또한 입법권과 사법권이 결합할 경우 권력은 자의적으로 시민의 생명 및 자유에 개입할 우려가 있으며, 행정권과 사법권이 결합할 경우 재판관은 압제자의 힘을 가질 수 있게 됨으로써, 이 모든 경우에 있어서 그 결과는 시민의 지위를 파멸시키는 것으로 드러날 것이기 때문이다. 그렇기에 몽테스키외는 세 가지 권력을 동일인 혹은 동일 집단에 귀속시키는 것을 차단하여 전제정치의 발호와 자유의 말살을 방지하고자 했던 것이다.

이러한 몽테스키외의 사상이 미국 독립운동의 이념적 지주가 되어 그 민주주의 조직에 큰 영향을 미쳤던 것은 널리 알려진 사실이다. 그러나 그의 삼권분립론은 현재와 비교해 보면 적지않은 차이를 보이기도 한다. 예컨대 집행권은 그 즉시적인 행동의 필요성 때문에 군주 한 사람의 수중에 있어야 한다고 주장한 것이나, 세습적인 귀족정치를 부분적으로 인정한 것 등이 그것이다. 그럼에도 불구하고 그가 삼권분립을 제창한 정신만큼은 이후의 자유주의 정치제도 발전에 의해 지속적으로 계승되었다.

　정신의 성질과 마음의 감정은 여러 기후에 따라 현저하게 다르다는 것이 진실하다면, 법은 이들 감정의 차이 또는 성질의 차이에 대응치 않으면 안 된다.

　찬 공기는 우리들 신체 외부 섬유의 첨단을 끌어 조인다. 이것은 그 탄성을 증가하고 첨단의 피가 심장을 향해서 돌아오는 데 도움을 준다. 그것은 또한 그들 섬유의 길이를 축소시킨다. 따라서 그 때문에 더욱 그 힘을 더하게 된다. 이에 반하여, 더운 공기는 섬유의 첨단을 늦추고 그것을 길게 한다. 따라서 그것은 그 힘과 그 탄성을 감소한다.

　따라서 사람은 찬 기후에서 더 많은 원기를 가진다. 심장 활동과 섬유의 첨단의 반작용은 보다 잘 되며, 체액은 보다 나은 균형을 유지하고, 혈액은 더 잘 심장을 향해서 운반되며, 심장은 보다 더 강한 힘을 가진다. 이보다 더 큰 힘은 반드시 많은 결과를 자아낸다. 예를 들면 자기에 대한 보다 많은 신뢰, 즉 용기를 더해 준다. 자기의 우월을 더 잘 안다. 즉 복수의 욕망이 감소한다. 자기의 안전에 대하여 더 좋은 견해를 가진다. 즉 보다 솔직하게 되고 시기 술책 및 궤계(詭計)가 감소한다. 요컨대 그것은 반드시 성질을 변화시킨다. 그러나 사람을 폐색된 더운 곳에 놓아 둔다면, 그는 전술한 이유에 의하여 기력의 쇠약을 면치 못할 것이다. 만일 이러한 정황에서 그에게 용감한 행동을 권한다면, 그는 매우 싫어할 것이다. 그는 모든 것을 무서워할 것이다. 왜냐하면 그는 자기가 어떠한 일도 할 수 없음을 알게 되겠기 때문이다. 더운 나라의 인민은 노인처럼 겁이 많다. 찬 나라의 인민은 청년과 같이 용감하다. 만일 최근의 전쟁에 주의한다면, 우리들은 명백히 다음과 같은 사항을 알게 될 것이다. 즉 남쪽 나라에 옮겨진 북국의 인민은 자기 고유의 기후에서 싸우고 따라서 그 모든 용기를 유지했던 사람들만큼 훌륭하게 활동하지 못했다는 점이다.

더운 나라에서는 기관(器官)이 그와 같이 미묘하고 교묘하므로, 인심은 모든 양성의 결함에 관련하는 사항에 대해서 매우 민감하다. 모든 것은 이 대상을 향하여 인도한다.

북방 나라에서는 매우 건전하나 둔한 기관이 모든 정신을 활동시키는 것, 즉 사냥·여행·전쟁·술 가운데서 쾌락을 찾아낸다. 북방 기후에 있어서 인민은 악덕이 적고 덕성이 충분히 있으며 진실 솔직하다. 남쪽 나라에 접근하면 도덕 자체에서 멀어지는 것처럼 생각될 것이다. 보다 활발한 감정은 범죄를 증가시킨다. 모든 사람은 타인으로부터 이 같은 감정을 조장할 수 있는 모든 이익을 빼앗으려고 노력한다. 온대 기후에서 인민은 그 생활양식, 그 악덕, 또 그 덕성에 있어서 불확정하다. 그 기후는 그것들을 확정할 만큼 명확한 성질을 갖지 않는다.

더위가 너무 과도해지면 신체는 전혀 무력해지고 만다. 그럴 때면 쇠약은 정신 자체에까지 전파된다. 어떠한 호기심도 고상한 기도도 관대한 감정도 없어진다. 성격은 매우 수동적이 되고, 게으름만 행복이 된다. 대부분의 형벌도 정신 활동보다는 참기 쉽고, 또 예속상태도 자기를 스스로 인도함에 필요한 정신력보다는 참기 쉬운 것이다.

인도인은 휴지(休止)와 허무가 모든 사물의 기초이고, 또 모든 일의 목표라고 믿고 있다. 따라서 그들은 완전하게 활동하지 않는 상태가 가장 완전한 상태이고, 그 욕망의 목적이라고 생각한다. 그들은 그 신에 부동이라는 다른 이름을 준다. 타이인은 최고의 행복은 기관에 혼을 넣고 신체를 행동하도록 결코 강제당하지 않는 데 있다고 믿는다.

이들 나라에서는 과도한 더위가 인심을 위축시키고 침체케 하므로, 휴식이 매우 즐겁고 운동은 극히 고통스럽다. 따라서 이런 형이상학 체계가 자연적인 것으로 생각된다. 인도의 입법자 포에가 사람을 극단적으로 수동적인 상태에 놓았을 때 그는 자기가 느낀 바에 따라서

몽테스키외

행한 것이었다. 그러나 기후로 인한 게으름에서 생긴 그의 교의는 다시 또 그 게으름을 조장하여 무수한 폐해를 조장했다. 반면 중국의 입법자는 현명하였다. 그들은 사람을 안락한 상태에 두지 않고 적당한 활동으로 인생의 의무를 완수하게 했으며 종교, 철학 그리고 법을 완전히 실제적인 것으로 하였다. 자연적인 원인이 사람을 휴식하게 하면 할수록 윤리적인 원인은 사람을 그 휴식으로부터 멀리하게 하지 않으면 안 된다.

　(『법의 정신』 제14편 「법과 기후의 성질과의 관계에 관하여」
　중에서)

논점　몽테스키외의 『법의 정신』은 딱딱한 법률이론서를 예상하는 독자들에게 놀라움과 흥미를 주는 저서이다. 사치금지에 대한 동서고금의 법을 분석한 것이라든지, 제시문에서처럼 기후와 법의 관계에 대해 논의한 것은 그 대표적인 예가 될 수 있다. 그러나 이 책의 부제가 '법이 각 정체의 구성, 습속, 풍토, 종교, 상업 따위와도 가져야 할 관계에 대하여 상속관계의 로마법, 프랑스법 및 봉건법에 관한 저자의 새로운 연구의 추가'라고 되어 있는 것을 보면, 그의 이러한 설명은 법이 물질적·사회적 현실과 밀접한 관계를 가진다는 그의 체계적인 고려로부터 나온 것임을 알 수 있다. 이를 통해 몽테스키외는 보편적인 법의 정신을 마련함과 동시에, 각국의 제반환경에 적합한 고유한 제도를 발전시킬 것을 제안하였던 것이다.

통합형 문·답

기후가 인간에게 미치는 영향에 대해 몽테스키외가 제시한 바람직한 법의 태도에 대해 서술해 보자.

　몽테스키외는 기후가 인간의 신체적 상태에 커다란 영향을 미

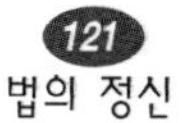

치고, 나아가 그러한 영향은 정신의 성질과 마음의 감정까지 결정한다고 보았다. 그는 이와 같은 견해를 인도, 일본, 중국 등 동양 국가들의 예까지 들면서 뒷받침하고 있다. 그러나 그가 강조하고자 한 것은 기후에 의해 수동적으로 결정되는 인간 정신이 아니라, 그것에 적극적으로 대처하여 이를 극복할 수 있도록 하는 능동적인 법의 확립이다.

그렇기 때문에 기후와 정신에 대한 그의 판정은 결코 결정론적인 것이 아니다. 몽테스키외가 보기에 바람직한 법이라면 기후가 조장하는 문제점들에 적극적으로 대응해야 하기 때문이다. 그렇기 때문에 몽테스키외에게 있어서는 기후가 조장하는 악덕을 방치하는 법이야말로 바람직하지 못한 법의 표본이다. 그가 인도의 입법자 포에를 예로 들어, 더운 기후에서 생기는 인간의 게으름을 방치하여 오히려 게으름을 더욱 조장하였다고 비판한 것은 그 때문이다. 그는 법이 각 개인으로 하여금 인생의 의무를 완성할 수 있는 적당한 활동을 고려하는 데서 그 미덕을 발휘할 수 있다고 믿었던 것이다.

기후와 인간 정신의 관계에 대한 그의 설명은 지금에서 보자면 이론적 체계를 갖추지 않은 소박한 주장이라고 할 수도 있겠지만, 그의 이러한 주장은 그가 법을 물질적·사회적 현실과 연관시켜 경험적·총체적으로 이해하고자 했음을 잘 말해 주고 있다.

사회계약론

루 소
Jean-Jacques Rousseau

스위스 제네바 출생의 루소(1712~1778)는 시계공의 아들로 태어나 생후 9일 만에 어머니를 잃고 숙모에 의해 양육되었다. 1750년 『학문 예술론』을 발표 하여 명성을 얻을 때까지 그는 거의 알려지지 않은 인물이었고, 삶 자체가 파란만장한 방황의 연속이었다. 1754년 『인간 불평등 기원론』과 『백과전서』 항목 가운데 「정치경제론」을, 그리고 1761년 자신의 연애 체험을 바탕으로 한 소설 『신 엘로이즈』를, 1762년 그의 주요 저서인 『사회계약론』 『에밀』을 출간 하였다. 특히 『에밀』의 종교론이 문제되이 금시가 되면서 직가에 대한 세포링 이 떨어졌으며, 1770년 프랑스 거주가 다시 허락될 때까지 도피적인 망명생 활을 계속하였다. 귀국한 후 1778년 죽을 때까지 루소는 주로 악보를 베껴 주는 일로 연명하였고, 유작으로 『고독한 산책자의 몽상』을 남겼다. 루소의 저작은 주로 자연의 찬미, 감정의 중시, 도덕심과 자기 억제의 강조, 농민이나 민중에 대한 공감, 고독한 사랑, 개인과 전체의 합치 등을 공통적인 내용으로 한다. 환언하면, 권력자에 대해 비판한다거나 불평등하고 사치스러우며 타락 하거나 음모적인 그리고 전제적이며 장식적인 학문과 예술에 대해 비판할 때 지극히 날카로웠다고 할 수 있다.

프랑스의 유명한 프랑스혁명 연구가인 G. 르페브르는 그의 저서 『프랑스혁명』에서 당시 국민회의가 채택한 인권선언은 프랑스 혁명의 업적 중의 하나라고 언급하면서 이는 루소의 『사회계약론(Du Contract Social)』을 암암리에 채택한 것이라 지적하였다. 말하자면 이 책만큼 프랑스혁명에 막대하게 공헌한 저작은 드물다는 이야기다.

루소는 계몽주의 자연권 사상에 기반하여 인간에 있어 생명과 자유의 권리를 주장하였다. 자연상태의 인간에게는 이기심 대신 자기애가 있을 뿐인데 이 자기애는 자신의 일에만 관심을 갖는 것이어서 만약 자신의 욕망이 충족되면 그것으로 만족한다. 즉 타인과의 비교를 통해 만족감을 느끼는 이기심과는 구별된다. 이기심과 대치되는 자기애야말로 올바른 본성이고 자연이다. 그러나 인류사의 전개과정에서 보면 사회성이 배제된 순수한 자연인이란 불가능하다. 인간은 결국 자신이 만들어 놓은 사회 속에서 사회적인 자연인으로 살아가야 한다. 이러한 문제를 다룬 그의 저작이 바로 『사회계약론』 및 『에밀』이다. 루소 자신은 이 두 책을 연결시키면서 다음과 같이 말했다. '나는 시민적 질서 안에서 인간을 있는 그대로 받아들이고 법을 정당하게 고쳐야 하는 것으로 보는 확실하고 정당한 행정 규칙이 있을 수 있는지를 탐구하려고 한다.' 다시 말하자면 그는 『에밀』에서 법과 사회를 있는 그대로 받아들이고 어떻게 하면 교육에 의해서 인간을 개조할 수 있는지를 보려 했고, 『사회계약론』에서는 인간을 있는 그대로 받아들이고 어떻게 하면 국가를 개선할 수 있는지를 탐구하려 했다.

총 4부로 구성된 그의 『사회계약론』에는 우선 인민주권설(루소는 1부 6장에서 인민, 시민, 주권자 등의 개념을 구별했다. 즉 공화국

구성원에 대하여 이를 집합적으로는 인민이라 칭하며, 개개인의 경우에는 주권에 참여할 때만 시민이라고 하며, 국가의 법률에 복종할 때는 신민이라고 칭한다는 것이다)이 명확한 형태로 서술되어 있다. 그의 인민주권 개념은 늘 홉스와 비교된다. 홉스가 계약으로부터 국가주권의 절대성을 도출해 낸 데 반하여 루소는 계약을 맺은 국민의 의지 즉 일반의지의 절대성을 강조했다. 루소에 의하면 사회계약에 의해 이루어져야 할 근본 문제는 '개인과 개인이 연합하여 공동의 힘으로 각 개인의 생명과 재산을 방어하고 보존하는 일종의 연합 형태를 발견하고, 이에 의해 각 개인은 전체로 결합하지만 종전처럼 자기 자신에게만 복종하고 전처럼 자유를 잃지 않는 연합 형태'의 완성이다. 이 연합 형태를 가능하게 하는 사회계약이란 무엇일까. 루소에 의하면 '우리 각자는 자신의 모든 힘을 중의(衆意)의 최고 지도하에 공공의 것으로 제공한다. 그리고 공동체의 자격으로 각자가 전체와 불가분의 것으로 대하는 것'이다. 이 연합 행위가 한 도덕적 공동체를 형성하는데 이것의 수동적 형태가 국가이고, 능동적인 측면에서 말하자면 통치자이며, 그와 같은 다른 공동체와의 관계에서 말하면 힘이다.

『사회계약론』에서 언급되는 '일반의지' 개념은 루소의 체계에서 매우 중요한 역할을 한다. 그 의미를 간단히 설명해 보자. 일반의지란 대중의 뜻이나 모든 시민의 뜻과는 다르다. 그것은 정치적 통일체에 속한 뜻으로 여겨진 것 같다 일반의지는 언제나 올바르고 공공의 이익을 도모하는 것이라고 하지만, 사람들의 생각이 다 같이 정확하다고는 할 수 없다. 모든 사람들의 의지와 '일반의지' 사이에는 많은 차이가 있기 때문이다.

그렇다면 무엇이 '일반의지'인지 알 수 있는가. 이 책의 1부 3장 내용에 따르면, 인민에게 충분한 정보가 제공되고 이에 대해 깊이 생각했을 경우에는 인민 상호간의 연결이 없이도 각각 조금씩 다른 견해의 종합이 일반의지가 될 것이며 이 의지가 내리는 결정은 언제나 합당한 것이 된다고 한다. 루소를 위대한 민주주의 이론가로 만든 것은 바로 이 구절인 듯하다. 그는 주권은 양도될 수 없으며 어떤 한 사람이나 집단에 의해 위임될 수도 없다고 주장했다. 그에게 민주주의는 개인적으로 정치에 참여하는 것을 의미한다.

같은 장에서 루소는 일반의지에 실제로 방해가 되는 것으로 국가에 종속된 단체들의 존재를 이야기한다. 이 단체들 가령 정치단체와 회사 같은 조직은 일반의지에 저촉되는 각각의 의지를 가질 수 있으므로 루소는 이 단체의 수를 줄여 불평등으로 나아갈 가능성을 극소화시켜야 한다고 지적했다. 이러한 언급은 오늘날의 민주주의 현실에 비추어 보았을 때는 부적합한 것으로 보인다. 오늘날은 다원적인 사회의 민주주의를 흔히 이야기하며, 루소가 지적한 바처럼 긴밀하게 연결된 일원적인 공동사회를 의미하지는 않기 때문이다. 사실 이러한 루소의 생각은 프랑스혁명기에 로베스피에르 등의 공포정치에서 현실화되었다. 반대당을 청산하고 조합을 금지하고 교회를 국가의 부서로 바꾸는 등의 행위가 그것이다. 한편 루소의 생각, 특히 『인간 불평등 기원론』 등에서 보이는 빈부차에 대한 혁명적인 관념은 그를 사회주의 혹은 무정부주의의 주창자로도 보이게 하며, 역사의 어떤 특정 시기에는 독재자의 이론으로 악용되었다는 점에서 다면적인 성격을 지닌 철학자로도 볼 수 있다. 왜냐하면 그의 사상은 그만큼 풍부한 해석 가능성을 지니기 때문이다.

일반의지란 언제나 정당한 것이며 또한 공공의 이익을 지향하는 것이다. 그러나 인민의 의지는 언제나 꼭 같은 공정성을 띤다고 말할 수 없다. 사람은 언제나 자기의 이익을 원하지만 그 이익이 무엇인가를 늘 알고 있는 것은 아니다. 인민은 절대로 지조를 팔지는 않지만 기만을 당하는 경우가 있다. 인민이 옳지 못한 것은 자기의 이익을 원하는 것처럼 보이는 이런 경우뿐이다.

전체의지와 일반의지 사이에는 간혹 현저한 차이가 있다. 일반의지는 공동의 이익밖에 염두에 두지 않지만 전체의지는 사리(私利)를 염두에 두기 때문에 개인의지의 총화에 지나지 않는다. 이 개인의지에서 지나친 것과 부족한 것을 가감 상쇄하여 그 차이의 합계로서 일반의지가 남는 것이다.

만일 충분한 식견을 가진 국민이 의결을 할 경우, 시민 사이에 미리 서로 의사소통이 되어 있지 않더라도 조금씩 의견을 달리한 대다수 편에서 언제나 일반의지가 나올 것이며 그 의결은 언제나 옳을 것이다. 그러나 당파라는 부분적인 단체가 생기면 국가라는 큰 단체를 희생시키고 당파의 의지는 그 구성원에 대하여 일반의지가 되겠지만 국가에 대하여는 개인의지가 된다. 다시 말하면 이 경우에는 이미 사람 수만큼의 투표자는 없지만 당파 수만큼의 투표자가 있다고 할 수 있는 것이다. 그렇게 되면 차이의 수는 훨씬 줄어들지만 그 결과는 한층 더 일반적인 것은 되지 못한다. 마지막으로 이들 당파의 하나가 나머지 당파들을 압도할 정도로 크게 되면 그 결과 근소한 차이의 총화는 없어지고 오직 유일한 차이가 생기게 된다. 그리하여 이미 일반의지는 존재하지 않으며 압도적인 단체의 의견은 개인적인 의견에 지나지 않게 된다.

그러므로 일반의지가 충분히 표명되려면 국가 내에 부분적인 당파가 존재하지 말아야 하며, 각 시민은 독자적인 의견을 가져야 한다. 위대한 뤼크르고스(전설적인 스파르타의 입법가)의 유례 없이 탁월한 제도가 바로 그것이다. 만일 부분적인 단체가 존재할 경우에는 그 단체 수를 늘려서 불평등을 막을 필요가 있다. 솔론(입헌 민주정치 제도를 수립한 아테네의 입법가)과 누마(전설상의 로마 2대 왕)와 세르비우스(로마 6대 왕)도 이와 같은 방법을 썼다. 이러한 조심성은 일반의지를 언제나 올바르게 하며 인민이 절대로 속지 않도록 하는 데 필요한 것이다.

(『사회계약론』 제2부 3장 「일반의지가 오류를 범할 수 있는가」 중에서)

논점 제시문의 끝부분에서 루소는 마키아벨리의 '군주론'을 인용하여 자신의 견해에 힘을 더하고 있다. 마키아벨리와 루소가 해후하는 드문 장면이다.

마키아벨리는 '분열에는 공화국에 유해한 것과 유익한 것이 있음이 사실이다. 당파와 더불어 생기는 대립은 공화국에 유해하고, 이런 것에 관계하지 않는 대립은 유익한 것이다. 그러므로 어떠한 공화국의 창설자도 국가 내에 대립이 생기는 것을 막을 길은 없다 하더라도, 적어도 그 대립하는 자들이 당으로 뭉치게 되는 일은 없도록 미리 방비해야 한다'고 말한 바 있다.

통합형 문·답

제시문의 결론 부분에서 루소는 부분적 당파나 단체의 축소론을 주장하고 있다. 이를 현대의 '다원적 사회에서의 국민의 다양한 요구'라는 시각에서 비판해 보고, 그 부정적 측면의 원인이 무엇인지 추론해 보자.

루소는 일반의지가 충분히 표명되기 위해서는 국가 내에 부분적인 당파나 단체 수를 축소해야 한다고 주장했다. 그러나 이러한 입장은 현대 민주주의 국가의 현실과는 일단 거리가 있는 것으로 판단된다. 현재, 우리가 생각하기에 자유롭고 민주적인 사회라고 판단할 수 있는 근거는 그 사회에 다양한 종류의 자유로운 결사와 기업, 조합, 단체, 그리고 무엇보다도 자유롭게 조직된 정당 등이 존재하는가의 여부에 있다. 어떤 국가에 자유롭게 조직된 두 개 이상의 정당이 존재하지 않는다면 우리는 그 국가를 의심스러운 눈으로 바라볼 것이다. 즉 집권 정당에 대해 자유롭게 비판하고 반대할 수 있는 최소한의 조건이 이 정당의 존재인 것이다.

이렇게 생각해 볼 때 루소는 사회를 일원적이고 긴밀한 조직체로 간주한 듯하다. 이러한 입장은 '전체주의적 민주주의'로 해석될 수 있다. 반대파의 정치적 견해나 혹은 결사의 자유를 보증하지 않는 근거가 될 가능성이 높고, 가령 역사적으로는 프랑스혁명 과정에서 로베스피에르를 중심으로 하는 자코뱅파에 의해 교회를 국가의 부서로 바꾸고, 노동자나 고용주의 조합을 금지하고 공포정치 기간중 반대당을 청산하면서 실제로 현실화된 바도 있다.

그렇다면 프랑스 시민혁명의 이념 제공자였던 루소가 결국 비민주주의적이라는 의미로 읽힐지 모른다. 그러나 그렇지는 않다고 생각한다. 케임브리지 대학 역사학과 교수인 데이비드 톰슨의 지적처럼 그는 민주주의 운동의 이론가이지 민주주의 국가의 이론가는 아니었다. 따라서 자유와 평등이 상호간에 이상으로서 필수불가결하며 정부는 전체 공동사회의 도덕적 목적에 의존해야 하고, 어떤 제도적인 정치적 형식보다 정치의 도덕적 기초가 중요하다고 주장하여 비도덕적인 중세적 권위에 대항하였던 것이다. 그런 의미에서 그는 민주주의 철학자이자 운동가의 일원이다. 그러나 바로 그 이유로 인해서 그의 이론들은 근대에 확립된 민주주

의 국가 안에서는 그렇게 큰 의미를 지니지 못하며 적용하기가
어려운 것이다. 근대 국가 역시 그가 제거하기를 원했던 자유와
권위 사이의 바로 그 긴장 위에 존재하기 때문이다.

철학사에서 가장 자기 중심적인 사상가로 평가되는 루소의 66년 동안의 삶은 상상할 수 없을 정도의 불행, 친구나 적들과의 격렬한 논쟁 등 혼란의 연속이었다.

그는 『참회록』에서 자신의 연애생활에 대해서도 숨김 없이 솔직하게 고백하고 있다. 그의 고백에 따르면 그 같은 일은 실제로 있었다기보다는 환상 속의 일이었다지만, 성적 경험에 있어서 결정적인 성적 체험은 소년 시절 그의 여자 가정교사에게 매맞은 일로, 그때 맞은 매는 그의 전 생애에 걸쳐 최고의 쾌락이었다고 밝히고 있다. 그러나 그는 그 후 다른 여자들에게 그와 같은 사랑의 봉사를 해달라고 감히 부탁하지는 못했다. 그는 또한 평생 그를 따라다녔던 자위행위의 버릇과 음부노출증——이로 인해 그는 몽둥이 찜질을 당할 뻔한 일도 있었다고 한다——에 대해서도 아주 솔직하게, 약간은 자랑스럽게 기록하고 있다. 마침내 그는 상류사회의 약간 어리석은 부인인 드 바렝 부인을 알게 된다. 이 부인은 그를 일시적이나마 가톨릭교로 개종시키기도 하였고, 그에게 거처도 마련해 주었으며, 나중에는 그보다 13년이나 연상임에도 불구하고 오랫동안 어머니이자 애인의 역할을 대신한다. 그러나 한 사람으로 만족하지 못하는 그녀의 바람기로 루소는 그녀와 헤어지고 한 순박한 처녀를 만나게 된다. 호텔에서 하녀로 일하는 그녀를 알게 되고부터 그는 그녀에게 애써 글을 가르쳐 주었으며, 23년간의 동거 끝에 마침내 결혼한다.

그런데 위대한 교육 이론가였음에도 불구하고 루소는 가정을 어떻게 꾸려 나가야 할지를 몰랐다. 결국 그는 다섯 명의 자식을 모두 고아원에 보내 버리고 만다. 그 까닭인즉, 그의 자식들이 너무나 소란스럽고 또 양육비가 많이 들기 때문이라는 것이었다. 너무나 아이러니컬한 일이 아닐 수 없다. 아마도 루소의 사상의 돌발성은 그의 삶이 이처럼 돌발적이었다는 점과 일치한다고 하겠다.

국부론

애덤 스미스
Adam Smith

고전 경제학의 창시자 애덤 스미스(1723~1790)는 스코틀랜드에서 세관 관리의 유복자로 태어나 평생을 독신으로 보냈다. 사상적으로 진보적이던 글래스고 대학과 옥스퍼드 대학에서 도덕적 자유주의, 사익과 공익의 조화, 무역평형론 등을 배운 그는 글래스고 대학 교수가 되어 펴낸 『도덕감정론』(1759)으로 전 유럽에 명성을 떨쳤다. 1764년 이후 3년 간 프랑스를 여행하며 당시 유럽의 지식인 사회를 이끌던 자유주의, 합리주의를 익힌 후 귀국, 고향에서 『국부론』 집필에 전념하여 1776년에 발표하였다. 그 후 1787년까지 글래스고 대학 총장으로서 평생 연구생활을 계속하였다. 그의 사상은 당시의 계몽 사상가들과 마찬가지로 고대 그리스 고전의 인문적 소양에 기초하여, 사람들의 관계가 공평하게 시작된다면 자연히 부정이 도태되고 정의가 지켜지게 되어 국가의 강제력이 불필요하게 된다는 자연법에 기초를 두고 있다. 『국부론』은 이러한 법학 강의의 후반부만을 따로 떼어내어 자세히 보완한 것이다.

애덤 스미스의 『국부론』은 '여러 나라의 부(富)의 성질과 원인에 관한 고찰(An Inquiry into the Nature and Causes of the Wealth of Nations)'의 약칭이다. 그는 이 책의 첫머리에서 부를 '모든 국민이 해마다 소비하는 생활필수품과 편의품의 양'이라고 규정함으로써 농업만이 국부를 생산할 수 있다는 중농주의(重農主義)와 '부의 크기는 그 나라가 보유한 금은의 양에 의해 결정된다'는 중상주의(重商主義)를 근본적으로 비판하였다. 즉 자유 방임의 시장 경제를 주장함으로써 고전 경제학의 토대를 마련한 것이다.

개인의 이익만을 추구하는 인간의 행위가 어떻게 집단 속에서 조화롭게 공존할 수 있는가. 스미스는 가격과 시장이라는 '보이지 않는 손'에 의해 사회 전체의 조화는 물론, 국부(國富)의 증진도 가능하다고 보았다. 그는 시장 기구가 원활히 작동하기 위해서는 분권화되고 민주적인 사회 질서가 먼저 선행되어야 함을 강조하였다. 그는 신분 제도에 근거를 둔 낡아빠진 관습이나 중앙 정부의 계획 없이도 자유 방임 시장에서는 '개인의 이기적 욕망 추구'와 '국부의 증진'이라는 사회적 공동선이 '보이지 않는 손(invisible hand)'의 축복에 의해 조화를 이룰 수 있다는 신념을 가지고 있었다. 그는 작은 정부를 이상적으로 보고, 정부는 단순 명백한 자연적 자유의 질서를 유지하기 위해 치안 담당 등의 최소한의 임무만을 담당해야 한다고 보았다.

그러나 당시 영국의 사회 상황은 '빈익빈 부익부' 현상이 심각한 사회 문제로 대두되던 시기였다. 그러므로 '보이지 않는 손'에 맡겨 두면 모든 생산과 분배가 공정하게 수행될 것이라는 예측은 잘못된 것으로 보일 수도 있었다. 그러나 이는 절대주의 정부의 불합리하고 자의적인 전횡과는 분명 다른 것이었고, 새로운 시대의 경제 이론을 예견한 것이었다. 물론 개인의 합리성과 질서, 분업에 기초한 삶의 질서가 승리하게 된다는 믿음은 예전에도 어느 정도 있었던 것이지만, 이를 매우 체계적으로 제시한 것은 애덤 스미스에 의해서이다.

전 5편으로 구성되어 있는 이 책의 제1편에서는 국부를 증진하기 위한 방안으로 노동의 '분업'을 제시했다. 당시 영국에서는 한 사람의 노동자가 하루에 만들 수 있는 핀의 양은 1~20개였다. 그러나 제조 공정을 18단계로 나누면, 1인당 하루 평균 4,800여 개를 생산할 수 있다. 그는 이러한 에피소드를 들어, 분업과 교환의 원리, 교환의 매개수단으로서의 화폐에 대해 설명하였다.

그는 상품의 가치를 '사용 가치'와 '교환 가치'로 나누었다. 예를 들어, 인간에게 필수적인 물은 사용 가치는 높으나 교환 가치가 적고, 다이아몬드는 사용 가치는 별로 없으나 교환 가치는 크다. 이러한 '스미스의 이율배반론'은 이후 경제학에서 사용 가치를 중시한 한계효용학파를 낳았고, 한편으로는 사용 가치를 경제학에서 제외하고 교환 가치를 주로 연구대상으로 삼은 노동가치설과 생산비설을 낳았다.

애덤 스미스는 가격을 '자연 가격(임금, 이윤, 지대의 총합)'과 시장 내에서 재화의 수요 공급에 따라 변동되는 '시장 가격'으로 나누고, 시장 가격이 일정한 수준에서 벗어나지 않는 이유는 그 배후에 자연 가격이 존재하기 때문으로 보았다. 그는 중상주의적인 가격 통제가 언젠가 최고의 독점 가격을 유지하고자 하기 때문에 국민 대중의 희생을 강요하는 데 반해, 자유 경쟁에 의한 자연 가격은 최저 가격이 되려는 경향이 있기 때문에 대중에게 유리한 것으로 판단하여, 중상주의적인 가격 통제에 반대하였다. 그는 노동자의 임금, 자본가의 이윤에 대해서도 이와 비슷한 논리를 취하였다. 예컨대 노동자의 임금에 대해서는 자본가가 늘 유리한

애덤 스미스

고지를 선점하고 있으나, 임금에는 더 이상 내려갈 수 없는 최저 한계가 있으며, 이는 노동자 자신과 그의 가족의 생활 유지비에 의해 결정되며, 이는 인도에 벗어나지 않는 최저율이라고 규정했다.

제2편에서는 자본의 성질·축적·사용에 관한 이론을 전개하고, 제3편에서는 각국의 국부 증진과정을 설명하며, 마지막 제4편과 제5편에서는 국가의 세금과 유지 형태 등 보다 거시적인 국가의 경제 정책을 다루었다. 예를 들어, 애덤 스미스는 세금의 형태에 따라 국가 경제가 어떻게 달라지는지에 대해 주목했다. 가장 원시적인 세금은 인두세(人頭稅)이다. 사람 수에 따라 세금을 매기는 것은 사람들의 차이를 인정해야 하는데, 이러한 차이는 대부분 신분에 따라 결정된다. 그러나 같은 신분이라고 해서 소득이 같을 수는 없다. 그러므로 인두세는 조세 저항이 높고 비합리적인 세금이 된다. 다음은 소비세를 들 수 있다. 이는 생활필수품과 사치품에 따라 다른 세율을 적용해야 하는데, 필수품과 사치품을 나누는 기준조차도 사실은 문화적인 것이다.

그는 경제 발전의 수준에도 '사물의 자연적 과정'이 있다고 보았다. 그리하여 그는 '경제적 자유주의' 입장에서 중상주의적 통제 및 독점에 반대 화살을 던진다. 그는 관세 장벽의 철폐, 무역과 산업의 자유를 요구하였다. 즉, 이러한 제한과 속박을 철폐하면 각 개인은 정의가 허용되는 범위 내에서 자제심을 갖고 자유롭게 노동과 자본을 자유 경쟁하게 되고, 사회 전체와 국가의 부가 증진된다고 본 것이다.

(가) 사회의 총노동은 그 사회의 자본이 고용할 수 있는 것을 초과할 수 없다. 각 개인에 의해 고용되는 노동자의 수가 그의 자본과 일정한 비율을 유지하는 것처럼 한 거대한 사회의 모든 구성원에 의해 계속 고용될 수 있는 노동자의 수는 그 사회의 총자본과 일정한 비율을 유지하며 그 비율을 넘어설 수는 없다. 무역에 대한 어떠한 규제도 자본이 유지할 수 있는 것을 초과해 그 사회의 노동량을 증대시킬 수는 없다. 규제는 규제가 없었을 경우와는 다른 방향으로 노동의 일부를 전환시킬 수 있을 뿐이며, 이러한 인위적인 방향설정이 노동이 스스로 향했을 방향보다 사회에 더욱 유익할 것인가는 결코 확실하지 않다.

각 개인은 그가 지휘할 수 있는 자본을 가장 유리한 방법으로 사용하려고 힘쓴다. 그의 관심사는 사실 자기 자신의 이익이지 사회의 이익은 아니다. 그러나 자기 자신의 이익을 추구하는 것이 자연스럽게 또는 오히려 필연적으로 그로 하여금 사회에 가장 유익한 투자를 선호하게 한다.

첫째, 각 개인은 자본의 보통이윤 또는 보통이윤보다 훨씬 적지 않은 이윤을 얻을 수 있다면 가능한 한 가까운 곳에, 따라서 될 수 있는 한 국내산업을 지원하도록 자기의 자본을 투자하려고 노력한다.

따라서 이윤이 같거나 거의 같다면 모든 도매상들은 자연히 국내소비용 외국무역보다는 국내상업을 선호하며 중개무역보다는 국내소비용 외국무역을 선호한다. 국내상업에서는 자기 자본이 국내소비용 외국무역에서처럼 그렇게 오랫동안 자기의 감시를 벗어나지는 않는다. 그는 자기가 신용하는 사람의 성격·상황을 더욱 잘 알 수 있고, 그가 속았을 경우에도 구제를 청구해야 하는 법률을 보다 잘 알고 있다. 중개무역에서 상인의 자본은 말하자면 두 외국에 분할되어 있고

애덤 스미스

자본의 일부라도 반드시 본국으로 들어오는 것은 아니며 또한 그 자신의 직접적인 감시·지휘하에 있는 것도 아니다. 암스테르담 상인이 쾨니히스베르크(Königsberg ; 동프로이센의 수도)에서 리스본으로 곡물을 수송하고 리스본에서 쾨니히스베르크로 과일·포도주를 수송하는 데 투자한 자본은 일반적으로 반은 쾨니히스베르크에 나머지 반은 리스본에 있어야 한다. 이러한 상인의 자연적인 거주지는 쾨니히스베르크나 리스본이어야 하며 그가 암스테르담에 사는 것을 선호하는 것은 어떤 특수한 사정 때문이다. 그러나 자신의 자본으로부터 멀리 떨어져 있는 데서 느끼는 불안감 때문에, 그는 리스본 시장으로 향하는 쾨니히스베르크 상품과 쾨니히스베르크 시장으로 향하는 리스본 상품의 일부를 암스테르담으로 가져오도록 한다. 이것은 조세·관세의 지불뿐만 아니라 집하비·하역비를 이중부담하게 할 것이지만 자기 자본의 일부를 자기 자신의 감시·지휘하에 두기 위해 그는 기꺼이 이런 추가부담을 진다. 이 때문에 중개무역의 상당한 부분을 차지하는 모든 나라는 항상 무역을 행하는 모든 다양한 나라의 상품을 위한 무역중심지 또는 일반적인 시장이 된다. 상인은 두 번째의 집하·하역을 생략하기 위해 다른 나라들의 상품을 될 수 있는 한 많이 국내시장에서 판매하려고 힘쓰며 따라서 될 수 있는 한 그의 중개무역을 국내소비용 외국무역으로 전환시키려고 힘쓴다. 마찬가지로 국내소비용 외국무역에 종사하는 상인도 해외시장을 위해 그가 재화를 수집할 때 같거나 거의 같은 이윤이라면 국내에서 될 수 있는 한 많이 팔기를 원할 것이다. 이리하여 그가 국내소비용 외국무역을 될 수 있는 한 국내상업으로 전환시킬 때 수출의 위험·수고를 덜게 된다. 이러한 방식으로 본국은 국민들의 자본이 그 주위를 계속 순환하는 중심이며 또한 그 자본들이 항상 지향하는 중심이다. 물론 특수한 이유 때문에 자본들이 때때로 이 중심으로부터 떨어져나와 먼 곳에 투자되는 수도 있기는 하다. 그런데 국내상업에 투하된 자본은 이미 본

바와 같이 국내소비용 외국무역에 투하된 동액의 자본보다 더욱 큰 양의 국내노동을 필연적으로 가동시키고 본국의 더욱 많은 주민에게 소득·고용을 준다. 그리고 국내소비용 해외무역에 투하된 자본은 중개무역에 투하된 동액의 자본보다 마찬가지로 유리하다. 따라서 이윤이 같거나 거의 같다면, 각 개인은 자연히 그의 자본이 국내산업에 가장 큰 지원을 줄 수 있고 자기 나라의 더 많은 사람에게 소득·고용을 줄 수 있는 방식으로 그의 자본을 이용하기를 원한다.

둘째, 국내산업의 지원에 자기의 자본을 사용하는 각 개인은 노동생산물이 가능한 최대의 가치를 갖도록 노동을 지휘하려고 반드시 애쓴다.

노동생산물은 노동의 대상·재료에 노동이 첨가된 것이다. 이 생산물가치의 대소에 비례해 고용주의 이윤이 크거나 작을 것이다. 산업을 지원하기 위해 자본을 사용하는 사람은 누구나 이윤을 얻으려고 한다. 따라서 그는 노동생산물이 가장 큰 가치를 가질 수 있는 산업, 즉 화폐나 다른 재화의 가장 큰 양과 교환될 수 있는 산업에 자본을 투하하려고 힘쓸 것이다.

그러나 한 사회의 연간수입(revenue)은 그 사회의 노동의 연간 총생산물의 교환가치와 정확히 일치한다. 또는 오히려 그것의 교환가치와 정확히 동일하다. 따라서 각 개인이 자신의 생산 활동에 도움이 되도록 자본을 투자·운영하는 데 최대한 노력하고, 그리하여 제품이 최대의 가치를 확보하도록 생산 활동을 운용한다면, 각 개인은 결국 사회 전체의 연간 소득을 늘리는 데 그가 할 수 있는 모든 일을 다한다고 할 수 있다. 사실 그는 공공의 이익을 증진시키려고 의도한 것도 아니고, 또한 그가 얼마나 공익의 증대에 기여하는지도 모르고 있다. 남이 아니라 자기 자신의 삶의 안정만을 보장하려고 하고, 자신의 제품이 최대의 가치를 확보하도록 생산 활동을 벌임으로써 오직 자기 자신의 이윤만을 높이려 한다. 그리고 그 경우에도 다른 수많은

애덤 스미스

경우에서와 마찬가지로 그는 '보이지 않는 손'에 이끌려 자신이 전혀 의도하지 않은 공익 증진의 결과를 낳는다. 공익 증진이 그의 생산 활동에 별다른 의미를 가지지 않는다고 해서 그것이 사회 전체에 언제나 해를 끼치는 것은 아니다. 그는 공익의 증진을 의도적으로 목표로 삼을 때보다 오히려 더 효과적으로 사회 전체의 이익을 도모한다.

자신의 자본을 투자할 만한 생산 활동이 무엇이며, 또 그러한 생산 활동이 어떻게 최상의 가치를 가지는 제품을 만들어 낼 수 있는가 하는 문제들에 관해서는, 당사자인 개인이 다른 어느 정치인이나 국회의원보다 옳은 판단을 내릴 수 있다. 자본을 투자하고 운영하는 문제에서 정치인이 시민 개개인을 조정하고 감독하려 한다는 것은, 정치인 스스로가 전혀 불필요한 일을 하여 사서 고생하려는 것일 뿐만 아니라, 어느 개인에게나 어느 국가기구에도 안전하게 맡겨질 수 없는 '권위'를 정치인 자신이 가로채려는 것으로 해석할 수 있다.

그러한 권위를 행사할 만한 능력이 자신에게 있다고 감히 착각할 만큼 우둔하고 자만에 찬 사람의 손에 그 권위를 쥐어 주는 것보다 위험스러운 일은 이 세상에 없을 것이다. 자본을 투자하고 운영하는 일에서 국가가 지시하고 감독하는 것은 거의 모든 경우에 전혀 쓸모 없거나 오히려 해로운 '규제'에 지나지 않는다. 만일 국산품이 외제품만큼 저렴한 값에 공급될 수 있다면 이러한 규제는 불필요하며, 그 반대의 경우라면 이러한 규제는 해로운 것이 되고 만다. 생산비용이 구매비용보다 더 높을 때는 스스로 생산하지 말라는 것이 가족의 생계를 꾸려 나가는 현명한 가장이 받들어야 할 금언이다.

(『국부론』 제4편 「정치경제학의 학설체계」 중에서)

(나) 물가를 통제하는 소비에트의 한 국가위원회에서는 매년 약 20만 품목의 상품가격을 다시 책정해야만 했는데, 이것은 이 위원회에

서 일하는 관리가 한 사람당 매일 3~4 품목의 가격을 개정한다는 계산이 된다. 더구나 이 숫자는 매년 구소련의 관리가 결정하는 가격 품목 전체의 불과 42 퍼센트에 지나지 않으며, 만일 구소련 경제가 서방측의 자본주의 경제와 같은 다양한 상품과 서비스를 제공한다고 가정한다면 이 숫자가 나타내는 퍼센트는 훨씬 낮아질 것이다. 모스크바나 북경의 관료들도 수백 종이나 기껏해야 수천 종의 상품을 생산할 정도의 경제를 관리했다면 효율적인 가격결정 체계를 운영할 수 있었을지 모른다. 그렇지만 한 대의 비행기에조차 수십만 개의 부품이 필요한 시대에 그런 것이 가능할 리가 없다. 나아가 현대 경제에서는 품질의 차이가 더욱더 가격 결정을 좌우한다. 아무리 생각해도 구소련과 중국의 관료들이 빈틈없이 그 차이를 이해했다고 생각할 수는 없다.

중앙계획경제의 입안자들은 가격관리와 상품할당 유지를 꾀하지 않을 수 없었기 때문에 국제적 분업 체제에도 참가할 수 없게 되고, 그 결과 이러한 분업에 의해 가능해지는 '규모의 경제' 실현도 뜻대로 할 수 없게 된다. 1,700 만 인구를 안고 있는 공산주의 국가 동독에서는 세계경제 시스템을 국내에 그대로 복제하는 용감한 시도를 했지만, 실제로는 공해를 마구 일으키는 트라반트 차에서부터 호네커 서기장이 장려한 메모리 칩까지 외국에서 구입하면 훨씬 싸게 먹히는 조악한 모조품을 대량으로 생산하는 데 지나지 않았다.

결국 중앙계획경제는 가장 키한 인적 자산, 즉 근로를 선으로 하는 노동 윤리를 엉망으로 만들었던 것이다. 노동의욕을 부정하는 사회·경제 정책을 채용하면 아무리 견고한 노동 윤리도 파괴되어 버리고 그것을 회복하기란 지극히 곤란한 경우가 많다. 견고한 노동 윤리를 갖는 것은 정보 중심의 현대 사회, 즉 '탈공업화'로 특징지어지는 경제를 성공으로 이끄는 절대조건은 아닐지언정 보탬이 되는 것만은 틀림없고, 이러한 경제권에서 생산보다 소비를 중시하는 경향에 균형

애덤 스미스

을 맞추는 데도 결정적인 역할을 수행할지 모른다.

(프랜시스 후쿠야마,『역사의 종말』(한마음사) 중에서)

논점 프랜시스 후쿠야마의『역사의 종말』은 1980년대에 일어난 일련의 사건들을 예시하면서 이 시기를 사회주의와 자본주의 사이의 경쟁 역사가 종말을 거둔 시기로 보았다. 즉, 20세기 들어 가장 강력한 체제 이데올로기로 떠올랐던 사회주의의 실험이 실패했다고 본 것이다. 그는 '경제적 자유주의와 정치적 민주주의의 결합'을 가장 최상의 선택이라고 보았다. 이보다 더 나은 선택의 가능성이 없기 때문에, 최상의 체제를 이루기 위해 고투하는 '역사'는 이제 종말에 이르렀다고 본 것이다. 이러한 그의 결론은 애덤 스미스가 예견한 '자유 방임적 경제 체제'가 현재에 이르러 거의 실현되었다고 보는 낙관적인 견해 중의 하나이다.

통합형 문·답

> (가)는 애덤 스미스의『국부론』에서, (나)는 프랜시스 후쿠야마의『역사의 종말』에서 각각 발췌한 글이다. (가)와 (나)의 논지가 전개되는 과정에서 발견되는 공통점의 근거를 찾아보고, 한국 경제의 한 사례를 예로 들어 위의 관점을 적용해 보자.

(가)는 자본주의 국가의 자유경제 체제를 설명한 글이며, 반면 (나)는 사회주의 국가의 경제 체제를 비판한 글이다. 따라서 두 글에서 언급되고 분석되는 대상은 상당히 다르다. 그러나 두 글은 자유경제 체제를 최상의 것으로 간주한 데 공통점이 있다. (가)는 개인의 생산 활동을 자유롭게 방임하는 편이 규제 정책보다 국부를 증진하는 데 도움이 된다는 점을 설명하며, (나)는 정부나 공적인 기관의 규제가 오히려 생산 활동을 부진하게 만들고 궁극적으로는 노동 윤리마저 마비시킨다고 비판한다. 그러므로 (가)와

(나)는 궁극적으로는 정부의 간섭을 최소화하고, 개인의 자유로운 생산 활동을 보장해 주는 것이 최상의 선택임을 주장한다.

이러한 주장의 밑바탕에는 개방된 정치 체제는 개방된 경제 체제와 결부되어 있다는 관찰이 깔려 있다. 정치적으로 폐쇄되어 개인의 자유가 제한된 곳에서는 개인의 합리적인 이윤 추구와 소비 생활 자체가 불가능하다는 점은 상식일 것이다. (가)에서는 주로 절대주의 군주에 의한 간섭을 문제삼으며, (나)에서는 사회주의 국가의 한 국가위원회의 간섭을 예로 들고 있다. 그러므로 두 글의 저자는 모두 글의 주제를 경제적인 자유에 국한했지만, 내면적으로는 정치적인 자유가 원활한 경제의 밑거름이 된다는 사실을 강조한 셈이다.

현대 사회는 점차 '공업화 사회'에서 '탈공업화 사회'로 이행하고 있다. 즉 공업에 의한 재화의 생산보다는 재화의 유통과 소비 쪽으로 점차 관심이 쏠리고 있다. 공업 사회에서는 생산의 양이 중요한 요소가 되었지만, 탈공업 사회에서는 생산품의 질과 다양성이 더 중요하게 부각된다. (나)에서는 생산량의 수급에만 관심을 기울인 나머지, 수요자들의 취향을 고려하지 못한 사회주의 국가의 실책을 강조했다. (나)의 저자는 사회주의 국가가 결코 '소비자 중심' 정책으로는 방향 전환하기 힘들 것이라는 점을 바탕에 깔고 있다. 현대 사회의 재화가 모두 '다품종 소량 생산'의 질적인 전환을 꾀하고 있는 시점에서는 소비자의 취향에 맞춰 생산하고자 하는 '노동 윤리'마저 퇴색한다고 본 것이다.

결국 개인의 '노동 윤리'를 보장해 줄 수 있는 체제, 개인의 소비 취향을 만족시켜 줄 수 있는 체계가 최상의 체계임을 공통적으로 내세운 셈이다. 이러한 분석은 우리 나라의 현 경제를 설명하는 데도 시사점을 던져 준다. 한국 경제의 병폐는 '정경 유착'과 '거품 경제'라는 표현 속에 집약되어 있다. 즉, 정치 권력의 규

애덤 스미스

제와 간섭이 경제적인 이윤 추구의 논리보다 중시되었다는 점, 경제의 실상이 합리적인 개인의 선택에 의한 것이 아니라 외부적인 요인에 의해 부풀려진 거품이었다는 점 등은 (가), (나)의 분석 대상과는 성격과 시기적으로는 다르지만, 일말의 공통점을 가지고 있다.

종의 기원

다 윈
Charles Robert Darwin

찰스 다윈(1809~1882)은 자연 선택설로 인간의 세계관과 종교관을 바꾼 과학자로 그의 조부도 진화론의 선구자였다. 그는 의사의 아들로 태어나 케임브리지 대학에서 목사가 되기 위한 공부를 했으나, 결국 박물학자가 된다. 졸업 후 해군 측량함을 타고 과학 탐험을 위한 세계여행에 나서, 남아메리카와 남태평양, 오스트레일리아 등을 여행하면서 동식물과 지질을 조사하여 진화론의 기초 자료를 수집한다. 귀국 후 맬서스의 『인구론』을 읽고 식량보다 많은 인구가 생길 경우, 약한 자가 식량을 위한 투쟁에서 도태될 수밖에 없다는 맬서스의 결론에 동감하여 약육강식론을 펼치기 시작한다. 1859년 『종의 기원』 출간, 1871년 『인간의 유래』 출간. 『식물의 운동력』(1880), 『지렁이의 작용에 의한 토양 문제』(1881) 등의 저술에서 볼 수 있듯 그의 관심은 여러 방면에 걸쳐 있다. 다윈의 진화론은 사회 진화론으로 연결되어 민족 문제와 인종 갈등 문제 등으로 비화되기도 했고, 창조론과 대립되면서 현재까지 종교적·사회적 논란이 되고 있다.

　　18세기까지는 우주 만물은 전지전능한 신이 창조했고 생물의 종은 불변한다는 기독교적인 세계관이 지배적이었다. 그러나 프랑스의 라마르크는 『동물 철학』(1809)에서 ‘동물은 환경이 변하면 습성도 변하고 그 결과 새로운 습성이 생겨서 많이 사용하는 기관은 더 발달하고 사용하지 않는 기관은 퇴화한다’는 ‘용불용설(用不用設)’을 주장했다. 다윈은 이러한 주장을 더욱 구체적으로 과학적 조사를 통해 실증하고 공식화하여 창조론과 대립함으로써 당시의 지성계에 대단한 충격을 주었다. 다윈의 『종의 기원』은 ‘자연 선택에 의한 종의 기원 내지 생존 경쟁에 있어서 유리한 종족의 보존(On the Origin of Species by Means of Natural Selection, or the Preservation of Favored Races in the Struggle of Life)’이라는 완전한 제목하에 전체 15장으로 구성되어 있다. 내용을 요약하면 다음과 같다.

　　세상에 존재하는 동식물의 종은 모두 다산(多産)이며, 생존 가능한 개체보다 훨씬 많은 자손을 얻는다. 그래서 개체간에는 생존을 위한 경쟁이 벌어진다. 이때 같은 어버이로부터 출생한 개체 사이에도 조금씩 변이(變異)를 보이기 때문에 생존에 유리한, 즉 가장 잘 적응한 변이를 가진 개체만 살아 남는다. 이러한 자연 선택이 몇 대에 걸쳐 계속된다면 새로운 종이 형성되고, 그 유리한 변이성이 누적되어 종의 다양화가 이루어진다고 보았다. 즉, 생물의 변이, 생존 경쟁, 적자 생존, 자연 선택의 과정이 진화론의 핵심이 된다.

　　다윈의 진화론이 선풍적인 화제를 불러일으킨 이유는 진화론 자체가 몇 년 간의 충실한 조사와 과학적 논리에 입각했기 때문이기도 하지만, 그의 자연 도태설은 산업 자본주의 시대의 ‘자유

경쟁’ 이념과 일치되었고, 종교와 모순되는 학설일지라도 그것이 충분한 과학적 근거를 갖는다면 받아들일 수 있는 19세기적 사회 분위기의 영향도 컸다.

세계를 보는 관점은 어느 이론에 입각하여 갑자기 바뀔 수도 있다. 마르크스는 이데올로기 등 상부 구조가 생산력과 생산 관계라는 하부 토대에 의존한다고 봄으로써, 유물론적인 해석으로 세상을 놀라게 했고, 프로이트는 인간 정신의 밑바탕에 설명하기 힘든 무의식이 깔려 있음을 주장하여 인간에 대한 새로운 해석 가능성을 남겼다. 또 다윈은 인간이 창조된 게 아니라 진화의 결과라고 주장하여, 그간의 기독교적인 인간관을 송두리째 부정했다. 그러므로 마르크스, 프로이트, 다윈은 시대의 반역자이자 혁명가였던 셈이다. 더욱이 다윈은 두 번째 저서인 『인간의 유래』에서 인간의 선조가 오랑우탄, 침팬지, 고릴라 등의 선조인 원숭이와 같은 동물이었다는 결론을 발표하여 더욱 충격을 주었다.

현재에 이르러서 다윈의 학설은 상당 부분 수정되었다. 특히 다윈은 개체 변이에 의한 획득 형질이 자손에게 유전된다는 오류를 범했다. 오늘날의 유전 지식으로는 개체 변이는 유전되지 않는 것으로 인정되고 있다. 즉, 체세포와 생식세포는 전혀 달라, 전자의 변화가 후자에 영향을 주지 않는다는 사실을 발견했고, 후천적 성격은 단지 체세포에서만 얻어지고 부모의 생식세포 안에 있는 성격만이 유전되기 때문에 후천적 성격의 유전이란 있을 수 없다는 사실이 과학적 진리로 입증되었다. 즉, 폴란드의 식물학자 드 브레스는 다윈의 자연 선택설을 부정하여, 진화란 사소한 변이의 축적으로 이루어지는 게 아니라, 오히려 갑작스러운 돌연변이에 의해 일어난다고 발표했다. 돌연변이가 환경에 적합할 때는, 돌연변이를 일으킨 개체가 생존 경쟁에서 이기며, 돌연변이의 인자를 유전받은 그 후손이 번성함으로써 결과적으로 진화가 일어난다고 본 것이다.

다윈의 학설은 단순히 생물학에 국한된 것은 아니었다. 다윈은 지질학, 생물지리학, 형태학상으로도 진화가 이루어진다고 보았다. 또 다윈의 진화론은 초기에는 경제학자 맬서스의 『인구론』의 영향을 받았으나, 이후에는 오히려 사회과학에도 영향을 돌려주어, 인종 우생학(人種優生學)이나 사회 진화론을 낳기도 했다.

우생학은 신체적인 형질은 물론 정신적인 형질도 유전된다는 전제하에, 우수한 형질을 가진 자만이 생존하고 번성해야 한다는 이론이다. 이러한 이론에 따르면, 문명 사회의 경우 열등한 형질을 가지고 태어난 자도 인도주의에 의해 생존해 갈 수 있는데, 이는 자연 도태의 원리에서 벗어난 것이며, 따라서 우월한 형질을 유지해 나가기 위해서는 과감한 도태, 즉 단종(斷種)도 불사해야 한다는 것이다.

이러한 우생학은 인종 차별의 이론적 배경이 되어, 히틀러 치하의 나치스는 유대인 학살을 서슴지 않았고 미국에서도 흑인 배척 운동의 배경이 되기도 했다. 이러한 우생학은 사회적 다위니즘으로 나타나, 사회 관계 속에서도 약육강식이 정당화될 수 있다는 쪽으로 왜곡되었다. 즉, 우수한 민족이 열등한 민족을 착취하는 것을 정당화시키는 제국주의의 이론적 지주가 되기도 한 것이다.

작품 읽기 1

나는 생존 경쟁을 한 개체의 다른 개체에 대한 의존성을 포함한, 그리고 더 중요하게는 개체가 생명을 유지하는 것뿐만 아니라 계속해서 자손을 남기는 것까지도 포함한 폭넓고도 은유적인 의미로 사용한다. 먹을 것이 모자랄 때 개(犬) 과에 속하는 두 마리의 짐승은 서로 먹이를 얻어 살아 남기 위해서 경쟁한다고 표현할 수 있다. 그러나 사막 경계선에 살고 있는 어떤 식물은 물론 습기에 의존한다고 표현하는 것이 더 적절하겠지만, 가뭄에 대항해서 생존 경쟁을 한다고 말할 수도 있다. 해마다 천 개의 씨앗을 내지만 평균적으로 단 하나만 성숙한 나무가 되는 식물은 이미 땅을 뒤덮고 있는, 같거나 다른 종류의 식물과 경쟁한다고 말하는 것이 더 적절할 것이다. 겨우살이는 사과나무와 다른 몇몇 나무에 의존하지만, 좀 우회적으로 표현해서 이 나무들과 경쟁한다고 말할 수도 있다. 예컨대 이 기생 식물들이 같은 나무에 너무 많이 자라게 되면 그 나무가 죽어 버리기 때문이다. 그러나 같은 가지 위의, 아주 가까이서 자라고 있는 어린 겨우살이들이라면 서로 경쟁한다는 표현이 훨씬 적절하다. 겨우살이는 새들에 의해서 씨가 퍼뜨려지기 때문에 겨우살이의 생존은 새들에게 의존한다. 그래서 이를 은유적으로 표현하면, 새들을 유혹해서 씨를 먹게 해서 그 씨앗을 퍼뜨리도록 함으로써, 다른 열매 식물들과 경쟁한다고 말할 수 있다. 이와 같은 몇 가지 의미에서, 나는 생존 경쟁이라는 일반적인 용어를 사용한다.

(『종의 기원』 제3장 「생존 경쟁」 중에서)

논점 다윈의 진화론에서 생존 경쟁은 매우 중요한 개념이다. 그러나 다윈은 '생존'이 '경쟁'에 의해서만 유지되는 게 아니라, '의존'에 의해서 유지된다는 점에도 충분히 주목했다. 그러므로 다윈의 진화론을 경쟁 원리만으로 파악하는 태도는 옳지 못하다.

우리 인생에도 나름의 '생존 경쟁'과 '의존' 원리가 자리잡고 있다고 볼 수 있다. 의존과 경쟁 사이의 맥락을 중심으로 생존경쟁의 사회적 의미를 논술해 보자.

생존 경쟁은 모든 생물이 높은 비율로 증가하는 경향을 띠는 데서 필연적으로 나타나는 현상이다. 자연적으로 살아 있는 동안 여러 개의 알과 씨앗을 낳는 생물은 모두 일생중 어느 시기 동안 당연히 파괴를 당하게 마련이다. 그렇지 않으면 기하급수적 증가의 원리에 따라서 이들 수는 급속히 비정상적으로 증가하여 어떤 지역에서도 그 자손을 먹여 살릴 수 없게 된다. 이와 같이 생존할 수 있는 개체보다 더 많은 개체가 탄생하기 때문에, 이 개체들은 같은 종의 다른 개체나 다른 종의 개체들 또는 물리적인 생활 환경과 생존 경쟁을 벌여야 하는 것이다. 이것은 『인구론』의 저자 맬서스의 학설을 동식물에 적용한 것이다.

그러나 생명의 유지·번식에는 생존 경쟁뿐만 아니라, 의존의 원리도 작용하고 있음을 알아야 한다. 위의 제시문에서, 다윈은 사막 생물이 서로 습기를 얻기 위해 경쟁하는 것도 사실이지만, 이는 한편으로는 습기와 사막 생물 사이의 의존 관계를 시사함을 인정하고 있다.

다윈은 특히 겨우살이가 사과나무에서 살아 남기 위해 겨우살이끼리는 경쟁을 하면서도, 사과나무에 '기생'하고 있으며 씨앗을 퍼뜨리기 위해 새들에게 '유혹'을 던지고 있음을 밝힌다. 그가 말하는 기생과 유혹은 곧 이들 생물 사이의 의존 관계를 단적으로 보여 주는 사례인 것이다. 그러므로 다윈은 '생존 경쟁'을 유달리 강조하는 듯하면서도, 오히려 '의존' 관계를 먼저 당연한 원리로 상정한다고 보아도 무방하다.

　이러한 인식은 우리가 몸담고 사는 현대 사회의 원리 속에서도 관철된다. 인구가 증가하고 물량이 풍부해질수록 생존 경쟁이 심해진다고 말한다. 그러나 적어도 현대 사회에서는 자신의 굶주림을 해결하기 위해 타인의 것을 약탈한다거나 심지어는 타인을 죽여 자신의 배를 채우는 식의 원시적인 생존 경쟁은 사라졌다. 따라서 갈수록 생존 경쟁이 심해질 것이라는 주장은 타당성을 잃게 된다. 오히려 현대 사회에서 생존 경쟁이 심해진다는 발언의 이면에는, 좀더 양보하고 협력하는, 즉 의존의 원리를 좀더 보편화시키기 위한 전략이 포함된 것으로 보인다. 사실 생존 경쟁은 생명 현상의 어느 한 측면을 부각시켜 강조한 것이지, 생명 현상 전체를 포괄하는 유일한 원리는 아닌 것이다. 인류 문명의 발달이 곧 원초적인 생존 경쟁의 단계를 벗어나, 조화와 상호 협력의 규칙을 익혀 나가기 시작한 것과 더불어 시작되었다고 보는 게 나의 기본적인 생각이다.

작품 읽기 2

　최고의 명성(名聲)을 가진 저자들은, 종은 각기 독립적으로 창조되었다는 견해로서 충분히 만족하고 있는 것처럼 생각된다. 내가 생각하는 바로는, 과거와 현재에 있어서 세계의 서식자의 생성과 절멸이 생물의 삶과 죽음을 결정하는 것과 같은 2차적인 원인에 기인한다고 하는 편이, 조물주가 사물 위에 새긴 여러 법칙에 대해서 우리가 알고 있는 바와 더욱더 잘 일치한다. 우리가 모든 생물을 특수한 창조물로서가 아니라, 캄브리아계(系)의 최초 층(層)이 침전되는 것보다도 훨씬 앞서서 생활하고 있던 어떤 소수의 생물로부터 계통을 이은 자손으로서 볼 때, 그런 생물은 아주 고귀하게 되는 것처럼 나에게는 생각된다. 과거 사실을 미루어 판단하건대, 현존하는 종들 중에서 먼 장래에까지 변하지 않은 채 그 모습을 그대로 전할 수 있는 종은 단 하나도 없으리라고 추론해도 무리가 없을 것이다. 그리고 현재 살고 있는 종들 가운데서 극히 일부만이 아득한 미래에까지 어떤 종류의 자손을 전할 수 있을 것이다. 왜냐하면, 모든 생물들이 집단을 이루는 방식은 각각의 속(束) 안에서 대다수의 종들이 그리고 많은 속들에서는 거의 모든 종들이 전혀 자손을 남기지 못하고 완전히 절멸해 버렸음을 보여 주기 때문이다. 그래서 미래에 대해서는, 각각의 강(綱)에서 비교적 크고 우세한 집단에 속해 있는, 일반적으로 널리 분포되어 있는 종들이 궁극적으로 번성하여 새롭고 우세한 종을 낳으리라는 정도만 예상할 수 있을 뿐이다.

현재 생존하고 있는 모든 생명의 형태들은 캄브리아기보다 훨씬 이전에 생존했던 생물들의 직계 후손이므로, 우리는 통상적인 세대 계승이 결코 한 번도 끊어진 적이 없었으며 또한 어떠한 천재지변도 전세계를 일시에 황폐화시키지는 않았다는 사실을 확신해도 좋을 것 같다. 따라서 우리는 어느 정도 확신을 갖고, 보장된 먼 미래를 바라보아도 좋을 것이다. 그리고 자연 선택은 오직 생물 개개의 이익에 의해서, 그리고 그 이익을 위해서 작용하므로 모든 신체적, 정신적 재능은 완성을 향해 진보하는 경향을 가질 것이다.

갖가지 많은 식물들이 무성하게 덮어 있고, 그 숲 속에서 새들이 지저귀고 여러 가지 곤충들이 날아다니며 벌레들이 그 습지를 기어다니는, 그렇게 서로 뒤엉켜 있는 강기슭을 바라보면서, 이 절묘하게 만들어진 형태들이 서로 매우 다르고 매우 복잡한 방식으로 서로 의존하고 있지만 이들이 모두 우리 주위에서 작용하는 법칙들에 따라서 생성되었다는 사실을 반추해 보는 것은 매우 흥미로운 일이다. 이 법칙들이란 가장 넓은 의미에서는 '생식'을 수반하는 '성장', 생식에 의해 거의 암시되어 있는 '유전', 생활 조건의 직접 및 간접적인 작용과 사용 및 불사용에 의한 '변이성', '생존 경쟁'을 유발하고 또한 자연 선택 결과로서 마침내는 '형질의 분기(分岐)와 덜 개량된 형태들의 절멸'을 수반할 만큼 가장 고귀한 것, 즉 고등 동물의 생성은 자연계의 투쟁으로부터, 또한 기근과 죽음으로부터 직접적으로 뒤따르게 된다. 태초에 조물주가 소수 또는 하나의 형태에 그것의 몇 가지 능력과 함께 생명을 불어넣었으며, 이 행성이 고정된 중력의 법칙에 따라 공전하고 있는 동안에 그런 단순한 시작으로부터 극히 아름답고 극히 경탄할 만한 수많은 형태들이 진화해 왔으며, 현재도 진화하고 있다는 견해에는 장엄함이 깃들여 있다.

(『종의 기원』 제15장 「결론」 중에서)

논점　위의 견해 중 '생활 조건의 직접 및 간접적인 작용과 사용 및 불사용에 의한 변이성'은 이후에 부정되었다. 즉 생활 조건 속에도 '획득된 형질'은 유전되지 않는다는 사실이 밝혀진 것이다. 위의 글은 『종의 기원』 중 결론 부분에 해당되는데, 생명 유지와 진화에 대해 느끼는 저자 자신의 경이로움과 찬탄이 잘 표현되어 있다.

통합형 문·답

> 개인과 사회 차원에서 보더라도, 진화는 계속된다고 볼 수 있다. 이러한 진화의 의미를 생물의 진화와 비교해 보자.

진화는 생명 현상에서뿐만 아니라, 한 개인과 사회 차원에서도 되풀이되고 있다. 한 개인은 태어났을 때 매우 취약한 상태에 처해 있지만, 차츰 성장하면서 주위 환경에 놀랄 만한 적응력을 보이기 시작한다. 이러한 적응에 결정적인 도움을 주는 것이 바로 교육이다. 교육은 그간 인류 문명이 축적한 갖가지 지혜를 한 개인에게 부여하는 기능을 맡는다. 이런 절차를 통해 인간은 다른 동물들보다도 취약한 생존 환경에서 태어났으면서도, 좀더 훌륭한 성인으로 성장하는 것이다. 한 사회도 나름의 성장을 거듭한다. 역사의 어느 시기에 일시적인 퇴화가 있을 수는 있지만, 대체로 인간의 역사는 야만의 상태에서 문명의 상태로 진화하는 것이 보편적이다.

그러나 우리가 진화를 신뢰한다는 것이 곧바로 진화의 방향까지 예측할 수 있는 것은 아니라는 사실을 명심할 필요가 있다. 위의 제시문에서 다윈은 생명의 진화가 언제나 일어나고 있으며, 미래에는 현재보다 나은 상태로 진화할 수 있을 것이라고 자신 있게 말하면서도 그 과정 자체를 완전히 예측할 수 있는 것은 아니라는 태도를 보이고 있다. 거기에는 설명하기 힘든 장엄함이 담겨 있다는 표현에서도 이러한 다윈의 태도를 엿볼 수 있다.

우리는 진화론이 인간과 사회의 역사에 잘못 적용되는 경우를 본다. 즉 어느 한 방향만을 진화의 올바른 방향이라고 주장함으로써, 다른 경로의 진화를 전혀 인정하지 않는 편협한 태도를 보이는 경우가 존재했던바, 인종차별주의라든가 자민족 중심의 극단적인 국수주의가 그 단적인 예라 하겠다. 또 개인 차원에서도 이러한 사태가 일어날 수 있다. 각 종이 그 나름의 특수성을 가지고 있는 것처럼, 개위에게도 그만한 개인적 차이가 따른다는 점을 몰각하는 경우가 그것이다.

하나의 종이 독립된 종으로 존재하는 이유는 그것이 다른 종보다 결정적으로 우월해서만은 아니다. 어느 종이든 특수한 조건 밑에서 생성된 개별적인 존재인 것이다. 우월한 종으로 단일하게 통일된 생물계를 생각할 수 없는 것처럼, 어느 기준 하나만으로 인간을 차별화할 수는 없는 것이다. 잘못된 진화론의 유혹을 떨치고

종의 기원

각 종의 특이성, 한 개인의 특수한 개성, 한 사회가 가지고 있는
독특한 문화적 특질을 존중하는 태도가 무엇보다도 생명을 존중
하고 생명 현상에 경외감을 표하는 길이 될 것이다.

1831년 다윈의 나이 23세 때, 그는 비글호를 타고 5년 간의 긴 세계항해 길에 올랐다. 자연과학지로서의 그의 생애는 지질학 연구가 그 첫 출발이었고, 그의 반평생은 불타는 정열로 지질학상의 모든 문제를 해결하려고 노력하는 데 바쳐졌다.

따라서 이 오랜 항해에서도 다윈은 지질학자답게 여러 가지 새로운 사실을 목격한다. 즉 안데스 산 꼭대기 1만 4천 피트에서 찾아낸 바다에 사는 조개의 화석, 파타고니아 평원에서 발굴한 현존동물과 근연이며 절멸동물인 포유류의 화석, 아메리카산의 절멸한 말의 유물과 근래에 수입한 말이 번식하여 야생화된 말, 칠레에서 만난 대지진의 놀라운 위력, 갈라파고스 섬에서의 특이한 변이를 한 농뱀과 바다거북 등등, 이러한 사실은 마침내 지각의 격변, 종의 절멸과 생활조건의 관계, 종의 변이와 생활 조건의 관계 등에 암시를 받은 것이다.

항해를 마치고 본국으로 돌아온 다윈은 '종의 기원'이라는 학설을 발표하기까지 약 20년의 세월을 투자했다. 광범위하게 문헌을 수집하고, 수많은 자료를 모아서 이를 정리·인용하는 한편 사육동물과 재배식물의 변이에 대해서 오랜 동안의 실험 관찰과 놀랄 만큼 광범위한 조사를 거쳐서 마침내 19세기의 혁명적인 저서 『종의 기원』을 완성했다.

1859년, 그렇게 탄생한 『종의 기원』은 초판 1천250부가 그날로 매진될 만큼 성공을 거두었고, 재판 3천 부도 나오자마자 매진되었다. 여섯 번째 판인 최종판은 1872년에 나왔는데, 전부 해서 9천750부가 팔렸고, 다윈이 자서전을 쓰던 1876년에 1만 6천 부가 팔렸다.

한 인간의 분투로 인류의 세계관을 바꾼 책 『종의 기원』은 오늘날 유럽을 비롯한 세계 여러 나라에서 각국어로 번역되어 근대적인 고전으로 읽히고 있다.

자본론

마르크스
Karl Marx

독일 트리어에서 출생한 마르크스(1818~1883)는 경제학과 철학 및 제반 사회과학을 총체적으로 연구하여 집대성한 인물로 과학적 사회주의의 창시자, 노동운동 및 혁명운동의 지도자로 불린다. 1842년 『라인신문』의 주필로 취임한 그는 혁명적 민주주의의 입장에서 프로이센의 절대주의 체제를 비판하다 정부의 탄압 때문에 파리로 이주하여 경제학과 철학 연구에 몰두하였다. 1844년 『독불연보』를 발행하며 정부 비판 활동을 계속할 당시 이미 그는 사유재산제도의 폐지와 사회혁명을 통한 인간해방을 프롤레타리아(노동자)에게 호소하는 공산주의자로 변모해 있었다. 또한 엥겔스와의 만남을 통해 상상적인 일치를 확인하고 평생을 교제하게 된다. 파리에서도 프로이센 정부의 압력으로 추방당한 후 브뤼셀로 이주한 마르크스는 엥겔스와 함께 변증법적 유물론과 사적 유물론의 토대를 밝힌 『독일 이데올로기』를 완성하였고, 1848년 세계 최초로 '공산당 선언' 을 발표하였다. 엥겔스와 독일로 돌아온 마르크스는 『신라인신문』을 발행하며 혁명운동을 지도했으나 실패하고 영국 런던으로 망명하였다. 이곳에서 그는 프랑스에 있어서의 계급투쟁, 정치경제학 비판요강 등을 집필하였으며 드디어 1867년에 『자본론』 제1부를 발표하였으나 완결짓지 못한 채 1883년 사망하고 만다. 그 후 『자본론』 미완성 초고는 엥겔스의 편집에 의해 제2부와 제3부로 각각 간행된다.

『자본론(Das Kapital)』은 모두 3부로 구성된 미완성 저작이다. 마르크스는 생전에 '자본의 생산과정'만이 포함된 『자본론』 제1부를 제1권으로 간행하였다. 마르크스는 2부에서 '자본의 유통과정', 3부에서 '자본주의적 생산의 총과정'을 집필할 예정이었다.

제2부와 제3부에 대해 마르크스는 이미 제1부 출간 전에 각각 전체 초안을 다 써 놓은 상태였다. 제2부의 초고는 3장 14절로 구성되었고, 제3부의 조고는 7장으로 구성되었다. 제1부의 출간 후 마르크스는 자본론의 속권을 만들기 위해 써 두었던 제2부의 초안을 다시 재집필하여 부분적으로 마무리된 원고를 만들 수 있었지만 이것들을 최종적인 완성 원고로 간주하지는 않았다.

1870년부터 1877년 초기까지 마르크스는 병으로 인해 자본론 집필을 중단할 수밖에 없었다. 1877년 봄, 다시 집필을 시작하였으나 결국 제2부의 출판을 위한 완전한 원고 작성에 실패하였다. 마르크스가 끝내 완성치 못한 『자본론』 제2부와 제3부는 그의 사후, 엥겔스의 편집에 의해 각각 1885년, 1894년에 간행되었다. 이때 제3부의 표제는 '총과정의 제자태'에서 '자본주의적 생산의 총과정'으로 고쳐졌다. 엥겔스는 편집 과정에서 제2부와 제3부를 인쇄할 수 있는 형태로 마무리짓고, 그것들을 '한편으로는 맥락이 닿고 가능한 한 체계적인 저작이면서도, 동시에 다른 한편으로는 편자의 저작이 아니라 어디까지나 저자의 저작'이 되도록 노력하였다. 따라서 그는 당연히 필요한 것에만 편집을 제한하여 원고를 가능한 한 원문 그대로 재현하고 문체에 대해서는 마르크스 자신도 역시 고쳤을 것이라고 생각되는 점만 고쳐 그 자신이 행한 가필이나 변경은 꼭 필요한 경우에만 한정했다고 설명하고 있다.

『자본론』의 내용을 정리해 보면, 우선 제1부「자본의 생산과정」

은 모두 7장으로 되어 있다. 제1장 '상품과 화폐'는 자본주의 사회의 세포에 해당하는 상품에 대한 분석에서 시작한다. 여기서 그는 노동이 어떻게 가치를 만들어 내는가를 연구하여 가치란 노동 시간의 응결임을 명확히 한다. 이 가치 법칙은 자본론 전체의 기초이며 출발점이다. 제2장 '화폐의 자본으로의 전화'에서는 노동력 상품의 매매가 이 전화의 조건임을, 제3장 '절대적 잉여가치의 생산'에서는 자본주의적 생산과정에서 자본의 가치증식이 어떻게 일어나는가를 각각 해명한다. 그에 의하면 자본의 가치증식의 비밀은 잉여가치의 형성 과정 속에 있으며 이것은 노동자들의 잉여 노동 시간의 응결과 관계 있다. 제4장 '상대적 잉여가치의 생산'에서는 부단한 기술혁신으로 인한 자본주의의 발전이 자본주의 사회를 체계적으로 확립하고 노동자 계급에 대한 자본가 계급의 지배를 실질적으로 완성하는 것임이 밝혀진다. 제5장에서는 3, 4장의 내용이 '절대적 및 상대적 잉여가치의 생산'이란 범주로 총괄되고 있다. 제6장에서는 자본의 가치증식의 투명한 파악을 가로막는 '임금'의 전도된 성격에 대해 규명하며, 제7장 '자본의 축적 과정'에서 마르크스는 자본주의적 재생산 즉 축적 과정의 본질이 자본관계 및 재생산 과정이라는 것, 따라서 자본주의적 생산양식은 자신의 전제인 자본관계 그 자체를 자신의 결과로서 재생산해 낸다는 것을 논증한 후, 축적이 노동자 계급의 삶에 미치는 영향을 연구하고 축적 과정의 고도화가 자본주의 생산양식의 생존조건인 상대적 과잉인구 즉 산업 예비군을 필연적으로 창출함으로써 부유한 자와 가난한 자의 양극화가 자본주의적 축적의 일반 법칙임을 확인한다. 끝으로 마르크스는 자본관계의 역사적 생성과정을 소위 본원적 축적으로 설명하고 자본은 스스로의 발전 조건 내에 자신을 해체하고 새로운 사회를 형성하기 위한 새로운 조건을 예비하는 과도기적 역사적 생산양식에 불과한 것이라고 정리한다.

『자본론』 제1부에서 자본주의적 생산과정이 그것 자체로서, 즉 직접적 생산과정으로서 다루어지고 계급관계로서의 자본의 본질이 규명되었다면, 제2부 「자본의 유통과정」에서는 현실에서 이 직접적 생산과정을 보완한 자본의 유통과정이 다루어지고 자본이 유통면에서 수행하는 형태 변환과 질료 변환이 다루어진다.

제3부 「자본주의적 생산의 총과정」에서는 자본주의적 생산과정을 전체로서 고찰한다. 이 전체로서 고찰된 자본의 운동과정에서 발생하는 구체적 형태들을 발견함으로써 잉여가치가 이윤, 이자, 지대라는 분배 형태로 어떻게 자립화하는가를 밝히는 것이다. 제3부의 결말에서 마르크스는 이제까지의 전개를 총괄하면서 자본 — 이윤, 토지 — 지대, 노동 — 임금이라는 속류경제학의 소위 삼위일체 범식을 고찰하고 부르주아 사회의 표면에 나타난 것에 불과한 이 범식에 있어서 자본주의적 생산양식의 신비화와 사회관계의 물신화가 완성됨을 주장한다. 아울러 분배관계는 본질적으로 생산관계와 동일하며 역사적 과도기적 성격을 지닌 것임을 논증하고, 마지막으로 자본주의 사회를 구성하는 3대 계급과 계급투쟁을 논한 '계급'을 결론으로 삼아 『자본론』 전 3부의 이론적 분석을 마무리한다. 그러나 이 결론은 앞부분에서 원고가 중단되어 있다.

요약하자면 『자본론』은 자본주의 생산양식의 가장 단순한 형태인 상품, 화폐로부터 출발하여 이윤, 이자, 지대라는 구체적인 형태까지 도달하고 있다. 이로써 자본주의적 생산양식을 많은 규정들과 관계들을 총괄한 전체상으로서 이론적으로 조명함과 동시에 자본주의의 내부구조와 운동법칙도 규명하려 했다고 할 수 있다.

이상에서 살펴본 바처럼 『자본론』은 자본주의라는 생산양식을 총체적으로 분석하고 비판함으로써 사회주의로 나아가는 이론적 근거를 제시한 저작으로 평가받아 왔다. 그러나 소련의 페레스트로이카 이후 사회주의권 국가들이 급속히 붕괴하고 사회주의 국가들의 극심한 생산력의 정체가 폭로되면서 『자본론』의 가치는 역사적으로 상대화되었다고 할 수 있다. 뿐만 아니라 『자본론』적 입장은 모든 문제를 철저히 생산과정 속에 위치지어진 계급 간의 대립이라는 안목으로만 환원시키려는 경향을 지니고 있어서, 민족 간의 문제나 여성문제, 환경문제, 국가 간의 전쟁이나 종교 갈등 등의 해결에 이론적으로 무능력하다고 지적된다. 그러나 마르크스가 『자본론』에서 보여 준 현실에 입각한 엄밀한 분석 태도는 당시로서는 대단히 과학적인 것이었다고 평가할 수 있다.

작품 읽기 1

(가) 노동력의 사용은 노동 그 자체다. 노동력의 구매자는 노동력의 판매자를 노동시킴으로써 노동력을 소비한다. 노동력의 판매자는 노동함으로써 실제 노동력을 발현하여 노동자가 된다. 그런데 이전에는 그는 오직 잠재적으로만 노동자였다. 그가 자기의 노동을 상품으로서 표현하기 위해서는 우선 그 노동을 사용가치로서, 즉 이러저러한 욕망을 충족시킬 수 있는 물건으로서 표현하지 않으면 안 된다. 그러므로 자본가는 노동자로 하여금 어떤 특수한 사용가치, 즉 어떤 일정한 물품을 만들게 한다. 사용가치, 즉 향리품의 생산은 그것이 자본가를 위하여 또 자본가의 통제 밑에서 수행된다고 해서 그 생산의 일반적 성질이 달라지는 것은 결코 아니다. 그러므로 우선 노동과정을 어떠한 특징적인 사회형태와도 독립적으로 고찰해야 할 것이다.

노동은 우선 인간과 자연 간에 이루어지는 과정이며 인간이 그 자신의 활동에 의하여 인간과 자연 간의 물질대사를 중개하고 조절하며 통제하는 과정이다. 인간은 자연물질에 대하여 그 자신이 하나의 자연력으로서 대립한다. 인간은 자연물질을 자기 자신의 생활에 적합한 어떤 형태로 취득하기 위하여 그의 신체에 속하는 자연력인 팔과 다리, 머리와 손을 운동시킨다. 그는 이 운동을 통하여 외부의 자연에 영향을 주어 이것을 변화시키면서 동시에 자기 자신의 천성을 변화시킨다. 그는 자신의 천성 속에 잠자고 있는 능력을 발전시키며, 이 힘의 활동을 자기 자신의 통제 밑에 둔다. 우리는 여기에서 최초의 동물적이고 본능적인 노동형태를 문제로 삼지 않는다. 노동자가 자기 자신의 노동력의 판매자로서 상품시장에 등장하는 그러한 상태와 인간노동이 아직도 그 초보적인 본능적 형태를 벗어나지 못했던 상태와의 사이에는 무한히 긴 시간적 간격이 있다. 우리가 전제로 하는 노동은 오로지 인간에게서만 볼 수 있는 그러한 형태의 노동이다. 거미는 직포공이 하는 일과 유사한 일을 하며 꿀벌의 벌집은 많은 인간 건축가를 부끄럽게 한다. 그러나 가장 서툰 건축가라도 가장 훌륭한 꿀벌과 처음부터 뚜렷하게 구별되는 점은, 그가 벌집을 납으로 짓기 전에 그것을 벌써 자기의 머릿속에 짓는다는 사실이다. 노동과정의 시초에 벌써 노동자의 머릿속에 관념적으로 존재하고 있던 결과는 노동과정의 마지막에 이르러 나타난다. 노동자는 기존 자연물의 형태를 변화시킬 뿐만 아니라 동시에 기존 자연물에 자기의 의식적인 목적을 실현하는데, 그 목적은 법칙으로써 그의 행동방식과 성격을 규정하며 또 그는 자기의 의지를 그 목적에 복종시키지 않으면 안 된다. 그리고 이러한 의지의 복종은 결코 고립적이고 분산적인 행위가 아니다. 노동을 하는 육체적 기관이 긴장되는 것은 더 말할 것도 없고 주의력으로서 발현되는 합목적적 의지가 또한 노동의 전 기간에 걸쳐 필요하다. 그리고 노동의 내용과 그 수행방식이 노동자의 흥미를 끌지 못하면 못할수록, 따라서 노동자가 노동을 자기 자신의 육체적 및 정신적 힘의 활동으로서 즐기지 않으면 않을수록 그 의지는 더욱 필요하다.

노동과정의 기본요소는 합목적적 활동, 즉 노동 그 자체와 노동대상과 노동수단이다.

원래 인간에게 식량과 기성형태의 생활수단을 공급해 주는 토지(경제학적 견지에서는 물도 여기에 포함된다)는 인간의 아무런 협력도 받음이 없이 인간노동의 일반적 대상으로서 존재한다. 노동에 의하여 토지와의 직접적 연계로부터 분리된 데 불과한 물건도 역시 모두 자연이 제공한 노동대상이다. 예컨대 물고기의 생활요소인 물로부터 분리시켜 잡아 내는 물고기, 원시림에서 베어 내는 원목, 광맥에서 떼어 내는 광석이 그러한 것이다. 이와는 반대로 만약 노동대상 그 자체가 벌써 선행 노동에 의하여 이를테면 한번 여과된 것이라면 우리는 그것을 원료라고 부른다. 예컨대 이미 채굴되어 세척과정에 들어가는 광석이 그것이다. 일체 원료는 노동대상이다. 그러나 모든 노동대상이 다 원료인 것은 아니다. 노동대상은 그것이 이미 노동에 의하여 어떤 변화를 받은 경우에라야 비로소 원료가 된다.

노동수단이란 노동자가 자기와 노동대상 간에 끼워 넣으면 이 대상에 대한 그 작용의 전도체로서 이용하는 물건 또는 물건들의 복합체이다. 노동자는 물건의 기계적, 물리적, 화학적 속성들을 이용하여 그것을 자기 목적에 따라 다른 물건에 대한 작용수단으로서 적용한다. 노동자가 직접 장악하는 대상은 —— 노동자 자신의 육체적 기관이 유일한 노동수단으로 쓰이는 경우인 기성형태의 생활수단, 예컨대 과실의 채취 같은 것을 도외시한다면 —— 노동대상이 아니고 노동수단이다. 그리하여 자연물 그 자체가 노동자의 활동 기관이 된다. 즉 그가 성경을 위반하여 자기 본래의 키를 연장시키면서 자기 자신의 육체적 기관에 첨가하는 기관이 된다. 토지는 사람의 식량의 본래의 창고이며 또한 그의 노동수단의 본래의 무기고다. 예컨대 토지는 사람에게 돌을 공급하는데 사람은 이것을 던지며, 문지르며, 누르며, 베는 등의 일에 이용한다. 토지는 그 자체가 하나의 노동수단이기는 하나, 그것이 농업에서 노동수단으로 쓰이기 위해서는 이밖에 다른 많은 노동수단과 이미 비교적 고도로 발전한 노동력을 전제로 한다. …〈중략〉… 그리하여 노동과정에서 인간활동은 노동수단을 통하여 노동대상에 미리부터 기대하고 있던 변화를 일으킨다. 노동과정은 생산물 속에서 사라진다. 노동과정의 생산물은 하나의 사용가치이며 형태의 변화에 의하여 인간의 욕망에 적합하게 된 하나의 자연물질이다. 노동은 노동대상과 결합되었다. 노동은 대상화되었고 대상은 가공되었다. 노동자측에서는 운동의 형태로 나타났던 것이 이제 생산물측에서는 정지된 속성으로, 존재의 형태로 나타나며 노동 그 자체는 생산적 노동으로서 나타난다.

(『자본론』 제1권 제5장 「노동과정과 가치증식 과정」 중에서)

(나) 화폐의 자본으로의 전화는 두 단계를 통해 이루어진다. 제1단계는 노동력이 생산수단과 함께 판매되는 유통과정이다. 이 과정에서 화폐는 단지 생산의 제요소로 전화될 뿐이다. 제2단계는 노동력이 생산수단과 결합되어 현실에서 소비되는 생산과정이다. 이 과정에서 생산수단이 지불하지 않은 잉여노동을 흡수함으로써 비로소 화폐는 자본으로 전화된다.

이처럼 마르크스는 두 단계를 명확히 구별함으로써 잉여가치 형성의 수수께끼를 경제학 역사상 처음으로 해명할 수 있었다. 이 두 단계의 구별은 자본주의 사회의 진실을 해명하는 데서도 결정적으로 중요하다. 자본주의 사회는 제1의 유통 단계에서 보는 한 이제까지 없었던 자유, 평등사회로 보일 수 있다. 왜냐하면 여기서 자본가와 노동자의 관계는 화폐와 노동력을 서로 교환하는, 형식적으로는 자유, 평등한 상품 소유자 간의 관계로 나타나기 때문이다. 그러나 이것은 자본주의 사회의 외관에 불과하다. 제2의 생산 단계에서 보면 자본주의 사회의 모습은 전혀 다르다. 왜냐하면 생산 단계에서 노동자는 자본가의 지배 통제하에 일하지 않을 수 없고 더욱이 자본가와 노동자의 관계는 바로 이러한 지배 강제 관계이다. 이것이 자본주의 사회의 심층 세계이고 진실이다.

그러나 심층 세계에서 일어나고 있는 일 —— 잉여가치의 착취 —— 이 외관과 어떻게 다르든 그것은 도덕이나 정의의 문제와는 아무런 관계도 없다. 그것은 객관적 사실이며 더욱이 노동력이 상품화되어 있는 자본주의 사회에서는 필연적으로 일어나지 않을 수 없는 사실이다.

바로 이 점을 과학적으로 해명하고 자본주의적 생산의 가장 깊은 비밀을 폭로한 데 마르크스의 잉여가치론의 획기적 의의가 있다고 하겠다.

(사토 긴사부로,『자본론 이야기』중에서)

논점 프랑스의 사상가 루이 알튀세르는『자본론』의 가장 핵심 부분이자 심장부가 바로 잉여가치 이론이라고 지적한 후 자본론을 읽을 때는 이 부분부터 먼저 읽으라고 권고할 정도이다. 말하자면 자본론의 가장 자극적인 부분이 잉여가치 이론인 것이다.

통합형 문·답

> 제시문 (가)는『자본론』의 일부이고 (나)는 (가)의 글을 알기 쉽게 설명한 글이다. 위 제시문들은 현재 입장에서 보자면 대단히 낯설다고 느껴질 것이다. 그 이유에 대해 자신의 견해를 정리해 보자.

몇 가지 이유를 들어 답할 수 있겠다. 가장 큰 이유는 이 문장들이 지니고 있는 낯선 이미지들 때문이다. 가령, 잉여가치, 착취,

자본가 등의 용어는 우리 사회에서는 금기시되어 오던 것들이다. 이런 용어들은 냉전체제의 희생물이었던 한반도에서의 이념 대립이 야기한 과거의 참상을 떠올리게 한다. 특히 이념의 이름으로 인간이 서로에게 행한 비인간적 행동들과 이러한 용어들은 일정하게 관련성이 있는 듯이 보인다.

두 번째 이유로는 우리가 받은 교육체제 속에서는 이러한 용어들이 대단히 비판적인 의미로 운용되어 왔기 때문일 터이다. 현재는 과거와는 다른 사회적 분위기지만 과거의 특정 시대에는 이런 용어 자체가 반정부적인 구호를 넘어서 반국가적인 의미를 띠는 것으로 이해되었고 또 그렇게 교육받아 왔다. 따라서 학문적 차원의 접근 자체가 불가능한 영역으로 남아 정확한 객관적 인식을 가로막아 왔다고도 볼 수 있다.

그리고 세 번째 이유로는 우리 세대의 성장환경과 관련이 있다고 하겠다. 산업화 과정을 통해 경제적 성장의 기초가 어느 정도 확립된 시기인 1980년대 이후에 태어나 1990년대를 거쳐 온 우리 세대에게 경제적 궁핍은 큰 문제가 아니었다. 즉 생존하기 위해 노동하기보다 문화적인 여러 욕구를 충족하기 위해 노동한다는 명제에 친숙한 세대이다. 따라서 우리 세대는 사회를 경제적인 맥락에서만 보는 시각에 익숙하지 못하다. 가령 우리는 신문 지상을 통해 노동운동뿐 아니라 여성운동, 환경운동, 반핵운동, 심지어 해외토픽난의 게이해방운동에 이르기끼지 많은 운동들을 보고 있고 그 가운데 노동운동은 한 부분으로밖에 인식할 수 없게 되었다. 이러한 점이 노동자와 자본가와의 관계를 따지며 경제적인 문제를 사회문제의 전체로 보는 시각에 동조할 수 없게 만든다.

네 번째로는 비록 간접적인 요인이긴 하지만 동구 및 소련 등 사회주의권의 철저한 붕괴, 중국의 자본주의적 발전, 사회주의 노선을 신봉했던 북한의 참상 등이 이러한 문맥의 언어구사가 역사적으로 때늦은 것임을 각인시켜 주고 있다.

【 작품 읽기 2 】

(가) 삶의 사회적 생산은 무엇보다도 인간의 물질적인 상호작용 및 실제 삶의 언어와 직접 얽혀 있다. 이념과 사고, 인간의 정신적 상호작용은 여기에서 인간의 물질적 행위의 직접적인 유출로서 나타난다. ── 우리는 육체를 가진 인간을 파악하기 위해서 사람들이 말하고 상상하고 생각하는 것에서부터 출발하지도 않으며 묘사되고 생각되고 상상되고 이해되는 사람으로부터 출발하지도 않는다. 오히려 실제로 행동하는 인간으로부터 출발한다. ── 의식이 삶을 결정하는 것이 아니라 삶이 의식을 결정한다.

(마르크스,『독일 이데올로기』중에서)

(나) 정신분석에 대한 근본 개념은 의식적인 모든 사고와 행동의 밑바닥에는 무의식적 심리인 무의식 과정이 존재한다는 것이다. 무의식적인 심리는 프로이트에게 있어서 의식적인 형태로 드러나지 않는 정신과정으로서의 뜻 이상의 의미를 가지며 시간이 흐름에 따라서 무의식적으로 옮아간 의식의 저장고를 말한다. 프로이트의 견해로는 그 무의식적인 과정이 의식적인 사고와 활동에 영향을 끼치고, 그것을 조작하는 활동적이고 역동적인 성격을 갖는다는 것이다.

프로이트는 말하기를 '무의식이란 우리들이 그 존재를 가정할 수밖에 없는 어떤 정신적 과정을 말한다. 왜냐하면 그것의 결과를 근거로 한 어떤 방식으로는 그 존재의 추정이 가능하기 때문이다. 그러나 우리들은 그것을 직접적으로 자각하고 있지는 않다'고 하였다.

우리들이 겉으로는 자각하지 못하지만, 심적 사건이 발생한다고 생

마르크스

각되는 가장 보편적인 예는 의식적으로 해결할 수 없었던 문제의 해결이 무의식 속에서 나타나는 점이다. 사람은 어떤 문제를 마음속에 품어 둔 채로 저버리든가 또는 생각을 그 문제에서 다른 방향으로 돌려도, 어느 정도 시간이 경과하면 의식적인 숙고 없이도 마치 그 문제에 관해서 줄곧 생각했었던 것처럼 저절로 해답이 떠오르는 경우가 있다. 또한 말의 실수나 글의 실수 이외에도 이와 비슷한 보편적인 실수는 의식적인 의도에 다른 어떤 것이 간섭한다는 것을 나타내는 것으로 여겨지는데, 이러한 현상은 무의식적인 심적 사건이라고 생각하는 견해와 모순되지 않는다.

(R. 오스본, 『정신분석과 마르크스주의』 중에서)

논점 의식이 삶을 결정하는 것이 아니라 삶이 의식을 결정한다는 명제를 '자유로운 정신활동과 그 실현으로서의 삶'이라는 우리들의 일반적인 상식과 대비시켜 생각해 보고, 프로이트의 이론에서 무의식이 의식을 규정한다는 점을 염두에 두면서 문제를 풀어 보자.

통합형 문·답

> 위의 글을 참고하여 마르크스가 이야기하는 '삶이 의식을 결정한다'는 명제와, 프로이트가 말하는 '모든 의식적 사고의 바탕에는 무의식이 있다'는 명제를 비교하여 그 공통점과 차이점을 설명해 보자.

마르크스는 하부구조가 상부구조를 규정한다는 토대 — 상부구조의 틀을 세우고 근대 시민사회의 토대인 자본주의적 생산양식의 본질을 『자본론』에서 규명하고자 했다. 이 이론의 핵심이란 상부구조를 구성하는 사회의식 즉 이데올로기 역시 이 토대의 규정을 받는다는 것이었다.

그에 의하면 인간들은 그들의 의지와는 상관없이 그것과 독립하여 존재하는 생산관계 속에 편입하게 된다. 물질적 삶의 생산양식은 사회적, 정치적 및 지적 과정 전반을 조건짓는다는 것이다. 따라서 인간의 의식이 그들의 존재를 결정하는 것이 아니라 반대로 인간의 사회적 존재가 인간의 의식을 결정한다는 명제를 남겼다.

이러한 인식론은 근대 시민사회의 한 이데올로기에 해당하는 인간 정신의 자율적 성격을 강조하는, 가령 칸트의 선험적 사고 범주 같은 인식론과는 구별되는 것이었다. 마르크스의 이러한 입장은 역사의 영역에서도 관철된다. 그의 사적 유물론은 인간이란 생존하기 위해 노동한다는 전제에서 출발한다. 정신 속에서의 자기 형성과 같은 자유로운 정신의 성취는 대지에 뿌리박고 노동하는 육체적 존재로서의 인간과 세계를 모양짓고 또 그 세계의 대상이 되는 인간관에 자리를 내주어야 했다.

요약하자면 인간의 의식을 규제하는 외적 현실, 즉 물질적인 생산력 그리고 이에 상응하는 생산관계가 인간의 의식에 선행하는 것이다. 따라서 마르크스주의 입장에서 보자면 인간의 의식과 행동, 그 동기를 파악하기 위해서는 그 인간이 사회경제적으로 처한 위치 즉 계급적 성격이 관건이 된다. 이러한 인식론은 계급론적인 인식론이다.

마르크스의 계급성에 해당하는 것이 프로이트의 경우는 무의식이다. 즉, 프로이트에 의하면 인간의 의식은 이 무의식의 발로라는 것이다. 초기의 프로이트는 자기 이론의 중심 개념으로 무의식을 설정하고 무의식의 과정을 의식적인 과정으로 번역하여 마치 단절된 것처럼 보이는 두 영역을 결합시키려 하였다. 겉으로 드러난 의식은 바로 무의식에서 연원하였다는 것을 입증하기 위하여 그는 여러 가설을 세우고 그것을 증명하는 사례들을 정리하였다. 프로이트의 방법론을 사회 이론과 접목시키려는 후세대의 노력 속에서 프로이트의 이론은 욕망론, 이데올로기론이나 언어학적 정신분석 이론으로 확대 전개되면서 좀더 명확한 형태를 띠게 된다. 말하자면 그 무의식이 어디에 존재하는가, 그 무의식의 구체상은 어떠한가에 관하여 프로이트가 주로 성적인 차원에서 접근했다면, 이후에는 광범한 의미의 욕망이나 자신도 모르게 자신을 규정하는 이데올로기적인 국가제도 및 장치, 언어의 체계나 담론구성체에서 오는 압력 등을 무의식의 실체로 꼽게 된다. 이 단계에 이르면 무의식은 인간의 의식 내부에 존재하는 것이 아니라 바깥에 있는 것이 된다.

마르크스가 인간의 의식을 구성하는 존재, 사회의식을 규정하는 토대를 이야기했듯이, 프로이트주의자들은 인간의 의식을 규정하는 무의식, 그리고 그 무의식의 연원에 대하여 명확히 했다는 점에서 그 이론 구조의 공통성이 있다고 하겠다.

　'사상의 창고'라 불리던 공산주의의 지도적 인물 카를 마르크스가 그가 원했던 또 하나의 길을 걸었다면 오늘날 세계는 어떻게 되었을까?

　청년 마르크스는 타고난 시인으로 자처했고, 그의 시 정신이 엿보이는 몇몇 증거들이 우리에게 전해 내려오고 있다. 「요정의 노래」「땅의 정령의 노래」, 「사이렌(바다 요정)의 노래」 등 지극히 시적인 제목의 그의 시들은 한마디로 전부 신화적인 노래들이다.

　매우 슬프지만 마음을 감동시키는 시 「운명의 비극」의 몇 구절을 보자.

아가씨는 거기에 그토록 창백하게 서 있네

조용히 입을 다문 채로

천사와도 같은 부드러운 마음은

눈물로 흐려져 있고, 새침해 있네

그토록 경건했고, 그토록 부드러웠던 그녀

하늘에 내맡긴

순결의 복된 모습은

단아함으로 엮어졌다네

거기에 고귀한 기사가

화려한 준마를 타고

눈에는 바다와 같은 사랑과

타오르는 열정을 담고 왔었네

　…〈하 략〉…

마르크스가 시인의 길을 포기한 것이 어쩌면 독일어 시 예술의 커다란 손실은 아닐는지. 후세 사람들은 마르크스주의를 인류의 행복으로 보느냐 불행으로 보느냐에 따라 그가 가지 않은 길에 대해 안도의 한숨을 내쉬거나 유감스럽게 생각할 것이다.

자살론

뒤르켐
Émile Durkheim

에밀 뒤르켐(1858~1917)은 프랑스 동북, 국경 근처의 로렌 지방에 있는 에피날 시의 유대인 가정에서 태어났다. 이 로렌 지방은 프랑스에서도 민족주의적 정서가 강한 지방이었는데, 이곳을 두고 벌어진 여러 분쟁이나 유대인이라는 주변부적 존재로서의 어려움 등이 후의 뒤르켐 사상에 큰 영향을 끼쳤으리라 추측된다. 그는 파리고등사범학교를 졸업하고 독일에서 경제학·민속학·문화인류학 등을 공부하였으며, 1887년에 보르도 대학의 교수가 된다. 이 대학에서 그는 '교육학과 사회학'이라는 강의를 맡으면서 가족·법·도덕·범죄·교육 등에 대한 사회학적 연구를 수행하였다. 1902년에는 소르본 대학으로 옮겨 사망할 때까지 그곳에 재직하였다. 뒤르켐은 1896년 이래 프랑스의 주도적인 사회학 연구지인 『사회학 연보』(1898~1913)를 주재하면서 뒤르켐 학파의 지도자가 되었다. 그는 타르드의 심리학적 사회학을 반대하고 콩트의 실증주의에 동조하면서 독자적인 사회학을 정립하려 하였다. 또한 스펜서의 개인주의나 명목론(名目論)에도 반대하여, 개인보다는 집단에서 사회적 본질을 발견하고자 하였기 때문에 그의 사회학을 사회실재론이라고도 부른다.

　　뒤르켐은 『자살론(Le Suicide : étude de sociologie)』(1897)에서 자살의 원인으로 알려진 모든 사항들을 우선 비판적으로 검토한다. 그는 정상심리와 이상심리, 사회심리 혹은 인종 문제를 검토하며 더 나아가 기상학적 요인을 비롯하여 우주적 요인, 종교·결혼·가족·이혼·원시적 관행·사회적 경제적 위기·범죄·법·역사·교육·직업 등의 요인들을 자살과 관련시켜 분석하였다. 뒤르켐은 자살이란 사회 구조와 그 기능에 의해서 사회학적으로 설명되어야 한다는 명백한 입장을 견지했다.

　　『자살론』 제1부는 자살의 비사회적 요인에 대하여 다루었다. 제1장은 정신질환과의 관련성을, 제2장은 인종과 유전 등을 초점으로 하여, 제3장은 자살을 우주적 요인과 관련시켜 다루면서 이 요인들이 자살의 본질적인 원인이 될 수 없는 이유에 대해 밝혀 나간다. 그 중에서도 제4장은 당시 학계의 주류를 이루었던 타르드 학파의 모방이론에 대한 뒤르켐의 반론으로 뒤르켐의 학문적인 진취성을 엿볼 수 있다.

　　뒤르켐은 자살률은 연구 대상이 되어야 할 사회적 사실임을 주장했다. 자살이라는 현상은 개인적 요인에 의해서가 아니라 한 사회가 가지는 자살 경향과 동시적으로 발견되는 사회적 요인에 의해서 분석되어야 한다는 것이다.

　　따라서 그는 제2부 「사회적 원인과 사회적 유형」에서 종교·가족·결혼·정치적 국가공동체 등의 여러 요인을 세밀히 분석하면서 자살의 첫 번째 형태, 즉 '이기적 자살'과 그 원인을 제시했다. '이기적 자살'은 개인이 사회에 충분히 통합되지 못함으로써, 즉 '진정한 집합적 활동에서의 결함으로 인해 개인이 목적과 의미를 상실했을 때' 발생하는 자살이다. 따라서 개인이 사회에서 존재

근거를 찾지 못하는 사회에서 이런 유형의 자살 빈도가 높은데, 종교를 통해 개인이 집단생활에 긴밀히 통합되는 가톨릭 교도들 사이에서 가장 낮으며, 개인주의적 경향이 짙은 프로테스탄트 교도들 사이에서 높다고 주장했다. 또한 가족생활로의 통합도가 낮은 개인들일수록 이기적 자살이 더 많음을 증명했다. 그리고 부부의 개인적 특성들은 자살률을 설명하는 데 중요하지 않으며, 그보다는 가족 구조와 가족 구성원들이 수행하는 역할에 의해서 설명되어야 함을 지적했다. 정치적 국가공동체의 경우에도 뒤르켐은 사회통합이 상소되고 개인의 사회생활 잠여가 활발해지는 정치적·사회적·경제적 위기 시에는 자살률이 오히려 감소됨을 발견했다. 그와 같은 상황에서 개인의 이기주의는 억압되기 때문이라는 것이다.

이와 같이 자살률과 집단의 결합도와의 관계를 증명한 뒤르켐은, 다음으로 미개사회와 같이 타인과의 사회통합 정도가 높은 사회집단에서의 자살현상을 분석했다. 그런 사회에서 개인생활은 관습에 의해서 엄격하게 지배되므로, 그 사회에서 일어나는 자살은 대부분이 '이타적 자살'이라고 주장했다. '이타적 자살'은 종교적·정치적 집단과 같은 보다 높은 차원의 목적을 위해서 개인이 스스로의 생명을 버리고 희생하는 형태의 자살이다. 뒤르켐은 그와 같은 형태의 자살이 현대 사회에서도 특히 군대와 같은 사회집단에서 발견될 수 있다고 지적했다.

이기적 자살과 이타적 자살이 각각 개인의 사회와의 통합 정도가 너무 부족하거나 지나칠 때 일어나는 자살 형태들이라면, 뒤르켐이 제시한 제3의 형태의 자살은 개인에 대한 사회 규제가 약화되었을 때 일어나는 '아노미성 자살(anomic suicide)'이다. 뒤르켐에 의하면, 개인의 욕망은 그 사회의 성격에 의해 규정된다. 사회의 성격으로 인해 욕망이 규제되는 것이 아니라 욕망이 증폭되는 사회에서는 그 욕망 충족의 끝이 보이지 않음으로 하여 인간의 정신상태가 아노미적인 상황에 도달한다. 이 정신상황의 결과가 아노미성 자살이다.

요약하면 개인들의 자살 형태는 이기적·이타적·아노미성의 자살 형태로 분류될 수 있다는 것이다. 또한 그는 이기적—이타적, 또는 이타적—아노미성, 이기적—아노미성 등으로 혼합된 형태의 자살도 인정했다.

뒤르켐의 자살에 대한 연구는 각각의 사회가 일정한 자살 경향을 보이는 데서 알 수 있는 바와 같이 집합적 경향을 가진다는 것을 새로이 입증한 셈이며, 그 집합적 경향은 개인적 경향과 구별되는 독자적인 사회적 사실이라는 그 자신의 주장을 뒷받침했다. 그러므로 뒤르켐은 개인의 자살 경향은 집합적 경향과의 관련 하에서만 과학적으로 분석될 수 있고, 집합적 경향은 개인들이 그 안에서 생활을 영위하고 있는 사회 구조를 반영하는 것이라 보았다.

제3부 「사회현상으로서의 자살의 일반적 성격」에서 뒤르켐은 자살은 범죄와 마찬가지로 그 자체가 비도덕성의 증거가 되는 것은 아니라고 주장했다. 어떠한 사회든지 일정한 수의 자살은 언제나 있기 때문이다. 그러나 그와 같은 자살률이 급격히 상승할 때는 그 사회의 집합의식이 약화되고 사회조직에 근본적인 결함이 일어났음을 의미한다.

그러므로 뒤르켐은 19세기에 들어와 유럽에서 자살이 급격하게 증가하게 된 것은, 유럽 사회가 동류성에 기초한 기계적 연대를 상실하고 새로운 유기적 연대에 의한 사회통합을 아직 달성하지 못한 과도적인 사회적 조건에서의 이기적·아노미성 자살이 급격히 증가한 결과이므로, 그에 대한 대응책도 단순한 교육이나 훈계 또는 억압만으로 해결할 수 없다고 지적했다. 그는 개인을 다시 집단생활에 통합시킬 수 있는 새로운 유대를 확립해야 한다고 주장했다. 그리고 그 새로운 유대의 집단통합은 현대 사회에 있어서는 직업집단을 통하여, 즉 이해의식에 기초한 자발적 결사를 통하여 달성되어야 한다고 말했다. 이 뒤르켐의 주장은 그의 초기 저서인 『사회분업론』(1893)에서의 주장과도 일치한다.

자살의 원인에 대한 해명은 그 방법론적인 난점과 자료의 불확실성으로 인하여 아직도 뒤르켐 이후에 큰 진전이 없다고 할 정도로 그의 이 저작은 획기적인 명저라고 할 만하다. 특히 그의 실증적이고 엄밀한 과학적 연구 방법은 오늘날 사회과학자들에게는 하나의 전범으로 평가되고 있다.

■ 작품 읽기 ■

인간의 활동이 모든 제약으로부터 자유로울 수 있다는 것은 진실이 아니다. 이 세상에서 그와 같은 특권을 누릴 수 있는 존재는 아무것도 없다. 모든 존재는 우주의 한 부분으로서 다른 나머지 부분들에 대하여 상대적이며, 따라서 그 성격과 표현의 방법은 자신뿐만 아니라 다른 존재에게도 의존하는 것이므로 제약은 불가피하다. 그러므로 광물(鑛物)과 생각하는 인간과의 차이는 정도와 형태의 차이가 있을 뿐이다. 인간의 특권은 그가 받는 제약이 물리적인 것이 아니라 정신적인 것, 즉 사회적인 것이라는 점이다. 인간은 물질적 환경에 의해서 무자비하게 지배되는 것이 아니라, 자신보다 우세한, 또는 우세하다고 자신이 느끼는 의식에 의해서 지배된다. 인간존재의 보다 위대하고 훌륭한 부분은 육체를 초월할 수 있으므로, 그는 육체의 멍에를 벗어날 수 있지만, 그 대신 그는 사회의 멍에를 진다.

175
자살론

만일 사회가 고통스러운 위기나 유익하되 급격한 전환을 당하게 되면, 그와 같은 영향을 행사할 수 있는 능력을 일시적으로 상실한다. 그러한 때는 앞에서 지적한 바와 같은 갑작스러운 자살곡선(自殺曲線)의 상승이 일어난다.

경제적 위기의 경우에는, 실제로 사회적 분류를 혼란시킴으로써 어떤 개인들은 전보다 낮은 지위로 갑자기 떨어지게 되기도 한다. 그렇게 되면 그들은 필요와 욕구를 감소시키고 제한해야 되며, 더욱 자제를 배우지 않으면 안 된다. 그들에 관한 한 사회적 영향의 이점은 모두 상실되며, 그들의 도덕적 교육은 다시 시작되어야 한다. 그러나 사회는 그들을 새로운 생활에 즉각적으로 적응케 하고 그들에게 익숙하지 않은 더 많은 자제를 가르칠 수가 없다. 따라서 그들은 그들에게 강요된 조건에 적응하지 못하게 되며, 그와 같은 결과를 예상하는 것만도 참기 어렵다. 그리하여 그들은 미처 노력해 보기도 전에 자신의 감축된 생존을 버리게 하는 고통을 당하는 것이다.

위기의 원인이 갑작스러운 권력과 부의 성장이라고 해도 결과는 마찬가지다. 생활의 조건이 바뀌게 되고, 욕구를 규제하던 표준도 달라진다. 그 표준은 사회적 부에 따라 다르고, 각 계급의 몫을 결정하기 때문이다. 그런데 그 척도가 뒤바뀌고 새로운 척도는 곧바로 마련되지 않는다. 공적 의식이 인간과 사물을 재분류하는 데는 시간이 소요된다. 규제를 잃은 사회적 세력이 아직 균형을 회복하지 못하였으므로, 그들의 상대적 가치는 불명확하고 일시적으로 모든 규제는 결여된다. 가능한 것과 불가능한 것의 한계가 불명확하고, 정당한 것과 정당하지 못한 것, 합법적인 주장과 부적절한 희망의 한계가 모호해진다. 따라서 열망에 대한 제약이 없어진다. 만일 그와 같은 장애가 심각한 것이면, 여러 직업 간의 인구 분포까지도 영향을 입게 된다. 또한 사회의 여러 부분들 간의 관계가 불가피하게 수정되므로, 그 관계를 표현하는 관념도 변화되어야 한다. 그러한 위기에 의해서 혜택을 입는 특정한 계급 사람들은 과거의 운명을 더 이상 받아들이려 하지 않으며, 갑작스러운 자살은 온갖 질시(嫉視)의 대상이 된다. 또한 여론에 의해서 통제되지 않는 취향은 방향을 잃게 되고 적절한 한계를 잃게 된다. 뿐만 아니라 그들은 갑자기 늘어난 공적 생활로 인해서 일종의 이상(異常) 흥분에 사로잡히기도 한다. 그리고 번영할수록 그의 욕망도 증가한다. 전통적인 권위가 그 권위를 잃게 되는 순간에, 보상이 크면 클수록 욕망은 통제되지 못하고 견디기 어렵게 된다. 그러므로 가장 규제가 필요한 상황에서 욕망이 규제를 받지 못하므로 일종의 무규율상태, 즉 아노미(anomie)가 더욱 고조된다.

그와 같은 상황에서는 그들의 욕구는 결코 충족될 수 없다. 넘치는 야욕은 얻어진 결과가 아무리 큰 것이라도, 거기에서 중지하라는 경고가 없기 때문에 언제나 끝이 없다. 그들은 만족을 모르며, 선동은 완화됨이 없이 무제한적으로 지속된다. 무엇보다도 달성될 수 없는 목표를 위한 경주는 경주 그 자체 이외에는 아무런 즐거움이 될 수 없으므로, 그 하나밖에 없는 즐거움이 장애에 부딪힌다면 경주자는 빈손밖에 남는 것이 없게 된다. 그와 동시에 그러한 경주는 통제되지도 않으며, 경쟁은 더욱 심하므로 점점 더 치열해지고 고통스럽게 된다. 그리고 확실한 분류 기준이 서 있지 않으므로 모든 계급 구성원들이 전부 경주에 나서게 된다. 그리하여 가장 비생산적일 때 노력은 더욱 커진다. 그런 조건에서 삶에 대한 의욕이 어떻게 약화되지 않을 수 있겠는가?

이와 같은 설명은 빈곤한 국가에서는 자살이 현저하게 적은 사실에 의해서 뒷받침된다. 빈곤은 그 자체가 일종의 규제이므로 자살을 방지한다. 사람이 어떠한 노력을 하더라도, 욕구는 어느 정도 자원에 의해서 결정된다. 실제 소유가 어느 정도는 희망의 기준이 되기 때문이다. 그러므로 가진 것이 적을수록, 그는 자신의 욕구의 한계를 덜 확장한다. 권력의 결여나, 강요된 조절이 그를 그와 같은 한계에 적응시키는 것이다. 그리고 너무 많이 가진 사람이 없을 때는 질시를 일으키지도 않는다. 그와 반대로 부는 그 부에 힘입어서, 우리가 자신에게만 의존하고 있는 것처럼 착각하게 만든다. 우리는 별로 저항을 받지 않을 때는 무한한 성공의 가능성을 믿게 된다. 그리고 한계를 덜 느끼는 사람일수록 모든 제한을 더 참아내지 못한다. 그러므로 많은 종교가 빈곤의 장점과 정신적 가치에 근거를 두는 것은 일리가 있는 일이다. 종교는 사실상 자제를 가르치는 최선의 학교이다. 우리로 하여금 끊임없는 자기 훈련을 하게 하고, 침착하게 집합적인 규율을 받아들이게 한다. 한편 부는 개인을 추어올림으로써 비도덕성의 근원이 되는 반란 정신을 항상 일으키게 된다. 그러나 물론 이것은 인간이 자신의 물질적 조건을 향상하려 해서는 안 된다는 것을 뜻하지는 않는다. 그러나 번영의 성장에 있어서의 도덕적 위험은 고쳐질 수 없는 것이 아니라는 점을 우리는 잊어서는 안 된다.

만약 아노미가 위에 든 여러 예에 있어서와 같이 간헐적으로 일어나는 것이고 심각한 위기에만 발생하는 것이라면, 사회적 자살률은 시기에 따라 달라질 것이며, 규칙적이고 일정한 요인이 되지는 않는다. 그러나 사회생활의 한 영역에서는, 즉 상업과 공업에 있어서는 아노미가 만성적인 상태인 것이 사실이다.

지난 1세기 동안의 경제발전은 주로 산업관계를 모든 구속으로부터 해방시킴으로써 이루어졌다. 최근에 이르도록 산업관계를 규제한 것은 도의체계의 기능이었다. 첫째로 노동자와 고용주, 빈자와 부자가 다같이 종교의 영향을 받았다. 종교는 노동자와 빈자들에게 사회질서는 신의 섭리이며, 각 계급의 몫은 신이 스스로 할당한 것이라는 점을 가르치고, 현세에서의 불평등을 내세에서 보상해 줄 것이라는 소망을 심어 줌으로써 그들이 현세에 만족하도록 한다. 종교는 또한 고용주와 부자들에게 현세에서의 이익이 결코 인간의 모든 배당이 아

뒤르켐

니라는 것과, 보다 더 상위의 이익에 귀속되어야 한다는 것, 그리고 현세의 이익을 무제한적으로 추구해서는 안 된다는 것 등을 가르침으로써 경제적 기능의 폭을 제한하였으며, 종속적인 지위를 허용할 뿐이었다. 그리고 경제계 내에서는 봉급과 생산품가격, 생산 자체 등을 규제함으로써 모든 직업집단은 일정한 수입의 수준에 간접적으로 고정되었으며, 그 기초 위에서 상황에 따라 욕구수준이 결정되었다. 그러나 우리는 이와 같은 조직을 모범으로 제안하자는 것은 아니다. 커다란 반동을 경험하지 않는 사회는 있을 수 없다. 따라서 우리가 강조하고자 하는 것은 그러한 규제가 과거에도 존재하였다는 것과 그 규제의 영향이 유용했었다는 것, 그리고 그것을 대신할 규제가 아직 생기지 않고 있다는 점이다.

사실상 종교는 이제 거의 그 규제력을 잃고 있다. 또한 정부는 경제생활을 지배하는 대신에 그 도구나 시녀가 되고 있다. 정통파 경제학자들과 극단적인 사회주의자들이 서로 반대되는 학파들임에도 불구하고, 정부의 기능을 여러 사회적 기능 가운데의 소극적인 기능으로 감축시키는 일에 연합전선을 폈었다. 전자는 정부를 다만 개인적 계약의 보호자로 만들고 싶어한다. 그리고 후자는 정부에 대하여 소비자의 수요를 기록하고, 그것을 생산자에게 전달하며, 총수입을 조사하고 그것을 일정한 공식에 의해서 분배하는 등의 집합적 계리(計理)의 임무를 남겨 주려고 할 뿐이다. 양자는 다같이 정부가 다른 사회적 기능을 그 밑에 종속시켜 모든 기능을 하나의 지배적인 **목표**에 통합시킬 권한을 부여하지 않으려 한다. 양자는 또한 국가는 산업발전이라는 주요 목적을 갖는 것이라고 주장하며, 따라서 이것이 분명히 서로 상반되는 이론체계의 기초를 이룬다. 이 이론들은 산업은 보다 상위의 목적을 위한 수단이 아니고 개인과 사회의 지상목표가 된 여론의 상태를 표현하고 있을 뿐이다. 그리하여 욕구는 어떤 권위에 의해서도 제한받지 않고 자유로워진 것이다. 말하자면 그와 같은 욕구들이 성화(聖化)되고, 복지가 신격화됨으로써 이들이 모든 인간법률의 상위에 올라서게 된다. 경제적 추구의 제한은 일종의 신성모독과 같은 것이 되었다. 그와 같은 까닭으로, 산업계 내에서의 직업집단을 통한 순전히 공리적인 규제까지도 지속되기 어렵게 되었다. 결국 이런 욕구의 해방은 공업발전 자체와 거의 무한한 시장의 확대로 인해서 악화되었던 것이다. 생산자가 자기의 가까운 이웃에서만 이윤을 획득할 수 있는 동안에는, 어느 정도 제한된 이익은 그에게 지나친 야망을 갖게 하지는 않는다. 그런데 오늘날에는 생산업자는 거의 전세계를 자기의 소비자로 상정할 수 있기 때문에, 그들은 그처럼 무한한 가능성 앞에서 과거의 제약을 받아들이려고 하지 않는 것이다.

이것이 바로 산업사회에서 일어나고 있는 흥분이며, 다른 사회로도 확장되고 있다. 산업사회에서는 위기의 상태와 아노미는 항구적이며 말하자면 정상적이다. 상층에서부터 하층에 이르기까지 탐욕은 끝을 모르고 일어나고 있다. 욕구의 수준은 달성될 수 있는 한계보다 훨씬 멀리 있기 때문에 그것을 안정시킬 수 있는 것은 아무것도 없다. 그와 같이 들뜬 상상에 비하면 현실은 너무나 무가치하다. 그리하여 마침내 현실은 포기되며 모든 가능성도 포기된다. 새로운 것과 익숙하지 않은 쾌락·감정 등을 쫓게 되며, 지금까지 익숙했던 즐거움은 잃게 된다. 따라서 그러한 사람은 사소한 실패도 견뎌낼 능력을 갖지 못한다. 그리하여 모든 열병은 시들어지고, 온갖 흥분과 소동이 쓸데없는 일이었음이 분명해지며, 모든 새로운 감각이 시련의 시기에 있어서의 확고한 행복의 기초가 될 수 없음이 밝혀진다. 이미 성취한 결과를 즐길 줄 알고 끊임없이 새로운 욕구를 대치하지 않는 현명한 사람은 어려운 시기에도 생에 대한 애착을 갖는다. 그러나 모든 희망을 미래에만 두고 그것만을 바라보면서 사는 사람은 현재의 어려움을 이길 기쁨을 과거에서는 찾아볼 수 없으며, 과거는 성급하게 걸어온 단계들에 불과하다. 그를 맹목적이게 하는 것은 자신이 지금까지

뒤르켐

소유하지 못했던 보다 큰 행복에 대한 기대인 것이다. 그러나 그는 결국 그 궤도에서 정지하지 않으면 안 되고, 자신의 과거에서도 미래에서도 바라볼 대상을 상실하고 만다. 그뿐 아니라 이제 그에겐 결국 자신의 끝없는 추구가 무용한 것이기 때문에, 그를 환멸에 빠지게 하는 권태만이 남을 뿐이다.

그러므로 오늘날 경제적 위기에 의해 자살이 증가하는 이유가 그와 같은 정신상태에 있는 것이 아니라면 오히려 이상할 것이다. 인간이 건전한 규제를 받는 사회에서는, 그는 우연한 타격을 더 잘 견뎌낸다. 약간의 불편을 견디기 위한 노력은 오히려 희생이 덜 따르며, 그는 불편과 제약에 익숙할 수 있다. 그러나 모든 제약이 싫은 상태에서는, 보다 밀접한 제약을 어떻게 참을 수 있을 것인가? 열병처럼 초조한 생활을 하는 동안에는 자살 경향은 일어나지 않는다. 그러나 끊임없이 좌절되는 목표밖에 갖지 않은 사람이 뒤로 물러서기란 얼마나 괴롭겠는가! 오늘날의 경제적 조건을 특징짓는 이와 같은 조직성의 결핍은 온갖 모험의 길을 열어 줄 것이다. 상상력은 새로운 것과 지배받지 않는 것을 끊임없이 추구하므로 무엇이나 쥐어 잡는다. 따라서 경제가 퇴조할 때는 실패의 위험도 많아지고 위기는 가중된다.

그와 같은 경향은 이제 고질화되어, 사회는 이를 정상적인 것으로 받아들이게까지 되었다. 끝없이 불만을 느끼며, 불확정한 목표를 향해 쉴새없이 나아가는 것이 인간의 본성이라는 주장은 수없이 되풀이되고 있다. 무한에의 추구는, 결국 자신들을 괴롭히게 될 규율의 결핍으로 이끌어 가는 무절제한 의식에서만 찾아볼 수 있음에도 불구하고 오늘날에는 정신적 탁월함의 증거로 지칭되고 있다. 무자비하고 신속한 진보는 이제 하나의 신앙이 되고 있다. 그러나 이 불안정성의 이점을 찬양하는 이론과 병행해서, 불안정성은 불안과 삶의 악을 일반화하며, 쾌락보다는 고통을 더욱 많이 일으킨다고 주장하며, 위의 이론은 그릇된 주장으로써 사람들을 오도하는 것이라고 지적하는 이론들도 있다. 그와 같은 무질서는 경제계에서 가장 심하므로, 그 피해자도 가장 많다.

공업 및 상업 부문은 실제로 가장 많은 자살자를 내는 직업들 중에 들어 있다. 이 직업을 가진 사람들은 자유전문직 종사자들과 거의 같은 수준이거나, 때로는 더 높은 자살률을 가지고 있다. 이들은 특히 옛 규제력이 아직 작용하고 있고, 산업의 열병의 영향을 가장 적게 받은 농업에 비하여 훨씬 높은 자살률을 보이고 있다. 농업 부문은 과거의 경제질서가 가졌던 일반적 특성을 가장 잘 나타내고 있다. 또한 농업과 공업의 차이는, 만약 공업 부문의 고용주들을 노동자와 구분하였더라면, 훨씬 더 크게 나왔을 것이다. 왜냐하면 고용주들이 아마도 아노미에 의한 영향을 많이 받았기 때문일 것이다. 독립적인 자산가들이 가지는 높은 자살률(1백만 명당 720명)은 가장 많이 가진 자가 가장 많이 아노미의 피해를 입었다는 것을 잘 나타내고 있다. 종속적 지위를 강요하는 모든 요인은 그 영향을 나타내고 있다. 적어도 하층계급 구성원들은 상위계급에 의해서 그 욕구가 제한을 받는다. 그리고 보다 상위의 계급을 갖지 않은 계급 구성원들은 그들을 규제하는 아무런 세력도 가지고 있지 않다.

그러므로 아노미는 현대 사회에서는 정규적이고 특수한 자살 요인이며, 그에 의해서 일정한 수의 연간 자살률이 결정된다. 따라서 이것은 다른 형태와 구분되는 새로운 자살 유형이다. 이 유형의 자살은 개인이 사회와 연결되는 형태에서가 아니라 사회가 개인을 규제하는 방식에 의해서 다른 유형의 자살과 구분된다. 이기적 자살은 인간이 존재의 근거를 삶에서 찾지 못함으로써 일어난다. 이타적 자살은 존재의 근거가 인생의 외부에 존재하기 때문에 일어난다. 그리고 세 번째 유형의 자살은, 위에서 지금까지 설명한 것처럼 인간의 활동이 충분히 규제되지 못함으로써 받게 되는 고통에 기인하고 있다. 그 발생

근원에 따라 우리는 이 마지막 형태에 대하여 아노미성 자살(anomic suicide)이라는 명칭을 붙여 주기로 한다.

물론 아노미성 자살과 이기적 자살은 비슷한 점이 있다. 양자는 다 같이 개인에 있어서의 불충분한 사회 존재에 기인한다. 그러나 사회 부재의 성격은 양자의 경우에 서로 다르다. 이기적 자살은 진정한 집합적 활동의 결함으로 인해서 개인이 목적과 의미를 상실하는 경우이다. 아노미성 자살은 개인적 열망에 대한 사회적 영향이 결핍됨으로써, 개인을 제동 없이 방치함으로써 일어난다. 그러므로 양자의 관계에도 불구하고 두 형태는 서로 구분된다. 사회는 개인에 대하여 충분히 사회적이면서도 개인의 욕망을 통제하지 못할 수 있으며, 개인은 이기적이 아니면서도 아노미 상태에서 살 수 있다. 그리고 그 반대의 경우도 가능하다. 따라서 이 두 형태의 자살은 동일한 사회적 환경에서 주로 발생하는 것이 아니다. 이기적 자살은 주로 지적 직업을 가진 사람들, 즉 사색의 세계에서 주로 일어나며, 아노미성 자살은 공업 및 상업의 세계에서 주로 일어난다.

(『자살론』 제2부 제5장 「아노미성 자살」 중에서)

통합형 문·답

> 제시문을 참고로 히면서 한국 사회의 실업난에 따른 자살의 증가 추세를 억제할 수 있는 방안에 대해 논술해 보자.

한국 사회는 1960년대 이래로 '근대화'를 국가의 국시로 삼을 만큼 산업사회로의 진입을 위해 노력해 왔다. 이런 과정에서 사회의 경제적 수준이 높아지고 일상생활이 윤택해진 것은 분명하다. 그러나 한편으로 경제적인 이윤 추구가 삶의 목표가 될 만큼 사람들의 삶은 보다 더 많은 부를 쌓는 과정으로 변질되어 왔다. 사람들은 타인들과 자신의 부의 정도를 비교하여 혹은 소비문화의 유혹에 굴복하여, 더 나은, 더 좋은, 더 편리한 그 무엇을 끊임없이 추구하고 열망하는 정신적 상황에 도달한 것이다. 사실 1990년대 중반까지 우리 사회의 경제적 발전은 이러한 욕망을 일정 정도 충족시킬 수 있었다.

그러나 이미 한없이 고양된 개인적 욕망과 IMF 체제 이후 심각해진 경제난으로 인해 야기된 그 욕망 해결의 불가능성으로 인해, 사람들의 정신적 물질적 삶은 뒤르켐이 지적한 대로 아노미 상태에 빠지게 되었다. 이미 성취한 부나 삶의 윤택함에 만족하지 못하고 끊임없이 더 나은 것을 추구해 왔던 우리의 삶이, 그 과거의 흔적 혹은 기억과 현실의 장벽 앞에서 혹독한 시련을 겪게 된 것이다. 도덕적 가치를 추구하는 삶이라든지 공동체의 공동 선을 추구하는 삶에 가치를 두는 과거의 삶의 방식이 포기된 마당에서 야기된 이러한 현상은 가장들의 자살이라는 현상으로 드러났다. 경제 외적 가치 기준이 인간의 삶에 더 중요하게 작용하는 사회였다면 경제적인 어려움으로 인해 삶을 포기하는 일은 없었을 터이다. 말하자면 그러한 종교적 도덕적 공동체적 선이 자살을 방지하는 면역체 역할을 할 수 있기 때문이다.

이러한 정황에 놓여 있는 우리 사회에서 이제 자살 문제는 단지 경제 문제의 해결만으로 방지할 수 있는 단계는 지나갔다고 할 수 있다. 그렇다고 뒤르켐도 지적했듯이 이에 대한 대응책으로 교육이나 훈계 또는 욕망의 억압만을 강조해 보아야 큰 의미가 없다. 이미 사회체제 자체가 경제적 관계에 의해 짜여져 있는 이윤을 위한 사회이기 때문이다. 그렇다면 어떤 방법이 가능할까. 뒤르켐에 의하면 개인을 다시 집단생활에 통합시킬 수 있는 새로운 유대를 확립해야 하며 그 새로운 유대의 집단통합은 현대 사회에서는 직업집단을 통하여, 즉 이해의식에 기초한 자발적 결사를 통하여 달성되어야 한다. 말하자면 새로운 유형의 공동체 윤리를 확보해야 할 필요성이 절실한 것이다. 새로운 사회 규범을 만들기 위한 여러 시민단체들의 노력들이나 교육의 장에서의 새로운 가치정립을 위한 시도들이 진행되고 있음은 따라서 의미 있다고 하겠다. 특히 국가 정책적으로도 경제적인 가치만을, 경제발전만을 그 사회의 중심지표로 삼는 태도를 지양하고 새로운 공동체적인 가치 기준, 가령 민주화라든지 인간다운 삶을 위한 제반 이념들을 내세울 때 삶을 포기하는 자살 현상도 억제할 수 있다고 하겠다.

덧붙여 우리 사회의 경우, 가장들의 자살이 늘어나고 있는 점이 특징적이다. 말하자면 가장의 권리뿐 아니라 책임이 강조되어 온 가부장적 가족 관계 속에서 가장으로서의 권위 추락이 특히 자살로 치닫는 경우가 많다는 것이다. 이러한 측면은 가부장적 가족문화 혹은 사회문화의 청산을 통해 극복되어야 한다고 본다. 대등한 남녀 관계 속에서만이 가부장으로서의 권위 추락에서 오는 사회 부적응 현상을 치유할 수 있기 때문이다.

프로테스탄티즘의 윤리와
자본주의 정신

막스 베버
Max Weber

독일 에르푸르트에서 권위적인 정치가인 아버지와 독실한 기독교 신자인 어머니 사이에서 태어나 시종 종교적인 분위기 속에서 성장한 막스 베버(1864~1920)는 하이델베르크 대학에서 법학 공부를 시작했다. 1889년 경제사와 법제사에 관련된 논문으로 박사 학위를 취득하고, 1892년 로마법과 독일법과 상법에 관한 논문으로 교수 취임 자격을 획득했다. 그 후 1894년 프라이부르크 대학의 국민경제학 교수로 초빙되었으나 질병으로 인해 1903년 강단을 떠나 1919년에야 뮌헨 대학에서 다시 강단에 설 수 있었다. 문화과학 및 사회과학의 방법론과 사회학 일반에 대한 그의 주요한 학문적 업적은 1903년 이후에 이루어졌다. 베버는 당시의 정치적 문제에도 적극적으로 참여하여, 경제정책 및 제1차 세계대전 이후 독일의 대외정책 문제, 그리고 바이마르 공화국의 헌정체제 문제에 대해 독자적인 입장을 표명했다. 독일 국민국가를 영국과 프랑스의 제국주의와 러시아의 차르즘으로부터 수호하고 부르주아적 근대화를 추진하는 데 앞장섰으며, 반봉건적이고 보수적인 귀족적 영주와 급진적인 사회주의 운동의 좌우 양세력에 대항하여 시민층을 중핵으로 하는 중도세력의 결집에 노력했다.

『프로테스탄티즘의 윤리와 자본주의 정신(Die Protestantische Ethik und der Geist des Kapitalismus)』(1905)은 근대 자본주의의 노동, 영리, 직업 생활에서 볼 수 있는 다양한 형태의 행동이 표면적으로는 거의 종잡을 수 없고 설명할 수 없는 다양한 가치체계에 의해 움직이는 것처럼 보이지만, 그 내면 깊숙이 프로테스탄티즘(특히 칼뱅주의)의 윤리의식이 공통적으로 깔려 있다는 점을 주목한다. 즉 베버는 종교개혁가 칼뱅의 직업소명설을 바탕으로 근대 자본주의 정신을 분석함으로써, 세속적인 직업에 충실하게 사는 것이 곧 신의 뜻에 합치하는 길이며, 금욕적인 생활태도와 영리활동의 자유로운 인정은 자본 축적에 크게 기여한다고 주장했다. 칼뱅은 교회와 성직자의 권위를 부정하고 신앙과 성서의 중요성을 강조하며, 신의 은총을 확인하는 길은 경제생활에 있어서의 부와 재산이므로, 근면과 성실성을 통해 많은 부와 재화를 얻어야 한다고 가르쳤다. 특히 세속적인 직업은 신이 부여하고 예정한 소명(召命)이기 때문에, 자기 직업에 충실하게 사는 것이 곧 신의 영광을 드러내는 길이라고 강조했다. 이처럼 사유재산제와 영리활동의 자유를 윤리적으로 옹호한 칼뱅주의는 자본주의 성립에 이론적 바탕을 제공했으며, 이를 명쾌하게 규명한 사람이 곧 베버이다.

베버는 근대 자본주의 정신과 프로테스탄티즘의 윤리가 모두 일상과 노동과 직업에 있어서 매우 통제된 생활을 운영하는 어떤 상부구조를 공통점으로 가진다는 점을 밝혀 냈다. 즉 그의 저서 『프로테스탄티즘의 윤리와 자본주의 정신』에서 그는 성공적인 기업가들의 대다수가 프로테스탄티스트라는 통계적 수치를 먼저 제시한 다음, 양자 사이에 밀접한 관계가 있을 것이라는 추측을 던졌다. 중세 수도원의 금욕 생활에 뿌리를 두고 있는 프로테스탄티즘의 금욕주의는 주관적으로는 내세적인 구원의 목표를 지향했지만, 객관적으로는 주목할 만한 현세적 업적을 중시했다는 것이다. 왜냐하면 프로테스탄티즘에서 구원은 일상의 직업과 노동이라는, 극단적으로 탈주술화(脫呪術化)된 수단에 의해서만 달성될 수 있었기 때문이다. 그는 이러한 분석을 통해 근대 자본주의와 프로테스탄티즘 사이에서 합리성이라는 공통 분모를 찾아냈다.

이 책에 뒤이어 베버는 근대 서구사회의 좀더 복합적인 역사적 조건과 연관에 대한 다층적인 문화비교론적 연구를 계획하여 서양 문화의 보편성과 특수성을 확인하고자 했다. 베버의 모든 작업을 일관하는 정신은 다원주의적(多元主義的) 설명 방식에 있다. 그는 유물론적 해석이나 관념적인 해석을 거부한다. 이러한 방법은 다분히 환원주의적 연구, 즉 자신의 논리에서 출발하여 모든 현상을 자신의 논리 속으로 끌어들여 이를 자신의 논리로 '환원(還元)'시키는 해석이기 때문이다. 한 사회현상이 단일한 요인에 의해 이루어진다고 보는 것은 상식에도 어긋난다. 예컨대 현대 자본주의 정신은 청교도적인 근면성에서만 유래된 것은 아니다. 오히려 산업혁명과 항해술 발달로 인한 상공업의 발달, 신대륙 발견, 민주주의 발전으로 인한 개인의 자유 신장 등 여러 가지 요소가 복합적으로 작용하여 현대 자본주의가 성립되었다고 보는 편이 상식적으로 보아도 옳을 것이다. 그러니까 베버가 현대 자본주의 정신의 성립에 프로테스탄티즘의 윤리가 크게 작용했다고 보는 견해도, 프로테스탄티즘만이 자본주의 정신의 유일한 산실이라는 주장은 아니다.

베버의 이론적 귀착점은 '합리주의'와 '합리화 과정'이었다. 근대 서양의 합리주의가 어떻게 형성되었으며 어떻게 전개되었는가를 추적한 그의 연구는 자본주의라는 경제체계가 프로테스탄티즘이라는 종교체계와 서로 맞물려 독특한 합리주의를 형성했다고

막스 베버

결론짓는다. 베버의 사회과학은 오늘날까지도 그 방법론적인 엄밀성 덕분에 하나의 척도를 제시해 준다. 그는 새로운 종류의 보편사적인 사회학적 고찰 방식으로 여러 전문 학과의 전망과 방법을 결합했다. 그는 현실의 역사적 특수성과 문화적 의의를 중시하는 방식으로 모든 연구를 진척시켰다. 다시 말해 그는 현실을 보편적인 법칙에 종속시켜 설명하려는 방법을 배제한 것이다. 이처럼 인간과 사회 현실에서 전형적으로 나타나는 규칙성을 파악하려는 목적에 부응하기 위해 고안된 개념이 바로 '이상형(理想型)'이다. 어느 현실을 연구 대상으로 삼을 때 먼저 주목해야 하는 점은 '이상형'적인 그림과 현실 사이에 드러나는 차이를 밝히는 일이라고 생각한 까닭에 그는 이상형을 분석의 주요한 도구로 삼은 것이다. 사실 사회과학의 온갖 이론과 개념은 불가피하게 이상형을 상정할 수밖에 없다. 베버는 매우 다양한 현상을 단일한 개념으로 설명하기 위해 이상형이라는 개념을 내세운 것이다.

【 작품 읽기 1 】

시간이 돈임을 잊지 마라. 매일 노동을 통해 10실링을 벌 수 있는 자가 반나절을 산책하거나 자기 방에서 빈둥거렸다면, 그는 오락을 위해 6펜스만을 지출했다 해도 그것만 계산해서는 안 된다. 그는 그 외에도 5실링을 더 지출한 것이다. 아니 갖다 버린 것이다.

신용이 돈임을 잊지 마라. 누군가가 자신의 돈을 지불 기간이 지난 후에도 찾아가지 않고 나에게 맡겨 두었다면 그는 나에게 이자를 준 것이거나 아니면 내가 이 기간 동안 그 돈으로 할 수 있을 만큼의 것을 준 것이다. 좋은 신용을 가졌고 그것을 잘 이용한다면 대단한 액수의 돈을 벌 수 있다.

돈이 '번식력을 갖고 결실을 맺는 성격을 가진다'는 점을 잊지 마라. 돈은 돈을 낳을 수 있으며 그 새끼가 또다시 번식해 나간다. 5실링은 6실링이 되고 다시 7실링 3펜스가 되어 결국 1백 파운드가 된다. 돈이 많으면 많을수록 돈은 더욱 늘어나며 결국 효용은 보다 급속하게 증가한다. 한 마리의 암돼지를 죽이는 것은 그로부터 번식될 1천 마리의 새끼 돼지를 죽이는 것이다. 5실링의 화폐를 사장시키는 자는 그 돈으로 생산될 수 있을 모든 것, 즉 수천 파운드를 없애는 것이다.

속담에 있듯이 돈을 잘 갚는 사람이 모든 돈주머니의 주인임을 잊지 마라. 약속 날짜에 맞추어 지불한다고 소문이 난 사람은 자신의 친구가 당장에 필요로 하지 않는 모든 돈을 언제든지 빌릴 수 있다.

이 글은 벤저민 프랭클린의 설교 내용이다. 퀴른베르거는 자신의 풍자적이고 독설적인 「미국 문화의 모습」에서 이 글을 소위 양키들의 신앙 고백이라고 조롱했다. 프랭클린이 특징적으로 말한 것이 '자본주의 정신'임은 누구도 의심치 않을 것이다. 그러나 실제로 여기에서는 단순한 처세술이 설교되는 것이 아니라 독특한 '윤리'가 설파되고 있다.

물론 프랭클린의 모든 도덕적 훈계는 공리주의를 지향하고 있다. 정직은 신용을 낳기 때문에 유용하며 시간 엄수, 근면, 검소 등도 모두 마찬가지라면, 여기에서 특히 다음과 같은 결론이 나올 수 있다. 예를 들어 정직한 척하는 것만으로도 정직한 것과 똑같은 효과를 얻을 수 있다면 그것만으로 충분하며, 프랭클린이 보기에는 정직이라는 미덕을 지나치게 많이 갖는 것은 비생산적인 낭비로 비난될 것이라는 점이다. 이는 실제로 엄격한 공리주의의 불가피한 결론이다. 독일인들이 미국풍의 미덕에서 '위선'이라고 느끼는 것이 여기에서 노골적으로 나타나 있는 듯하다.

그렇다면 이러한 '윤리'의 '최고선'은 무엇인가. 이는 돈을 벌고,

막스 베버

다음으로는 더욱더 많은 돈을 버는 것이다. 그것도 모든 적나라한 향락을 엄격히 피하면서 행복 지향적이고 쾌락주의적인 모든 단점에서 전적으로 벗어나 돈버는 것을 그저 자기 목적으로 여기므로, 개인의 '행복'과 '효용'에 대립되는 것은 그것이 무엇이든 전적으로 초월적인 것이며 단적으로 말한다면 비합리적인 것으로 보일 정도이다. 그러나 돈벌이를 자신의 물질적 생활 욕구를 만족시키기 위한 수단이 아닌 삶의 목적 자체로 여기는 것은 정말 비합리적인지도 모른다.

그런데 우리가 보통 말하는 '자연적' 사태를 이처럼 부자연스럽게 전도(顚倒)시키는 것이 바로 자본주의의 추진 동기다. 이는 자본주의 입김을 쐬지 않은 사람들에게는 낯선 것이다. 그러나 그러한 전도는 동시에 일정한 종교적 표상과 밀접히 닿아 있는 일련의 감각을 포함한다. 즉 도대체 '인간에게서 돈을 짜내야 할 이유'가 무엇인가라고 묻는다면 벤저민 프랭클린은 엄격한 칼뱅교도였던 그의 부친이 주입시킨 대로, '그의 직업에 충실한 자를 보았느냐, 그는 왕 앞에 서리라'는 성경 구절로 답할 것이다. 합법적으로 얻어진 화폐 취득은 근대적 경제 질서 안에서 직업적인 유능함의 표현이며, 이 유능함은 프랭클린 윤리의 실질적인 알파이자 오메가였다. 실제로는 결코 자명한 것이 아닌 이 독특한 직업 의무라는 사상은 사실상 오늘날 익숙하게 개인이 받아들여야만 하는 의무로 성립되어 있다.

(제1장 「자본주의 정신」 중에서)

논점 미국은 종교적 박해를 피해 신대륙으로 이민 온 청교도들이 세운 국가이다. 미국 대통령이 되기도 했던 벤저민 프랭클린은 이러한 청교도의 전형적인 인물이었다. 이들의 근면성과 성실은 지금의 미국을 낳게 한 원동력이었을지도 모른다. 막스 베버는 벤저민 프랭클린의 인생관과 사상에서 자본주의의 전형을 찾아낸 것이다.

위 제시문을 읽고 벤저민 프랭클린의 삶의 태도에 대해 자신의 견해를 밝혀 보자.

벤저민 프랭클린은 자수성가(自手成家)한 인물로, 그의 자서전과 전기는 많은 사람들에게 성실성과 근면의 교훈을 가르쳐 주는 교과서로 활용되고 있다. 그의 인생은 분명 성공적이었고 많은 사람들의 귀감이 될 만하다. 그러나 이 세상 모든 사람이 벤저민 프랭클린처럼 될 수는 없다. 그리고 시대와 문화적 차이에 따라 그에 대한 평가도 달라질 수 있다는 점을 고려해야 할 것이다.

유럽인들은 아직까지도 미국인에게 다소 경멸적인 감정을 가지고 있다고 한다. 인생의 최고 목적이 돈을 버는 것이고, 더 큰 목적이 있다면 그것은 더 많은 돈을 버는 것에 있다고 말하는 청교도들의 태도는 다소 과장된 측면이 있다는 점을 인정하더라도, 지나치게 물질 위주라는 느낌을 지울 수 없다. 베버가 관찰한 대로, 미국인들이 실용을 숭상하고 근면과 성실을 강조하는 공리주의 전통을 가진 것은 자본주의 발달과 성숙에 더없이 큰 영향을 미쳤을 것이다. 그러나 지금의 미국 사회를 놓고 과연 행복한 사회일까, 질문한다면 그 대답이 한결같이 긍정적인 것만은 아니다. 지나치게 물질주의적이고 타산적인 미국문화의 병폐는 위에서 제시된 바와 같은 인생관, 즉 모든 인간 생활을 돈으로 환산하는 태도에서 일부 기인한 것도 사실일 것이다. 만약 현재의 미국에서 '천민(賤民) 자본주의' 병폐가 일어난다면, 그것은 청교도적인 전통의 속성이 부정적인 모습으로 나타난 사태라고 볼 수도 있는 것이다. 위선적인 행동을 해서라도 돈을 벌어야 한다는 것, 인간의 모든 생활이 돈버는 일에 맞추어져야 한다는 것은 근시안적으로

볼 때 개인의 행복에 기여하는 듯하지만, 이것이 근본적인 행복을
가져다 줄지는 의문이다.

돈은 어디까지나 수단에 불과하다고 생각한다. 세계 대부분의
위대한 철학가와 종교인들도 이를 강조했고, 평범한 우리들 상식
으로도 이는 분명 옳다. 우리는 이러한 통념을 존중할 필요가 있
다. 돈을 많이 벌고, 이를 바탕으로 더 많은 돈을 버는 것이 인생
의 목적이라는 표현은 분명 본말이 전도된 느낌이다. 벤저민 프랭
클린은 돈버는 이유를 신의 소명에 답하는 것이라고 생각한 듯하
다. 그러나 신의 소명이 직업적인 충실과 재화의 획득에만 제한되
었을 리는 없다. 이웃에 대한 사랑이야말로 신의 궁극적인 가르침
인 것이다. 자본주의의 세속화·퇴폐화 경향에 대해서는 청교도적
인 윤리에도 일말의 책임을 물어야 한다. 청교도주의가 노동자의
수탈을 정당화하고 재산 분배의 불평등을 정당화함으로써 보다
진보적인 사회를 만드는 데 걸림돌이 되고 있다는 지적도 경청할
만하다.

『작품 읽기 2』

청교도 윤리의 대표적인 지술가인 리서드 빅스터는 그의 저서『성
도의 영원한 안식』과『기독교 지도서』에서 부와 부의 윤리에 대해 말
하고 있다. 그는 부 자체는 커다란 위험이며 부에 대한 욕망은 끝이
없고, 부의 추구는 신의 세계가 갖는 엄청난 중요성에 비하면 무의미
할 뿐 아니라 도덕적으로도 위험한 것이라고 말한다. 종교개혁가 칼
뱅이 성직자의 부는 그의 활동에 결코 방해가 되지 않으며 오히려 매
우 바람직스럽게도 성직자의 위신을 높여 주며, 사람들의 분노를 사

프로테스탄티즘의 윤리와 자본주의 정신

지 않는 한에서라면 성직자의 재산을 이윤 획득을 위해 투자하는 것
도 허용된다고 보았던 반면, 벅스터는 현세적 재물 획득보다 금욕을
훨씬 높은 가치로 삼았던 것이다.

화폐와 재물 추구를 죄악시하는 사례는 청교도의 저술에서 얼마든
지 찾아볼 수 있는 것으로, 이 점에서는 매우 너그러웠던 중세말의
윤리적 문헌과 대비시켜 볼 수 있다. 실질적으로 도덕적 비난의 대상
이었던 것은 재산을 가지고 휴식하는 것, 부를 향락하여 태만과 정욕
을 낳고 특히 '거룩한' 삶에서 이탈하는 것이었다. 재산이 죄악시되
는 것은 오직 이러한 안주의 위험을 수반하기 때문이었다. 왜냐하면
'성도의 영원한 안식'은 내세에 있는 것이기 때문에, 현세에서 인간
은 자신의 구원을 확신하기 위해 '낮 동안은 자신을 이 땅에 보내신
이의 일을 행해야' 한다. 태만과 향락이 아니라 오직 행위만이 분명
하게 계시된 신의 뜻에 따라 신의 영광을 더하는 데 봉사한다. 따라
서 시간 낭비는 모든 죄 중에 최고의 중죄이다. 인생은 각자의 부르
심을 '확인하기'에는 너무나 짧고 소중하다. 사교, 무익한 잡담, 사치
등을 통한 시간 낭비, 그리고 건강에 필요한 만큼을 상회하는 수면
시간에 의한 낭비는 도덕적으로 절대적인 비난을 받는다. 물론 프랭
클린의 경우처럼, '시간은 돈이다'라고는 할 수 없었지만, 그 말도 정
신적인 의미에서는 어느 정도 적용된다. 즉 시간은 무한히 귀중한 것
이다. 왜냐하면 낭비된 모든 시간은 신의 영광에 봉사하는 노동에서
감해지기 때문이다. 그러므로 비활동적인 명상은 적어도 그것이 직업
노동을 희생하고 행해진 것인 한에서는 무가치하고 궁극적으로는 단
연 배척되어야 한다. 왜냐하면 명상은 직업 활동을 통해 신의 뜻을
능동적으로 행하는 것보다 신에게 덜 만족스럽기 때문이다. 또 명상
을 위해서는 일요일도 있기 때문이다.

이처럼 벅스터의 주요 저술에는 엄격하고 부단한 육체적 또는 정
신적 노동에 대한 반복적이고 때로는 열정적이기까지 한 설교가 관

막스 베버

통한다. 이 경우 두 가지 동기가 함께 작용한다. 첫째, 노동은 오래전부터 인정된 금욕 수단이었다. 서양의 교회에서는 동양뿐 아니라 전 세계의 거의 모든 승려 규칙과는 달리 오래전부터 노동을 금욕 수단으로 간주해 왔다. 노동은 특히 청교도주의가 '부정한 생활'이라는 개념 아래 총괄시킨 모든 유혹에 대한 특수한 예방이며 그 역할은 결코 작은 것이 아니었다. 실제로 청교도주의에서 성적 금욕은 수도승의 금욕과 근본 원리에서 구별되는 것이 아니라 단지 정도 차이에 불과하며, 오히려 결혼생활에도 적용되었기 때문에 수도승의 금욕보다도 포괄적인 것이었다. 왜냐하면 부부 생활에 있어서의 성교도 '생육하고 번성하라'는 계명에 따라 신의 영광을 더하기 위해 신이 뜻한 수단으로서만 허용되었기 때문이다. 종교적 회의와 소심한 자기 질책을 방지하고 또한 모든 성적 유혹을 이겨내기 위해 '너의 직업에서 열심히 일하라'는 처방이 주어진 것이다. 그러나 노동은 그 이상의 것이며, 무엇보다도 신이 지정한 삶의 자기 목적이었다. '일하지 않는 자는 먹지도 말라'는 바울의 명제는 무조건적으로 그리고 만인에게 적용된다. 노동 의욕의 결핍은 구원받지 못함의 징후이다.

(제2장 「금욕과 자본주의 정신」 중에서)

논점 중세 수도원에서는 금욕을 중시했고, 때에 따라서는 극단적인 금욕 형태로 고행(苦行)을 실행하기도 했다. 그러나 칼뱅의 종교개혁 이후 이러한 금욕은 점차 의미가 퇴색했고, 일상생활 속에서 금욕에 가까운 정도로 열심히 일하는 것이 점차 더 중시되기 시작했다.

프로테스탄티즘의 윤리와 자본주의 정신

인간의 가치 중 노동을 최상급의 절대적인 가치 기준으로 보는 벅스터의 관점을 중심으로 그 타당성을 논술해 보자.

　노동과 개인의 성실성에 대한 강조는 동서고금의 모든 가르침이 담고 있는 공통분모일 것이다. '일하지 않는 자는 먹지도 말라'는 문구는 성경에도 담겨 있는 표현이고, 마르크스주의자들에 의해서 재인용되는 구절이기도 하다. 그러나 노동이 과연 인생의 유일하고도 가장 높은 가치인가에 대해서는 이견이 있을 수 있다. 노동은 나 자신의 건강을 유지하고 가족과 이웃에게 봉사하는 기회를 주고, 개인 스스로에게 성취의 기쁨을 주는 것임에는 틀림없지만, 노동에 대한 강조도 지나치면 문제가 발생할 수 있다는 점을 염두에 두어야 한다.

　우리는 현대인들 중에서 소위 '일 중독증'에 빠진 사람들이 많다는 보도에 접하곤 한다. 이들은 물론 노동을 최상위의 가치로 생각하는 사람들일 것이다. 그러나 이러한 태도가 지나치면 개인 생활을 희생시킴은 물론, 가족과 이웃에게도 시간을 할애하기를 꺼릴 정도로 자기중심적인 사람이 되고 만다. 이들은 일하지 않을 때 심한 불안증세에 시달리기까지 한다고 한다. 이는 분명 본말이 전도된 태도다.

　어떤 미사여구를 동원해 수식한다 할지라도, 노동은 인간의 권리라기보다는 의무에 가깝다. 사실 평범한 인간들은 일하기보다 놀기를 좋아한다. 또 대부분의 학생들도 공부하기보다는 놀기를 더 좋아한다. 나는 이러한 모습이 극히 자연스럽다고 생각한다. 의무를 다하는 것이 필요하기는 하지만, 이처럼 의무를 다하는 이유는 개인 스스로의 권리를 좀더 당당하게 얻기 위한 방편에 지나

막스 베버

지 않는다. 공부를 열심히 하는 이유는 공부의 굴레에서 빨리 벗어나고 싶은 욕망의 다른 표현이라고도 볼 수 있는 것이다. 인간은 자기 자신의 행복을 추구할 권리를 가지고 있다. 그리고 인간의 행복은 한 인간이 보다 자유롭게 되고 여유를 가질 때 비로소얻을 수 있다고 생각한다. 그러니까 노동 자체는 인간 행복의 필요조건이지 충분조건은 아닌 것이다.

설사 노동이 최상위의 가치라는 벅스터의 관점을 그대로 수용하는 경우에도, 이러한 관점이 타인에게 불편부당한 침해를 줄 수있다는 점 정도는 감안해야 할 것이다. 자기 자신의 성실성을 스스로 다짐하는 것 자체는 결코 나쁜 일이 아니다. 그러나 타인에게 이러한 성실성의 윤리를 지나치게 강요하는 것은 옳은 태도가아닐 수도 있다. 사람에 따라서는 노동에 종사할 수 없을 정도의심신 상태인 사람도 있을 수 있다. 또 경우에 따라서는 열심히 일하고 나서도 그 결과에 절망하여 방황하는 사람도 있을 수 있다.성실한 생활태도와 근면한 노동윤리를 통해 자신의 인생을 성공적으로 이끈 사람들은 대부분 타인들도 자기처럼 살면 되지 않겠느냐는 태도를 은연중 강조한다고 한다. 그러나 이러한 윤리는 대부분 부의 획득에 성공한 사람들이 노동자 수탈을 합리화하는 데사용하며 세상은 어차피 개인의 노력차에 의해 불평등한 상태로남아 있을 수밖에 없다는 보수적인 사회관으로 직결될 가능성이많은 것이다.

프로테스탄티즘의 윤리와 자본주의 정신

자본주의·사회주의·민주주의

슘페터
Joseph Alois Schumpeter

슘페터(1883~1950)는 케인스와 함께 근대 경제학의 최고봉으로 평가받는 경제학자다. 오스트리아 헝가리 령에서 태어나 오스트리아 빈에서 귀족 자제들을 위한 학교로 알려진 테리지아눔에서 고전 중심의 교육을 받았다. 1901년 당시 멩거에 의해서 주도되었던 한계혁명의 기치 아래 이론경제학의 세계적 중심을 이루고 있던 빈 대학 법학부에 입학하면서 그의 관심은 역사에서 경제학으로 옮아가게 되었다. 대학을 졸업한 후 영국으로 건너간 그는 25세 때 처음으로 『이론경제학의 본질과 주요 내용』을 집필하여 일약 오스트리아 학파의 선두 주자가 되었다. 이로부터 4년 후에는 『경제 발전의 이론』을 집필하여 자본주의 발전의 원동력으로 기업가의 기능에 초점을 맞추기 시작했다. 그는 기술의 진보, 생산 조직의 개선, 신제품의 개발, 새로운 판로의 개척 등에 기업가가 미치는 영향을 밝히고, 이를 가능하게 해주는 것이 은행의 신용 창조임을 강조했다. 이러한 중심적인 구상은 경기 순환 현상에 대해서도 그 원천이 '창조적 파괴'에 있음을 밝히는 단계로 발전하였고, 『자본주의·사회주의·민주주의』에 이르면 사회주의와 민주주의 체제를 비교하는 시각으로까지 넓혀졌다.

슘페터는 단순한 경제학자라기보다는 광범위한 사회과학자로 보는 편이 어울릴 정도로 그의 연구는 다방면에 걸쳐 있다. 그의 학문 체계를 보여 주는 용어 중에서 가장 대중적으로 알려진 것이 기업가의 '혁신(innovation)'이다. 그는 경제 발전이 기업가의 '혁신'과 '창조적 파괴'를 통해 비연속적으로 이루어진다고 봄으로써 독창적인 이론을 정립했다.

슘페터는 『자본주의·사회주의·민주주의(Capitalism, Socialism and Democracy)』(1942)에서 자본주의는 과연 살아 남을 수 있는가 하는 의문을 제기하고 그렇게 될 수 없는 이유를 설명한다. 소위 슘페터 식의 '자본주의 붕괴론'으로 알려진 이 명제는 자본주의 체제의 성공 자체가 자본주의를 보호·유지하여 온 사회 제도를 약화시킴으로써 사회주의를 자신의 후계자로 지목할 수밖에 없다는 것이다. 이 책의 후반부는 자본주의의 후계자로서의 사회주의 제도에 대한 분석을 행하며, 두 체제를 비교하고 있다.

이 책의 핵심은 '자본주의는 기업가의 혁신에 의해 끊임없이 발전하지만, 자본주의는 바로 그 발전 때문에 필연적으로 붕괴하고 사회주의로 이행한다'는 데 있다. 그리고 사회주의는 몇몇 조건만 충족된다면 민주주의와 양립 가능한 사회로 형성될 수 있다고 보았다. 이러한 견해는 자본주의가 붕괴하고 말 것이라는 마르크스의 예측과 유사한 것으로 보이지만, 사실은 크게 다르다.

이 책의 제1부 '마르크스 학설'은 마르크스 이론에 대한 슘페터의 비판을 담고 있다. 슘페터는 마르크스에게 예언자, 사회학자, 경제학자, 교사로서의 특성이 있다고 분석하면서, 그의 이론을 낱낱이 비판하였다. 예컨대 마르크스의 『공산당 선언』은 자본주의의 승리에 대한 전폭적인 인정이라는 점을 내세워, 종교적인 예언자로서의 마르크스는 인정하면서도 그 세부적인 예측에 대해서는 비판적인 태도를 취하고 있다.

제2부 '자본주의는 살아 남을 수 있는가'에서는 마르크스와 케인스가 내세운 '투자 기회의 소멸'을 본격적으로 다루고 있다. 자본주의가 어느 단계까지 발전하면 투자 기회가 소멸될 것이라는 분석에 대해 슘페터는 자본주의가 본질적으로 '창조적 파괴의 과정'을 가지고 있다는 자신감을 바탕으로 이에 대한 반론을 제기한다.

제3부 '사회주의는 작동할 수 있는가'에서는 사회주의를 일방적으로 비판하는 대신, 사회주의의 장점에 대해서도 충분히 지면을 할애하고 있다. 즉, 사회주의 국가는 시장 경쟁의 메커니즘을 가지고 있지 못하므로, 합리적인 경제 운영이 불가능하고 모순 없는 정책을 기대할 수 없다는 것이 일반적인 통념이지만, 그 나름의 장점이 있다는 것이다. 예를 들어 사회주의 국가에서는 공적 영역을 통해 시장의 불확실성을 배제함으로써 비용의 낭비를 줄일 수 있고, 수입 원천을 국가가 관리함으로써 조세를 폐지할 수 있는 등, 자본주의보다 유리한 점도 있다. 그러나 자본주의적인 여건이 마련되어 있는 영국에서는 의회를 통해 이러한 체제를 선택할 수 있지만, 경제발전 수준이 낮은 단계, 예컨대 러시아에서는 혁명적 방법을 동원하지 않을 수 없는데, 이 경우 많은 문제점이 파생됨을 밝히고 있다. 결국 슘페터는 영국 식의 개량주의적 사회주의, 즉 성숙된 사회화의 경우만 인정한 셈이다.

제4부 '사회주의와 민주주의'는 민주주의도 다른 방식과 마찬가지로 때와 장소에 따라서는 최상의 방법이 아니라는 점을 강조하고 있다. 즉 사회주의 경제 체제와 민주주의 정치 방식 사이에는 아무런 필연적 관계도 없으며, 한쪽은 다른 한쪽이 없이도 존재할 수 있고, 또한 양자가 양립할 수도 있다고 결론짓고 있다.

(가) 우리는 '자본주의가 붕괴되는 이유'로 다음 몇 가지를 들 수 있다.

첫째, 자본주의의 눈부신 발전은 드디어 경제 진보 자체까지도 자동기계화하여 발전의 추진력인 기업가의 기능을 무용화하고, 이것은 또 부르주아지의 위신을 추락시킨다.

기업가의 기능은 발명을 이용함으로써, 좀더 일반적으로 말하면 신상품을 산출하거나 새로운 방법으로 구상품을 생산하기 위하여 시도된 일이 없는 기술적 가능성을 이용함으로써, 원재료의 신공급원(新供給源)이나 생산물의 새로운 판로를 개척함으로써, 산업 등을 재조직함으로써 생산방식을 혁신 내지 혁명화하는 데 있다. 초기의 철도건설·제1차 세계대전 이전의 전력생산·증기와 강철·자동차·식민지사업 등은 커다란 범주의 눈부신 사례들로서 이들 중에는 무수한 저차원적 사례들이 포함된다. 이러한 종류의 활동은 경제조직을 혁명화하는 회귀적(回歸的)인 '번영'과 신생산품 및 신생산방법의 불균형적인 충격으로 인한 회귀적인 '후퇴'를 초래하는 본원적 요인이다. 그러한 새로운 것들을 시도한다는 것은 곤란을 수반하며 독자적 경제기능의 본질을 이루게 된다. 이는 첫째로, 그들 새로운 것이 만인 주지의 일상적 업무의 범위에서 벗어나는 것이기 때문이며, 둘째로는 사회환경이 사회정세에 따라 여러 가지 방식으로 새로운 것에 저항하기 때문이다. 일상적 표지(日常的標識)의 한계를 넘어서서 신념을 갖고 행동하며 그러한 저항을 극복해 나가려면, 극히 소수의 사람에게만 주어져 있는 기업가 기능 및 기업가형을 규정짓는 자질을 필요로 한다. 이 기업가의 기능은 본래 무엇인가를 발명하는 데 있는 것도 아니고, 또한 기업이 이용하는 여러 조건을 만들어 내는 데 있는 것도 아니다. 그것은 일을 한다는 데 있는 것이다.

비록 기업가 기능을 주된 동인으로 하는 경제과정 그 자체는 위축됨 없이 진행된다 하더라도, 이 사회적 기능은 이미 중요성을 잃어가고 있고 또 장래 가속도적으로 중요성을 잃게 되어 있다. 그 이유는 이렇다. 한편에 있어서, 현재 상투적인 일상업무의 권외에 있는 일을 하는 것도 옛날보다 훨씬 쉽게 되었으며, 혁신 그 자체가 일상적 업무가 되어가고 있다. 기술적 진보는, 필요한 것을 만들어 내서 그것을 예단할 수 있는 방법으로 작용하게 하는 훈련된 전문가 집단의 일거리로 되어가고 있다. 자본주의 초기의 산업적 모험의 로맨스는 이제 급속하게 사라져 가고 있다. 왜냐하면 옛날에는 천재의 섬광 속에서 구상되어야 했던 많은 것들이 오늘날 정밀하게 계산될 수 있게 되었기 때문이다.

다른 한편에 있어서, 경제변화에 익숙해져서 그것을 저항 없이 당연한 것으로서 받아들이는 사회환경하에서는, 개성 및 의지력의 중요성이 감축되게 마련이다. 사실 생산과정의 혁신에 의해서 자기의 이익이 위협받게 되는 것에서 연유되는 저항은 자본주의 질서가 존속하는 한 없어질 것 같지는 않다. 예컨대 철저한 기계화와 비능률적인 현장작업의 전면적 배제를 필수요건으로 하는 저렴한 주택의 대량생산으로의 길도 이러한 저항이 커다란 장애를 이루고 있다. 그렇지만 다른 모든 종류의 저항, 특히 새롭다는 이유만을 가지고 소비자나 생산자가 신종 사물에 대해서 가지는 따위의 저항은 이미 거의 사라지고 만 것이다.

옛날에는, 대체로 말해서 전쟁기간을 포함한 나폴레옹 전쟁까지는, 장군의 지위는 지도력을 의미하였고, 성공은 사회적 명성으로 알맞은 '이득'을 얻게 되는 사령관의 개인적 성공을 의미했었다. 전투의 수법과 군대의 구조가 그러한 것이었기 때문에, 지휘관의 개인적 과단(果斷)과 조병력(操兵力)이 전략적·전술적 상황에서의 본질적인 요소를 이루었다. 나폴레옹의 존재가 그의 전쟁터에서 실감되었고 또 사실 그것을 실감시키지 않으면 안 되었다. 하지만 오늘날에 있어서는 이미 그렇지 않다. 합리화되고 전문화된 사무소의 일이 결국은 개성을 말살하고 결과의 계량가능성이 '상상력'을 말살해 버릴 것이다. 지휘관에게는 이미 싸움의 와중에 뛰어들 기회가 주어질 수 없게 되었다. 그는 바로 또 한 사람의 사무원이 되어가고 있는 것이다.

이리하여 기업가는 그 직능을 잃게 되고, 이것은 또 기업가에 의해서 부단히 그 성원이 보충되고 있는 부르주아지 전체의 위신을 실추시키는 것이다. 즉, 필요가 없게 된 사람들의 권위를 더 이상 존경할 필요는 없게 된 것이다.

둘째, 자본주의 과정은 봉건사회의 제도적 골조를 파괴한 것과 대체로 같은 방법으로 그 자신의 골조도 전복시킨다.

역설적이지만 자본주의적 기업의 성공이야말로 그와 주로 관련된 계급의 위신이나 사회적 중요성을 해치게 된다는 것과, 거대 통제단위가 부르주아지의 사회적 중요성이 연유되는 기능으로부터 부르주아지를 축출하게 된다는 것은 이미 지적된 바다. 부르주아 사회의 제도와 전형적 태도의 의미내용에서의 이에 조응하는 변화 및 그에 따르는 활력의 상실은 용이하게 추적될 수 있을 것이다.

우리가 이미 봉착한 바 있는 매우 통속적인 형의 사회비판은, '경쟁의 쇠퇴'를 한탄하며 자본주의의 장점은 경쟁에 있고 그 결점은 근대 산업의 '독점'에 있다는 이유에서 경쟁의 쇠퇴를 자본주의의 쇠퇴와 동일시한다. 이 해석에 따르면, 독점하는 동맥경화증 역할을 히게 되어 경제적 성과를 더욱 더 불만족스럽게 만듦으로써 자본주의 질서에 암영을 던지게 된다는 것이다. 우리가 이 견해를 거부하는 이유는 이미 제시되었다. 경제적으로 보면, 경쟁에 찬성하는 견해도 경제적 지배의 집중에 반대하는 견해도 다같이 이 의론만큼 강력하지는 못하다. 뿐만 아니라, 강하건 약하건 그들 견해는 현저한 일점을 간과하고 있다. 비록 거대기업의 하나하나가 모두 천상의 천사로부터 갈

채를 받을 만큼 완전무결하게 관리된다 하더라도, 집중이 가져오는 정치적 귀결은 역시 현재와 같은 것일 것이다. 한 나라의 정치구조는 다수의 중소규모 기업이 배제됨으로 인해서 심각한 타격을 받는다. 왜냐하면 중소규모 기업의 소유자 겸 관리자들은 그 가족·추종자·연고자와 더불어 투표에 있어서 양적으로 중요성을 가지며, 또 그들은 대기업 단위의 관리에서는 볼 수 없는 이른바 십장계급에 대한 지배력을 갖고 있기 때문이다. 그 가장 활발하고 가장 단단하고 가장 의미심장한 형(型)들이 국민의 도덕적 시야에서 사라지는 국가에서는, 사유재산과 자유계약의 기초 그 자체가 무너지게 되는 것이다.

셋째, 대기업 내부에서도 중요한 변화가 일어난다. 회사가 사실상 한 개인 내지 한 가족에 의해서 소유되는 경우를 제외한다면, 소유자의 모습과 특히 소유자적 이익은 지금 화면에서 사라졌다. 그 화면 속에는 유급 중역과 모든 유급 지배인과 부지배인이 있다. 대주주도 있다. 그리고 또 소주주도 있다. 첫째 그룹은 피고용자의 태도를 취하는 경향이 있고, 자기의 이익과 회사 그 자체의 이익을 동일시하는 따위의 가장 유리한 경우에서조차 자기의 이익과 주주의 이익을 동일시하는 일은 거의 없다. 둘째 그룹은 비록 회사와 자기와의 관계를 영속적인 것으로 생각하고 또한 금융이론상의 주주와 같은 행동을 실제로 한다 하더라도, 역시 소유자의 기능이나 제도에는 미치지 못한다. 셋째 그룹에 관해서 말하면, 소주주들은 대부분의 그들에게는 사소한 소득원천에 불과한 것에 대해서는 그다지 신경을 쓰지 않으며, 또 신경을 쓰든 않든 그들이나 그들의 일부 대리인들은 그들의 귀찮은 존재로서의 가치를 이용하려고 하지 않는 한, 이에 관해 거의 심려하는 일이 없다. 그들 소주주는 매우 자주 냉대받으며, 또한 더욱 더 자주 냉대받는다고 생각하기 때문에, 그들은 거의 예외 없이 '자기들의' 회사 및 일반 대기업에 대해서 그리고 또 사태가 악화되는 것으로 보일 때는 자본주의 질서 그 자체에 대해서 자기도 모르게 적

슘페터

대적 태도를 취하게 된다.

　이리하여 현대 자본주의 기업에 관계되는 모든 지배적 집단들은 사유재산 제도 자체까지도 그다지 대수로운 것으로 느끼지 않는 단계에 이른다. 결국 기업가 자체가 자본주의적 기질을 잃고 자본주의 체제를 사수하려는 정열을 상실하게 되는 한편, 사물도 정신도 점차 사회화되어 가는 분위기가 조성되면 결국 내외에 지지자를 잃게 된 자본주의 체제는 드디어 다른 체제에 자리를 양보하지 않을 수 없게 되는 것이다.

(제2부, 「자본주의는 살아 남을 수 있는가」 중에서)

　(나) 자본주의가 쇠퇴할 것이라는 주장의 첫 번째 근거로는 인구 증가율의 감소를 들 수 있다.

　한편에서는, 총인구 증가율의 감소는 그것이 수요의 확충을 제한하는 것이므로 투자 증가율의 감소를 초래한다고 주장한다. 그런데 그렇지는 않다. 욕망과 유효수요와는 동일한 것이 아니다. 만일 동일한 것이라면, 가장 가난한 국민이야말로 가장 활기찬 요소를 나타내는 국민이 될 것이다. 사실은 그런 것이 아니기 때문에, 생산율 저하에 의해서 자유롭게 된 소득부분을 다른 용도에 전용할 수 있을 것이다. 특히 아기를 가지지 않는 진정한 동기가 그에 대신할 수요를 증가시키는 데 있는 따위의 모든 경우에 있어서는 그렇게 전용되는 경우가 많다. 인구증가에 특유한 수요품목은 특히 예상하기 쉬운 것이므로, 각별히 확실한 투자기회를 제공한다는 사실이 강조된다면, 온당한 이론이 만들어질 수 있다. 그러나 일정한 욕망충족 상태에 있어서, 대체적 기회를 제공하는 원망(願望)에 관해서도 거의 같은 말을 할 수 있을 것이다. 물론 어떤 종류의 생산부문 특히 농업 부문에서는 예측이 밝지는 못하다. 그러나 이것이 총생산량의 예측과 혼동되어서는 안 된다.

다른 한편에서는, 인구 증가율의 감소가 공급면에서 생산량을 제한하는 경향을 가진다고 주장할 수도 있을 것이다. 급격한 증가는 과거에 가끔 관찰된 생산량 확충의 한 조건이었으므로, 이번에는 역으로 노동요인의 부족이 크게 되면 그것이 생산량 제한의 한 요인이 될 것이라고 결론지을 수 있을는지도 모른다. 그러나 우리는 이 논의의 대부분에 대해서 찬동하지 않는다. 1940년 초두에 미국의 제조공업의 생산량은 1923~1925년 간 평균의 약 120퍼센트인 데 대해서 공장 고용자수는 그의 약 100퍼센트였다는 관찰은 예상할 수 있는 장래에 대해서 충분한 해답을 주는 것이다. 현재의 실업률의 증가와 생산율의 저하에 따라 더욱더 부인들이 생산적인 일을 위해 해방되었다는 것, 사망률의 저하가 인생의 가동 기간의 연장을 의미한다는 것, 노동 절약적 고안(考案)이 연달아 출현하였다는 것, 성능이 열등한 생산보조수단을 피할 가능성이 급격한 인구증가의 경우에 기대될 터인 것보다 상대적으로 증대하였다는 것. 이들 모든 것은 1인 1시간당의 생산물이 다음 세대에는 점차 증대할 것이라고 하는 콜린 클라크의 예상을 충분히 뒷받침하는 것이라 하겠다.

물론 고임금, 단시간정책에 의해서 또한 노동층의 훈련에 대한 정치적 간섭을 통해서 노동요인이 인위적으로 부족현상을 보이게 될 수도 있을 것이다. 1933년에서 1940년까지의 미국 및 프랑스의 경제적 성과와 같은 시기의 일본 및 독일의 경제적 성장과의 비교는 사실상 이 종류의 사태가 이미 야기되고 있다는 것을 시사한다. 그러나 이는 환경이란 요인에 속하는 문제이다.

출생률의 저하는 우리 시대의 가장 현저한 특징의 하나이다. 순수히 경제적 입장에서 본다 하더라도 출생률의 저하가 사고방식의 변화의 징후 또는 원인으로서 기본적인 중요성을 갖는다는 것은 이해가 가는 일이지만, 이 문제는 보다 더 복잡성을 띠고 있다. 우리는 여기서 오직 인구증가율 저하의 물적 효과에만 관련하고 있는 터인데,

그것이 다음 40년 간 일인당 생산량의 발전에 관해서 어떠한 비관적인 예측도 뒷받침하지 않는다는 것은 확실하다. 그러한 한, 이 논거에서 '돌발적인 붕괴'를 예언하는 경제학자들은 불행히도 지금까지의 경제학자들이 언제나 행하는 경향을 되풀이하는 것에 지나지 않게 된다. 즉 기왕의 경제학자가 식량에 대한 과잉 인구의 경제적 위기에 관하여 전혀 불충분한 논거에서 대중을 괴롭혔던 것과 마찬가지로, 지금 또 경제학자는 인구부족의 경제적 위험에 관하여 조금도 개선되지 않은 논거로서 대중을 괴롭히는 것이다.

둘째는 개발 지역이 소멸되어 더 이상의 투자 기회가 소멸될 것이라는 예측을 들 수 있다.

새로운 지역 개발에 의해서 주어진 기업발흥의 기회는 확실히 특이한 것이었다. 그러나 그것은 모든 기회가 특이한 것이라는 의미에서 특이하다는 것에 지나지 않는다. '프론티어의 종언'이 경제적 공백의 원인이라든가, 사람이 살지 않는 장소를 메우는 것은 반드시 그 모두가 명실공히 중요성이 덜할 것이라고 생각하는 것은 전혀 근거 없는 일이다. 하늘의 정복은 아마도 인도의 정복보다 훨씬 더 중요하다고 할 수 있을 것이다. 우리는 지리적 프론티어와 경제적 프로티어를 혼동해서는 안 된다.

그리고 새로운 지역의 발전에 따르는 투자기회의 소멸이 반드시 총생산량 증가율에 악영향을 미칠 터인 경제적 공백을 발생시킬 필요가 없다는 것도 사실이다. 우리는 그들 투자기회가 실제상으로는 적어도 동등한 투자기회에 의해서 대체될 것이라고 주장할 수는 없다. 다만 그들 나라나 다른 나라에 있어서, 그 발전 속에 그 이상의 발전이 당연히 발생한다는 사실을 지적할 수 있을 것이다. 즉 자본주의의 엔진은 그것이 바로 이 목적을 수행하도록 되어 있는 것이기 때문에, 항상 새로운 기회를 발견하거나 창조하는 능력을 갖고 있다는 것에 약간의 신뢰를 가질 수 있을 것이다.

끝으로 투자기회 소멸의 문제는 보통 정부의 적자지출이 필요하다는 것을 대중에게 납득시키려는 경제학자들에 의해서 논의되기 때문에, 당연히 또 한 가지 점을 문제삼지 않을 수 없다. 그것은 현재 남겨져 있는 투자기회는 사적기업보다도 공적기업 편에 더 적합성을 갖는다는 것이다. 이것은 어느 정도까지는 옳다. 첫째, 부(富)의 증대와 더불어 당연히 아무런 비용·이윤계산에도 들어가지 않는 방면의 지출이 늘어나는 경향이 있다. 도시미화, 공중위생 등에 대한 지출이 그것이다. 둘째, 항상 확대되어 가는 산업활동 부문이 공적 관리의 영역에 들어가는 경향이 있다. 통신수단, 동력생산, 보험 등이 그것이다. 그 유일한 이유는 이들 산업이 더욱 더 공적 관리방법에 대한 적응성을 증대시키게 된다는 데 있다. 이리하여 국가 및 지방자치체의 투자가 다른 형태의 공공계획의 경우와 꼭같이, 전면적으로 자본주의적인 사회에 있어서조차, 절대적으로나 상대적으로나 확대될 것으로 기대될 수 있을 것이다.

그런데 이 이상 더 할 말은 없다. 이것을 인정하기 위하여 산업활동의 사적 부문에 있어서의 사태의 추이에 관해서 우리의 새로운 가설을 만들 필요는 없다. 뿐만 아니라 당면 목적을 위해서는, 장래 투자 및 그에 따르는 생산량의 확충이 사적 주체보다도 공적 주체에 의해서 자금이 조달되며 관리되는 정도가 더 크냐 작으냐 하는 문제는 중요하지 않다. 물론 사적 기업이 여하한 투자로서도 장래 예기되는 적자에 대처해 나갈 수 없을 것이기 때문에 공적 금융이 행해져야 한다고 주장하는 것이라면 문제는 달라지겠지만, 이에 관해서는 이미 논급된 바 있다.

(제2부「자본주의는 살아 남을 수 있는가」중에서)

슘페터

1 (가)는 자본주의가 붕괴할 것이라는 예측을 주제로 한 글이다. 반면 (나)에는 (가)의 견해를 반박하는 내용이 일부 담겨 있다. (나)의 논지를 연장하여 현대 사회에서 자본주의 경제체제가 아직 번성하고 있는 근거를 구체적인 사례를 중심으로 논술해 보자.

(가)의 논의는 자본주의 경제체제 자체에 대해 대단히 비관적인 예측을 하고 있다. 대규모의 회사는 불특정 다수의 주주들에 의해 움직이는데, 주주의 위임을 받아 회사를 경영하는 경영진들은 주주들과는 달리 회사 경영에 대해 열성적으로 임하지 않을 것이며, 기본적으로 대기업과 이해를 같이하는 중소 자본가들도 이러한 경향을 공유할 것이라는 사실이 '자본주의 붕괴'라는 우울한 예측의 근거가 되어 있다. 또 업무가 첨단 기계화됨에 따라 인간의 창조적 능력에 의해서가 아니라 기계 자체의 논리에 의해 기업이 운영될 것이라는 견해도 포함되어 있다.

그러나 우리는 이에 대해 얼마든지 반대되는 근거를 제시할 수 있다. 주주들은 회사의 경영을 유급 지배인에게 위임하는 경우에도 주주 총회 등의 수단을 활용하여 회사의 경영에 참여하고 있다. 또 아무리 첨단 기술이 발전되는 경우에도 인간의 창조적 능력은 이러한 기술 발전에 종속되기는커녕 늘 새로운 단계의 기술 개발의 원천이 되었다는 점을 우리는 역사적 사례를 통해 얼마든지 확인할 수 있다. 또 대기업의 발전에 따라 중소 기업은 자연스럽게 도태되리라는 예측도 현실과 맞지 않다. 물론 중소 기업이 어려움을 겪는 경우는 충분히 예측할 수 있지만, 그럼에도 불구하고 중소 기업은 그 특유의 자생력을 가지고 대기업과 공존하고 있음을 알 수 있다. '벤처 기업'은 그 단적인 사례에 해당된다. 벤처 기업은 소량의 자본과 인력만으로 출발하지만 대기업과 경쟁하여 결코 뒤지지 않는 기업 능력을 보여 주고 있다. 몇몇 대학생의 동아리에서 출발하여 굴지의 컴퓨터 회사로 성장한 기업들의 성공 사례를 우리는 많이 알고 있다. 그러므로 중소 기업이 대기업과의 경쟁에서 결국 지고 말 것이라는 관측은 잘못된 편견이다. 자본주의가 몰락하지 않을 것이라는 보다 강력한 근거는 미국 자본주의의 발전과 사회주의 모델의 실패에서 찾을 수 있다. 즉, (가)의 논의는 하나의 기본적인 경향에 대한 예측일 뿐이며, 이러한 붕괴가 오늘날 어느 곳에서 구체적으로 일어나고 있는 현상을 지칭하고 있지는 않다. 예를 들어, 여러 가지 불리한 여건에도 불구하고 미국의 자본주의는 아직도 장년기의 활력과 커다란 경제적 가능성을 지니고 있는 것이다. 그리고 이를 이끌어 가는 것은 여전히 기업가들의 창조적 파괴와 혁신의 힘이다.

　(나)의 견해는 자본가들이 투자할 기회를 상실하게 되면 결국 자본주의는 몰락할 것이라는 예측에 대한 반박을 담고 있다. 우리는 현실적으로 자본주의 국가들이 보다 활기차게 경제 활동을 영위하고 있고, 사회주의 국가들이 그들의 경제체제를 스스로의 힘으로 수정하고 있는 최근의 추세를 예로 들어, 보다 현실적인 근거를 제시할 수 있을 것이다. 사실 자본주의나 사회주의는 하나의 이념인 관계로, 현실의 다양한 측면을 다 설명할 수는 없다. 경제 현실은 매우 다양하고 복잡하여 가장 극단적인 자본주의 경제체제에서도 사회주의적인 요소를 수용하고 있다는 점을 간과해서는 안 될 것이다. 문제는 어떻게 이념으로서의 경제체제를 수호할 것인가에 달려 있는 게 아니라, 얼마나 유연성 있게 이를 활용할 수 있느냐에 달려 있는 것이다.

슘페터

〈사회주의의 장점〉

1) 불확실성의 배제에 의한 비용의 절감

2) 과잉 생산력의 경제 후생적(厚生的) 이용 가능성

3) 실업(失業) 배세의 가능성

4) 사적 영역과 공적 영역과의 충돌 해소에 의한 능률의 향상

5) 수입 원천의 국가 관리에 의한 조세의 폐지

위의 예문은 사회주의 국가가 적어도 경제 운용의 측면에서는 자본주의 국가보다 훨씬 효율적이라는 견해를 지지하고 있다. 그러나 윗글에서 제시된 사회주의의 장점은 그와 비슷한 이유로 단점이 될 수 있으며, 설사 장점이 있다 하더라도 이를 자본주의 경제체제 내에 수렴시킬 수 있으리라고 생각한다.

첫째, 사회주의는 불특정 다수의 '보이지 않는 손'에 의해 조정되는 자본주의 시장 경제보다 훨씬 정확하게 수요와 공급의 관계를 조정할 수 있다는 주장을 살펴보자. 이는 대기업의 경우에는 가능할 것이다. 예를 들어 일 년 간 사용될 철근이 숫자를 파악하는 것은 그리 어려울 것 같지 않다. 그러나 기호 식품과 유행 상품들, 여성 화장품, 아이들 완구까지 정확하게 그 수요를 예측하는 일은 사실상 불가능할 것으로 보인다. 여기에서 중요한 점은 현대 소비 사회가 '다품종 소량 생산' 체계를 더 많이 선택하고 있다는 점이다. 많은 사람들에게 일률적으로 같은 옷을 배급하는 일은 그리 어려울 게 없겠지만, 각자의 취향과 특색에 맞는 옷을 예측

하여 배급하는 일은 간단하지 않을 것이다.

둘째, 사회주의 체제가 과잉 생산력의 경제 후생적 이용 가능성이 높다는 견해는 매우 그럴듯해 보인다. 예를 들어 우리 나라 신문들은 과당 경쟁을 하다보니 독자에게 신문을 전달하기도 전에 곧바로 폐기 처리되는 수량이 엄청나게 많다고 한다. 이러한 충격적인 현상은 결국 신문이 과잉 생산된 데서 비롯된 것으로 볼 수 있다. 그러나 이러한 과잉 생산은 결국 정부나 다른 공적 기관의 통제에 의해 조절될 수 있으며, 이것만으로 사회주의 경제 체제의 우월성을 입증할 수는 없을 것이다. 역으로 살펴보면, 사회주의 체제 내부에서도 과잉 생산의 예는 얼마든지 찾아볼 수 있다. 강력한 독재자가 군림하는 사회주의 국가에서 제작되는 상징물들, 예를 들어 루마니아의 차우셰스쿠나 북한의 김일성 동상이 필요 이상으로 거대하고 많은 것은 분명 과잉 생산에 해당될 것이다.

셋째, 실업 배제의 가능성이야말로 사회주의 체제의 장점일 것이다. 그러나 역사의 어느 시기에도 생존 경쟁은 있었으며, 오히려 이러한 경쟁이 사라졌을 때 사회가 침체되는 사례도 얼마든지 찾아볼 수 있다. 또 어느 부분에서는 실업이 불가피한 경우도 있다. 인쇄소에서 납 활자를 뽑던 문선공들은 대단히 숙련된 기술 노동자였지만, 컴퓨터 조판의 새로운 기술이 발명된 이후에는 이들의 실업이 불가피해지는 게 엄연한 추세일 것이다. 분명히 앞선 기술이 있는데도 실업을 피하기 위해서 과거의 기술 수준을 답보하고 있다면 경쟁에 뒤질 것이 분명하다. 물론 이 경우에는 그들을 위한 여러 가지 정책적 배려가 있어야 할 것이다. 예를 들어 새로운 기술을 습득할 때까지 이들의 재교육을 공공기관이 맡아야 하는 것은 당연한 임무이며, 이러한 임무는 사회주의 국가나 자본주의 국가나 모두 예외가 있을 수 없다.

넷째, 사적인 영역과 공적인 영역의 충돌을 막아야 한다는 점은

슘페터

자본주의 국가에서도 예외일 수 없다. 다섯째 문제도 이와 연관되어 있는데, 자본주의 국가는 개인의 소득에 대해 일일이 세금을 부과해야 하는 데서 오는 고충이 있는 게 사실이다. 조세의 형평성 문제와 납세자들의 조세 저항도 충분히 예견할 수 있고, 세금을 걷기 위해서 또 다른 인력과 자금이 소요된다는 단점도 있다. 그러나 우리에게 이러한 사례에 적합한 속담이 있다. '구더기 무서워 장 못 담글까'라는 속담이 그것이다. 조세가 소득의 재분배, 공공 부문에 대한 장기적인 투자에 환원되고 있다는 점 등을 감안해 볼 필요가 있는 것이다.

이상, 주어진 각각의 논제에 대해 반론을 제기해 보았다. 그러나 사회주의의 장점은 경제적인 능률에만 국한된 것은 아니다. 사회주의는 이러한 경제적 고려 외에도 휴머니즘적 요소를 많이 담고 있다. 문제는 어느 경제체제가 보다 우월한가에 대한 논쟁보다는, 어떻게 하면 그 체제의 기본 정신을 잘 살려 현실에 탄력적으로 적용하는가 하는 데 달려 있다고 본다.

결론적으로 말해, 자본주의와 사회주의 체제 자체는 각각 장·단점을 가지고 있다. 문제는 어느 체제가 보다 효과적으로 자신의 결점을 보완해 갈 수 있는가에 있다. 현재 자본주의 체제가 보다 효과적인 시스템으로 남아 있는 이유는 자본주의 체제가 개인의 자율성을 바탕삼아 보다 탄력적으로 체제 내부의 결점을 보완해 나가고 있기 때문이다.

자본주의 · 사회주의 · 민주주의

생명이란 무엇인가

슈뢰딩거
Erwin Schrödinger

슈뢰딩거(1887~1961)는 오스트리아의 물리학자로 1887년 빈에서 성공한 린넨 제조업자의 아들로 출생하였다. 1906년 빈 대학에 입학하여 물리학을 전공하였으며, 제1차 세계대전 때는 포병장교로 종군하기도 하였다. 그의 파동방정식은 1925~26년에 이루어졌으며, 곧 그 업적을 인정받아 막스 플랑크의 뒤를 이어 1927년 베를린 대학의 이론물리학 교수로 취임하였다. 그러나 히틀러가 정권을 장악한 1933년 그는 교수직을 사임하고 영국의 옥스퍼드로 갔으나 심한 향수병에 걸려 1936년 오스트리아로 다시 돌아온다. 그러다가 1938년 나치가 오스트리아를 점령하자 다시 망명길에 올라 말년에는 더블린에서 이론물리학 연구에 전념하였다. 『생명이란 무엇인가』도 이 무렵에 저술된 것이다. 오랜 망명생활을 끝낸 그는 모교 빈 대학의 교수로 취임하지만 곧 병을 얻어 1961년 사망하였다. 1933년 파동역학에 대한 업적으로 디랙과 함께 노벨물리학상을 공동 수상하였다.

『생명이란 무엇인가(What is Life? The Physical Aspect of the Living Cell)』(1944)는 더블린 고등학술연구소의 후원으로 1943년 2월 더블린의 트리니티 칼리지에서 행한 몇 차례의 강연 원고를 토대로 저술되었다. 모두 7장으로 구성된 이 책은 '생명 세포의 물리학적 측면'이라는 부제가 말해 주듯, 생명현상을 물리학자의 관점에서 바라본 것이다.

슈뢰딩거는 이 책에서 '살아 있는 유기체라는 공간적 울타리 안에서 일어나는 시·공간상의 사건들을 과연 물리학과 화학으로 설명할 수 있을까'라는 문제의식으로부터 출발한다. 이와 같은 주제에 접근하기 위해 그는 생명체의 유전물질이 어떻게 불변인 채로 유지되며 또 그 자체를 생산해 내는가 하는 물음과 함께 생명은 스스로의 구조를 파괴하려는 경향에 대해 어떻게 저항해 나가는가 하는 기본적인 물음을 물리학자의 관점에서 흥미롭게 다루고 있다.

우선 슈뢰딩거는 '화학적 부호'를 고안해 내 방대한 양의 유전 정보가 염색체처럼 작은 구조 안에 저장될 수 있다는 것을 보여 주었다. 또한 그는 생명체가 주변으로부터 부(negative)엔트로피를 끌어들임으로써 엔트로피 증가를 억제하여 최대 엔트로피 상태인 죽음에 이르지 않고 생명을 유지한다고 설명하였다. 그는 이러한 주장을 뒷받침하기 위해 통계적 방법을 생물학에 도입하였다. 그 결과 그는 생명을 '기능하고 있는 부호를 그 자체 안에 포함해야 하고 소요되는 부엔트로피를 공급받을 수 있는 상황에 놓여 있어야 하는 것'으로 규정하였다. 그는 당시로서는 이러한 주장을 충분히 증명할 수 있는 물리학이나 화학의 업적이 나타나지 않았지만, 그렇다고 해서 물리학이 이 문제를 해결할 수 없을 것이라고 생각할 수는 없다고 주장함으로써 생명에 대한 물리학적 해명 가능성에 커다란 신념을 가지고 있었던 것이다.

『생명이란 무엇인가』는 신비한 생명현상을 기계적 환원론 차원에서 다뤘다 하여 수없이 많은 비판을 받았지만, 그럼에도 불구하고 젊은 물리학자들로 하여금 생명의 중심 문제에 관심을 돌리게 함으로써 생물학 발전에 기여했으며, 현재에도 생명의 본질에 관한 많은 직관의 원천이 되고 있다는 점에서 물리학의 고전으로 평가받는다.

작품 읽기

이 장에서 내가 분명히 하고 싶은 것은, 간단히 말해서 생명체 구조에 대해 우리가 알고 있는 모든 사실로부터 우리는 생명체가 보통의 물리법칙으로 설명할 수 없는 방식으로 작동하고 있는지를 알아낼 준비가 되어 있어야 한다는 점이다. 그리고 그러한 것이 살아 있는 유기체 안에서 개개 원자들의 행동을 규정하는 어떤 '새로운 힘'이 있기 때문이 아니라, 우리가 지금까지 물리학 실험실에서 검증했던 것과는 구성이 다르기 때문인지도 알아낼 준비가 되어 있어야 한다. 있는 그대로 말하자면 열기관에만 친숙한 기술자가 전기모터의 구조를 검토한 뒤에 그가 아직 이해하지 못한 원리들을 좇아 그 모터가 작동하는 방식을 알아내려는 태도와 마찬가지일 것이다. 그 기술자는 열기관의 솥에서 친숙해진 구리가, 모터에서는 코일에 감긴 길고 긴 선 모양으로 쓰였다는 사실을 발견한다. 레버와 막대기 그리고 증기실린더에서 그에게 친숙해진 철은 여기에서 구리선 코일의 내부를 채우고 있다. 그 기술자는 똑같은 자연법칙에 따르는 똑같은 구리와 철이라고 확신할 것이다. 그리고 그는 그 점에서 옳다. 충분히 그

216
슈뢰딩거

는 구성에 차이가 있기 때문에 전혀 다른 방식으로 작동하는 것이라고 생각할 것이다. 보일러와 증기는 없더라도 스위치를 켬으로써만 돌기 때문에 유령이 전기모터를 작동한다고는 생각하지 않을 것이다.

유기체의 생활환경에서 전개되는 각종 현상은 우리가 무생물체에서 보는 어떤 사건과도 견줄 수 없을 만큼 경탄할 만한 규칙성과 질서정연함을 보여 준다. 우리는 그러한 현상이 각 세포에서 매우 작은 부분에 지나지 않는, 최상으로 잘 정돈된 원자들 집단에 의해 조절된다는 사실을 알고 있다. 더욱이 돌연변이 기전에 대해 우리가 세웠던 관점으로부터, 우리는 생식세포의 '지배적인 원자들' 집단 안에서 단지 몇 개의 원자들에만 변화가 일어나도 유기체가 가지고 있는 큰 규모의 유전적 특징들에 뚜렷한 변화가 생긴다고 결론을 내릴 수 있다.

이러한 사실들은 현대 과학이 밝혀낸 가장 흥미로운 것이다. 우리는 결국 그것들을 전혀 받아들일 수 없는 것으로 간주할 수는 없다는 사실을 밝히려는 것이다. 유기체가 '질서의 흐름'을 자신에게 집중시켜서 원자적 무질서로 빠지지 않는——다른 말로 하자면 적절한 환경으로부터 '질서를 들이마시는'——놀라운 재능은 '비주기적인 고체' 즉 염색체 분자의 존재와 연관되는 것 같다. 염색체 분자는 의심할 여지 없이 모든 원자와 라디칼이 그 분자 속에서 수행하는 개개의 역할을 통해 우리가 아는 것 중에서 가장 잘 정돈된 원자집합체다. 그것은 보통의 주기적 결정보다 훨씬 더 잘 정돈되어 있다.

간략히 말하자면 우리는 존재하는 질서가 그 질서 자체를 유지하며 또 질서정연한 사건들을 만들어 내는 힘을 보여 주는 현상을 목격하는 것이다. 우리는 비록 이것이 그럴듯하다는 것을 입증하기 위해 틀림없이 유기체들의 활동을 포함하는 사회조직과 다른 사건들에 관련된 경험에 의존하게 되지만, 어쨌든 이것은 그럴듯하게 보인다. 그리고 거기에는 악순환 비슷한 것이 있는 듯 보이기도 한다.

생물학적 상황이 어떨지라도, 되풀이해서 강조하고자 하는 점은 물

생명이란 무엇인가

리학자에게 그 상황은 그럴듯하지도 않을 뿐만 아니라 전례 없는 일이기 때문에 가장 흥미롭다는 것이다. 보통 사람의 믿음과는 달리 물리법칙에 의해 지배되는 사건들의 경과가 규칙적인 것은 결코 그 물질의 구조가 원자들로 잘 정돈되었기 때문이 아니다. 만약 주기적 결정에서나 많은 수의 동일한 분자로 구성된 액체나 기체에서와 같이 원자들의 배열이 매우 여러 번 되풀이되지 않는다면 그러한 규칙적인 경과는 불가능하다.

화학자가 시험관에서 매우 복잡한 분자를 다룰 때조차도 그는 항상 아주 많은 수의 같은 분자들과 마주치게 된다. 그의 법칙은 그 분자들에 적용된다. 예를 들면 그는 여러분에게 어떤 반응이 시작되어 1분이 지나면 분자들의 절반이 반응을 일으키고 2분 뒤에는 4분의 3이 반응을 일으킬 것이라고 말할지도 모른다. 그러나 그 화학자는 어떤 특정한 분자가 반응을 할지 또는 여전히 가만히 있을지를 예측할 수는 없다. 그것은 순전히 우연의 문제이다.

이것은 순전히 이론적인 추측이 아니다. 그리고 우리가 원자들의 작은 집단 또는 개개 원자의 운명을 결코 관찰할 수 없다는 뜻도 아니다. 때때로 우리는 그러한 것을 관찰할 수도 있다. 그러나 그럴 때마다 우리는 완전한 불규칙성을 발견하게 되는데, 많은 원자들에 대해 평균적으로 이야기할 때만 규칙성을 말할 수 있다. 우리는 1장에서 다음과 같은 한 가지 보기를 다뤘다. 액체에 떠 있는 작은 입자의 브라운 운동은 완전히 불규칙하다. 그러나 만약 비슷한 입자들이 많이 있으면 그것들은 각각 불규칙한 운동을 함으로써 확산이라는 규칙적인 현상을 일으키는 것이다.

개개 방사능 원자가 붕괴하는 현상을 관찰하는 것은 가능하다(원자는 그때 형광 스크린에 가시적인 섬광을 일으키는 투사물을 방출한다). 그러나 여러분에게 방사능 원자 하나가 주어졌을 때 그 원자의 수명을 예상하기란 건강한 참새의 수명을 예측하는 것보다 훨씬 불확실

슈뢰딩거

할 것이다. 정말 원자의 수명에 대해 더 이상 어떤 것도 이야기할 수 없다. 그것이 살아 있는 한(몇 천 년이 될지도 모른다) 작든지 크든지 다음 1초 동안 붕괴할 확률은 같은 정도이다. 이렇듯 개개의 운명에 대한 예측은 명백히 불가능할지라도 같은 종류의 방사능 원자가 많이 있는 경우에 붕괴하는 양상은 정확히 지수법칙을 따른다.

생물학적 현상의 경우 우리는 이와는 완전히 다른 상황에 직면한다. 생물체에서는 한 복사본에만 존재하는 개개 원자의 모임이 가장 미묘한 법칙에 따라 서로 잘 조화되고 환경과도 잘 조화된 질서정연한 사건을 만들어 낸다. 나는 방금 한 복사본에만 존재한다고 말했는데 그것은 우리가 난자와 단세포 유기체의 예를 알고 있기 때문이다. 고등 생물의 경우 다음 세대로 넘어갈 때 복사본들은 복제가 된다. 이것은 사실이다. 그러면 어느 정도로 복제되는가? 성장이 끝난 포유동물에서 1014 정도라고 나는 이해하고 있다. 그것은 얼마나 되는 것일까! 그것은 고작 공기 1입방 인치에 들어 있는 분자 수의 100만분의 1일 뿐이다. 이것들이 응결한다면 단지 작은 액체방울 하나를 형성할 정도이다. 그러면 이것들이 실제로 어떻게 분포하는지 알아보자. 모든 세포에는 복사본이 하나씩만 있다(배수체의 경우에는 두 개). 우리는 각각의 세포에서 이 작은 중앙사무소가 가지고 있는 힘을 알고 있기 때문에, 그것들은 모든 세포에 대해 공통적인 부호 덕택에 매우 쉽게 서로 교신할 수 있는 온몸에 퍼져 있는 지방정부 사무소에 비유할 수 있을 것인가?

그런데 이것은 환상적인 서술로서 아마 과학적이라기보다는 시적인 표현일 것이다. 우리가 여기에서 물리학의 '확률기전'과 전혀 다른 '기전'에 이끌려서 규칙적이고 합법칙적으로 전개되는 사건들을 직면하고 있다는 사실을 인식하기 위해서 우리에게 필요한 것은 시적인 상상력이 아니라 명백하고 착실한 과학적 사고이다. 왜냐하면 모든 세포에서 지침이 되는 원리는 복사본 하나에(때로는 둘에) 있는

생명이란 무엇인가

단일한 원자집합체에 구체화되어 있다는 것은 단지 관찰된 사실이며, 그 원자집합체가 전형적인 질서를 보여 주는 여러 가지 사건을 만들어 낸다는 것도 관찰된 사실이기 때문이다. 작지만 고도로 조직화된 원자 모임이 이러한 방식으로 행동할 수 있다는 것은 우리가 놀라운 것으로 보든지 또는 자못 당연한 것으로 보든지 그러한 상황은 전례 없는 것이며, 생명체 이외의 다른 것에서는 알려져 있지 않은 것이다. 물리학자와 화학자는 무생물체를 연구하면서 이런 방식으로 해석해야 했던 현상을 결코 목격하지 못했다. 그러한 사례가 없었고 따라서 우리의 이론은 그것을 포괄하고 있지 않다. 우리에게 장막의 뒤를 볼 수 있게 해주고 원자와 분자의 무질서로부터 정확한 물리법칙을 따르는 굉장한 질서를 볼 수 있게 해주었기 때문에 우리는 그 멋진 통계이론을 자랑스럽게 생각하였다. 다시 말해 엔트로피의 증가라는 가장 중요하고 가장 일반적이며 모든 것을 포괄하는 법칙을 임시로 유별난 가정을 하지 않더라도 이해 가능하도록 해주었기 때문에 우리는 통계이론을 자랑스럽게 생각하였던 것이다. 즉 엔트로피 증가는 분자의 무질서 자체 이외의 어느 것도 아니다.

　…⟨중략⟩…

우리는 보통의 물리법칙들로 생명을 해석하는 것이 어렵다 하여 낙담해서는 안 된다. 왜냐하면 그러한 어려움은 우리가 생명체의 구조에 관해 얻었던 지식으로부터 예견되는 바이기 때문이다. 우리는 생명체에 있는 새로운 유형의 물리법칙을 발견할 준비를 해야 한다. 그렇지 않다면 우리가 그것을 초물리적이라고는 하지 않을지라도 비물리적 법칙이라고 불러야 하지 않을까?

(『생명이란 무엇인가』(한울) 제7장 중에서)

 슈뢰딩거는 생명을 지닌 유기체 또한 물리학적 법칙에 의해 설명될 수 있다고 보았다. 오히려 그는 유기체가 원자들의 미세한 변화에도 민감하게 반응하기 때문에 무기체보다도 훨씬 질서정연하고 규칙적이라고 보았다. 이러한 전제에 의거하여 슈뢰딩거는, 엔트로피의 증가는 곧 무질서 상태의 증가라는 열역학 제2법칙에 따라, 생명체 또한 주위로부터 부엔트로피를 흡수함으로써 질서의 흐름을 유지하여 생명을 보존한다고 주장하였다. 곧 그에게 있어서 생명체란, 주위로부터 부엔트로피를 흡수함으로써 엔트로피의 증가를 억제하여 원자적 무질서 상태에 떨어지지 않은 비주기적 결정의 고체를 의미한다.

통합형 문·답

> 제시문을 참조하여 생명체 구조에 관한 슈뢰딩거의 설명에 대해 제기될 수 있는 반론을 생각해 보자.

슈뢰딩거는 생명현상을 물리학적 화학적으로 설명할 수 있다고 믿었다. 다만 그는 이러한 신념을, 현재 생명현상에 대한 물리학적 해명이 충분히 이루어지지 못했다고 해서 앞으로도 해명될 가능성이 없다고 생각할 수는 없다는 식의 우회적인 표현을 통해 드러냈을 따름이다.

그는 질서에 근거하는 살아 있는 세포에서 결정론적 물리법칙들을 발견할 수 있을 것이라고 희망했다. 그리고 그것은 유기체의 유전물질이 마치 시계처럼 '보통 온도에서 열운동의 무질서한 경향을 피할 수 있을 만큼 강력한 런던 – 하이틀러 힘에 의해 모양을 유지하는 고체'라는 가정에 근거하고 있다. 그러니까 슈뢰딩거는 유기체를 시계와 같은 무기체와 동등한 것으로 간주했기에 유기체에서 물리학적 법칙을 발견할 수 있다는 결론을 이끌어 낼 수 있었다. 결국 그는 발전기의 전기모터로부터 유령을 배제하는 것과 같은 방식으로 유기체에서 '생명력'을 배제할 수 있다고 보았던 것이다.

이와 같은 견해는 유기체를 무기체와 동일한 물질 구조로 간주할 수 있다는 전제를 신념으로 한 것이다. 그러나 슈뢰딩거가 자신의 근거로 삼은 물리학 성과들은 그와 같은 방향으로 계속 발전하리라고 반드시 기대될 수는 없다. 때로는 그와 같은 전제들을 붕괴시키는 새로운 이론이 출현할 수도 있기 때문이다. 더구나 생명에 대한 물리학적 해명은 생명체에 대한 물리학적 이론의 성과가 드러내 보이는 정도만 밝힐 수 있을 따름이며, 그것은 생명체가 지니는 물질적 속성에만 해당된다고 볼 수도 있다. 어느 정도까지 물리학이 생명에 대해 설명하더라도, 물리학이 설명하지 못하는 나머지 부분은 여전히 생명체가 지니는 신비함으로 남아 있을 것이다.

물론 슈뢰딩거와 같은 생명에 대한 물리학적 접근은 기존의 생기론적 방법이 설명하지 못했던 생명에 대한 새로운 해명 가능성을 밝혀 주었다. 그러나 생명에 대한 물리학적 접근에 있어서도 유기체와 무기체를 비교 검토하는 데는 극히 신중한 태도가 필요할 것이다.

슈뢰딩거

열린 사회와 그 적들

포 퍼
Karl Popper

카를 포퍼(1902~1994)는 오스트리아 빈에서 유대인의 아들로 태어났으며, 그의 부친은 철학과 사회 문제에 많은 관심을 가졌던 변호사였다. 포퍼는 빈 대학에서 수학, 물리학, 철학 등을 전공하면서 과학철학에 주된 관심을 보여 이 분야의 저서 『탐구의 논리』를 1934년에 출간하였고, 1937년에는 뉴질랜드 캔터베리 대학의 철학 교수로 초빙되었다. 그의 뉴질랜드 이민은 히틀러에 의힌 오스트리아 압병과 유대인 학대 때문이었으며, 제2차 세계대전 후에는 영국으로 이주하여 논리학과 과학 방법론을 강의하였다. 포퍼는 과학 철학자로서는 특이할 정도로 사회적 문제나 정치적 문제에 민감했고, 이 방면에 큰 업적을 남겼다. 제1차 세계대전 이후 공산주의 혁명과 파시즘이 출현했던 시기에 한때는 사회주의 중등학생연맹의 열성적인 회원이기도 했던 그는, 사회주의나 공산주의 등의 전체주의 사상이 지닌 비인간성에 환멸을 느끼고 진보적 사회주의의 열렬한 대변자로 변한다. 그의 사회철학을 대변하는 『열린 사회와 그 적들』과 『역사주의의 빈곤』에는 전체주의 사상에 대한 뿌리 깊은 반감과 통렬한 비판이 포함되어 있다.

경험을 초월한 형이상학의 명제는 완전히 허튼소리에 불과할 뿐이라는 것이 빈 학단을 중심으로 한 논리실증주의자들의 핵심적인 사상이었다. 카를 포퍼는 이러한 사상에서 출발하였지만 이와는 달리, 진정한 과학과 사이비 과학을 구분시켜 주는 것은 한 이론의 과학적 성격이나 자격을 규명해 주는 척도로서의, '반증(反證) 가능성'이라는 점을 좀더 분명히 하였다는 점에 특색이 있다. 그러므로 카를포퍼를 이해하기 위해서는 먼저 그가 논리학의 출발로 삼은 '반증 원리'를 이해하는 데서부터 시작해야 할 것이다.

포퍼는 모든 현상을 포괄적으로 설명할 수 있다고 주장하는 플라톤과 헤겔의 관념철학, 마르크스의 역사 이론 등은 실제로는 과학이 아니라 원시적 신화요, 천문학이 아니라 점성술에 불과하다고 강하게 주장한다. 왜냐하면 이들 이론들은 어떠한 경우에도 반박될 수 없기 때문이다. 포퍼는 '한 이론이 과학적 자격을 갖추고 있는가에 대한 기준은 그 이론이 반증 가능한가, 반박 가능한가, 검증이 가능한가에 있다'고 보았다. 즉 한 이론이 과학적인 것으로 분류될 수 있는 경우란, 그 이론에 모순되는 관찰을 상정할 수 있는 경우에만 해당한다는 것이다. 이러한 생각의 밑바탕에는 특정한 이론은 완벽한 것이 될 수 없고, 따라서 경험에 의하여 얼마든지 반증될 위험을 내포하고 있다는 전제가 깔려 있다. 이것이 포퍼 특유의 '반증 가능성' 이론이다.

그러므로 그의 생각은 '비결정론'으로 이어진다. 형이상학적인 결정론은 무한히 먼 과거로부터 모든 사물의 운명은 필연적으로 정해져 있다고 보는 사상이다. 그러나 포퍼는 이러한 결정론이 하이젠베르크의 불확정성 원리에 의해 이미 부정된 것으로 간주한다. 이러한 생각은 정신이 물질의 수동적인 반응이 아니라 능동적인 활동이라는 것, 새로운 지식이란 일정한 법칙 안에서 이루어지는 것이 아니라 정신의 새로운 창조에 의해서 형성된다는 것을 의미한다.

이러한 반증 가능성, 비결정론은 포퍼의 사회철학에서 '방법론적인 개체주의'로 요약되어 나타난다. 그간 사회 현상을 연구하는 방법에는 크게 두 가지 경향이 있었다. 하나는 사회를 구성하는 원자들 하나하나의 관점에서 고찰하는 '개체주의' 방법이요, 다른 하나는 사회 전체의 관점에서 고찰하는 방법이었다. 후자의 이론은 흔히 '전체론'이라 불리는데, 이에 따른다면, 사회는 하나의 거대한 유기체와 같아서 그것을 구성하고 있는 개개인으로 환원되어 이해될 수는 없고, 살아 있는 전체로서 이해되어야 한다는 것이다. 그러나 포퍼는 사회 전체란 한갓 이론적 구성물에 지나지 않으며, 이러한 이론적 구성물은 어떤 경험을 설명하기 위해 구성된 모형에 불과한 것이라고 주장한다. 우리가 흔히 이런 이론적 구성물들을 실재로 오인하는 이유는, 모형이 성격상 추상적이거나 이론적이어서 변화하는 사물의 내부나 영구적인 본질인 것처럼 착각하기 때문이라고 본다.

이러한 '전체론'은 역사주의(historicism)의 기초가 되는데, 이러한 역사주의야말로 '열린 사회의 적'이라는 게 포퍼의 주장이다. 포퍼의 『역사주의의 빈곤』은 이러한 역사주의적 관점이야말로 빈곤한 것이며, 열린 사회의 적이라는 점을 강력하게 주장한 책이다. 『열린 사회와 그 적(敵)들(The Open Society and its Enemies)』(1945)은 이러한 잘못된 역사주의가 전체적 통제와 계획을 주장하는 정치적 전제주의와 어떻게 긴밀하게 연결되어 있는가를 분석함으로써, 전체의 이익이라는 미명하에 수많은 개인을 제물로 요구한 정치적 전제주의가 얼마나 허구이며 미신인가를 폭로하고자

열린 사회와 그 적들

하는 의도를 가진 책이다.

포퍼는 역사를 '열린 사회'와 '닫힌 사회' 사이의 투쟁 과정으로 이해한다. 물론 포퍼는 열린 사회야말로 인간으로 살아 남을 수 있는 유일한 사회라고 생각한다. 그가 말하는 '열린 사회'는 참다운 과학적 방법으로 개체주의를 실현하는 사회이며, 전체주의에 대립하는 개인주의 사회이며, 사회 전체의 급진적인 개혁보다는 점진적이고 부분적인 개혁을 시도하는 점진주의 사회이다. 그러므로 우리는 포퍼의 열린 사회에 대한 개념이 '고전적 자유주의' 이념과 맞아떨어짐을 확인할 수 있다.

그가 정의한 '닫힌 사회'는 불변하는 금기와 마술 속에서 살아가는 원시적인 부족 사회에 비유할 수 있다. 닫힌 사회는 흔히 '국가 유기체 이론'이나 생물학적 이론으로 포장된다. 이 사회는 구성원들이 혈연으로 뭉쳐진 사회로, 공동으로 노력하여 기쁨과 고통을 함께 나누는 사회이자 매우 긴밀한 육체적 관계에 의해 맺어진 집단이다. 이는 유기체를 이루는 각 기관들이 전체로서의 유기체와 맺는 관계와 매우 유사하다. 유기체 속의 세포나 조직은 영양분을 얻기 위해 상호 경쟁할지는 모르나, 다리가 머리가 되려고 한다든지, 몸의 어느 부분이 두뇌가 되고자 하는 경향을 나타내지는 않을 것이다. 유기체 속의 세포나 조직이 어디까지나 전체를 위해서 일치된 방향에서 협력하는 것처럼, 한 집단 속의 개인은 전체 사회를 위해서 얼마든지 희생하고 복종할 준비가 되어 있어야 한다는 것이 유기체론, 혹은 전체론의 핵심이다. 또한 이런 닫힌 사회에서는 그 사회의 구성원들이 그들 전체를 규율하는 규범이나 제도를 자신들의 힘으로 바꾼다는 것은 감히 생각조차 할 수 없는 일이 된다.

그렇다면, 포퍼의 주장대로 닫힌 사회를 거부하고 열린 사회로 갈 수 있는 방법은 무엇인가. 포퍼는 이를 '점진적 사회 공학

(piecemeal social engineering)'이라는 개념으로 요약한다. 이 개념은 '유토피아적 사회 공학'에 반대되는 개념으로, 비타협적이고 환상적인 유토피아론, 즉 사회 전반에 걸친 급진적인 혁명을 부정하는 점이 특색이다. 그는 사회를 일거에 바꿀 수 있다는 믿음은 환상이나 기만에 지나지 않으며, 본질적으로 비과학적인 태도라 보고 있다. 포퍼는 이러한 '유토피아론'의 사례를 유대교의 선민(選民) 사상, 마르크시즘의 프롤레타리아론에서 찾는다. 즉, 근대의 가장 대표적인 '역사주의'인 파시즘과 마르크시즘은 유대교의 선민 사상과 함께 비과학적인 유토피아론에 해당한다고 주장한다. 극우파에 해당하는 파시즘은 선택된 인종이라는 신화를, 극좌파에 해당하는 마르크시즘은 선택된 계급이라는 기치를 각각 내세우면서, 이들에 의해서만 역사가 창조되는 것으로 날조한다고 본 것이다. 포퍼는 이에 그치지 않고 파시즘이나 마르크시즘과 같은 전체주의의 밑바탕에는 플라톤의 관념론과 헤겔의 역사철학이 짙게 깔려 있다고 주장함으로써, 결과적으로 열린 사회의 적은 플라톤과 헤겔에 있음을 주장한다.

그러나 포퍼의 주장에 대한 반론도 만만치 않다. 그 중 하나는 그래도 플라톤, 헤겔, 마르크스 등의 이러한 역사주의가 인류 세계의 거대한 진보에 큰 힘이 되었다는 사실이다. 영국의 역사가인 E.H. 카는 '개선책을 제안할 권한은 있으나, 그 정책의 기본적인 전제나 목적을 문제삼을 수 없는 영국 관리의 지위'를 비유로 들어, 포퍼가 옹호해 마지않는 점진적인 개혁이 그리 간단하지만은 않다는 점을 지적한 일도 있다. 하여튼 포퍼의 비판은 플라톤의 국가론이나 마르크스의 이론이 자칫하면 범하기 쉬운 오류와 자만을 견제한 것만으로도 충분히 가치가 있는 사회과학 이론이다.

(가) 개미는 전혀 두려움을 느끼지 않는다. 그 이유는 간단하다. 개미에겐 죽음이나 자기의 나약함에 대한 의식이 없기 때문이다. 개미에게 두려움이 없다는 사실을 이해하려면 개미집 전체가 하나의 유기체처럼 살아 있다는 점을 감안해야 한다. 각각의 개미는 인체의 세포와 똑같은 역할을 수행한다. 손톱을 깎을 때 우리의 손톱 끝이 그것을 두려워할까? 면도를 할 때, 턱수염이 면도기가 접근해 올 때 스스로 전율할까? 뜨거운 욕탕의 온도를 가늠하려고 발을 집어넣을 때 우리의 엄지발가락이 두려움에 떨까?

(베르나르, 『상대적이고 절대적인 지식의 백과사전』(열린책들) 중에서)

(나) 무엇보다 가장 으뜸가는 원칙은 여자든 남자든 아무도 지도자 없이는 존재할 수 없다는 것이다. 어떤 사람의 정신도, 열성적으로 하든 혹은 심지어 장난으로 하든, 전적으로 자기 스스로 무엇인가를 하게끔 습관화되어서는 안 된다. 오히려 모든 사람은 전쟁 때나 평화 시대에나 그의 지도자에게 눈을 돌려 항상 그를 따라야 할 것이다. 그리고 사소한 일에 있어서까지도 지휘를 받아야 할 것이다. 예컨대 그렇게 하라는 말이 떨어졌을 때만, 그는 일어나거나 움직이거나 먹어야 할 것이다. 간단히 말해서 사람들은 오랜 습관에 의해 독립적인 행동은 결코 꿈꾸지 않고 전혀 그런 일을 할 수 없게 되도록 자신의 영혼을 길들여야만 한다.

(『열린 사회와 그 적들』(솔출판사) 제8장 「철인왕」 중에서)

논점 (가)는 일종의 '유기체론'이다. 즉 이러한 관점은 개체로서의 개미보다는 집단으로서의 개미가 좀더 중시된다. 즉, 부분은 전체에 종속되어야 하며, 중요한 것은 전체의 유기적인 생명력인 것이다. 그러나 이를 인간 사회에 직접 대입하기에는 무리가 따른다. 인간의 개성을 침해하는 일은 자유민주주의의 근본을 부정하는 행위이기 때문이다.

(나)는 저자가 플라톤의 『국가』를 인용한 다음, 플라톤의 관점을 비판하는 대목이다. 플라톤은 강력하고 도덕적인 지도자에 의해 일사불란하게 움직이는 국가를 이상적인 국가 형태로 간주하였다. 그러나 플라톤의 주장은 개인의 자율성을 전적으로 부정했다는 점에서 비판받아 마땅하다.

1 (가)는 개미의 생태를 관찰한 기록이다. 이 글을 읽고 인간 공동체가 개미와 어떤 면에서 유사하고 어떤 면에서 다른지 논술해 보자.

개미는 군집을 이루며 살아간다고 한다. 이들은 군집 내에서 각자의 임무를 분담하고 협동하는 과정 속에서 전체로서의 개미 집단을 이루어 나간다. 이들에게 있어 일사불란한 협동심과 조화는 미덕이 된다. 그래서 사람들은 개미나 벌들의 협동 작업에서 많은 교훈을 얻어야 한다고 말한다. 이 말은 부분적으로 옳다. 어떤 인간도 고립되어 살 수는 없으며, 따라서 타인과의 협력과 조화를 통해 공동체로서의 삶을 살아가는 것이다. 그러나 (가)에 제시된 결론을 곧바로 인간의 삶에 적용할 수는 없다.

먼저 과연 각각의 개미가 인체의 세포와 같은 역할을 수행한다는 데 대한 과학적이고 신빙성 있는 자료가 제시되어 있지 않은 것이다. 인간의 세포나 각 기관은 물론 한 인간의 전체로서의 생명에 종속되어 있다. 그러므로 대체로 하나의 세포나 기관이 사라진다 해도 전체로서의 생명은 유지될 수 있다. 그러나 한 마리의

열린 사회와 그 적들

개미가 개미 집단 속에서 하나의 부분으로만 존재한다는 주장은 논리의 비약으로 볼 수 있다. (가)의 저자는 나름대로 개미의 생태를 면밀하게 조사했다지만, 그가 개미가 아닌 바에야 각각의 개미가 과연 전혀 두려움을 느끼지 않는 것인지, 그리고 개미 한 마리가 전체의 존립을 위해서 기꺼이 자기의 목숨을 희생하는지에 대해 자신 있게 말해서는 안 될 것이다. 일반적으로 각 생명은 개체를 유지하려는 본능을 가지고 있다고 한다. 유독 개미만 이러한 생명 법칙에서 예외라는 점은 타당성이 결여되어 있다.

또 (가)의 저자는 개미가 집단을 유지하는 원동력인 '본능'과 인간 사회의 원동력인 '이성' 사이의 차이점을 인정하고 있지 않다. 저자는 개미와 인간 사이에 교묘한 비유법을 사용함으로써 개미의 본능으로부터 인간이 무엇인가를 배워야 한다는 사실을 은연중 갈파한다. 그러나 우리가 불필요한 손톱을 깎는 것과 개미 한 마리가 전체를 위해서 죽는 것 사이에는 엄밀한 비유 관계가 성립될 수 없다. 그것은 전혀 다른 차원의 문제인 것이다. 설령 개미의 희생적인 자세와 인간 사이의 공통점을 인정한다 해도 본능에 기초한 것과 이성에 기초한 것은 엄밀하게 구분해야 하는 까닭이다.

물론 이러한 관점은 인간 사회에 대해서도 어느 정도 유용한 시사점을 던져 준다. 인간은 사회적 동물인 까닭에, 전체 집단 내에서 자기의 개성을 발휘하기도 하고 전체의 은혜로운 혜택을 받기도 한다. 그러나 인간은 사회 내에서도 고도의 자율성을 지니고 있다. 어떠한 개인도 집단의 이익을 위해서 전적으로 희생될 수는 없다. 한 마리의 개미가 전체를 위해서 희생하듯, 한 사람의 개인은 전체를 위해서 희생할 수 있다는 주장은 매우 위험하다. 인간의 개성을 침해하는 일은 자유민주주의의 근본을 부정하는 행위이기 때문이다. 우리는 이러한 위험을 이미 과거의 전제적인 국가

포 퍼

나 파시즘의 논리 속에서 터득한 바 있다. 그러나 이러한 위험성은 늘 잠재되어 있다. 우리가 한 개인의 존엄성과 개별성을 우선하지 않는 한, 집단을 위한 어떤 미사여구도 위험한 것이다. 한 인간은 소우주라고 한다. 우주가 존재한다 해도, 그 중심에 '나'가 존재하지 않는다면 그것은 무의미한 것이다. 우리는 개미의 희생정신에서 많은 교훈을 얻을 수 있지만, 그렇다고 해서 이러한 개미의 비유를 인간 전체를 규율하는 원리로 확대해서는 안 되는 이유가 여기에 있다.

2 (가)와 (나)에서 제기된 주장의 공통점을 찾고, 이러한 주장이 현대 민주주의 사회에 적용될 수 있는지 논술해 보자.

(가)에서는 한 마리의 개미는 그 나름의 생명력을 가지지 못하고, 전체 집단으로서의 개미만 독립적인 생명체라는 관점을 취한다. (나)에서는 모든 인간은 지도자의 명령에 의해서만 움직여야 하며, 독립된 인격을 가져서는 안 된다고 주장한다. 이들 주장은 개체를 인정하지 않고 집단의 이익만 강조한다는 점에서 공통적이다.

그러나 이러한 주장을 현대 사회에 적용한다는 것은 매우 위험하다. 모두 인정하는 바와 같이, 현대 사회는 자유민주주의의 시장 경제 등 개인주의에 바탕을 두고 있다. 이러한 개인주의는 어느 한 순간에 만들어진 것이 아니라, 인류 역사의 전개 과정을 통해 자연스럽게 도달한 하나의 합의인 것이다. 현대 여러 국가 중에 이러한 개인주의를 부정하는 사례가 없지는 않지만, 이는 극히 소수의 예외일 뿐이며, 그들 예외적인 국가들은 대부분 불행한 역사를 반복하고 있다.

열린 사회와 그 적들

인간 역사의 발전은 흔히 '1인의 자유에서 만인의 자유'라는 슬로건 속에 요약되어 있다. 전제적인 왕이 지배하던 고대 노예제 사회에서는 지배의 최정점에 있는 왕만이 자유를 누릴 수 있었다. 그러나 이러한 '1인의 자유'는 점차 확대되어 중세 봉건사회에 이르면 각 지방의 봉건 영주들이 상대적인 자율성을 회복하여 자유를 향유할 수 있는 폭이 더욱 커졌다. 그리고 근대 시민사회에 들어서면 자유롭게 경제활동에 참여하고 민주주의 정치에 가담하는 시민계층이 등장하여 개인의 자유가 대폭 신장되었고 그 결과 '만인의 자유'라는 인류의 이상에 보다 근접하게 되었다. 특히 사회주의 이념은 계급의 철폐와 각 개인의 평등을 주장하여 '만인의 자유'를 좀더 강하게 주장하기에 이른다. (나)에서 제시된 강력한 지도자상은 1인의 자유만을 허용하는 고대 노예제 사회의 질서를 옹호한다는 점에서 현대 사회의 기본 원리인 '만인의 자유'를 부정하는 것이다.

(가)와 (나)에서 은연중 강조하는 것은 조직의 효율성인 듯하다. 각 개인이 목소리를 높여 자기를 주장할 때, 전체로서의 조직적 효율성은 떨어질 수밖에 없다는 것이 (가)와 (나)의 공통된 전제인 것으로 보인다. 그러나 효율을 기계적으로 강조하는 것은 오히려 엄청난 비효율을 낳는다는 사실을 명심해야 한다. 개인의 의사 표현의 자유를 온통 봉쇄하고 집단의 이익을 위해서 뭉치자고 주장한 독재국가들이 정책상의 실수로 인해 엄청난 사회적 저항에 부딪혀 국력을 소모하거나 전쟁에 휘말려 대량 희생의 비극을 낳은 경우를 우리는 얼마든지 예거할 수 있다.

더욱이 현대 사회는 예전에 비해 대단히 복잡한 구성을 보인다. 직업은 매우 다양해졌고, 이러한 직업의 다양성과 전문성을 유지하기 위해서는 개인의 개성과 창의력이 가장 중요한 원리로 떠오를 수밖에 없다는 점도 상기할 필요가 있다. 한 사람의 지도자만 자유와 개성을 누리는 것에 비해, 다양한 계층의 사람이 모두 자신의 자유와 개성을 구가할 수 있을 때, 그 사회는 좀더 이상적인 사회가 될 수 있는 것이다.

(가) "자, 그러면 자네도 나와 의견이 같은지 어떤지를 보아 주게."

"목수가 구두를 만들고 제화공이 목수 일을 할 경우, 나라에 무엇인가 큰 해를 끼칠 것이라고 생각하는가?"

"큰 해를 끼치지는 않을 것입니다."

"그러나 본래 노동자거나 돈벌이 계급에 속한 자가 전사 계급으로 들어가려 한다든가, 전사가 그러한 자격도 없으면서 수호자 계급으로 들어간다든가 하면, 이런 종류의 변화와 음모는 나라의 멸망을 의미하는 것 아니겠는가?"

"전적으로 그렇습니다."

"그렇다면 국가에는 세 개의 계급이 있는데, 이들 계급 간의 상호 변화나 음모는 국가에 대해 큰 죄악이며 또 지극히 사악한 짓이라고 하는 편이 옳겠지?"

"확실히 그렇습니다."

"그렇다면 자신의 국가에 대한 가장 사악한 행위는 부정이라고 자네 주장할 것이 아닌가?"

"그렇습니다."

"그러면 그게 곧 부정일세. 그리고 우리는 거꾸로 다음과 같이 말할 것이네. 국가의 모든 계급이, 즉 돈벌이 계급과 보조자 계급과 수호자 계급이 자신의 일에 열중할 경우, 이것이 곧 정의일 것이다."

(『열린 사회와 그 적들』(솔출판사) 제8장 「철인왕」 중에서)

(나) 리쿠르고스는 여자들의 교육을 '법률 개혁가가 확립해야 할 가장 중요하고도 주된 일'이라고 생각하였다. 그리고 군사력의 증강을 주요 목표로 삼는 사람은 누구나 다 그런 것과 같이, 출생률을 유지하는 데 마음을 쓰고 있다.

"처녀들이 청년들 앞에서 벌거벗은 몸으로 유희하며, 운동하고 춤추는 일 등은 모두 청년들을 결혼으로 유혹하여 이끌기 위한 자극을 주는 일이었다. 결혼 초기 수년 동안 결혼을 마치 은밀한 일처럼 취급하는 습관은 양쪽을 모두 불타는 애정 가운데 계속 지내게 만들며, 서로서로를 언제나 새롭게 구하게 만든다. 적어도 플루타르크의 의견은 그러하였다.

만일 어떤 사람이 늙고 그의 아내는 젊을 때, 더 젊은 남자에게 자기 아내와 더불어 아이를 얻게 허락하는 일을 나쁘게 생각하지는 않을 것이다. 또, 정직한 사람이 다른 사람의 아내를 사랑한다면, 그 남편에게 간청하여 그 아내와 더불어 자는 것을 허락받아, 그러한 기름진 땅을 갈아서 예쁘게 생긴 아이들의 씨를 뿌리는 일은 합법적인 일이다. 여기에 어리석은 질투심 같은 것이 개입되지 않는다. 왜냐하면, 리쿠르고스는 아이들이 어떤 사람의 사유가 되는 것을 좋아하지 않았고, 전체 복리를 위해 공동 소유가 되는 것을 원했기 때문이다. 이 같은 이유에서, 시민이 될 사람은 누구에게서나 출생해서는 안 되고, 다만 가장 정직한 사람에게서만 출생되기를 원했다."

그는 계속하여, 이것은 농부들이 가축에 적용시키는 원리와 같은 원리라고 설명한다. 아이를 낳으면 그 아이의 아버지는 아이를 그 가문의 연장자에게 데리고 간다. 거기서 검사를 받고, 건강하다는 인정을 받으면 다시 그 아버지에게 돌려주어 기르게 한다. 만일 건강치 못하면 깊은 우물에 던져 버린다. 그리고 아이들을 처음부터 엄격하고도 심한 훈련에 복종시킨다. 7세가 되면 그 소년을 집에서 데려와 기숙학교에 넣는다. 거기서 아이들은 여러 집단으로 나누어지고, 각 집단은 그들 가운데 선출된 한 소년의 명령을 받게 된다. 그 선출 기준은 민첩함과 용맹성이다. 그들의 학습은 자신에게 유용한 일을 되도록 많이 배우는 것이며, 나머지 시간에는 순종하는 법, 고통에 대처하는 법, 노동에 견디는 법, 전쟁에서 침착성을 유지하는 법 등을 배운다. 그들은 언제나 벌거벗은 채 함께 놀았다. 12세가 지나면, 그들은 겉옷을 입지 않았다. 그들은 언제나 '남루하고 난폭'하였다. 그들은 도둑질하는 법도 배웠다. 물론 훔치다 들키면 벌을 받는다. 그러나 도둑질한다는 이유로 벌을 받는 것이 아니라, 훔치는 것이 서투르면 벌을 주는 것이다.

(버트런드 러셀,『서양 철학사』(집문당) 중에서)

논점 (가)에서 우리는 플라톤의 『국가』가 국가의 이익이라는 단 한 가지 궁극적인 기준만 의도했다는 점을 알 수 있다. 무엇이든지 국가의 이익을 신장시키는 것은 선량하고 덕 있고 정의로우나, 무엇이든 그것을 위협하는 것은 나쁘고 사악하고 불의인 것이며, 국가의 이익에 봉사하는 행위는 도덕적이고 그것을 위태롭게 하는 행위는 비도덕적이라는 것이다. 다른 말로 표현하면, 플라톤의 도덕 법전은 엄격한 공리주의를 표방함으로써, 집단주의자나 정치적 공리주의자를 위한 법전이 된 셈이다.

(나)는 스파르타에서 실제로 벌어진 일과 국가 이념을 소개한 글이다. 이러한 견해는 현대인의 관점에서 보면 결코 찬동할 수 없는 부분을 담고 있다.

열린 사회와 그 적들

(가)와 (나)의 글은 동일한 국가관에 입각한 것으로 보인다. 이에 찬동하거나 비판하는 관점을 선택하여, 국가와 개인 사이의 올바른 관계에 대해 논술해 보자.

　(가)의 내용을 엄밀하게 분석해 보면, 엄격한 계급 제도를 조금이라도 완화시키는 일은 국가의 존망에 관계되는 위험한 일이라는 것, 국가에 해가 되는 것은 부정(不正)이며 국가에 도움이 되는 것이야말로 정의라는 것을 주장하고 있다. 우리는 여기에서 플라톤이 한 사람의 직업이나 능력을 평가할 때, 국가의 이익이라는 단 한 가지 궁극적인 기준만 제시함을 알 수 있다. 다른 말로 표현하면, 그의 관점은 공리주의에 해당한다.

　(나)의 내용도 효율성을 최고의 가치로 내세운다는 점에서 공리주의적인 속성을 담고 있다. 남녀간의 사랑이나 부모 자식 사이의 사랑조차 효율의 명분 앞에서는 아무런 의미를 가질 수 없다고 본 셈이다. 이들은 효율을 유지하기 위해서라면 엄격하고 고된 육체적 훈련, 민첩함과 용맹성, 고통에 대처하는 방법이 가장 중요하다고 강조한다. 물론 (나)의 국가 이념과 행동 양식을 따른다면, 그 사회는 매우 안정되고 효율적인 사회가 될 것임에는 분명하다. 그러나 이러한 사회 속에서 살기를 바라는 사람은 결코 없을 것이다. 이 사회는 동물의 세계와 다를 바 없기 때문이다.

　우리가 국가의 명령에 복종하고 협력하는 가장 중요한 이유는 그만한 혜택을 국가로부터 돌려 받을 수 있다고 기대하기 때문이다. 각 개인은 연약하여 다른 민족이나 맹수들의 공격으로부터 자신을 보호할 만한 능력도 없다. 그렇기 때문에 각 개인은 국가라는 형태에 자신의 일부분을 양도하고 그 대가를 돌려 받기를 원하는 것이다. 개인이 국가에게 요구하는 것은 자신과 이웃에 대한 국가의 보호이다. 그러므로 국가는 나 자신의 자유와 타인의 자유를 공평하게 보호해 줄 수 있어야 하는 것이다.

위의 두 제시문은 국가가 개인을 보호하는 게 아니라, 한 계층이나 한 지도자의 이익만 보호하는 경우에 해당한다. (가)에서는 결국 국가의 명목을 빌린 수호자 계급의 이익만 보장하며, (나)에서는 강하고 난폭하여 남의 것을 약탈할 수 있는 자만을 보호한다는 점을 알 수 있다. (나)의 경우는 이러한 적자생존의 극단적인 형태이다. 한 인간이 탄생하였을 때 약자는 도태되고 강자만 부양된다. 그리고 이들 강자들은 성장하면서도 계속되는 훈련 속에서 결국 더 강한 자만 살아 남게 된다. 그리고 이들은 결혼 후에도 숱한 강자들과 만나 이겨야만 결혼할 수 있고, 자손을 남길 수 있는 것이다. 그러나 강자만 우대하는 이러한 적자생존의 환경은 끊임없이 약자와 패배자를 양산한다는 사실을 잊어서는 안 된다.

국가와 개인의 관계는 동등하고 상호 호혜적이어야 한다. 국가의 효율적인 운용을 위해 개인을 희생시킬 수도 있다는 논리는 있을 수 없다. 국가는 살아 있는 유기체가 아니다. 다만 유기체에 비유될 수 있을 따름이다.

열린 사회와 그 적들

역사란 무엇인가

E.H. 카
Edward Hallett Carr

런던 출생(1892~1982). 케임브리지 대학 트리니티 칼리지를 졸업하고 처음에는 영국 외무성 관리직을 맡아 20여 년 간 외교관으로 활동했다. 한때 『타임스』지의 편집인을 역임한 적도 있으며, 학계에 투신해서는 웨일스 대학에서 국제정치학 교수로 재직하다가 1955년 모교로 돌아가 역사, 특히 소비에트 역사 연구에 전념하였다. 『역사란 무엇인가』(1961)라는 저술로 유명하지만, 보다 주목할 만한 업적은 20세기 소비에트 연구에 대한 저술들이다. 30여 년의 긴 세월을 걸쳐 4부작 10권 14책의 방대한 분량으로 집필된 『소비에트 러시아사』는 규모나 체계적 서술에 있어서 몸젠의 『로마사』에 비견된다. 그 밖에도 도스토예프스키, 헤르첸, 마르크스, 바쿠닌 등에 대한 전기적 연구, 국제 정치 질서와 20세기 사회가 당면한 여러 문제에 대한 『위기의 20년』 『새로운 사회』 등이 유명하다. 카는 언제나 이론과 실제, 이상과 현실의 양극단을 거부하고 균형을 유지하려고 애썼다. 이러한 태도는 국제 정치 질서에서는 '도덕적 합의'와 '힘'의 결합으로, 역사 인식에서는 과거와 미래, 사실과 해석, 객관과 주관, 결정론과 자유의지의 결합이라는 형태로 나타났다.

E.H. 카의 학문적 관심은 20세기 탐구에 집약되어 있다. 그는 20세기 사회가 두 번에 걸친 세계대전이라는 재난과 혼란 속에서 역사상 유례를 찾기 어려운 변화를 겪으면서 새로운 사회로 변모하고 있다고 보았다. 이 새로운 사회는 연속과 변화라는 두 가지 요소를 동시에 내포하고 있는데, 그것은 새로운 사회가 19세기 질서를 계승함과 동시에 이에 도전하고 있기 때문이다. 역사에 대한 카의 관심은 '새로운 사회'를 가져온 요인과 조건을 파악하고 나아가서 새로운 질서에 대한 방향감각을 제시하고자 하는 현실적인 필요에서 시작되었다. 카가 1917년 소비에트 러시아혁명에 중요한 역사적 의의를 부여하는 것도 바로 이 20세기 '새로운 사회'로의 이행에 러시아혁명이 크나큰 영향력을 미쳤다고 파악했기 때문이다.

카는 이러한 변화의 시점을 18세기 말 프랑스혁명과 산업혁명에서 찾았다. 예컨대 프랑스혁명은 근대사에서 최초로 전체적이고 폭력적인 사회 정치 질서의 전복이며, 이는 1917년 러시아혁명의 원형이 된다. 그는 이처럼 프랑스혁명의 세계사적 영향력을 다음 세 가지 요소로 요약했다.

첫째, 자유와 평등이 인간의 기본적인 권리로 인정되었고, 따라서 자유와 평등에 대한 추구가 정치적 행위의 목표가 되었나. 17세기 영국의 민주주의 이론과 실제가 표방하던 시민적 자유가 '한정된 사람들만을 위한 자유'였던 반면, 프랑스혁명을 통해서 '모든 사람들을 위한 자유' 즉 평등의 개념이 강조된 것이다.

둘째, 프랑스혁명은 혁명의 이상을 과거보다 미래에서 찾음으로써 '진보의 신조'에 의한 미래지향적인 시대를 열어 놓았다. '혁명'은 더 이상 '잃었던 과거의 권리 회복'이 아니라 인류의 황금

시대를 향한 '혁신의 과정'이 된 것이다.

셋째, 프랑스혁명은 새로운 생산 활동을 담당할 부르주아 사회를 출현시켰고, 산업혁명은 '상업자본으로부터 산업자본으로의 전환'으로 표현되는 경제 활동의 영역 확대와 성격 변화를 가져왔던 것이다.

프랑스혁명은 중세 신분 사회로부터 평등한 개인으로 구성된 새로운 사회로의 대전환을 의미하는 것이었다. 그러나 19세기 사회는 자유 방임의 자본주의 경제원리를 통하여 새로운 사회적·경제적 불평등을 조장하였다. 부와 성공은 근면과 노력이라는 개인적 미덕의 결과이고, 궁핍과 실패는 나태와 어리석음의 응보로만 간주됨으로써 빈부 격차가 합리화된 것이다. 개인의 이익 추구가 '보이지 않는 손'에 의해 전체적으로 조화를 이룰 것이라는 사고에서는 자유로운 경제 활동에 대한 국가의 간섭은 불필요한 것이었고, 국가는 야경국가로서의 기능만이 강조되었다. 따라서 노동할 수 없는 자에게는 배고픔이라는 경제적 고통만 남겨졌다. 카는 1917년의 러시아혁명을 20세기 최대의 사건으로 파악하여 그것을 프랑스혁명의 연속이자 절정이라고 본 것이다.

카에 의하면, 러시아혁명을 이끌었던 레닌의 등장은 현대사의 완전한 전환을 의미하는 것이었다. 레닌은 경제적으로 후진 사회에 머물렀던 러시아에서 정치적인 힘으로 사회주의를 건설할 수 있을 것으로 기대했었다. 혁명은 발생하는 게 아니라 만들어지는 것이라고 생각한 것이다. 또한 인간의 의식(意識)을 강조했는데 이는 레닌의 전 세대에 해당하는 마르크스와 비교해 볼 때 더욱 분명해진다. 마르크스는 인간 개개인을 강제적이며 객관적인 사회 경제 법칙의 희생물로 간주한 데 비해, 레닌은 인간이 경제 법칙의 예속 상태에서 벗어나 의식적인 행동에 의하여 경제적 운명을 통제해 나갈 수 있다고 보았다. 레닌은 사회주의를 인간의 의식적

E.H. 카

인 노력에 의해 이루어질 수 있는 체제로 본 것이다. 카는 여기에서 역사의 진보를 발견했다.

카는 고대 그리스 로마가 철학의 시대, 중세가 신학의 시대, 18세기가 과학의 시대였던 것처럼, 20세기는 역사학의 시대라고 보았다. 사실 역사가 진보하고 있다는 관념은 18세기 계몽철학자들에게서 시작되었다. 고대 문명은 본질적으로 미래에 대한 무관심으로 이루어진 것이었다. 유대교와 그리스도교의 목적론적 사관에 의하여 역사는 비로소 의미와 목적을 가지게 되었지만, 그 대신 역사는 현재적인 성격을 상실한 것이다. 그 후 르네상스를 거쳐 계몽주의 시대에 이르게 되면서 역사가 진행되어 나가는 목표가 현세화되었고, 역사적 과정 자체가 합리적인 것으로 파악되었다. 계몽철학자들은 역사를 '지상에서의 인간의 지위 완성'이라는 목표를 향해 진보하는 것으로 굳게 믿었던 것이다. 역사의 진보에 대한 이러한 믿음은 19세기까지 절정에 이르렀고, 19세기가 영국의 번영이 최고조로 달했던 시기인 만큼 영국 사가들은 이 신앙의 열렬한 지지자가 되었다. 그러나 19세기 이후 20세기 중반에 이르기까지 서유럽이 겪은 전쟁과 혼란은 '재난의 20세기'에 대한 위기의식을 가져왔다. 번영에 대한 자신감은 '서유럽 문명의 몰락'이라는 허탈감과 절망감으로 바뀌었다.

그러나 '변함없는 낙관주의자'인 카는 아직도 역사에서 진보가 끝나지 않았다고 믿었다. 역사는 인간이 이성(理性)을 활용하여, 환경을 이해하고 환경에 적응해 온 오랜 투쟁의 과정이라고 생각했기 때문이다. 비록 니체에 의해 '이성으로부터의 일탈'이 강조되기는 하였으나, 인간의 비합리적인 요소를 인정한다는 것과 이성을 버리고 극단적으로 비합리적인 것을 숭상한다는 것은 다르다는 점을 강조한 것이다.

사회가 먼저인가, 개인이 먼저인가,라는 문제는 암탉과 달걀의 문제와 마찬가지다. 이 문제를 논리적인 문제로 취급하건 역사적인 문제로 취급하건 여러분의 주장은 어차피, 그와 반대되는 똑같이 일방적인 또 하나의 주장에 의해 수정되게 마련이다. 사회와 개인은 떼어 놓을 수 없다. 이들은 서로 필요한 것이지 대립되는 것은 아니다. '인간은 섬이 아니며, 그 자체로 완결될 수 없다. 모든 인간은 대륙의 한 조각이요, 본토의 일부분이다.' 이것은 영국의 형이상학파 시인 존 던의 유명한 말로, 여기에는 진리의 일면이 담겨져 있다. 한편 고전적 개인주의자인 밀의 말을 들어 보면, 사람들이 함께 모여진다 해도 다른 종류의 실체로 변하는 것은 아니라고 한다. 물론 그렇다. 그러나 잘못은 '모여지기' 전에도 사람들이 존재했다든가, 어떠한 종류의 실체를 가지고 있었다고 가정하는 것이다. 우리가 태어나자마자 세계는 우리에게 작용하여 우리를 단순한 생물학적 단위로부터 사회적 단위로 바꾸어 놓는다. 역사 시대든 선사 시대든 어느 단계를 막론하고, 모든 인간은 하나의 사회 속에서 태어나서 태어난 직후부터 사회에 의하여 형성된다. 그가 사용하는 언어도 개인적인 상속물이 아니라 자기가 자라난 집단에서 받은 사회적 상속물이다. 언어와 환경은 그의 사상의 성격을 결정짓는 데 기여한다. 곧 그의 가장 최초의 관념은 타인에게서 받는 것이다. 만일 사회에서 유리된 개인이 있다면, 그에게는 말도 없고 정신도 없을 것이다. 로빈슨 크루소 이야기의 영속적인 매력은 그것이 사회로부터 독립된 개인을 상상해 보려 했다는 점에 있다. 그러나 그는 성서를 들고 다니며 자신의 종족신에게 기도한다. 또 그 이야기의 뒷부분에서는 하인 프라이데이를 등장시킨다. 그래서 또 하나의 새로운 사회가 건설되는 것이다.

원시인은 문명인보다 훨씬 덜 개인적이고 보다 철저하게 사회에

E. H. 카

의하여 형성된다고 인류학자들은 보통 말한다. 여기에는 하나의 기본적인 진리가 들어 있다. 단순한 사회는 복잡한 사회보다도 훨씬 더 획일적이다. 이는 단순한 사회가 개인의 기술이나 직업의 다양성을 훨씬 덜 요구하고, 그러한 기회를 훨씬 적게 제공한다는 의미이다. 그러므로 개인화의 증대는 발달된 근대 사회의 불가피한 산물로 사회 활동의 구석구석까지 뚫고 들어간다. 그러나 이 개인화의 과정과 사회의 힘 및 결합력의 증대 사이에 대립 관계를 설정한다면, 그것은 커다란 잘못이다. 사회의 발전과 개인의 발전은 병행하며 서로를 제약한다.

사실 우리가 복잡하고 발달한 사회라고 할 때 그것은 각 개인의 상호 의존 관계가 진보되고 복잡한 형태를 가진 사회를 말한다. 근대의 국민 사회가 개인 구성원들의 성격과 사상을 형성하는 힘이나 그들 간에 어느 정도의 일치성이나 단일성을 형성하는 힘에 있어서 미개부족 사회보다도 약하다고 가정한다면 그것은 위험한 일이다. 국민성이 생물학적인 차이에 따른다는 낡은 개념은 분쇄된 지 오래이다. 그러나 사회라든가 교육이라든가 따위의 국민적 배경의 차이로부터 생기는 국민성의 차이는 부정하기 어렵다. '인간성'이라는 포착하기 힘든 어려운 실체는 나라와 시대에 따라 다르므로, 지배적인 사회적 조건이나 관습에 의하여 형성된 하나의 역사적 현상을 인간성으로 보는 것이 어렵지 않다. 일례로 미국인, 러시아인, 인도인들 사이에는 많은 차이가 있다. 그러나 이러한 차이점 중에서, 아마도 가장 중요한 것이 될 차이점은 개인의 사회적 관계, 다시 말하면 사회구성 양식에 대해 각각 틀린 태도를 취한다는 사실이다. 그렇기 때문에 전체로서 미국, 러시아, 인도 사회의 차이를 연구하는 것이 미국인과 러시아인과 인도인의 차이를 연구하는 최선의 방법이 될 것임이 분명하다.

(『역사란 무엇인가』(범우사) 제2장 「사회와 개인」 중에서)

 한 민족의 특성을 설명하기 위해서는 여러 가지 요인을 고려해야 하며, 매우 신중하게 그 특성을 규명해야 한다. 민족성에 대한 성급한 결론은 한 민족에 대한 그릇된 편견을 심어 줄 것이다. 따라서 한국인의 민족성 형성 과정을 밝히는 것도 지정학적인 요인 등 환경적 배경, 인접 국가들과의 교류를 통해 획득한 문화적 배경, 우리의 구체적인 사회 상황이 만들어 낸 일시적인 특성을 종합적으로 검토하는 조심스러운 과정을 거쳐야 할 것이다.

통합형 문·답

> '사회가 먼저인가, 개인이 먼저인가' 라는 문제를 한국인의 민족성 형성 과정을 예로 들어 논술해 보자.

제시문에서 저자는 '국민성이 생물학적인 차이에 따른다는 낡은 개념은 사라진 지 오래다' 라고 단언하였다. 그러나 아직도 생물학적인 차이를 믿는 인종적 편견은 이 세상에 짙게 깔려 있다. 백인이 흑인보다 지능면에서 앞선다는 생각이 미국과 남아프리카 공화국에서의 인종적 갈등을 낳았으며, 유대인은 비열하다는 인종적 편견이 독일의 광적인 파시즘을 산출한 것도 사실이다. 우리 민족에 대해서 생물학적인 차이에 근거를 둔 인종적 차별이 없는 것이 그나마 다행이다. 그러나 생물학적인 차이 대신 다른 종류의 민족적 편견이 우리들 주변에 파급되어 있다는 것은 우려할 만한 상황이다.

한국인의 민족성이 '은근과 끈기' 정신에 지배된다고 보는 견해가 많다. 단군 신화에 제시된 것처럼, 곰은 스물하루 동안 쑥과 마늘을 먹고 견뎌내어 인간이 되었다. 즉 은근과 끈기의 생명력이

곰을 인간으로 변신시켰고, 이러한 곰의 정신력이 한국인의 특성을 만들었다고 본다. 그러나 한편으로는 한국인의 '조급성'을 민족적 특징으로 제시하는 사람들도 많다. 냄비처럼 빨리 달구어졌다가 빨리 식는다는 의미에서 '냄비 근성'이라는 비하적 표현을 사용하기도 하고, '빨리 빨리' 일을 처리하는 습성이 '대충 대충' 일을 처리하는 적당주의를 낳았고 결국 조금 틀려도 '괜찮아'라고 말하는 습관으로 고정되었다고 비판하는 것이다.

나로서는 한국인의 민족성이 단군 시대부터 내려온 것이라든지, 아니면 주변의 지정학적 조건이나 종교나 언어 등의 문화적 특성에서 비롯되었다고 보는 견해에 찬동할 수 없고, 제시문이 주장하는 논지대로 우리가 살아온 최근의 역사적 배경과 현재의 거시적인 구조에서 비롯되었다고 생각한다. 즉, 고유한 한국인의 민족성이 현재 한국인들을 지배하는 게 아니라, 현재 한국인들이 현상태의 민족성을 만들어 간다고 본다. 개인이 사회를 만들어 가고 그 사회 성격을 규정한다고 보는 셈이다. 예컨대 한국인의 민족성 중 부정적인 요소로 지적되는 '냄비 근성'은 한국전쟁 시기 피난 생활에서 자연스럽게 태동된 생존의 한 방편이거나 1970년대 이후 급격하게 진행된 물량 위주의 경제 성장이 빚어낸 산물이지, 예전부터 내려온 것은 아니라고 본다. 또 '은근과 끈기'라는 민족성을 주장하는 근거가 되는 단군 신화 또한 일연이 몽고군에 쫓겨 강화도로 피한 왕실과 몽고군에게 시달리는 당시 백성들에게 삶의 위안이나 용기를 주기 위해 기존 자료를 참고하여 『삼국유사』에 채록한 것이라고 생각한다.

민족성이라는 단어 자체는 대단히 모호하다. 각 개인들의 성격도 서로 다르며 이것조차도 명확히 판별하기 힘든데, 개인이 모인 집단의 성격을 명쾌하게 설명한다는 일은 매우 경박한 처사거나 아예 불가능한 일로 보인다. 더욱이 한 민족을 경멸하거나 공박하기 위해서 민족성을 들먹이는 태도는 결국 우리만 옳다는 식의 그릇된 민족주의로 귀결될 가능성이 많으므로 경계해야 할 것이다.

　역사는 인간이 시간의 흐름을 자연적 과정, 즉 계절의 순환이나 사람의 일생으로 보지 않고, 인간이 의식적으로 관여하고 또한 영향을 줄 수 있는 특수한 사건의 연속이라고 생각할 때부터 시작된다. 이런 의미에서 부르크하르트는 역사를 '의식(意識)의 각성(覺醒)에 의하여 생겨난 자연과의 단절'이라고 말했다. 역사는 인간이 이성을 활용하여, 환경을 이해하고 환경에 작용해 온 오랜 투쟁 과정이다. 특히 근대는 이러한 투쟁을 혁명적으로 넓혀 놓은 시기다. 지금 인간은 환경뿐만이 아니라 인간 자신에게도 이해와 영향력을 뻗쳐 보려고 하고 있다. 이로 말미암아 이른바 이성과 역사의 새로운 차원이 나타나게 된 것이다. 현대는 어느 시기보다 역사적 의식이 발달한 시대다. 현대인은 유례가 없을 정도로 자기 자신을 의식하고 역사를 의식한다. 현대인들도 간혹 자기가 걸어 나온 과거의 황혼 속을 열심히 돌아보지만, 이는 혹시나 거기에서 흘러나오는 미광이 그가 바야흐로 들어서려고 하는 앞날의 어두움을 비춰 주지나 않을까 하는 희망에서다. 즉, 과거와 현재와 미래가 무한한 역사의 쇠사슬에 서로 연결되어 있는 것이다.

　근대 세계의 변화는 인간의 자기 의식의 발달을 말하거니와, 그 첫걸음은 데카르트에 의한 것이라고 할 수 있다. 데카르트는 인간을 사고 능력이 있을 뿐만 아니라 자기 자신의 사고를 다시 사고할 수 있는 존재로서, 곧 인간이 관찰 활동을 하는 자기 자신을 관찰할 수 있

E.H. 카

는 지위를 가지고 있다는 점을 처음 확립한 사람이다. 이러한 신념은 프랑스혁명을 거쳐 미국혁명에도 연결되었다. '지금으로부터 87년 전에 우리 조상들은 자유 속에 구현된, 그리고 만인은 평등하게 창조되었다는 신조 앞에 바쳐진 새 나라를 이 대륙 위에 세웠다.' 링컨의 이 말이 시사하는 바와 같이, 그것은 하나의 특이한 사건이었다. 곧 그것은 사람들이 의도와 의식을 가지고 국가를 형성하고 또 다른 사람들을 이 국가의 틀 안으로 끌어들이려 한 최초의 사건이었기 때문이다. 17～18세기의 인간은 이미 자기를 둘러싼 세계와 그 법칙을 충분히 의식했었다. 세계의 법칙은 이미 불가사의한 섭리라는 신비적 계율이 아니라 이성에 의해 접근할 수 있는 법칙이었다. 그러나 그것은 인간이 스스로 복종하는 법칙이었지, 스스로가 만든 법칙은 아니었다. 인간이 환경 및 자기 자신에 대한 자신의 힘을 충분히 자각하게 되고 또한 인간 생활을 지배할 법칙을 만들어 낼 권리가 있다는 충분한 자각에 도달하게 된 것은 그 다음 단계에 이르러서의 일이다.

18세기에서 근대 세계로의 전환은 길고 점진적인 것이었다. 이 시대의 대표적인 철학자는 헤겔과 마르크스였는데, 두 사람은 모두 대립되는 위치를 차지했었다. 헤겔은 섭리의 법칙을 이성의 법칙으로 바꾸어 놓은 사상을 토대로 삼았다. 헤겔의 세계정신은 한 손으로는 섭리를, 다른 손으로는 이성을 꽉 붙잡았다. 그는 애덤 스미스를 본따서 다음과 같이 말했다. '개인은 자기 욕망을 충족시키는 과정 속에서 동시에 그 이상의 일, 곧 그들의 의식에는 나타나지 않지만 행위 속에 잠재해 있는 일을 성취한다.' 그는 또한 세계정신의 합리적 목적에 대해서 인간은 '합리적인 목적을 실현하는 행위를 그들 자신의 욕망을 충족시키는 계기로 삼으며 이러한 욕망의 의미는 합리적 목적과는 다른 것이다'라고 말하였다. 이것은 이익의 조화라는 애덤 스미스의 표현을 독일 철학의 표현을 빌려서 번역해 놓은 것에 불과하다. 애덤 스미스의 '보이지 않는 손'에 해당하는 것이 헤겔의 유명한

'이성의 간계(奸計)'이며, 그것은 인간으로 하여금 자기들이 의식하지 않은 목적을 실현하도록 하는 것이다. 그러나 헤겔은 역시 프랑스혁명의 철학자였으며, 역사적 변화와 인간의 자기 의식의 발달 속에서 현실의 본질을 본 최초의 철학자였다. 그에게 있어서 역사상의 발전이란 자유의 개념을 향한 발전을 의미했다. 그러나 1815년 이후에는 프랑스혁명의 감격도 왕정이 복구되는 정체 상태 속에서 사라지고 말았다. 헤겔도 정치적으로는 매우 소심한 사람이었고, 또한 당시의 기존질서에 강하게 집착했었기 때문에 자기의 형이상학적 명제에 구체적인 의미를 도입하지 못했다.

헤겔의 대수 방정식에 숫자를 기입하는 일은 마르크스의 과업이었다. 마르크스의 결론을 종합해 보면, 역사는 다음 세 가지를 의미하는 것이었다. 첫째는 객관적인 법칙, 주로 경제적인 법칙을 따라서 전개되는 사건의 움직임이며, 둘째는 이에 대응하여 변증법적 과정을 통해서 이룩되는 사상의 발전이며, 셋째는 이에 대응하여 일어나는 계급투쟁 형태의 행동이라는 것이다. 마르크스는 인간의 의식적인 행동을 강조했다. 가령 '철학자들은 오직 세계를 여러 가지로 해석해 왔으나, 중요한 것은 세계를 변혁하는 것이다.' 같은 구절이 이를 시사한다.

이상 내가 말하는 이른바 근대 세계로의 전환, 즉 이성의 기능과 힘의 새로운 영역으로의 확대는 아직도 끝나지 않았다. 이것은 20세기 세계가 통과하는 혁명적 변화의 한 부분이다. 이제 이러한 전환의 몇 가지 중요한 징후를 검토해 볼까 한다.

(『역사란 무엇인가』(범우사) 제6장 「넓혀지는 수평선」 중에서)

논점 이 글의 필자는 인간의 이성에 의해 역사가 진보할 수 있다는 믿음을 가지고 있다. 그래서 필자는 자기 의식의 발달을 주장한 데카르트, 섭리와 이성에 의해 역사가 진보한다고 믿는 헤겔, 이를 구체적으로 실

E.H. 카

천하고자 노력한 마르크스를 모두 긍정적으로 평가하였다. 특히 미국의 건국은 '사람들이 어떤 의도와 의식을 가지고 국가를 형성한 최초의 사건'이라고까지 높게 평가하였다. 카의 이러한 세계관은 최근에 이르러서는 상당한 비판을 감수해야 할 것이다. 1980년대 이후에는 이성의 중시조차도 다른 억압을 낳는다는 논리, 예컨대 포스트모더니즘이 태동하여, 역사의 발전을 지나치게 이성 위주로 해석하는 역사관에 대해서도 비판하고 있다.

결론 부분에 제시된 '근대 세계로의 전환, 즉 이성의 기능과 힘의 새로운 영역으로의 확대'를 위해 우리가 준비해야 할 일은 무엇인가에 대해 논술해 보자.

인간에게 이성(理性)이 있다는 것은 분명히 축복받을 만한 일이다. 만약 인간에게 이성이 없었다면, 인류 역사를 가능하게 한 학문적 발전이 불가능했을지도 모르며, 또 개인과 개인 혹은 집단과 집단 사이의 갈등을 조화롭게 극복해 나가지도 못했을 것이다.

특히 이성은 중세 사회의 질곡(桎梏)을 깨고 근대 사회로 이행하는 데 결정적인 기여를 했다. 이성은 중세 종교가 담고 있는 교조적이고 비의적인 요소를 반박하는 도구로 활용되었고, 또 근대 시민사회 주역들에게 자유민주주의와 새로운 경제체제에 대한 과학적인 모델을 제공해 주었다고 볼 수 있다. 18세기 프랑스에서 루이 14세로 대표되는 구질서(앙시앵 레짐)를 깨뜨리고 프랑스대혁명이 가능하도록 만들어 준 것이 바로 이성을 존중하는 지식인들의 계몽주의 사상이었다는 점은 근대 사회 건설에 이성이 얼마나 중요한 역할을 했는지를 보여 준다.

그러나 이성에 의한 근대 세계로의 전환은 아직은 미완성 단계에 머문다고 볼 수 있다. 원시적인 민족 감정에 호소하는 전쟁이 세계 곳곳에서 벌어지고 있으며, 계층 간 갈등이나 종교 분쟁 등도 해결 가능성조차 찾을 수 없는 경우가 비일비재인 현상황을 주시해 보면, 인류에게 과연 진정한 이성이 존재하는가 회의에 빠지게 된다.

그러므로 우리가 준비할 일은 우선 이성의 회복이다. 인류의 이상을 설정하고 이를 실현하기 위해서라면 종교적이고 도덕적인 실천 자세를 보여야 한다. 그러나 이러한 종교와 도덕조차도 일방적으로 강요된 것이어서는 안 되고, 각 개인의 합리적인 판단에 의해 이루어져야 한다. 이럴 때 이성이 가장 중요한 나침반이 되어야 하는 것이다.

두 번째로 필요한 것이 제도적인 정비다. 이성의 회복은 한 사람의 노력으로 되는 것이 아니므로, 왜 인간 사회에 이성이 필요한가에 대해 모든 사람들이 공감대를 형성해 최소한의 합의를 끌어내는 데 최우선적인 과제가 주어져야 할 것이다. 즉, 각 당사자들의 활발한 토론에 기대 이성에 기초한 법률과 윤리를 정립하는 일이 필요하다. 제도가 잘못되었을 때는, 아무리 개인이 이성적이고자 노력한다 해도 그 제도적 모순에서 벗어날 수 없기 때문에 제도의 정비는 중요한 과제가 되는 것이다.

세 번째로 중요한 것은 '이성에 대한 회의' 정신까지도 이성적인 논의 속에 포함시켜야 한다는 점이다. 인간의 이성이 완벽한 것은 아닐 것이다. 오히려 인간들은 이성의 이름으로 더 많은 시행착오를 겪어 왔음을 깨닫고 이를 전적으로 맹신해서는 안 된다. 각 개인 간의 활발한 토론과 비판이 허용되어야 하는 이유는 한 사람의 이성보다는 여러 사람의 이성을 종합하는 방법이 이성의 시행착오를 줄일 수 있는 지혜이기 때문이다.

E.H. 카

과학혁명의 구조

토머스 쿤
Thomas S. Kuhn

쿤(1922~   )은 과학사·과학철학자로 미국 오하이오에서 출생하였다. 1943년 물리학 전공으로 하버드 대학을 수석으로 졸업하였으며, 1948년 하버드 대학의 교양과정 및 과학사의 강사, 조교수 경력을 거치면서 과학사상의 혁명적 변화들에 대한 깊은 이해를 갖게 되었다. 그리고 철학·심리학·언어학 사회학 부분의 폭넓은 독서와 토론을 바탕으로 녹창석인 과학사 이론을 전개하였다. 1958년 스탠퍼드 대학의 행동과학고등연구센터에서 사회과학자들과 생활한 것을 계기로 패러다임이라는 개념을 창안하였으며, 1962년에는 그의 대표적 저서 『과학혁명의 구조』가 출간되어 커다란 반향을 일으켰다. 그밖의 저서로는 『본질적 긴장』 『코페르니쿠스 혁명』 및 몇 개의 공저가 있을 뿐이지만, 그의 저술에 대한 서평이나 논문은 수백 편에 이르며, 그의 업적을 주제로 한 수많은 학회 모임이 생길 만큼 20세기 후반 현대 사상에 큰 영향을 미친 학자 가운데 한 사람으로 꼽힌다. 현재 MIT 대학의 언어학 및 철학과 교수로 재직하고 있다.

토머스 쿤은 1962년 출간된 자신의 저술 『과학혁명의 구조(The Structure of Scientific Revolutions)』를 통해, 과학사가 정적인 계승·발전의 과정이라는 종래의 귀납주의적 견해를 비판하고, 과학의 진보란 하나의 이론 구조의 포기와 그 자리를 양립 불가능한 다른 이론이 대체하는 혁명적 과정이라는 새로운 견해를 내놓았다.

여기에서 중요한 의미를 차지하는 개념이 바로 패러다임(paradigm)이다. 패러다임은 어떤 과학자 사회가 공통적으로 가지는 가치관·신념·준거들의 체계라고 말할 수 있다. 거기에는 특정 과학 분야의 기본 이론·법칙·개념·지식뿐만 아니라, 기본 법칙을 적용하는 표준적 방법, 그 법칙들과 자연현상을 연관시키는 데 필요한 실험기술과 장치, 더 나아가 그 분야의 가치관, 과학자 사회에 공유된 관념과 관습 등이 포함된다. 말하자면 패러다임은 특정 시기의 과학에 정합성을 부여해 주는 모델이라 할 수 있을 것이다. 이러한 모델로서의 패러다임은 명문화된 규정으로 습득되는 것은 아니지만, 교육과정에서 은연중 사고의 조건으로 작용하게 된다.

쿤이 이야기하는 이른바 '정상과학' 시기는 과학 활동이 안정된 패러다임 체계에 의존하는 시기를 말한다. 이 시기에는 패러다임에 대한 비판적 사고보다는 패러다임 체계에서 공백으로 남은 여분의 문제를 해결하는 데 치중하는 양상을 보인다. 이를 통해 패러다임은 더욱 명료화되고 정교화된다. 이 시기에 과학자들은 그들 연구의 정당성을 보장해 주는 패러다임 체계 안에서 마치 퍼즐을 풀 듯이 연구를 진행한다. 그들은 미리 정해진 규칙에 의해 그에 따른 일정한 답이 나오리라고 예상하는 상태에서 문제

해결을 시도한다. 따라서 정상과학 시기에는 실제 실험에서 예상과는 다른 답이 나올 경우, 규칙이 잘못되었다고 생각하기보다 과학자의 능력 부족이나 실수라고 간주하는 경향이 있다.

그러나 시간이 지남에 따라 기존의 패러다임으로 설명되지 않는 이상(異常) 현상이 출현하고 점차 증가하기에 이른다. 이른바 정상과학의 위기라고 불리는 이 시기에는 새로운 패러다임의 모색이 시도되고, 따라서 구패러다임과 신패러다임이 경쟁 대립하게 된다. 결국 쿤이 말하는 과학혁명의 구조는 전 과학―정상과학―위기―혁명―새로운 정상과학―새로운 위기가 되풀이되는 과정이라고 할 수 있으며, 쿤은 『과학혁명의 구조』에서 이를 실제 역사적 사례와 함께 설득력 있게 제시하였다.

쿤의 이러한 견해는 발표되자마자 커다란 반향과 논쟁을 불러일으킨 바 있다. 하나의 과학적 이론이 특정 과학자 집단의 잠정적 합의에 불과하다는 그의 상대주의적 입장은 과학이 사회적 현상과는 독립된 엄밀하고 객관적인 영역이라고 믿어 온 많은 사람들에게 충격을 주었고, 특히 1960년대 말 반증 과정을 통한 이론의 점진적 발전 모델을 취했던 칼 포퍼와는 직접적으로 대립하는 계기가 되었다. 쿤이 야기한 상대주의와 합리주의의 논쟁은 여전히 계속되고 있지만, 그의 견해는 과학이론 성립에 있어서 역사적 맥락의 중요성을 환기시켰으며, 비단 과학이론뿐만 아니라 다른 학문 분야와 사회과학에도 적용되는 등 광범위한 영향을 미쳤다.

작품 읽기

위기에 처한 패러다임에서 정상과학의 새로운 전통이 태동할 수 있는 새로운 패러다임으로의 천이(遷移)는 옛 패러다임의 명료화나 확장에 의해서 성취되는 과정, 즉 축적적 과정과는 거리가 멀다. 그러한 천이는 오히려 기반부터 새롭게 그 분야를 다시 세우는 것으로서, 그 분야 패러다임의 많은 방법과 응용은 물론 가장 기본적인 이론적 일반화조차도 변화시키는 재건 사업이다. 그 이행 시기에는 옛 패러다임과 새 패러다임에 의해서 풀릴 수 있는 문제들이 크게 중복될 것이나, 그렇다고 해서 결코 완전히 중복되지는 않을 것이다. 그러나 풀이 양식에서도 역시 결정적인 차이가 생길 것이다. 그런 천이가 완결되는 때, 그 전문 분야는 그 영역에 대한 견해, 방법, 목적을 바꾸게 될 것이다. 통찰력 깊은 어느 과학사학자는 최근 패러다임 변화에 의한 과학의 재편성 과정의 고전적 사례를 고찰하면서, 그런 천이는 '지팡이의 다른 쪽 끝을 집어 올리는 것'으로서, 그것은 '똑같은 자료 더미를 이전처럼 다루되 그것들에게 종전과는 다른 테두리를 부여함으로써 서로 서로 새로운 관련 체계 속에 놓이도록 하는' 과정이 포함된다고 묘사한 바 있다.

새로운 이론의 출현은 과학 활동에서의 한 전통과의 관계를 깨고 전혀 다른 규칙하에서 그리고 전혀 다른 대화의 세계 속에서 행해지는 새로운 전통을 도입시킨다는 이유 때문에, 위기는 최초의 전통이 형편없이 어긋나게 되었다고 느껴질 때 한해서 일어날 수 있다. 그러나 그런 표식은 위기 상태 고찰에 대한 서막 이상은 되지 않으며, 불행히도 그것이 유도하는 질문은 과학사학자의 능력보다도 오히려 심리학자의 재능을 요구한다. 비상(非常)적 연구란 대체 어떤 것인가? 어떻게 해서 이상(異常)은 법칙처럼 만들어지는가? 기존 과학으로는 다룰 재간이 없는 수준에서 무언가 근본적으로 잘못되었다는 것만을 깨닫게 되는 때 과학자들은 어떻게 연구를 속행하는가? 이러한 질문들은 보다 심층적인 고찰을 필요로 하는데, 모두 역사적이어야 할 필요는 없다. 앞으로 일어나는 일은 이전에 지나간 것에 비해 반드시 더 잠정적이고 덜 완벽할 것이다.

위기가 많이 진전되기 전이나 또는 뚜렷하게 인식되기 이전에 새로운 패러다임은, 적어도 발달이 덜 된 상태로는, 모습을 드러내는 수가 많다. 이와 같은 경우에, 우리는 패러다임의 사소한 붕괴 그리고 정상과학에 대한 패러다임 규칙의 최초 무기력화는 과학자로 하여금 그 분야를 새로운 방식으로 바라보도록 만들기에 충분했다는 것만을 말할 수 있다. 말썽거리에 대한 최초의 감지와 가능한 대안 인식 사이에 개재된 것은 주로 무의식적인 것이었음에 틀림없다.

그러나 다른 경우들 —— 이를테면 코페르니쿠스, 아인슈타인, 그리고 현대의 원자 이론 등 —— 에서는 패러다임 붕괴에 대한 최초의 인식과 새로운 패러다임의 출현 사이에 상당한 시간차가 벌어진다. 그런 일이 일어날 때, 과학사학자는 비상과학이 과연 어떤 것인가에 대해 몇 가지 힌트를 얻을 수 있다. 이론에서의 뚜렷한 근본적 이상 현상에 부닥치게 되면, 과학자는 흔히 우선 그것을 보다 정확하게 분리시켜 그것에 구조를 부여하고자 시도하게 된다. 이제 그것들이 꼭 옳지만은 않다는 것을 알면서도, 과학자는 어려움에 처한 영역 어디에 그리고 어느 정도까지 그것들이 적용되도록 할 수 있는가를 알아보기 위해서 정상과학의 규칙들을 종전보다 더 강력하게 구사할 것이다. 그와 동시에 과학자는 붕괴를 확대시키는 길, 그 결과를 미리 예측할 수 있는 실험들에서 드러난 것보다 한층 극적이고 또한 보다 시사적인 위기를 만드는 길을 찾게 될 것이다. 그리고 시도 속에서, 과학의 패러다임 이후 발전의 어느 다른 단계에서보다도, 그런 길을 찾는 그는 과학자 중의 가장 과학자다운 이미지로 비쳐질 것이다. 무엇보다도, 그는 흔히 아무것이나 무작위로 추구하며, 단지 무엇이 일어나는가를 보기 위해 실험을 하며, 본질을 제대로 추론할 수도 없는 결과를 찾아내려는 사람처럼 비쳐질 것이다. 그와 동시에, 어떤 실험도 이론을 갖는 모종의 유형이 없이는 이해될 수 없는 것이므로, 위기에 처한 과학자는 끊임없이 추론적인 가설들을 내세우려고 애쓸 것이며, 성공적인 경우 새로운 패러다임에 이르는 길을 열게 되고, 실패하는 경우 대수롭지 않게 포기할 수 있을 것이다.

때로는 새로운 패러다임의 형태는 비상 연구가 이상 현상에 부여한 구조에서 그 징조를 드러내는 경우들도 있다. 그러나 그러한 구조는 의식적으로 미리 예시되지 않는 경우가 더 흔하다. 오히려 새로운 패러다임 또는 이후의 명료화를 허용하는 충분한 암시는 한꺼번에 쏟아져 나와, 때로는 한밤중에, 위기에 깊숙이 잠겨 버린 사람의 정신에서 그 모습을 드러내게 된다. 그러한 최종 단계의 성격이 무엇인가는 여기서 불가해한 문제로 남게 되며, 또 영원히 그렇게 남을 수도 있다. 이제 우리는 그것에 대해 한 가지만 살펴보자. 거의 예외 없이, 새로운 패러다임의 이러한 근본적 창출을 이루어 낸 사람들은 아주 젊든가 아니면 그들이 변형시키는 패러다임 분야에 아주 새롭게 접한 사람들이다. 그 이유는 확실히 이들은 이전 활동들 때문에 정상과학의 전통적 규칙에 매이는 일이 거의 없고, 특히 이전 규칙들이 해볼 만한 게임을 더 이상 정의하지 못하게 된 것으로 보고 그것들을 대치할 다른 규칙들에 착상하기가 쉬운 사람들이기 때문이다.

이에 따르는 새로운 패러다임으로의 이행이 과학혁명으로서, 이제 드디어 우리가 곧바로 접근하도록 준비가 갖추어진 주제다. 이상 현상이나 위기에 직면하는 경우, 과학자들은 현존 패러다임에 대해서 이전과는 다른 태도를 취하게 되며, 그들 연구의 성격도 그에 따라 바뀌게 된다. 경쟁적인 명료화의 남발, 무엇이든 해보려는 의지, 명백한 불만의 표현, 철학에 대한 의존과 기본 요소에 관한 논쟁, 이 모든 것들은 정상 연구로부터 비상 연구로 옮아 가는 증세들이다. 정상과학 개념이 의존하는 것은 혁명의 존재라기보다는 이들 증상의 존재다.

(『과학혁명의 구조』(정음사) 제8장 「위기에 대한 반응」 중에서)

논점 쿤이 설명한 과학혁명의 구조는 패러다임 확립에 의한 정상과학 시기 — 이상(異常)의 출현과 증가에 따른 새로운 패러다임의 모색 — 구 패러다임과 신패러다임의 대립 경쟁 — 구패러다임의 붕괴와 새로운 패 러다임의 성립 과정으로 이루어진다. 위의 글은 이러한 과정 가운데서 특히 기존 패러다임에서 설명되지 않는 이상들이 출현하는 시기에 벌어 지는 특징적 양상들에 대한 서술 부분에 해당한다. 이런 점과 관련하여 쿤은 과학혁명이 정치혁명에 비유될 수 있다고 주장한다. 즉 정치혁명의 목적이 기존 제도를 파괴하는 방법을 통해 정치적 제도를 개혁하는 것이 므로 기존 정치제도에 의존하는 것이 불가능하듯, 과학혁명에서도 경쟁 하는 패러다임 사이의 선택은 양립 불가능한 생활양식 사이의 선택과 같 으며 따라서 논리적으로 설득될 수 없는 성격이라는 것이다. 여기에서도 분명히 나타나듯 쿤은 앞선 시기의 패러다임과 새로운 패러다임이 합리 적인 발전 관계라기보다 선택적인 등가물이라는 상대주의적 입장을 취하 였음을 확인할 수 있다.

통합형 문·답

> 제시문은 이상(異常)의 발견으로부터 과학혁명으로 이행하는 과정을 서술한 부분이다. 이 글의 내용을 바탕으로 상식에서 벗어난 엉뚱한 생각이나 행동이 갖는 의미에 대해 역사적 사 례를 들어 서술해 보자.

쿤은 정상과학 시기에는 패러다임 자체에 대한 비판적 질문, 예 컨대 기본 이론의 성립 여부에 관한 논의 등은 제기되지 않는다 고 설명했다. 쿤의 분석에 따르면, 안정된 정상과학 시기에는 과학 자들이 패러다임에 안주하여 기본 이론틀 한계 내에서 예측되는 결과를 확인하는 활동에 종사하기 때문이다. 그러므로 정규적 연 구에서 패러다임의 기본 이론과 상치되는 결과를 얻을 경우, 이론

257

과학혁명의 구조

의 성립 여부가 의심되는 것이 아니라 과학자의 능력 여부가 의문시되는 것이 상례라는 것이다. 그러나 기존 패러다임으로는 더 이상 설명해 낼 길이 없는 모순된 이상 현상들이 누적되는 경우 정상과학은 위기를 맞게 되며, 급기야는 새로운 이론 체계들이 나타나 새로운 패러다임에 이르게 된다는 것이 그가 말하는 과학혁명의 기본 구조이다.

이와 같은 과학혁명이 이루어지기 위해서는 기존의 전통적 패러다임 규칙으로부터 벗어나서 그 패러다임 자체를 의심하는 과정이 필연적으로 요구된다. 그러나 이미 존재하는 이론에 사유가 얽매여 있는 경우 기존 패러다임에 대한 비판적 사고 가능성이 차단되는 것이 보통이다. 또한 이러한 입장에서는 기존 패러다임에 대한 어떠한 비판적 시도도 무지의 소치로 간주되는 편견을 감당할 수밖에 없다.

예컨대 갈릴레이가 지동설을 주장하였을 당시, 당대 사람들은 천동설을 굳게 믿었으며 그렇기 때문에 갈릴레이의 주장을 신에 대한 도전으로 간주하였다. 신 중심의 사고에 철저하게 갇혀 있던 그들에게는 오히려 천동설이 세계를 설명하는 데 더욱 적절하였기 때문이다. 그러나 갈릴레이는 그와 같은 상식의 틀에서 사유하기를 거부하였다. 비록 상식의 한계에 갇혀 있던 사람들에게 갈릴레이는 엉뚱하고 무모한 인간으로 인식되었을 테지만, 갈릴레이는 기존의 이론 체계가 설명하지 못한 이상 현상들에 주목하고 그것을 기존 이론의 권위 대신에 새로운 이론 체계 내에서 설명하고자 하였다. 그렇기에 그는 세계와 우주를 설명하는 새로운 이론 체계를 마련할 수 있었던 것이다.

비단 과학적 탐구에 있어서뿐만 아니라 일상 생활 가운데서도 이러한 독창적 사고는 개인 발전에 중요한 의미를 지닌다. 자신에게 주어진 환경을 그대로 수용하거나 적응하기보다 그것을 넘어서고자 하는 도전 욕구야말로 자신에게 부여된 삶을 개혁하는 원동력이기 때문이다. 물론 여기에는 자신의 주장을 끝까지 밀고 나갈 수 있는 성실성과 굳건한 의지가 바탕이 되어야만 할 것이다.

일차원적 인간

마르쿠제
Herbert Marcuse

마르쿠제(1898~1979)는 1898년 7월 19일 베를린에서 유대계 양친 아래 태어났다. 1915년 베를린 대학에서 철학과 사회학을 전공하였으며, 당시 독일 각 대학에서는 후설의 현상학, 하이데거의 실존철학, 신프로이트주의, 신헤겔주의가 지배적이어서 이에 크게 영향을 받았다. 1932년 독일의 나치 정권이 수립되기 직전인 12월에 제네바로 도피, 그곳에서 최초로 '프랑크푸르트 사회조사연구소'에 참가하였고, 1934년 이 연구소가 미국으로 이전하자 파리를 거쳐 미국으로 망명하였다. 이를 계기로 호르크하이머가 이끄는 '프랑크푸르트 사회학파'의 아도르노와 에리히 프롬과 친교를 맺었다. 파리에서 망명 학자들이 독일어로 발간하는 『사회조사연구지』에 '전체주의 국가관에 있어서 자유주의에 대한 투쟁'이란 논문을 게재하기 시작, 1955년 『에로스와 문명』이 출간되었는데, 이 저서는 프로이트주의에 입각한 문명 비판서이다. 1964년 『일차원적 인간』이 출간되었고, 이 저서는 미국 젊은이들의 '뉴레프트(New Left)' 운동의 이데올로기적 기반이 되었다. 1968년 5월의 파리 대학생들의 소요 사건을 계기로 각종 토론에 참가하였으며, 『해방론』에서 사회 변혁 요소로서의 젊은 대학생들의 역할을 밝힘으로써 극우파로부터 위협을 받기도 하였다.

현대 사회는 과연 행복한가. 그리고 개인에게 일정한 자유가 보장되어 있는가. 이러한 물음 앞에 서게 되면 우리는 사회가 발달할수록, 즉 선진 사회에 접근할수록 그 가능성은 커진다고 믿고 있다. 그러나 마르쿠제는 이에 대해 단호히 부정한다. 오히려 사회가 보다 '일차원적인 사회'로 전락할 수도 있다는 것이다. '일차원적 사회'로 전락시키는 것은 바로 '일차원적 인간'이 현대 사회의 주인공이 되어 버렸기 때문이다. 이러한 그의 생각이 담겨 있는 저서 『일차원적 인간(One-Dimensional Man)』(1964)은 우리가 믿고 있는 선진 사회의 청사진에 대한 정면적 도전장인 셈이다.

그는 '부정(否定)'이라는 개념을 자주 사용했다. 마르쿠제는 '부정적 사유'의 기능은 자기 확인적이고 자기 만족적인 상식, 주어진 사실에 순응하는 상식을 부인·타파하고 초월하는 것이라고 말한다. 상식(常識)은 기득권에 기반을 둔 현상 유지의 이데올로기지만, 비판적·부정적 사유는 참다운 지식으로 이끈다. 현대의 선진 산업 사회는 그 체제가 자본주의건 공산주의건 이 부정적 사유를 마비시킨다고 마르쿠제는 비난했다. 현대인들은 물질적 풍요를 얻었다는 생각에서 자신이 몸담고 있는 사회 구조에 만족하는 단계에 그치며, 그들을 둘러싼 세계에 대한 의문을 제기하지 않는다. 현대 사회에서 변혁을 기대히기는 어렵다는 그의 비판은 대단히 비관적인 태도로 일관하는 것처럼 보인다. 그러나 그는 젊은이들에 의해 세상은 바뀔 수 있다는 희망적인 메시지를 설파하였다. 즉 기존의 사회 구조에 오염되지 않은 젊은이들의 순수함이 물질 문화와의 단절의 계기를 마련할 수 있다고 믿었던 것이다. 1960년대 서구 사회에서 대학생들의 현실 참여 운동은 대단한 열기를 띠었었다. 마르쿠제는 체제 개혁을 부르짖었던 1960년대의 학생 운동은 풍요 사회에 대한 젊은이들의 혐오를 나타낸 것이며, 기만적이고 일차원적인 사회의 경직성을 파괴하려는 그들의 욕망을 보여 준 것이라고 정의했다. 이들의 '부정' 정신은 물질적 풍요에 만족하여 일차원적인 인간으로 전락한 기성 세대에 대한 거부, 과학과 기술이 지배하는 세상에 대한 거부로 표출되었다. 즉 그들은 일종의 반(反)문화, 저항 문화의 성격을 지니고 있었으며, 이는 좀더 '인간적인 사회'에 대한 요구에서 출발한 것이다. 부정적 사유를 중시한 마르쿠제의 사상이 지나치다는 평가를 듣기도 했지만, 주어진 것을 좀더 본질적으로 추구하는 그의 정신은 인간 상실의 시대로 요약되는 현대 사회에서 우리가 잃지 말아야 할 정신적 덕목이다.

이 책 『일차원적 인간』에서 마르쿠제는 미국과 소련을 모델로 삼아 비판 이론을 전개한다. 그의 기본 명제는 고도로 발달한 산업 사회는 한결같이 기술에 의해 규제되고 있다는 것이다. 미국과 소련이 모두 일차원적인 사회라는 것이 그의 주장이다. 내면적 모순이 없는 일면적인 경향을 그는 '일차원적'이라고 부르는데, 이러한 상태는 지배와 종속 사이의 갈등마저 사라져 버린 사회에 가장 완벽하게 나타난다. 과학 기술의 진보는 지배와 종속 관계에까지 영향을 미쳐 지배에 반대하는 모든 세력까지 하나로 화합시켜 버리고 만다. 강력한 국가를 이루기 위해 당파를 초월하여 하나가 되려는 정책, 다원론(多元論)의 쇠퇴, 노동자와 사용자의 결탁 등은 이러한 상태를 말한다. 자본주의 세계에 있어서 부르주아와 프롤레타리아는 아직도 기본 계급 구조지만, 자본주의의 발달은 이 두 계급의 구조와 기능을 바꾸어 버렸다. 이들은 더 이상 역사적 변혁의 매개체가 아니다. 현상 유지에 대한 압도적 관심은 어제까지의 적도 오늘은 한편으로 융합해 버리고 만다는 것이다.

　기술은 풍요를 낳았고, 풍요 안에서 소유와 소비는 이중적인 효과를 가진다. 첫째는 불만 세력이 될 수 있는 인간의 물질적 욕구를 충족하며, 둘째로는 기존 질서와의 동일체화를 양성하는 것이다. 마르쿠제는 말하기를, 노동자와 사장이 똑같이 텔레비전 프로를 즐기고, 여비서가 사장의 딸과 같은 화장품을 사용하고, 흑인이 캐딜락 자가용을 소유하는 단계가 된다 해도, 이들 사이의 기본적인 '차이'는 남아 있다고 본다. 그러나 노동자와 여비서와 흑인은 자신의 물질적 풍요에 대해 일종의 '착각'을 일으키게 되는데, 이러한 착각이 곧 계급의 본질적인 소멸을 뜻하는 것은 아니다. 기술의 발달이 노동자들에게 일정한 풍요를 제공했기 때문에 계급의 이익 추구를 위한 투쟁은 그 의의를 잃게 되었다고 대다수의 노동자들은 믿는다. 그래서 노동자들은 현상에 만족하며, 변화를 꺼린다. 즉 이들의 사회 운동을 이끌 이데올로기가 소멸된 것이다.

　이러한 이데올로기의 소멸과 가짜 만족감을 조장하는 것이 바로 대중 매체인 매스 미디어들이다. 매스 미디어는 대중들의 욕구와 기호를 조작하면서, 이들로 하여금 '부정'보다는 '순응'에 길들도록 만든다. 이러한 매스 미디어에 익숙해진 현대인들은 자신이 노동자면서도 자본가들의 주장을 아무런 비판 없이 앵무새처럼 따라하며, 극단적으로는 사랑과 증오, 감정과 노여움을 표현할 때조차도 광고문·영화·베스트셀리·대중가요 등에서 배운 표현을 이용한다. 마르쿠제는 본격 예술, 고급 예술만이 이러한 매스 미디어의 순응적 태도에 반기를 들 수 있다고 보았다. 즉 예술만이 매스 미디어에 대항하여, 인간이 무엇인가에 억압당하고 기만되고 있다는 사실에 대한 고발, 현실 속에는 충만되지 않은 욕구가 남아 있다는 진실의 표현에 도달할 수 있다고 본 것이다.

　그리스 철학에서 '이성(理性)'은 진실한 것과 거짓된 것을 판별하는 인식 능력을 의미했다. 그러나 현대 사회에 이르러서는 과학과 기술이 이러한 이성의 역할을 대신하여 담당하고 있다. 마르쿠제는 후자를 '도구(道具)로서의 이성'이라고 불렀다. 즉 현대인들은 경험적으로 입증되고 효율적인 것, 수치로 환산할 수 있는 것만을 진실로 받아들이게 되었다는 것이다. 그러나 이러한 '도구적 이성'은 인간의 점진적인 노예화로 귀결된다. 과학 기술의 '도구적 이성'은 합리성, 좀더 극단적으로 말하면 타산성에 가까운 것으로 전락되고, 이에 합당하지 않은 인간적 진실은 가차없이 폐기 처분된다. 인간이 이러한 도구적 이성에 전적으로 지배되는 사회는 위험한 사회이며, 일차원적인 사회이다. 우리는 기계가 합리적이고 효율적이라는 이유 하나만으로, 그 기계에 종속되어 살아가는 것을 원하지 않기 때문이다.

【 작품 읽기 1 】

　사회의 억압적인 관리가 더욱 합리화·기술화·전면화되어 갈수록, 더욱더 관리를 받는 개인들은 자신의 노예 상태를 부수고 스스로의 자유를 획득하는 수단과 방법을 상상할 수 없게 된다. 확실히 사회 전체에 '이성'을 부여한다는 것은 역설적이며 언어도단적인 생각이다. 모든 해방은 노예 상태를 의식하는 데 달려 있으며, 이러한 의식의 발생은 대부분 개인 자신의 것으로 되어 버린 욕구와 충족이 우세하기 때문에 언제나 제지당한다. 그 과정이 항상 하나의 필수 조건의 체제를 다른 것으로 바꾼다. 최대의 목표는 허위 욕구를 진실된 욕구로 대치하는 것이며, 억압적인 충족을 포기하는 것이다.
　선진 산업 사회의 뚜렷한 특징은 해방, 즉 관대하고 보상적이며 안락한 것으로부터의 해방을 요구하는 욕구들을 효과적으로 질식시키

264

마르쿠제

는 한편, 풍요한 사회의 파괴적인 힘과 억압적인 기능을 유지·허용한다는 것이다. 여기서 사회적 통제는 낭비의 생산과 소비에 대한 과도한 욕구, 이미 실제로는 필요 없는 곳에도 감각을 마비시킬 정도의 노동에 대한 욕구, 이 마비 상태를 경감·지속시키는 여러 가지 휴식에 대한 욕구, 통제된 가격 안에서의 자유 경쟁, 스스로 검열하는 자유 언론, 미리 조작된 광고와 상표 중에서의 자유 선택과 같은, 일종의 기만적인 자유를 유지하려는 욕구를 강요한다.

억압적인 전체의 지배 아래서 자유는 강력한 지배 도구로 바뀔 수 있다. 개인에게 개방된 선택의 폭은 인간의 자유와 정도를 결정하는 데 있어 결단적인 요소가 되는 것이 아니라, 무엇이 선택될 수 있으며 무엇이 개인에 의해서 선택되는가를 가리킨다. 자유 선택의 기준은 결코 절대적인 것이 될 수 없으며, 전적으로 상대적인 것도 아니다. 주인을 자유로이 선출한다는 것은, 주인이나 노예를 폐지하는 것이 아니다. 다양한 상품과 서비스 속에서의 자유 선택은 이들 상품과 서비스가 고통과 공포의 생활에 대한 사회적 통제를 지속시키는 한, 다시 말해 소외를 지속시키는 한, 자유를 의미하는 것이 아니다. 그리고 개인에 의해 부여된 욕구를 재생산한다는 것이 자율성을 확보해 주지 않는다. 그것은 오직 통제의 효율성을 증명해 줄 뿐이다.

이같이 통제가 심각하고 효과적이라는 우리의 주장은 우리가 '미디어'의 교화력에 지나친 비중을 둔 것이며, 인간들 스스로 이제 자기들에게 부과되어 오는 욕구를 느끼고 충족시킨다는 반론에 부닥친다. 이 반론은 초점을 놓친 것이다. 선행 조건은 라디오와 텔레비전의 대량 생산과 통제의 집중화에서 출발하지 않는다. 인간은 오랫동안 묵혀 온 선행 조건을 지닌 채 이 단계로 들어선 것이다. 결정적인 차이는 주어진 것과 가능한 것, 충족된 것과 충족되지 못한 것 사이의 대비 또는 충돌을 약화시킨 데 있다. 여기서 소위 계급 차이의 평등화가 이데올로기적 기능으로 나타난다. 노동자와 사장이 똑같이 텔레비전 프로를 즐기며 같은 휴양지를 찾아간다면, 타이피스트가 사장의 딸처럼 매력적으로 화장한다면, 흑인이 캐딜락 자가용을 소유한다면, 이들이 모두 똑같은 신문을 본다면, 이런 경우 동화 현상은 계급의 소멸을 가리키는 것이 아니라, 저변 인구가 체제의 보존에 기여하는 욕구와 충족을 공유하는 정도를 가리킨다.

사실, 현대 사회의 최고로 발달한 지역에서는 사회적 욕구를 개인적 욕구로 이식하는 것이 극히 효과적으로 이루어져 있기 때문에, 양자간의 차이는 순전히 이론적인 것처럼 보인다. 정말 정보와 오락의 도구로서의 매스 미디어, 조작과 교화의 대행자로서의 매스 미디어를 구별할 수 있을까? 키찮은 물건으로서의 자동차와 편리한 것으로서의 자동차는 어떤가? 기능적인 건물의 가공(可怒)함과 안락함의 구별은 어떤가? 국가 방위를 위한 노동, 회사 이윤을 위한 노동의 구분은 어떤가?

우리는 선진 산업 문명에서 가장 불쾌한 모습 중의 하나에 봉착한다. 즉, <u>비합리성의 합리적 성격</u>이다. 그 사회의 생산력과 효율성, 안락을 증진·보급시키며 낭비를 욕구로, 파괴를 건설로 바꾸는 능력, 그리고 이 문명이 대상 세계를 인간의 정신과 육체의 확장으로 바꾸는 그 규모가 소외 개념을 문제되게 만든다. 사람들은 상품 속에서 자신을 확인한다. 그들은 자동차에서, 하이파이 전축에서, 이층 집에서, 부엌 시설에서 자신의 영혼을 발견한다. 개인을 그 사회에 묶어매는 바로 그 메커니즘이 변했으며, 사회적 통제는 그 사회가 생산한 새로운 욕구에 정착한다.

(『일차원적 인간』 제1장 「일차원적 사회」 중에서)

 마르쿠제는 합리성의 문제를 막스 베버(Max Weber)의 합리성 개념과 연관시킨다. 서구적 합리성으로서의 이성 개념은 막스 베버에 의해 다음과 같이 요약된다. 첫째, 경험과 인식의 수학화가 진전된 상태를 말

266

한다. 자연과학의 비약적인 성과는 다른 학문과 생활 태도에까지 영향을 미치고 보편적인 수량화의 경향이 지배적이 되었다. 따라서 수치로 환산할 수 없는 것은 모두 무시된다. 둘째, 과학의 조직과 생활 태도에서 합리적인 실험과 합리적인 입증의 필연성이 고집되었다. 셋째, 합리적인 조직의 결과는 전문가로서 훈련을 받은 관료 조직의 성립을 가져왔다.

이 합리성은 질을 양으로 환원하는 자본주의 시대의 성격을 결정한다. 추상적 이성은 사라지고, 자연과 인간에 대해 합리적으로 계산할 수 있는 부분만 의미 있는 것으로 남게 되는 것이다. 돈으로 환산할 수 없는 것, 수치로 환산하여 정확하게 양으로 제시될 수 없는 모든 가치는 부정되기에 이른 것이다. 막스 베버는 이러한 경향을 관료제, 특히 관료의 카리스마적인 지배 경향에서 찾고 있다. 관료들은 주로 과학과 기술의 발달이 이룬 성과에 의존하여 합리성을 제시하는데, 이러한 합리성은 인간적인 가치보다는 기술의 척도에 의해 산출된다고 본 것이다.

1 밑줄 친 '기만적인 자유'와 '비합리성의 합리적 성격'의 의미를 적절한 사례를 들어 설명하고, 이를 극복할 수 있는 대안을 제시해 보자.

진정한 자유란 자기 자신이 선택의 기준이 되는 상태에서 얻어진다. 그러나 나 자신이 과연 선택의 진정한 주체(主體)로 활동하는가 하는 문제를 비판적으로 따져 보면, 그리 간단하지 않다. 우리 주변에서는 '자유, 자율'이라는 표현을 자주 쓴다. 그러나 개인의 행동이 진정한 자유, 자율에서 출발하는가에 대해서는 의문의 여지가 많다. 교실에서 행해지는 '자율 학습'은 대부분 '강제적 자율 학습'이다. 교사나 부모님이 강요하거나, 아니면 입시 경쟁이라는 살벌한 생존 논리가 자율 학습을 강요하는 경우가 대부분이기 때문이다. 상식적으로 볼 때, '강제'와 '자율'은 반대 개념이다. 그러나 우리는 그러한 상식마저 까마득히 잊고, 강제적으로 참여하는 학습을 자율적으로 참여한 학습이라고 착각하는 것이다. 이는 '기만적인 자유'의 한 예다. 요금을 자율화한다면서 이를 철저히 관리하고, '자유를 쟁취하기 위해 싸우자'면서 강제적으로 군중을 동원하는 사례들을 우리는 자주 보아 왔다. 폭군 나폴레옹이 자유를 얻기 위해 단결하자는 미명하에 우매한 동물들을 속이는 이야기를 담고 있는 조지 오웰의 『동물 농장』은 기만적 자유의 허상을 낱낱이 폭로한 작품으로 기억된다.

'비합리성의 합리적 성격'은 비합리적인 것, 혹은 진정한 의미의 이성을 배반하는 어떤 원리가 합리성으로 위장하는 상태를 말한다. 인간에게는 의외로 비합리적인 부분이 많다. 또한 사회 현상을 설명할 때도 과학적인 설명이 완벽하게 이루어질 수 있지 않다. 예컨대 우리는 투표를 가장 이상적이고 공정한 방식이라고 생각한다. 그러나 투표에 참여하는 각자는 자신의 이성에 전적으로 의존하여 투표하는 게 아니라, 교묘한 선전과 선동에 휩쓸리는 경우도 적지 않다. 예컨대 외부의 적이 곧 쳐들어온다는 공포 분위기를 만들어 놓은 채 투표를 실시한다면, 극도의 공포감이 투표 결과에 영향을 미치는 게 당연하다. 그러나 이러한 조작을 해낸 지배자는 믿을 만한 것은 투표로 표현된 수치뿐이라고 주장한다. 조지 오웰의 『동물 농장』은 이러한 측면에서도 참조할 만하다. 이 작품 속의 나폴레옹과 같은 인물을 우리는 카리스마라고 부른다. 이러한 카리스마적인 인물은 자신의 폭력과 비합리성을 감추기 위해 자주 객관적인 것처럼 보이는 자료를 위장하여 제시하는 것이다. 히틀러가 대중들을 선동하여 극도의 전체주의를 이끌어 갈 수 있었던 것도 그의 카리스마적인 전략 때문이었다.

그렇다면 이러한 '기만적 자유'와 '비합리성의 합리적 성격'을

마르쿠제

벗어날 수 있는 방법은 무엇인가. 윗글에서 마르쿠제는 '비판적 사유'의 기능 회복만이 유일한 대안임을 강조하였다. 우리는 사물의 한 측면을 이해할 때, 다른 측면도 고려해야 한다. 예컨대 매스 미디어에서 제공하는 지식은 매우 객관적인 것처럼 보이지만, 내면적으로는 이러한 지식의 유포를 통해 기득권을 강화하려는 세력의 이해관계가 걸려 있을 수도 있다는 점을 고려해야 하는 것이다. 이런 의미에서 비판은 중요한 기능을 담당한다. 자유를 내세우면서도 우리를 기만하지는 않는가? 합리성을 내세운 그 행동이 과연 합리적인 절차에 의존하고 있는가? 우리는 수없이 이렇게 질문하고 비판함으로써 허위의식에서 벗어날 수 있는 것이다.

매스 미디어는 우리에게 정보와 오락을 제공한다. 우리는 뉴스를 보면서 무엇인가 가치 있는 것을 얻는다고 믿으며, 연속극을 보면서 거기에서 타인들의 삶을 이해할 수 있는 기회를 가진다고 생각한다. 그러나 뉴스를 통해 우리는 방송사의 이해 관계에 의해 재해석되고 굴절된 사실만을 접하며, 연속극 속에서는 현실의 고통과 분노를 적절히 무마하는 카타르시스를 맛보는지도 모른다. 이러한 카타르시스는 마치 주전자 속 끓는 물의 압력을 배출시키기 위해 뚫어 놓은 작은 구멍처럼 대중의 비판 의식을 마비시키는 기능을 담당한다. 독재자들이 얼마나 대중 매체에 의존하여 대

중의 의식을 마비시켰는지에 대해서는 '3S 정책'이라는 용어가
적절히 설명해 주고 있다. 대중들이 영화(screen), 성(sex), 스포츠
(sports)에 몰입하도록 하여 정치적 무관심을 불러일으키는 것은
독재 국가의 일반적인 성향이었다.

　이러한 예는 우리가 흔히 문명의 이기라고 생각하는 여러 발명
품과 제도 속에서도 찾아볼 수 있다. 예컨대 사무직 노동자가 자
가용을 이용하여 출퇴근하는 것이 과연 누구의 행복에 더 기여하
는가에 대해서도 우리는 '비판' 기회를 가져야 한다. 일반적으로
자동차는 안락함의 상징이며, 부의 상징으로 알려져 있다. 따라서
자동차를 소유하고 손수 운전할 수 있다는 것은 일반적으로 행복
의 성취라고 생각한다. 그러나 역으로 이렇게 생각해 보면 어떨까.
사무원이 자동차를 소유함으로써 결국 이득을 보는 것은 그 회사
의 사장일 수도 있다. 즉 자동차를 소유하게 된 사무원은 러시 아
워를 피하기 위한 생각에서 좀더 일찍 출근할 수 있으며, 더 늦게
까지 남아 일할 수 있다. 결국 노동 시간이 늘어나는 것이다. 또한
자동차를 운전한다는 것은 정신적, 신체적인 긴장이 수반됨에도
불구하고, 그는 자동차를 소유하고 있다는 즐거움 때문에 자기가
누리는 지위에 만족감을 느끼고 회사를 위하여 좀더 봉사하겠다
는 의지를 불태운다면, 이는 결국 사용자의 이익이지 않은가. 결국
자동차는 겉으로는 부의 상징이지만, 관점을 달리해 보면 착취의
상징으로 바뀔 수도 있다.

　우리는 대체적으로 크고 웅장한 건축물을 좋은 건축물이라고
생각한다. 그러나 이러한 건축물이 반드시 개인에게 안락함과 편
암함을 주는 것은 아니다. 일반적으로 폐쇄적이고 권위주의적인
국가의 건축물은 웅장하고 위압적이다. 히틀러 시대에 만들어진
독일의 건축물이나 스탈린 시대의 소비에트 조형물이 이를 잘 보
여 준다. 경복궁을 중건한 대원군이 결국 국고를 낭비하고 그 결

마르쿠제

과 국력의 약화를 가져왔다는 사실에서도 알 수 있듯, 자신의 권력을 과시하기 위한 이러한 건축물은 그 속에서 사는 사람들의 안락함에는 관심이 없다. 외관상의 멋과 위압감을 주기 위해 꾸며진 건축물이 결국은 개인의 안락함을 저버리는 사례도 우리가 일반적으로 믿고 있는 상식, 즉 '크고 효율적인 것이 아름답다'는 상식을 부정하게 만든다.

성경에 기록된 바벨탑에 관한 신화는 우리에게 인간의 자유와 행복의 가치에 대해 새삼 생각하도록 만든다. 바벨탑은 하늘 끝까지 닿는 탑을 쌓고자 하는 지도자의 명령에 따라 건설되었을 것이다. 물론 지도자는 그럴듯한 이데올로기를 제시했을 것이다. 예컨대 하나님의 영광을 재현하기 위해 하늘 끝까지 닿는 탑을 쌓아야 한다는 식으로 대중들을 독려하며 이러한 대형 토목 공사를 강행했을 것이다. 하나님은 이에 대해 적절한 '재앙'을 내렸다. 공사에 참여한 사람들에게 각자 방언(方言)을 사용하도록 만들어 더 이상 협동 작업이 불가능하게 만든 것이다. 이 신화는 일반적으로 지도자의 자만심에 대한 하나님의 '재앙'으로만 해석한다. 그러나 이는 직접 공사에 동원되었던 대중들에 대한 하나님의 '축복'에 해당하는 것이다. 방언을 사용했다는 사실의 내포적 의미는, 각 개인이 자신의 이해 관계에 따른 선택을 할 수 있도록 만들었다는 것이다. 개인은 지배자의 이데올로기를 있는 그대로 받아들이는 게 아니라, 자신의 입장에서 비판적으로 재해석한 것이다. 마르쿠제가 말한 '비판'의 의미는 여기에 있다. 모든 사람들이 대체적으로 좋다고 동의한 어떤 사실도 한 개인에게는 불편함과 나쁨의 의미로 재해석될 수도 있는 것이다.

　　현대의 분석철학은 '정신' '의식' '의지' '영혼' '자아'와 같은 '신화' 또는 형이상학적인 '유령'을 확인할 수 있는 특별한 조작·수행·권력·기질·성향·기능 등을 이들 개념의 내용으로 분해함으로써 액막이하고 있다. 그 결과는 파괴의 무기력을 특이한 방법으로 보이는데, 그 유령은 여전히 배회하고 있다. 모든 해석 또는 번역이 특별한 정신과정을 묘사하는 동안, 내가 '나'라고 말할 때 의미하는 것, 목사가 메리는 '착한 소녀'라고 말할 때 의미하는 것을 상상하는 행위는 '정신' '의지' '자아' '선'과 같은 용어의 완전한 의미를 포착하거나 정의하는 것 같다. 이런 보편 개념은 통상적인 용법인 동시에 '시적' 용법이기를 고집하며, 그리고 어떤 용법이든 그것은 분석철학자에 따라 그 의미를 완수하는 행동이나 기질의 여러 가지 양식으로부터 그들을 구별한다.

　　확실히 그 같은 보편 개념은 부분들과 다르며, 그 이상의 것인 전체의 외연을 보편 개념이 나타낸다는 신념에 타당성을 부여할 수는 없다. 보편은 분명히 전체를 의미하지만, 그러나 이 '전체'는 훼손되지 않은 경험적 관계를 분석할 것을 요구한다. 이 메타언어적 분석이 거부된다면, 일상언어가 액면 그대로 받아들여진다면 —— 다시 말하면 인간들의 일반이해란 허위의 세계가 통제, 오해시키는 커뮤니케이션의 현존세계를 대체한다면, 그 혐의를 받는 보편은 이식이 가능하며 그들의 신화적 본질은 행동과 의향의 양식들로 분해될 수 있다.

　　그러나 이 분해 자체는 철학자 편에서뿐만 아니라 모든 생활과 진술에서 그 같은 분해를 야기하는 일상인 편에서도 의문이 제기되어야 한다. 그것은 일상인 자신의 행동과 말이 아니다. 그들이 '환경'에 의해 자신의 마음을 정신적 과정으로, 자아를 그 사회에서 수행해야 할 역할과 기능으로 확인하도록 강요받을 때 그들에게 그 분해가 일어나 그들을 공략한다. 철학이 이러한 번역 및 확인의 과정을 사회적 과정 —— 즉 사회가 개인에게 부과한 마음(그리고 육체)의 훼손으로 이해하지 않는다면 철학은 다만 그것이 탈신비화하기를 바라는 본질의 유령과 싸울 뿐이다. 신비화의 성격은 '마음' '자아' '의식' 등의 개념에서가 아니라 오히려 그것의 행동적 번역에 부착한다. 정확히 이 번역은 개념을 현실의 행동·성향·기질의 양식으로 충실하게 번역하고 또 그렇게 함으로써 불구의, 조직화한 현상을 (그 자체로 충분히 현실적인!) 현실로 만들기 때문에 그 번역은 허위인 것이다.

"그들은 자기들이 '계급'을 위해 죽는다는 것을 믿으면서 '당원'을 위해 죽는다. 그들은 조국을 위해 죽는다고 믿으면서도 기업인들을 위해 죽는다. 그들은 개인의 자유를 위해 죽는다고 믿으면서도 배당금의 자유를 위해 죽는다. 그들은 '프롤레타리아'를 위해 죽는다고 믿으면서 그 '관료제'를 위해 죽는다. 그들은 국가의 명령에 따라 죽는다고 믿으면서 국가를 지탱하는 '돈'을 위해 죽는다. 그들은 '국민'을 위해 죽는다고 믿으면서 국민의 입을 막는 악한들을 위해 죽는다. 그들은 믿는다 —— 그러나 왜 그 같은 사악(邪惡)을 믿어야 하는가? 믿으며, 죽는다…… 언제 삶을 배우는 것인가?" —— 프랑수아 페루, 『평화의 공존』 중에서

이것은 실체화한 보편 개념을 구체적인 것으로 진짜 '번역'한 것이며 진정 그 이름이 합당한 보편 개념의 실재성을 인정한다. 실체화한 전체가 분석적 해체에 저항하는 것은 그것이 특정의 실재와 행위 배후의 신비스런 실재이기 때문이 아니라 주어진 사회적·역사적 관계 속에 놓인 그들 기능의 구체적이며 객관적인 근거이기 때문이다. 그런 이유로 그것은 인간이 행동·환경 및 관계로 감촉하고 수행하는 진정한 힘이다. 그들은 (극히 불평등한 방법으로) 그 힘에 참여하고 그

힘은 그들의 실존과 가능성으로 결정된다. 진정한 유령은 극히 강력한 현실이며 개인으로부터 독립되고 구별되는 전체의 권력이다. 그리고 이 전체는 (심리학에서처럼) 단순한 '형태'도 아니며 (헤겔에게서처럼) 형이상학적 절대도 아니고 (빈약한 정치학에서처럼) 전체주의 국가도 아니다. 그것은 개인의 생활을 결정하는 기성의 상태이다.

그러나 비록 우리가 이들 정치적 보편 개념에 대한 그러한 현실을 인정한다 하더라도 다른 모든 보편 개념들은 전혀 다른 상태에 처하지 않는가? 그들은 다른 상태에 처한다. 그러나 그들의 분석은 학문적인 철학의 한계 내에 너무 쉽사리 안주한다.

(『일차원적 인간』(육문사) 제3장「선택의 기회」중에서)

논점 분석철학에서 가장 많이 논의되는 문제 중의 하나는 보편 개념에 대한 진술의 타당성이다. 예컨대 우리는 '민족' '국가' '계급' '사랑' '평화' 등의 용어를 매우 보편적인 것으로 간주한다. 즉 민족과 국가는 너무 보편적이고 위대한 개념이므로, 개인은 이에 대해서 감히 비판할 수는 없고 다만 이를 위해 목숨을 다해 싸울 각오가 되어 있어야 한다는 식으로 비약된다. '사랑'이라는 용어도 마찬가지다. 대부분의 사람들은 '사랑하므로 사랑한다'는 식의 순환 논법에 빠져 있다.

그러나 이러한 용어들의 대부분은 축소 해석되어야 한다. 마르쿠제는 이를 '유령과의 싸움'이라고 표현했다. 우리가 같은 민족이라 규정할 때, 나와 민족과의 관계는 어떻게 규정될 수 있을까? '민족 간의 화해'라는 보편 개념과 '자본가와 노동자 사이의 갈등'이라는 보편 개념은 어느 쪽이 선행되어야 할까? 같은 민족이라면 모든 이해 관계를 뛰어넘을 수 있는가? 우리는 이러한 질문 과정을 거치면서 이러한 보편 개념이 담고 있는 '기만과 허위'를 찾아낼 수 있다는 것이다.

제시문을 읽고 마르쿠제가 경계하는 현상, 즉 보편 개념이 빠지기 쉬운 '허위와 기만성'의 구체적 사례를 찾아낸 다음, 그 근본적인 원인에 대하여 논술해 보자.

제시문에서 '계급' '조국' '개인의 자유' '프롤레타리아' '국가' '국민' 등의 용어는 보편 개념으로 사용되어 각 개인이 지향해야 할 지고(至高)의 가치인 것처럼 제시되었다.

사회주의 국가에서는 프롤레타리아 공동체를 지고의 가치로 내세운다. 그러나 현실 속의 사회주의 국가에서는 공산당원과 관료들이 프롤레타리아 위에 군림한다. 그들은 프롤레타리아에게 일방적인 복종을 강요하면서도, 이러한 강압이 권력의 상층부인 자신들을 위한 것이 아니라, 프롤레타리아 자신들을 위해 취해진 조처임을 강변한다. 이는 근본과 지엽이 서로 역전된 본말전도의 상태이다.

이러한 현상은 자본주의 국가에서도 마찬가지로 일어난다. 자본가들은 노동자들에게 기업의 이익이 곧 개인의 이익이므로 기업의 이익을 위해서 개인은 희생을 감수해야 한다고 가르친다. 그러나 궁극적으로 볼 때, 기업의 이익은 '기업가'의 이익으로 귀결된다.

마르쿠제는 대중들이 이러한 보편 개념을 받아들이고, 아무런 비판 없이 이에 순응하며 살다가 죽는다고 설파한다. 이러한 현상의 근본 원인으로는 개개인의 주체적인 판단능력 부족, 대중매체 등에 의한 잘못된 계도를 들 수 있다. 사실 현대인들은 주체적으로 판단하기보다는 대중매체에 의해 잘 정리된 판단에 의존하는 경향이 있는 것 같다. 대중들은 자유롭게 되는 상태를 오히려 두려워하고, 자신의 자유를 타인에게 일임함으로써 '노예의 안락함'을 선택한다는 것이 마르쿠제의 관찰이다.

　일반적으로 개인의 이기심보다는 집단의 조화로운 공존이 바람직하며, 전쟁 상태보다는 평화 상태가 바람직하다. 그러나 '전체의 조화'라는 보편 개념만을 강조하다 보면, 개인의 특수성이 이에 매몰된다는 점을 대중들은 잊고 있는 것이다. 마르쿠제가 '비판'을 내세운 것은 전체의 조화가 '유령'의 기만일 수도 있다는 점을 주지시키기 위해서다.

부분과 전체

하이젠베르크
Heisenberg

하이젠베르크(1901~1976)는 18세기 뉴턴에 의해 정립된 고전 물리학을 근본적으로 뒤흔든 현대 양자역학의 완성자로 평가된다. 뮌헨 대학 교수의 아들로 태어난 그는 어릴 때부터 수학·피아노·스포츠에 재능을 발휘했으며, 뮌헨 대학에서 물리학을 공부하여 박사학위를 받고 곧 괴팅겐 대학에서 교수 자격 논문이 통과되어 불과 26세에 라이프치히 대학 교수가 되었다. 1927년 '불확정성의 원리'를 발표하여 현대 물리학의 새 장을 연 그는 1933년 노벨 물리학상을 수상하는 영예를 얻었으나, 히틀러 치하의 독일에 머물면서 많은 어려움을 겪었다. 1938년 우라늄의 핵무기 가능성이 논의되었으나, 그는 원자로의 평화적 이용을 주장하며 원자탄 개발을 고의로 지연시켰다고 한다. 전후에는 폐허가 된 독일 과학의 재건에 앞장섰으며, 1957년에는 서독의 핵무기 보유를 반대하는 괴팅겐 18인 선언을 한다. 1958년 뮌헨의 막스 플랑크 천체물리학 연구소장을 거쳐 1970년 은퇴한다. 말년에는 『부분과 전체』 『철학과 물리학의 만남』 등의 저서를 통해 물리학에 대한 철학적 관심을 일반인에게 환기시키고, 통일장 이론으로 알려진 '세계 공식'을 만들어 냈다.

　　하이젠베르크는 현대 물리학에서 양자역학을 개척한 과학자이다. 그는 여러 학자들과의 대화와 토론 과정들을 재현하면서 창조적인 학문 형성 과정이 어떻게 가능한가에 대해 보여 주었다. 양자 이론은 과학에 대한 전통적인 방법으로는 이해할 수 없는 깊은 인식론적 함의를 지닌 이론이어서 이 책을 통해 혁명적 과학의 창조과정뿐만 아니라, 양자역학을 둘러싼 철학적 논란의 핵심에 접해 볼 수도 있다.

　　『부분과 전체(Der Teil und das Ganze)』(1969)는 1920년대 초부터 1960년대 말까지의 원자물리학의 탄생과 발전과정, 과학과 종교, 과학과 정치 등에 관해 하이젠베르크가 스승과 동료·제자들과 나눈 대화와 토론을 모은 학문적 자서전으로, 총 20편으로 이루어져 있다. 첫 번째 편인 「원자론과의 만남」에서는 10여 명의 친구들과 야외로 도보 여행을 하면서, 인생과 과학에 대한 소년 특유의 감수성과 열정을 토로했다. 하이젠베르크의 소년 시절뿐만 아니라 누구나 겪는 청소년기의 고민과 포부가 잘 드러나 있는 이 대목에서, 우리는 하이젠베르크가 어떻게 물리학에 뜻을 두게 되었는가를 알 수 있다. 고교 학적부에 그는 '사소한 문제에 기운을 소비하지 않고 바로 본질에 접근하는 눈을 가지고 있었다. 우수한 성적을 장난치듯 얻었다'고 적혀 있다는데, 우리는 이 대목에서 그러한 그의 천재성과 열정을 엿볼 수 있다. 하이젠베르크는 친구와의 대화 속에서 화학 분자식의 확실성에 대한 회의를 표명하여, 벌써 이 대목에서 그의 독특한 이론인 '불확실성'에 대한 사고가 드러났다는 점이 흥미롭다. 다음 제시문에서는 친구와의 대화를 실었는데, 이 대목을 읽으면 하이젠베르크의 불확실성 이론에 대한 약간의 시사를 얻을 수 있을 것이다.

　다음으로 흥미 있는 대목은 이탈리아의 저명한 물리학자인 페르미와의 대화이다. 두 사람 사이의 우정에 넘치는 대화를 읽으면, 제2차 세계대전 당사국인 독일과 이탈리아에서 두 지식인이 겪었던 고민의 일단을 이해할 수 있을 것이다. 특히 하이젠베르크가 원자로의 평화적 이용을 위해 고심하는 장면에서는 과학자들이 단순히 실험실에서 연구에만 몰두하면 되는 게 아니라, 자기에게 주어진 사회적 책임을 다해야만 한다는 사실을 절감하게 된다.

　하이젠베르크의 이론은 '불확실성'과 '양자역학' 속에 잘 요약되어 있다. 물리학의 역사를 살펴볼 때, 17세기 뉴턴에 의해 집대성된 고전 물리학은 20세기에 들어서서 전면적인 수정의 계기에 접하게 된다. 뉴턴의 기계론적 세계관에 의하면, 어떤 시점에서 우주를 구성하는 입자의 위치와 속도를 알면, 운동 방정식에 의해 그 장래를 '확실'하게 예측할 수 있는 것으로 알려졌었다. 그러나 20세기 들어, 이러한 고전 물리학으로는 설명할 수 없는 현상이 속속 발견되어 새로운 과학적 패러다임이 필요하게 되었다. 시간과 공간이 절대적으로 독립되어 있다는 뉴턴의 생각은, 시간과 공간이 상대적이라는 아인슈타인의 '상대성 이론'에 직면하게 되고, 원인과 결과 사이에 매우 보편적인 법칙이 설정될 수 있다는 확신도 흔들려, 보어의 '상보성 원리'와 하이젠베르크의 '불확정성의 원리'에 근거한 '양자역학'에 의해, 적어도 미시 세계에서는 예외가 존재한다는 점이 밝혀지기 시작했다.

　1927년 하이젠베르크는 '모든 자연 현상은 일정한 법칙에 의해 예외 없이 확정된다'는 뉴턴의 법칙이 미시 세계에는 적용되지 않는다고 주장했다. 거시 세계에서는 맞을지 모르지만, 미시 세계에서는 '불확정성의 원리'가 지배한다고 주장하면서, 고전 물리학의 세계관에 이의를 제기한 것이다. 그에 의하면 물질의 기본 입자인 원자는 원자핵과 그 주위를 도는 전자로 구성되어 있고, 전자의 위치와 속도는 정확히 측정될 수 없다. 따라서 물체의 미래는 정확히 알 수 없는 '불확정한' 것이며, 다만 확률적으로 설명이 가능하다는 것이다. 왜냐하면 측정을 정확하게 한다는 것 자체가 원천적으로 불가능하기 때문이다. 그릇에 담긴 물의 온도를 재는 문제를 한 예로 들어 보자. 결론부터 말하면, 아무리 정확한 온도계를 사용한다 해도 수온을 정확하게 측정할 수는 없다. 왜냐하면 온도계를 담그는 순간 온도계 자체의 온도 영향을 받아 물의 온도에 변화가 오기 때문이다. 온도계의 영향을 없애려면 온도계의 온도를 물과 같게 하면 되지만, 이 경우에도 물의 온도를 정확히 알 수 없기 때문에 측정은 불가능하다. 즉, 관찰자의 영향이나 측정상의 문제로 인해 실험 결과는 얼마든지 달라질 수 있다는 것이다.

실제로 아주 미세한 전자의 세계를 살펴보기 위해서는 현미경에 사용되는 빛의 파장을 최대한 짧게 해야 한다. 그러나 빛의 파장이 짧을수록 빛의 입자인 광자가 가진 에너지는 커진다. 이 커다란 에너지를 가진 광입자가 전자에 부딪히면 전자가 원자 밖으로 퉁겨 나갈 정도로 위치가 크게 움직이기 때문에, 우리가 원래 파악하려 했던 전자의 위치와 속도는 불확실해진다. 따라서 위치를 정확하게 측정하면 속도를 알 수 없고, 속도를 정확하게 측정하면 위치의 측정이 불가능해지는 불확실성 상황에 직면하게 된다는 것이다. 이렇게 되면, 현재의 위치와 속도를 알면 미래까지 확실하게 예측할 수 있다는 결정론적인 인과론은 뿌리째 흔들리게 되는 것이다.

뉴턴에 의해 정립되어 이후 3백여 년 간 불변의 법칙으로 받아들여져 온 '기계론적 세계관'에 의하면, 자연은 일정한 법칙에 의해 운행되는 거대하고 복잡한 기계이며, 전체는 부분의 단순한 집합에 불과하다. 그러므로 데카르트가 『방법서설』에서 물체를 가장 단순한 형태로 분류하면, 그 부분이 모여 구성된 전체의 속성까지 알 수 있다고 생각한 것은 뉴턴의 과학사상과도 동일한 내용을 담고 있다. 그러나 현대과학은 부분과 전체가 이처럼 기계적으로 '연속'되어 있는 것이 아니라, 둘 사이에는 설명하기 힘든 '불연속성'이 존재한다는 사실을 바탕에 깔고 있다. 즉, 부분과 전체는 별개의 독립된 실체거나 연속된 실체가 아니라, 서로 밀접하게 상호 작용하는 과정에 있다는 점, 결국 모든 사물은 상호 유기적으로 연결되어 있다는 사실을 염두에 두고 있는 것이다.

하이젠베르크의 『부분과 전체』는 물리학에 대한 전문서적은 아니다. 이 책의 저자는 피아니스트를 꿈꿀 정도의 예술적 소양을 가지고 있었고, 물리학뿐 아니라 사회·역사·철학·정치에도 관심을 기울였다고 한다. 좀 비약하자면, 과학자는 사회의 한 '부분'을 점유하고 있지만, '전체'와 분리되어 존재하는 게 아니라, '전체' 속에서 비로소 '부분'의 의미를 찾을 수 있다고 본 것은 아닐까. 이 책에서 다루는 주제가 원자탄 개발로 파생된 과학자의 사회적 책임, 과학 기술의 긍정적 사용 문제, 두 차례의 세계대전 속에서 전쟁의 주범격인 독일의 한 시민으로서 겪었던 부끄러움과 죄의식 등에 고루 퍼져 있는 것이야말로 '부분과 전체'의 관계를 잘 암시한다.

［ 작품 읽기 1 ］

나(하이젠베르크)는 쿠르트에게 물리학 교과서에 있는 도해(圖解)가 완전히 무의미하게 생각된다고 말했다. 내가 지적한 문제는 화학 결합의 경우 두 개의 균일한 원소가 결합하여 새로운 다른 균일한 물질의 원소가 되는 화학의 기초 과정에 관한 것이었다. 가령 탄소와 산소로부터 탄산가스가 형성된다. 이와 같은 과정에서 관측되는 규칙성을 이해하기 위한 가장 좋은 방법은 다음과 같이 가정하는 것이라고 이 책은 가르친다. 즉, 규칙성은 한 원소의 가장 작은 부분인 원자가 다른 원소의 원자와 소위 분자라고 불리는 작은 원자단(原子團)으로 결합하는 데서 오는 것이라고. 그래서 탄산가스 분자는 탄소 원자 하나와 산소 원자 둘로 이루어지는데, 이 책에서는 그러한 원자단을 설명하기 위하여 도해가 사용되었다. 즉, 원자들은 호크와 고리를 가지고 있어서 바로 이 호크와 고리로 연결되어 분자가 형성되는 것으로 설명하였다. 이와 같은 설명은 나에게 아주 무의미한 것으로 생각되었다. 그 까닭은 호크와 고리 같은 것은 사람들이 임의로 자기들의 기술적인 합목적성(合目的性)에 따라 만들어 놓은 형성물에 불과했기 때문이다. 이와 같이 사람의 임의성이 개입할 수 있는 호크와 고리 같은 것으로 분자가 설명될 수는 없다고 나는 믿었던 것이다.

쿠르트는 이렇게 대답하였다.

"그것은 나에게도 의심스럽게 생각되기는 하지만, 내가 호크와 고리를 믿으려 하지 않는다면 무엇보다도 어떠한 경험 사실들이 도해자로 하여금 그렇게 그림을 그리게 하였는지를 먼저 알아야 할 것이다. 왜냐하면 오늘날의 자연과학은 경험에서부터 나오는 것이지, 어떤 철학적 사색에서 나오는 것이 아니기 때문이다. 따라서 사람들이 경험 사실들을 신뢰할 수 있을 때, 즉 아주 세심한 주의를 기울여 얻어진 사실일 때는 그것으로 만족하지 않으면 안 될 것이다. … 〈중략〉 … 그런 가정이 그럴듯하지 않게 들리는 것은 아니지만, 네가 말하는 것도 교과서의 호크와 고리의 이론과 다를 바가 없지 않은가? 교과서의 도해자도 네가 말했던 바로 그러한 점을 표현하려고 했을 것임에 틀림없을 것이다. 왜냐하면 그는 원자들의 정확한 형태를 전혀 알지 못하기 때문이다. 그는 하나의 탄소 원자가 항상 세 개의 산소 원자가 아니라 두 개의 산소 원자와 결합할 수밖에 없는 어떠한 형태가 있다는 것을 다소 극적으로 표현하기 위해 호크와 고리를 사용하였음에 틀림없다."

나는 쿠르트가 나의 의문에 동감을 표하고 있음을 깨닫고는 다음 과 같이 말했다.

"좋다. 그러니까 호크와 고리는 실질적으로는 무의미한 것이로군. 그러나 너는 원자들의 존재 형태는 책임성 있는 자연법칙의 결과이 며, 또한 그 올바른 결합을 위해 적절한 형태를 가질 것이라고 말했 다. 다만 우리들이 현재로선 그 형태를 알지 못할 뿐이며, 그 그림의 도해자도 그것을 분명히 알지 못하고 있다. 우리가 지금까지 그 형태 에 대하여 안다고 믿을 만한 유일한 것은, 바로 하나의 탄소 원자는 두 개의 산소 원자와만 결합할 수 있고 세 개의 산소 원자와는 결합 할 수 없는 어떤 형태를 가진다는 사실뿐이다. 화학자들이 이 경우에 해당하는 화학적 원자가(原子價)라는 개념을 고안했지만, 그것이 다만 하나의 단어에 불과한 것인지, 아니면 아무 데서나 이용할 수 있는 적절한 개념인지 사람들은 먼저 알아야 할 것이다."

이 대목에서 지금까지 묵묵히 우리 얘기를 들으면서 걸어가던 로 베르트가 대화에 끼여들었다. 그는 원자에 대한 우리 대화에 불만이 었던 모양이다. 그는 다음과 같이 말했다.

"너희처럼 자연과학을 공부하는 사람들은 항상 너무나 쉽게 경험 적 사실에 의지해 버리고, 또 그것으로 진리를 얻었다고 믿어 버린다. 그러나 사람들이 경험에서 실제로 무엇이 일어나는가를 고찰한다면 너희들이 취하는 방식에는 논란이 뒤따를 것이다. 너희들이 말하는 것은 요컨대 너희들이 사고하는 방식으로부터 오는 것이며, 너희들이 알고 있다는 것은 그런 사고방식 외에는 아무것도 아니다. 그러나 그 런 사고는 물론 사물 안에 존재하지 않는다. 우리는 사물을 직접 인 지할 수는 없는 것이다. 우리는 그것들을 먼저 표상으로 변화시키고 마침내 그것들로부터 개념을 형성해야 한다. 감성적인 인지를 통해

부분과 전체

외부로부터 우리에게 몰려드는 것은 매우 다양한 종류의 인상들의 무질서한 혼합물에 불과하다. 오히려 우리는 우리가 받는 감각 인상들을 무의식적으로 한 표상을 통해서 정리해야 하며, 그 총체를 하나의 의미 있는 상(像)으로 변화시켜야 한다."

(『부분과 전체』(지식산업사) 제1부 「원자론과의 만남」 중에서)

논점　위 대화는 곧 다가올 고등학교 졸업시험에 대비하기 위하여 세 학생이 한 자리에서 만났을 때 이루어진 것이다. 물론 쿠르트와 로베르트는 하이젠베르크의 친구이며 나이도 거의 비슷할 것이다. 이들의 대화는 겉으로 보면 상당히 소박한 것으로 보이지만, 과학이 얼마만큼 엄밀해질 수 있는가, 우리가 과학적 실험 결과를 어느 정도 믿을 수 있는가에 대해서 매우 본질적인 질문을 던지고 있다. 과학적 실험과 진리 추구의 방법을 철저하게 배운 사람만이 나눌 수 있는 수준 높은 대화이다. 하이젠베르크는 이 대화 속에서 과학적 관찰에도 '사람의 임의성'이 개입되며, 따라서 이를 전적으로 신뢰할 수 없다는 태도를 분명히 보인다. 이는 훗날 '불확정성의 원리' 속에 더욱 정리된 과학적 원리로 출현하게 된다.

통합형 문·답

> **세 학생의 토론에서 쟁점이 된 사항을 중심으로, 이들의 과학적 탐구 태도가 지닌 장단점을 비교하여 논술해 보자.**

하이젠베르크는 학교 수업 내용을 그대로 받아들이지 않고, 자기 나름의 비판적 이해를 통해 문제를 제기하였다. 사실 그 문제 제기는 매우 상식적인 것이기도 하다. 원자들이 호크와 고리로 결합되어 있다는 것을 본 사람도 없고, 또 그것을 논리적으로 설명한 사람도 없다는 것이다. 그의 지적은 전적으로 옳다. 그는 이러

한 상식에서 출발하여, 과학적 설명과 개념이 궁극적으로는 '사람
의 임의성'에서 출발한다는 사실을 발견해 냈다. 즉, 분자 구조가
아닌 다른 물체를 관찰할 때도, 이러한 임의성이 얼마든지 개입할
수 있다는 점을 스스로 깨달은 것이다.

　나중에 토론에 가담한 로베르트는 자연과학에는 흥미가 없었던
학생으로 보인다. 그는 좀더 본질적인 문제를 던진다. 그의 사고는
거의 플라톤의 사고에 가깝다. 그는 과학적 관찰 자체가 무의미하
다는 주장에서 출발한다. 현상을 관찰하는 것은 무의미하며, 현상
뒤에 감추어진 '의미 있는 상'을 찾아야 한다는 것이다. 결과만
놓고 본다면, 그의 주장은 하이젠베르크의 생각과 거의 일치한다.
다만 하이젠베르크가 구체적인 분자식 구조를 주제로 삼아 귀납
적인 방법으로 교과서에 실린 분자식 구조가 실제 분자와 일치하
지는 않는다고 말한 반면, 로베르트는 연역적인 방법으로 이를 주
장한 점이 약간의 차이를 낳는다. 로베르트의 토론 방식은 매우
논리적으로 보이지만, 구체적인 사례를 제시하지 못하고 '현상'과
'실재'에 대한 플라톤의 도식을 대입한 것에 지나지 않는다. 그의
논의가 다소 겉도는 듯한 느낌을 주는 것은 바로 이 때문이다.

　반면 쿠르트는 기존의 견해를 답습하는 태도를 보인다. 쿠르트
도 하이젠베르크의 문제 제기와 가설에는 수긍하지만, 사물 현상
을 설명하기 위해서는 '사람의 임의성'이 개입되는 것이 당연하
지 않느냐는 반응을 보인다. 다시 말해, 쿠르트는 기존의 패러다임
에 만족한다. 쿠르트는 기존의 도해자들이 분자 구조를 완전하게
설명하지 못하고 있다는 점을 이해하지만, 그에 대한 대안을 도전
적으로 제시하지는 못한 것이다.

　쿤은 『과학혁명의 구조』 속에서 과학적 발견이 결국은 새로운
패러다임으로 연결된다고 결론짓는다. 그의 견해에 따르면, 사물
자체가 변화하는 것은 아니고, 다만 사물을 판단하는 방식이 변한

다는 것이며, 이처럼 사물을 판단하는 기준을 '패러다임'이라 부른 것이다. 쿠르트는 기존의 패러다임에 대해 존중하는 태도를 보인다. 그 또한 지금의 패러다임에 완전히 만족하는 것은 아니지만, 그 외의 다른 가능성이 있다는 점을 감히 생각하지 못했다. 그러나 하이젠베르크는 새로운 패러다임을 상상했으며, 결국은 과학적 관찰이 사람의 임의성이 개입되는 상태에서 출발할 수밖에 없으므로 사물을 완전히 설명할 수는 없다는 결론, 즉 '불확정성의 원리'에 이르게 된 것이다.

작품 읽기 2

1939년 나는 미국으로 건너가서 강의를 하였다. 그 기회에 나는 예전에 함께 공부하였던 페르미를 만났다. 페르미는 오랫동안 이탈리아 물리학의 지도적 인물로 활약했으나, 다가오는 정치적 파국을 눈앞에 두고 미국으로 이민했었다. 페르미의 집을 방문했을 때, 그는 나에게 미국으로 이민하는 것이 좋지 않겠느냐고 의사를 타진했다.

"도대체 당신은 독일에서 무엇을 더 바라는 것입니까. 당신은 물론 전쟁을 저지할 수는 없을 것이고, 원치 않는 일들을 하지 않을 수 없게 되고, 또 책임지기를 꺼리는 일을 결국 책임져야만 할 것입니다. 당신이 그곳에서 모든 불행을 함께 감수함으로써 어떤 좋은 결과를 가져올 수 있다면, 나는 당신의 태도를 이해할 수 있습니다. 그러나 그것을 이룰 확률은 전혀 없습니다. 이곳에서 당신은 새롭게 모든 것을 시작하실 수 있습니다. 보십시오. 이 나라는 유럽에서 고향을 등지고 피난 온 사람들에 의해 건설된 국가입니다. 그들은 그곳 유럽의 협소한 환경과 작은 나라들 사이의 끊임없는 분쟁과 싸움, 억압, 그리고 해방과 혁명들, 이 모든 것들로부터 파생되는 비참함을 더 이상

참을 수 없었던 사람들입니다. 그들은 이 광막하고 자유로운 신천지에서 역사적인 과거로부터 밀려오는 모든 사슬을 풀어 버리고 살기를 원했습니다. 나는 이탈리아에서는 위대한 존재였지만 이곳에서는 한낱 젊은 물리학자에 불과합니다. 이것이 얼마나 시원스러운지 모르겠습니다. 어째서 당신은 그 모든 짐을 던져 버리고 이곳에서 새 출발을 하려고 하지 않는 것입니까. 이곳에서 당신은 훌륭한 물리학에 전념할 수 있으며, 이 나라에서의 자연과학의 커다란 비약에 참여할 수도 있을 것입니다. 당신은 왜 이런 행복을 포기하려 하시는 것입니까."

"당신이 말씀하시는 것은 모두 충분히 납득이 가는 이야기입니다. 그리고 나 자신 바로 그러한 질문을 천번이나 스스로에게 반복하였습니다. 저 협소한 유럽에서 이 넓은 나라로 이민 올 수 있다는 가능성은 나에게 너무나 큰 유혹이었습니다. 아마도 그때 이미 이민을 했어야 했는지도 모르겠습니다. 그럼에도 불구하고 나는 그곳에 머물기로 결심했습니다. 그곳에서 과학에서의 새로운 사실을 발견하는 데 공헌하고, 전쟁 후 독일에서 훌륭한 과학을 재건하고자 하는 뜻 있는 젊은이들을 나의 주위에 모으고 싶었기 때문입니다. 내가 지금 이 젊은이들을 버린다면 그들은 나에게 배신당했다고 생각할 것입니다. 그들이 이곳으로 이주한다는 것은 우리보다는 훨씬 더 어려울 것이고, 이곳에서 쉽게 직장을 찾을 수도 없을 것입니다. 만약 지금 내가 이와 같은 나의 이점을 단순히 나를 위해서만 이용한다면 그것은 분명 불공평한 일이 아닐 수 없습니다. 나는 이 전쟁이 그렇게 오래가지 않을 것이라는 희망을 가지고 있습니다. 지난 가을의 위기 때 나도 소집을 당했는데, 그때 나는 이 전쟁을 원하고 있는 사람은 없다는 사실을 알 수 있었습니다. 총통이라는 사람이 내세운 소위 평화정책이라는 것이 근본적으로 엉터리라는 것이 드러난다면, 그때 독일 민중은 자각하여 히틀러와 그의 신봉자들을 추방하리라고 생각합니다.

부분과 전체

물론 이런 생각이 너무 안이하다는 것도 알고 있습니다."

페르미가 다시 말을 이었다.

"그러나 또 하나 당신이 깊이 생각할 문제가 있습니다. 당신은 오토 한이 발견한 원자핵 분열 과정이 연쇄반응에 이용될 수 있다는 사실을 잘 알고 있을 것입니다. 이 기술 개발은 전시중에 양진영에서 급속하게 추진될 것입니다. 원자물리학자들은 그들이 살고 있는 나라에서 이 계획에 참여할 것을 권유받을 것입니다."

하이젠베르크가 이렇게 답변했다.

"그것은 무서운 일입니다. 그렇다면 사람들이 이민을 간다고 해서 이와 같은 책임에서 면제받을 수 있다고 생각하십니까? 현재로서 나는 정부가 전력을 기울여서 그것을 추진한다 하더라도 많은 시간을 필요로 할 것이며, 따라서 전쟁은 원자 에너지의 기술적 응용에 도달하기 전에 종언을 고할 것이라는 사실을 의심하지 않습니다."

"혹시 당신은 히틀러가 전쟁에 승리할 가능성 같은 것을 생각하고 있는 것은 아닙니까?"

페르미가 되물었다.

"아니오. 현대전은 기술전이라고 말할 수 있는데, 히틀러의 정책은 독일을 모든 강대국으로부터 고립시켰기 때문에 독일측의 기술적 잠재력은 가상 적국에 비하면 비교되지 않을 만큼 떨어지고 있습니다. 이 사실은 너무도 분명하기 때문에 히틀러가 이 사실을 인정하고 전쟁의 위험을 무릅쓰는 일을 멈출 수도 있지 않을까 감히 희망해 볼 정도입니다. 그러나 그것도 한낱 공상에 불과합니다. 히틀러는 이미 완전히 불합리한 행동만을 자행하며, 도대체 현실을 직시하려고 하지 않기 때문입니다."

"그럼에도 불구하고 당신은 독일로 돌아가려고 하는 것입니까?"

"나는 사람들이 시종일관한 결단을 내려야 한다고 생각합니다. 우리는 누구나 어떤 일정한 주위 환경과 일정한 언어와 사고영역에서 태어나서 아주 어릴 때 그곳을 떠나지 않는 이상, 그는 그 영역에서 가장 적절하게 성장할 수 있으며 또 그곳에서 가장 능률적으로 일할 수 있는 것입니다. 어느 나라든 어느 때에는 혁명과 만나게 됩니다. 따라서 그때마다 미리 이민을 떠나야만 한다는 것은 확실히 합리적인 충고라고 말할 수 없을 것입니다. 사실상 모든 사람이 이민을 간다는 것은 불가능합니다. 따라서 우리는 가능한 한 비극을 미연에 방지해야 하며, 도망 갈 생각부터 해서는 안 된다는 것을 배워야 합니다."

(『부분과 전체』 제14장 「정치적 사고에서의 개인의 행위」 중에서)

논점 윗글은 물리학계의 절친한 동료인 페르미와 하이젠베르크 사이의 대화이다. 이탈리아 출신의 페르미는 파시즘의 폭력을 피해 미국으로 망명하여 물리학 연구를 계속한 반면, 독일 출신의 하이젠베르크는 히틀러 치하의 독일에 머물렀다. 페르미의 우정어린 충고도 귀담을 만하지만, 그럼에도 불구하고 고국에 남을 것을 결심하는 하이젠베르크의 심경에 대해서도 깊이 생각해 볼 필요가 있다.

통합형 문·답

> 제3자의 입장에서 하이젠베르크의 태도에 대해 찬반 태도를 분명히 하여 논평해 보자.

명분(名分)이라는 말 속에는 뭔가 위선적이고 음흉한 내용이 감추어져 있다. 전쟁을 예로 들어 보자. 전쟁은 인류 최대의 범죄이다. 전쟁터에서의 군인들에게는 살인이 합법화되고, 그 결과 대량 살상이 벌어진다. 그리고 어느 전쟁이든 반드시 명분을 내세운다. 그러나 그 명분 때문에 빚어지는 전쟁의 참사와 비교해 볼 때, 그

대부분의 명분이란 사소한 것이다.

우리는 때로 명분을 앞세워 위선적인 행동을 할 때가 있다. 속으로는 철저하게 나 자신의 이익에만 골몰하면서도, 겉으로는 이를 감추고 적당한 명분을 찾아내서 변명을 하는 경우가 많다. 독재자가 등장하여 개인의 자유를 억누르고 자신과 가족의 생명 및 재산을 위협할 때, 이를 피하기 위해 도망 가는 일은 얼마든지 있을 수 있다. 이것이 솔직한 생명 보존의 욕망이다. 그러나 도망 간다는 것은 비겁한 행위이므로, 이 비겁함을 감추기 위해 더러 그럴듯한 변명을 꾸며대기도 하는 것이다. 그러나 조국을 배신했다는 비난을 피하기 위해서 명분을 내세우는 것은 솔직하지 못한 태도이다.

위의 대화만으로 본다면, 페르미의 태도가 훨씬 현실적이고 솔직하다. 한 개인이 히틀러의 독재를 피하기 위해 도망가는 것은 용서될 수 있어야 할 것이다. 그가 히틀러의 폭압에 맞서 싸울 용기가 없다는 이유만으로 그를 죄인 취급할 수는 없는 것이다. 더욱이 그에게는 더욱더 그럴듯한 명분이 있다. 자신의 연구가 궁극적으로는 인류의 행복과 평화를 위한 것이니, 이를 성취하기 위해 좀더 나은 환경을 찾아 떠나는 것은 당연한 선택이라고 말할 수도 있는 것이다. 다시 말해, 페르미의 망명은 실제적으로나 명분상으로나 현명한 선택인 것이다. 따라서 페르미가 하이젠베르크도 자신과 비슷한 처지에 있으므로 자신의 선택을 따르는 것이 옳다고 주장하는 것은 당연하다.

그러나 하이젠베르크는 다른 이유를 생각했다. 그가 망명하지 않고 히틀러 치하의 독일에 남고자 한 이유는 일단 애국심의 발로로 보인다. 자기가 어려서부터 살던 땅에서 일해야 가장 능률적이고 즐겁게 일할 수 있다는 점을 강조한 데서 그의 애국심을 찾아볼 수 있다. 그러나 그의 판단이 단순한 애국심이나 애향심에서

하이젠베르크

비롯된 것만은 아니라는 점에서, 하이젠베르크의 성숙한 인격을 엿볼 수 있다. 두 사람의 대화를 자세히 검토해 보면, 하이젠베르크는 페르미 이상의 치밀하고 현실적인 판단 끝에 독일에 남기로 결정한 것임을 알 수 있다. 그가 망명하지 않기로 한 이유는 히틀러가 곧 파멸할 것이라는 자신감 넘치는 상황 분석에서 온 것이다. 즉 히틀러는 스스로 고립을 택했으므로, 결국에 가서는 다른 나라의 발달된 과학 기술에 뒤떨어져 파멸할 것이라고 믿었던 것이다. 그는 심지어 히틀러 이후의 독일까지 염두에 두는 용의주도함마저 보인다. 독일이 패망할 것을 확신하고, 그렇다면 그 이후에 독일은 어떻게 될 것인가에 대해 미리 깊은 생각을 해둔 것이다.

　나로서는 기본적으로 페르미의 현실적인 판단이 더 현명하다고 생각한다. 한 사람의 목숨이 달려 있는 마당에 애국심 따위의 명분에만 기댈 수는 없기 때문이다. 그러나 하이젠베르크의 선택은 현명함을 넘어서서 존경과 경외의 감정까지 불러일으킨다. 그를 높이 평가하는 이유는 그가 소박한 애국심과 애향심을 가지고 있기 때문만은 아니다. 그는 과학자이면서도 연구실에만 머물러 있었던 인물이 아니라, 자신의 연구가 사회와 국가에 미칠 영향까지 고려한 인물이기 때문에 높게 평가하는 것이다. 얼핏 보면, 과학은 윤리적인 문제와 분리된 것처럼 보인다. 과학자가 반드시 모범적인 시민이 되어야 한다고 주장하고 싶지는 않다. 그러나 한 사회의 지도적 인물이 될 과학자나 교육자라면, 그 정도의 현실 분석력은 가지고 있어야 한다는 것이 나의 생각이다.

끔찍한 일이지만 한번 상상해 보자. 만약 과거로 날아가 과거의 나를 죽인 다면 어떤 일이 벌어질지. 죽은 사람이 다시 살아날 수 없으니까 미래에서 온 나도 그 순간 사라지게 되는 것일까. 더욱이 과거의 내가 죽는다면 미래의 나도 존재할 수 없을 텐데, 그렇다면 시간여행을 하는 나는 누구일까.

과거로의 여행이 가능하다면 물리학의 근본바탕인 인과율은 깨지게 된다. 그러나 아인슈타인의 상대성 이론이 나온 뒤 '백 투더 퓨처' 뿐만 아니라 '백 투더 패스트' 즉, 과거로의 시간여행도 그 가능성만큼은 이론상일지언정 꾸준히 제기되고 있다.

과거여행 가능성에 대한 진지한 논의 가운데 가장 유명한 것은 웜홀 (worm hole)을 이용한 시간여행이다. 웜홀이란 상대성 이론에 따라서 굽어지는 우주의 시공 구조 가운데 하나를 말한다. 웜홀을 통하면 우주의 어느 한 지점에서 순간적으로 다른 지점으로 나갈 수 있다. 말 그대로 '벌레구멍' 처럼 아주 먼 거리를 짧은 시간에 갈 수 있는 우주의 지름길인 셈이다. 이론적으로 웜홀은 소립자보다 작은 영역에서 생겨났다 순식간에 사라지는 특이 구조다. 웜홀을 통해 시간여행을 하려면 어떤 특수한 방법으로 이 특이 구조를 타임머신이 지나갈 수 있는 정도의 크기로 확장해야 한다. 물론 그 방법에 대해 아직 알려진 것은 없다.

대부분의 물리학자는 이런 방식으로 시간여행이 가능하다고는 믿지 않는다. 천체물리학자인 스티븐 호킹은 양자역학의 불확정성 원리, 즉 초미시 세계에서 입자의 위치와 운동은 어느 한도 이상으로 정확하게 기술하는 것이 불가능하다는 하이젠베르크의 원리에 의한 교란으로 시간여행이 불가능할 것이라는 반론을 펼치기도 했다. 타임머신을 만들려고 해도 이 교란이 장치를 둘러싸 그것을 파괴해 버린다는 것이다. 물론 호킹 스스로 '시간순서 보호 가설' 이라고 부를 정도로 자신의 주장에 대해 백 퍼센트 확신을 가진 것은 아니다. 따라서 시간여행을 완전히 불가능한 것으로 생각할 필요는 없다. 일말의 가능성이라도 열어 놓는 것이 인류의 지혜일 테니!

정의론

롤 스
John Rawls

존 롤스(1921~)는 미국 출생으로 1950년 프린스턴 대학에서 철학박사 학위를 받은 후 코넬 대학과 매사추세츠 공과대학(MIT)을 거쳐 1961년 이후 하버드 대학 철학과 교수로서 현새에 이르고 있다. 1958년 「공정으로서의 정의」라는 논문을 발표한 뒤 그의 관심은 사회정의에 대한 현대적 해석 문제에 집중되어 「분배적 정의」「시민 불복종」「정의감」 등의 논문을 발표하여 학계의 주목을 끌기 시작했고, 20여 년에 걸친 탐구의 결실로서 나타난 것이 바로 그의 필생의 대작인 『정의론』(1971)이다. 『뉴욕 타임스』는 서평란에서 '롤스의 『정의론』에 내재한 정치적 합의는 결국 우리의 생활양식마저 바꾸어 놓을 것'이라고 극찬한 바 있다. 1993년 롤스는 『정의론』에서의 명백한 오류를 수정 보완해 다원주의적 사회의 통합 가능성을 모색한 『정치적 자유주의』를 출간했다.

롤스에게 있어서 정의는 진리와 더불어 인간 생활의 제1덕목이다. 즉 사상 체계의 제1덕목을 진리라고 한다면, 정의는 사회 제도의 제1덕목이다. 롤스가 『정의론(A Theory of Justice)』(1971)을 통해 추구한 것은, 이렇듯 고귀한 정의에 대한 절대적 신뢰와 우선성을 바탕으로, 로크·루소, 그리고 칸트에게서 비롯된 사회계약론을 고도로 추상화함으로써 일반화된 정의관을 제시하는 것이다. 그러나 고전적 사회계약론의 핵심이 주권의 성립을 정당화하기 위한 논리적 절차에 놓여 있었던 것에 반해, 롤스는 합의의 대상을 특정 형태의 정부가 아닌 정의의 원칙이라고 보았다. 그는 이러한 정의의 원칙을 '공정으로서의 정의관'이라고 지칭하였다.

공정으로서의 정의관 원칙은 사회계약론에서의 자연상태에 해당하는 이른바 원초적 입장으로부터 도출된다. 원초적 입장에서 계약 당사자인 인간은 자유롭고 평등하고 합리적인 존재이다. 또한 그들은 자신의 사회적 지위나 타고난 소질, 능력을 알지 못하며 자신의 가치관이나 특수한 심리적 성향까지도 모른다고 가정된다. 원초적 입장의 형식적 조건인 이러한 가정을 롤스는 '무지의 베일'이라고 불렀다. 즉 아무도 자신의 특정한 조건에 유리하도록 정의의 원칙을 구상할 수 없기에 정의의 원칙들은 바로 공정한 원초적 입장에서 합의된 결과를 의미한다. 무지의 베일 이외에 원초적 입장의 또 하나의 형식적 조건은 원초적 입장에서의 당사자들이 합리적이고 상호 무관심하다는 가정이다. 각자는 자신의 가치관을 증진시키기 위해서 자신을 희생하게 될 원칙에는 동의하지 않을 것이며, 합리적 인간은 자기 자신의 기본 권리와 이해관계에 미칠 결과를 우선적으로 고려할 것이기 때문에 전체 이익의 산출 총량을 극대화한다는 공리주의의 원칙을 받아들이지 않을 것이다.

롤스는 이와 같은 원초적 입장에서 합의된 정의의 원칙들이 바로 계약 당사자들이 채택하게 될 공정으로서의 정의관이라고 주장했다. 그 첫 번째 원칙은 기본적인 권리와 의무의 할당에 있어 평등을 요구하는 것이며, 두 번째는 사회적 경제적 불평등, 예를 들면 재산과 권력의 불평등을 허용하되 그것이 모든 사람, 그 중에서도 특히 사회의 최소 수혜자에게 그 불평등을 보상할 만한 이익을 가져오는 경우에만 정당한 것임을 내세우는 것이다.

원초적 입장에서 당사자들은 무지의 베일을 쓰고 이러한 정의의 원칙들을 선택하게 된다. 이 불확실성의 조건하에서 당사자들이 취할 수 있는 선택 규칙은 위험을 최소화하고 기대치를 극대화한다는 최소 극대화 규칙이다. 롤스가 이 규칙을 전략으로 택한 이유는 최소 수혜자의 자유의 보다 적은 가치를 보상하고자 했기 때문이다. 이때 누가 최소 수혜자인지를 가려내기 위한 개인간의 비교가 필요한데, 개인간 비교는 소득과 부를 기준으로 한 사회적 기본 가치를 지수화함으로써 가능하다. 이때 보다 적은 지수를 갖는 사람의 처지를 향상시킬 수 있는 한에서 어떤 사람이 더 많은 기본 가치를 가질 수 있다는 차등 원칙에 의거해서 기본 가치들이 분배되는 것이다.

롤스는 『정의론』에서 이러한 정의의 원칙을 중심으로 자유주의 사회의 기본적인 정치적 사회적 제두의 정의에 대한 문제, 지유나 다른 사회적 가치에 대한 배분의 문제, 정치 권력의 정당한 사용에 관한 문제들을 해결하고자 하였다. 『정의론』이 세상에 나온 이후 롤스의 원초적 입장에 대한 설명이나 이로부터 도출된 두 가지 정의의 원칙의 양립 가능성, 그리고 그것의 개인주의적 편향성 등에 대해 비판이 가해지기도 했지만, 이 책은 사회계약론을 보다 일반화시키고 그 이론 속에 함축되어 있는 정의관의 중요한 특성

을 밝혀 냄으로써 새로운 정의관을 발전시킬 수 있는 길을 열어
놓았다는 점에서 그 고전적 가치를 인정받고 있다.

작품 읽기

(가) 공공질서나 안녕에 대한 공동의 이익에 비추어 양심의 자유를
제한하는 데 대해서는 누구나 동의할 것이다. 이러한 제도 자체는 계
약론적인 관점으로부터 쉽사리 도출될 수 있다. 우선 이러한 제한을
받아들인다고 해서 공공의 이익이 어떤 의미에서 도덕적·종교적 이
익보다 우월한 것이라는 뜻은 아니며, 그렇다고 해서 그것이 정부가
종교적인 문제를 관심 밖으로 여긴다든가 어떤 철학적 신념이 국사
와 상충한다고 해서 그것을 탄압할 권리를 주장할 것을 요구하지는
않는다. 정부는 어떤 단체를 합법화시키거나 불법화할 권한이 없으며
마찬가지로 예술이나 과학에 관해서도 그러한 권한을 갖지 못한다.
이러한 문제들은 정의로운 헌법에 규정되는 것으로서 단순히 정부의
권한 사항에 속하는 것은 아니다. 오히려 정의의 원칙에 따른다면 국
가는 평등한 시민에 의해 구성되는 단체로서 이해되어야만 한다. 국
가는 그 자체가 철학이나 종교적 교설에 관여하는 것은 아니나 평등
한 최초의 상태에서 개인들 자신이 합의하게 될 원칙들에 따라서 그
들의 도덕적·정신적인 관심 분야에 대한 추구를 규제하게 된다. 이
런 식으로 그 권한을 행사함으로써 정부는 시민의 대행자로서의 역
할을 하게 되고 그들의 공공적 정의관의 요구들을 만족시키게 된다.
따라서 만능적인 세속 국가관도 거부되는데 그 이유는 정의의 원칙
에서 볼 때 정부는 도덕이나 종교 문제에 있어 그 자체나 혹은 다수
자가 행하기를 바라는 바를 행해야 할 권리도 의무도 갖지 않는다는
결론이 나오기 때문이다. 그것이 갖는 의무란 도덕적이고 종교적인

평등한 자유의 조건들을 보장해 주는 것에만 국한된다.

이상의 모든 것을 인정하는 경우 분명해지는 것은 공공 질서나 안녕이라는 공공 이익에 비추어 자유를 제한함에 있어서 정부는 원초적 입장에서 선택 원칙에 입각해서 행동한다는 점이다. 왜냐하면 이러한 입장에서 각자는 그러한 조건들을 파괴한다는 것이 모든 이의 자유에 대한 위협임을 인정하기 때문이다. 이로부터 일단 공공 질서의 유지란 모든 사람이 그 내용에 관계 없이 그들의 목적을 달성하고 자기 나름대로 해석한 도덕적·종교적 의무를 완수하기 위한 필요 조건으로 생각한다는 결론이 나온다. 비록 그 한계가 부정확한 것이긴 하지만 공공 질서에 대한 국가적 이익의 테두리에서 양심의 자유를 통제하는 것은 공동의 이익, 다시 말하면 대표적인 평등한 시민의 이익이라는 원칙에서 도출되는 제한이라 할 수 있다. 공공 질서와 안녕을 유지하려는 정부의 권한은 모든 사람이 자기의 이익을 추구하고 각자 나름으로 이해한 자신의 의무에 따라 사는 데 있어 필수적인 조건들을 공평하게 뒷받침해 주는 의무를 수행하기 위해 정부가 가져야만 할 권한 부여적 권리라 할 수 있다.

(『정의론』(서광사) 제4장 중에서)

(나) 존 롤스는 사회 정의의 원리를 다음 두 원칙으로 공식화하였다.

① 모든 사람은 다른 사람의 유사한 자유와 상충되지 않는 범위 내에서 가장 광범위한 자유에 대한 동등한 권리를 갖는다.

② 사회적·경제적 불평등은 다음 두 가지 조건을 충족시키도록 조정되어야 한다.

ㄱ) 불평등은 최소 수혜자에게 최대한의 이익을 보장하여야 한다.

ㄴ) 불평등의 근원이 되는 직위와 직무는 모든 사람에게 균등하게 공개되어야 한다.

첫째 원리는 모든 사람에게 동등한 자유가 확보되어야 함을 말하

며, 둘째 원리는 사회적·경제적 가치가 어떻게 배분되었을 때 공정
한 것인가를 말해 준다. 첫째 원리가 말하는 기본적 자유는 투표권·
피선거권을 포함한 정치적 자유, 언론과 집회의 자유, 양심과 사상의
자유, 인신의 자유, 재산 소유의 자유 등으로 민주주의 사회 통념과
일치하는 것이다. 그러나 여기서 롤스가 강조하고자 하는 것은 동등
한 자유라는 개념이다. 모든 사람에게 절대적 자유를 허용함이 불가
능한 상황에서 보장되는 자유는 '모든 사람이 똑같이 누리는 자유'여
야 한다는 점이다. 이것이 '법이 정한 테두리 안에서'의 자유나 '국가
의 안녕과 질서를 해치지 않는 범위 안에서'의 자유를 이야기하는 것
보다 더 합리적이라고 본 것이다.

사회적·경제적 가치의 분배에 관한 둘째 원리는 정당한 불평등의
기준을 밝히고자 한다. 롤스는 사회적 가치와 경제적 가치를 모든 사
회 구성원에게 똑같이 분배하는 절대적 평등을 찬성하지 않았다. 절
대적 평등의 원리는 대통령과 말단 공무원이, 대장과 일등병이 똑같
은 보수를 받아야 함을 주장한다. 그러나 롤스는 각자의 능력과 봉사
의 정도에 따라 그들의 대우에 어느 정도 차이를 두는 것은 인간성과
그의 삶의 조건에 근본적인 변혁이 없는 한 온당한 것이라고 본다.
그러나 그 차등은 정당하다고 인정되는 범위 안에서만 허용되어야
한다. 그러면 어떤 차등이 정당화될 수 있는 것일까. 롤스에 따르면
그 차등, 즉 불평등이 정당화될 수 있는 경우는 다음과 같은 두 가지
조건이 만족되었을 때다. 첫째, 그 불평등으로 말미암아 그 사회의 모
든 구성원이 유리한 결과를 얻으리라는 것이 보증되어야 한다. 즉 그
사회에서 가장 불리한 위치에 놓인 사람이라도 그 불평등한 분배로
인하여 도리어 이익을 더 얻으리라는 것이 예견되는 경우여야 한다.
둘째, 그 불평등한 분배로 인해 보다 큰 몫을 차지할 수 있는 지위나
직무는 모든 사회 구성원에게 동일하게 주어져야 한다. 불평등한 분
배의 근거가 되는 직무나 직위는 기회 균등의 원칙에 따라 모든 사람

에게 개방되어야 한다.

(이명현,『이성과 언어』(문학과지성사) 중에서)

논점 롤스의 『정의론』은 사회정의의 기본적인 원칙을 확립하는 데 그 목표가 놓여 있다. 사회 구성원들은 기본적인 권리와 의무에 있어서 동등한 자격을 갖는다는 것과 불평등은 그것이 최소 수혜자에게 이익을 보장할 수 있는 경우로 제한된다는 것이 그것이다.

롤스는 더 나아가 이와 같은 정의의 원칙을 바탕으로 구체적인 경우에 그 원칙이 어떻게 수립될 수 있는지에 대해 검토하고 있는바, (가)에서는 이른바 공공질서나 안녕과 양심의 자유가 대립하는 경우 어떻게 정의의 원칙이 적용될 수 있는지를 다루고 있다. 그에 따르면 정부는 문제되는 종교적 혹은 도덕적 견해의 내용을 규제할 권리를 갖지는 않는다고 한다. 다만 도덕적이고 종교적으로 평등한 자유의 조건들을 보장하는 것에 정부의 의무가 국한된다는 것이다.

이와 같은 롤스의 입장은 정의의 원칙을 사회계약적 입장에 비추어 규정함으로써 다수의 의지나 세속적인 국가의 권위에 의해 사회 구성원의 자유가 침해되지 않도록 하기 위한 정의관을 도출하려는 시도에서 비롯되었다.

통합형 문·답

1 (나)의 글을 참조로 하여 (가)의 밑줄 친 부분과 같이 롤스가 규정한 의미에 대해 서술해 보자.

롤스의 정의관은 원초적 입장에서의 인간들의 자유로운 선택에 의해 정의의 원칙이 도출된다는 사회계약론적 관점으로부터 출발한다. 그는 이와 같은 원칙이 법의 규정이나 다수자의 견해와 같은 상대적인 원칙보다도 합리적이라고 보았다. 특히 이와 같은 원칙에 의거하지 않고 막연하게 공공질서나 공동의 이익을 이유로 한 포괄적인 자유 제한의 규정은 국민의 사회적·경제적 혜택을 보장한다는 명분하에 정당한 개인의 자유를 억압하거나 유보시킬 위험성이 있기 때문이다. 한편 롤스는 국가의 이익이라는 명목하에 개인의 자유가 억압될 경우를 경계하면서, 국가가 헌법 그 자체가 아니라 헌법에 의해 규정되는 권한만을 갖는 단체로서 이해되어야 한다고 주장하였다.

롤스의 이와 같은 원칙은 세속적인 국가관에 의한 개인의 자유 침해를 경계하는 의미를 갖는다. 그는 국가가 도덕이나 종교문제 등에 있어서 그 자체나 혹은 다수의 입장에 합치하는 바를 행해야 할 권리도 의무도 없다고 주장하는데, 왜냐하면 그럴 경우 국가 자체가 절대시되거나 다수의 입장이라는 명목하에 사회 구성원의 자유가 침해될 우려가 있기 때문이다. 한편 이 경우 기존에 제정된 법의 합법성은 법의 절대적 정당성을 보장하는 것이 결코 아니다. 롤스의 정의관에 의거하면 원초적 입장에서 선택된 정의의 원칙이 법의 합법성보다 본질적이기 때문이다.

결국 롤스에게 있어서 공공질서와 안녕을 유지하는 정부의 권한은 모든 사람이 자기의 이익을 추구할 수 있는 조건들을 공평하게 뒷받침하기 위한 권한 제한적이 아닌 권한 부여적 권리라고 할 수 있다.

❷ 교육을 예로 들어 제시문 (나)에서 밑줄 친 부분의 현실성에 대해 생각해 보자.

롤스는 사회 정의의 원리로 두 가지 원칙을 들었다. 첫째는 모든 사람이 다른 사람의 자유를 침해하지 않는 범위 내에서 광범위한 자유에 대한 권리를 갖는다는 것이다. 둘째는 사회적·경제적 가치의 분배에 대한 정당한 불평등의 기준을 밝힌 것으로 그 불평등이 사회의 모든 구성원에게 유리한 결과를 보증해 주어야 하고, 또한 모든 사람에게 사회적 직무와 지위의 균등한 기회가 보장되어야 한다는 원칙이다. 그런데 롤스가 제기한 이와 같은 정의의 원칙은 원초적 입장에서 선택된 포괄적인 자유의 규정이자 동시에 그러한 포괄적 자유가 최소 수혜자의 이익을 보장할 수 있게끔 평등한 조건을 고려한 것임에도 불구하고 실제로는 다소 이상론이라 할 수 있다.

예컨대 자본주의 사회에서 불평등한 분배의 조건이라 할 수 있는 지위나 직무의 선택은 개인의 교육 정도와 밀접한 관련을 맺는 것이 현실이다. 그리고 교육을 통한 지위 향상이나 지위 선택권의 획득이 어느 정도 이루어지는 것도 사실이다. 그러나 현실적으로 교육의 기회 균등은 철저하게 이루어진다고 보기 어렵다. 교육을 받을 수 있는 경제적 여건이 마련되지 않을 경우 교육의 기회조차 박탈되는 경우가 있는 것이 현실이기 때문이다. 특히 공교육이 확립되어 있지 않을 경우 교육의 질은 그 상당 부분을 사교육에 의존하는 경우가 많으며, 이 경우 경제적 여건에 따라 교육의 기회에 커다란 차등이 생기므로 교육을 통해 지위나 직무 선택의 기회는 더욱 그 폭이 제한된다고 할 수 있다.

롤스는 그가 제시한 정의의 원칙에 의거하여 이와 같은 불평등이 합리적으로 개선될 수 있을 것이라는 신념을 가진 듯하다. 다만 롤스의 원칙은 개인의 자유와 정의로운 분배에 관한 합리적인 기준을 제시한 것이며, 이와 같은 기준은 개개인의 자유를 보장하고 분배의 정의를 실현하려는 사회 구성원들의 실천적 의지를 필요로 함은 물론이다.

소비의 사회

보드리야르
Jean Baudrillard

프랑스의 사회학자 보드리야르(1929~   )는 1968년과 1973년 사이에 출판된 그의 초기 저작 『사물들의 체계』『소비의 사회』『기호의 정치경제학 비판을 위하여』『생산의 거울』네 작품이 계기가 되어 프랑스의 지성으로 인정받게 된다. 그는 이 책들에서 생산과 노동, 그리고 교환가치를 중시하던 마르크스 시대와는 달리 현대사회에서 소비가 우위성을 차지하게 된 것을 간파하고, 소비양태를 초점으로 삼아 현대사회에서 시민들이 세계와 어떤 관계 속에 놓여 있는가를 탐구하였다. 이어 『푸코 잊기』『보부아르 효과』『침묵하는 다수 곁에서』『공산당 또는 정치의 인공낙원』 등을 출판하는데 이 책들은 거시적인 분석에서는 뛰어나나 구체적 사안에 들어가면 설득력이 떨어진다는 평가를 듣는다. 이후 『상징적 교환과 죽음』『유혹에 대하여』『시뮬라르크와 시뮬라시옹』『숙명적 전략』『신성한 좌익』『아메리카』 등 많은 저서를 집필하면서 다양한 소비 유형 속에서 현대 사회의 모든 사물이 실상 없는 허상임을, 즉 현대 사회가 실재가 기호로 대체된 시뮬라시옹 사회임을 일관되게 이야기한다. 게르만 연구가이기도 한 그는 고등학교 교사 생활도 했으며, 문학, 철학, 사회학에 관한 책들을 번역하여 프랑스 지성계에 번역가로도 영향을 끼쳤다.

보드리야르의 『소비의 사회(La Société de Consommation)』(1970)를 두고 프랑스의 사회학자 로베르 로슈포르는 '소비에 대한 상징적 독해를 제시하여 그 자신의 저작 가운데 가장 중요한 업적으로 남는다'고 지적한 바 있다. 그만큼 현대사회의 특징을 날카롭게 지적한 책이라 할 수 있다.

보드리야르는 현대사회가 소비의 사회라는 점을 강조한다. 그가 소비를 강조하는 이유는 소비라는 행위가 현대사회의 소외를 낳는 가장 대표적인 영역이라는 의미에서이다. 그는 '소비가 관계(단지 사물과의 관계만이 아니라 집단 및 세계와의 관계)의 능동적 양식이라는 것, 즉 우리 문화체계 전체가 기초를 두고 있는 체계적 포괄적 반응 양식이라는 것을 처음부터 분명하게 주장하지 않으면 안 된다'고 말한다. 이제까지의 사회과학 이론의 대부분이 생산과정에 참가하는 노동의 양과 질을 중심으로 소외 문제 혹은 계급 문제를 바라보아 왔다면 보드리야르는 이러한 견해에 대항하여 소비 영역이 현대사회에서 어떻게 대중을 계급적으로 구분해 가는가에 대해 발언한다. 거대한 테크노크라트적 기업들이 옛날 계급 간의 차이를 대신한 새로운 사회적 위계질서를 만들어내면서, 억제할 수 없는 욕망을 불러일으킨다는 것을 그는 깊이 통찰하고 있다.

그의 이러한 견해는 마르크스에 대한 비판을 의미한다. 즉 그는 근대를 지배해 온 '생산'과 '노동' 개념에 대한 근본적인 해체 작업을 감행하여 이러한 이론이 오늘날의 사회적 문제를 해결하는 데 근본적이고 실천적인 지침을 내리지 못한다는 점을 강조한다. 이미 지적했듯이 그는 소비가 사회를 통합하는 힘을 지닌다고 보았다. 이렇게 본 이유는 소비가 현대적 소외의 대표적 형식이라는 점을 강조하기 위해서였다. 그렇다면 현대의 '소비'란 무엇을 의미하는가.

풍요로운 사회에서 모든 소비행위는 필요의 충족이라는 기능적인 특징을 보일 뿐만 아니라, 비물질적인 논리에 순응한다. 가령 광고나 상품 디자인, 유명 상표, 포장 맵시 등의 비물질적인 어떤 상징적 논리에 순응하는 것이다. 이제 이런 명제는 자연스럽다. 그 명제란 '세탁기는 도구로 사용되는 것과 함께 행복, 위세 등등의 요소로서의 역할도 한다. 이 후자야말로 소비의 고유한 영역이다'라는 것. 여기에서는 그 밖의 모든 사물들이 세탁기와 대체될 수 있다. 이제 사물은 명확히 규정된 어느 한 기능이나 욕구와 더 이상 관련되어 있지 않다. 사물들은 전혀 다른 것 —— 이것이 사회적 논리든 욕망의 논리든 간에 —— 에 대응하고 있으며 그것들에게는 사물들이 의미작용의 불안정하고 무의식적인 영역으로 사용된다.

그런데 이 소비의 비물질적 상징적 차원은 시간 경과에 따라 그 내용이 변화한다는 점이 중요하다. 가령 서구의 1950~60년대에는 가정용 제품 즉 자동차나 텔레비전, 냉장고, 세탁기 등을 소유하면 어떤 높은 사회적 지위나 계층에 도달하리라고 생각하는 것이 일반적이었다. 이러한 생각은 상상적 기대나 욕망의 일종인데 이것들이 당시에 소비의 비물질적 논리를 확산시켰다고 할 수 있다. 이러한 과정을 거쳐 대중들의 소비행위가 획일화되어 간다는 것은 그 내부에 강한 사회적 결속 작용이나 사회계급 논리가 작동하고 있다는 의미이기도 하다.

그런데 1970~80년대에 들어오면서 사회적인 부가 충분히 축적되자 소비자들은 지난 시기의 구속적인 집단적 소비행태를 거부하고 개인주의적 상상력에 의해 절대적 자유의 열망 그러나 환상적인 열망을 이 소비행위에서 현실화한다. 이에 대해 마케팅은 소비자들의 기호에 맞추어 과도한 분할 전략을 고안하거나 상표와 모델을 양산하여 새로운 비물질적인 차원의 논리를 연출한다.

　이러한 추세는 1980년대 말까지 지속되지만 1990년대 초반부터는 다시 비판적인 움직임이 일어난다. 실업, 소외, 에이즈와 같은 질병, 세계화 등에 대한 대중들의 두려움은 점차 개인의 존엄성이나 위신에 대해 회의적이게끔 한다. 소비가 지니던 상징성은 이제 이 불안감에 대응하여 안정감을 제공해야 한다. 이 점은 건강, 가족, 환경보호, 과거로의 회귀, 과학, 공동체적인 상행위 등과 같이 새롭게 부각되는 주제들 속에서 구체화되고 있다. 오늘날 건강이라는 테마를 끌어들이려는 노력이 따라서 인상적이다. 최신 바닥재는 혈액순환에 좋다고 선전하거나 벽장식재는 방충과 알레르기 방지 효과가 있다고 한다든지 전원에 지어진 아파트 등의 광고는 이러한 사례의 대표적인 경우다. 화장품의 경우, 아름다움보다는 피부 건강이나 피부 보호 쪽에 광고 초점이 맞추어지는 현상도 마찬가지다.

　그러나 이러한 안정성이라는 상징도 언젠가는 소멸될 것이라는 게 보드리야르의 생각이다. 지나치게 퇴행적이고 자기 지향적이며 과거에 대해 많은 중요성을 부여한다는 비난을 받을 날이 오리라는 것이다. 그는 연속적인 세 가지 비물질성 즉 사회적 지위, 초개인주의, 안정성이 지배하던 시기가 지나간 후에 이제 네 번째 시기가 도래할 수 있다고 본다. 그것은 개인용 컴퓨터의 보급으로 인한 인터넷 사용의 확산, 휴대용 전화기, 팩스 등에 대한 엄청난 선호에서 알 수 있듯이 시공간의 제약이 없는 상호침투적인 사회가 도래할 수 있다는 것이다. 이러한 사회는 전통적인 의미의 생활영역 구분을 무화시킬지 모를 일이다. 그는 이런 사회가 엘리트 중심적인 사회가 될 가능성이 매우 높다고 본다. 극단적으로 보면 이런 사회는 삼분화 사회가 될 수 있다. 첫째, 생활방식에 있어서 매우 적극적이고 점점 더 국제적이되며 새로운 시장을 추구하는 소비자,즉 기업가들이 있다. 둘째로는 퇴직자 집단. 이들은 한동안은 안정적인 소비가 가능할 것이다. 마지막으로 최소한의 소비만을 하며 공공구제 체계에 의존적인 소외 계층이 있다. 이러한 계급 사회에서는 소비를 통한 사회적, 계급적 단절이 현재보다 더욱 심화될 것이다. 그러나 보다 심각한 것은 이 미래 사회의 첨단제품들에 의해 형성되는 상상체계로부터 특정집단이 배제된다는 점에 있다.

소비는 더 이상 경제적, 사회학적 기능이나 이데올로기적 기능을 하는 것이 아니라 행위자들의 게임이 되어 버렸다. 소비의 사회는 마감되는 것이 아니라 장차 적응력 있고 순환적인 소비자들의 사회로서 그리고 앞으로 점점 더 복합적인 게임으로서 조직화될 것이라는 게 이 책에서 전하는 보드리야르의 논지 결론이다.

【 작품 읽기 1 】

멜라네시아 원주민들은 하늘을 지나가는 비행기에 넋을 빼앗겼다. 그러나 이 사물은 결코 자신들에게로 내려온 적이 없었다. 백인들이 그것을 잡는 데 성공한 것은 그들이 지상에 빈터를 만들어 하늘을 나는 비행기를 유인하는 듯한 사물들을 배치했기 때문이라 생각하고 원주민들은 나뭇가지와 리안(열대 아메리카산 칡의 일종) 잎으로 모형 비행기를 만들기 시작했으며, 빈터를 구획하여 밤에는 정성껏 불을 지펴 밝게 하면서 진짜 비행기가 그곳에 착륙하는 것을 열렬히 기다리기 시작하였다.

현대도시라고 하는 밀림을 헤매는 수렵 채집자인 유인원들을 원시적이라고 비난하지 않고서도(그렇게 비난해도 좋지만) 이 이야기 속에서 소비사회에 대한 우화를 발견할 수 있을 것이다. 소비라는 기적을 받은 자도, 역시 행복의 모조품과 그 특징적인 기호 장치를 만들고는 진정한 행복이 그곳에 착륙하기를 기다리고 있기 때문이다.

이 사실에서, 하나의 분석 원칙을 보려고 하는 것은 아니다. 여기서 문제가 되는 것은 사적(私的) 혹은 집단적 소비의 사고방식이다. 약간 피상적이지만 감히 분석하면 다음과 같다. 이 사고방식은 소비를 지배하는 주술적 사고이며, 일상생활을 지배하는 기적을 대망하는 사고방식이다. 또한 그것은 사고의 전능함에 대한 믿음(단, 우리의 생각으로는 기호의 전능함에 대한 믿음인데)에 근거를 두고 있다는 의미에서 원시인들의 사고방식이다. 사실 풍부함이라든가 윤택함이라는 것은 행복의 기호가 축적된 것에 불과하다. 사물 자체가 주는 만족은 멜라네시아인들의 축소된 비행기 모형과 똑같이 잠재적인 대만족, 전면적인 풍부함 혹은 결정적인 기적을 받은 자의 마지막 환희를 미리 예상하여 즐거워함에 불과한데, 이 환희에 대한 광적인 희망이 진부한 일상생활의 윤활유 혹은 식량이 되고 있다. 이러한 자그마한 만족은, 지금으로서는 악마를 내쫓고 전면적인 안락과 지고의 행복을 얻기 위한 수단에 불과한 것이다.

일상생활의 경험에서 소비의 은혜는 노동이나 생산과정의 결과로서 체험되는 것이 아니라 기적으로 체험된다. 멜라네시아의 원주민과 텔레비전 앞에 앉아 스위치를 켜 전세계의 화면이 자신에게로 오는 것을 기다리는 시청자 사이에는 물론 사이가 있다. 화면은 보통 인간에게 복종하지만, 비행기는 결코 주술의 명령에 따라 내려오지 않는다. 그러나 이러한 기술의 승리만으로, 우리의 행동은 현실의 영역에 속하고 멜라네시아인의 행동은 환상의 영역에 속한다고 단언할 수 없다. 왜냐하면 동일한 심리적 구조 때문에, 한편에서는 멜라네시아인의 주술에 대한 신뢰는 결코 없어지지 않으며(잘되지 않는 이유는 마땅히 해야 할 일을 하지 않았기 때문이다), 다른 한편에서는 텔레비전의 기적은 계속 기적이 되도록 끊임없이 반복되는 것이다. 그것은 기술 덕분인데, 이 기술이 사회적 현실의 원칙 자체, 즉 이미지의 소비에 이르는 생산의 긴 사회적 과정을 소비자의 의식으로부터 없애 버린다. 그 결과 텔레비전 시청자도 멜라네시아인도 무엇을 손에 넣는 것을, 기적적인 효과를 지닌 어떤 방식에 따라 낚아채는 정도로 생각하는 것이다.

소비의 은혜는 이리하여 노동의 산물로서가 아니라 개인적으로 성취된 힘으로 나타난다. 꿈나라의 환상에 둘러싸이고 반복된 광고에 설득되어, 자신들에게는 풍부함에 대한 정당하고도 양도할 수 없는 권리가 있다고 생각할 뿐 아니라 소비자 대중은 풍부함을 자연의 결과로 받아들이는 것 같다. 소비에 대한 소박한 신앙은 새로운 요소이며, 이제부터는 새로운 세대가 그 상속인이다. 그들은 재산만이 아니라 풍부함에 대한 자연권도 상속받는다.

(『소비의 사회』(문예출판사) 제1부 「사물의 형식적 의례」 중에서)

제시문에 묘사된 멜라네시아인과 현대인들의 사고방식의 공통점에 대해 논술해 보자.

멜라네시아인들은 화물선 신화를 간직하고 있다. 자신의 조상이 보내 준 물품을 백인들이 가로챘으나 이제 백인들의 주술이 풀리면 조상이 자신들에게 놀라운 물건들을 가득 실은 화물선을 보내 줄 것이라는 믿음이 그것이다. 진기한 물건을 가득 실은 비행기가 착륙하기를 바라는 심정과 유사하다.

이 신화의 사고방식이 바로 비행기를 기다리는 그들의 모습 속

보드리야르

에 드러난다. 이런 태도의 특징은 첫째, 현재 비록 결여되어 있으나 미래에는 그 결핍이 보충되리라는 희망을 전제로 한다는 점이다. 이 희망이야말로 이들의 일상적 삶을 지탱하는 기둥이라 할 것이다. 이 희망으로 인해 그들은 풍족함에 대한 환상을 지니게 된다. 두 번째 특징은 풍부한 물건들을 이제 곧 갖게 되리라는 환상 속에서 그 물건의 사회적 맥락을 인식하지 못하고 그것을 자신들이 의당 요구해야 할 당연한 권리이자 아주 자연스러운 천부의 자연권이라고 생각하는 점이다. 따라서 그들은 늘 결핍 상태로 존재하면서도 풍부함이 곧 도래할 것이고 그것은 기적과도 같이 올 것이라는 즉자적인 신념을 지니고 산다. 이러한 신념은 그들의 사회를 안정되게 재생산하는 계제로 작용한다.

이런 사고방식은 현대인들이 그들의 주위를 감싸고 있는 온갖 풍부한 상품에 대해 지니는 태도와 유사하다고 보드리야르는 본다. 첫째, 온갖 광고에 매료된 현대의 소비자들은 그 물건들이 아무런 근거도 없이 자신들의 것이 되리라는 환상을 품게 된다. 이러한 태도는 멜라네시아인들이 지니고 있는 화물선의 도래 혹은 비행기의 착륙에 대한 신념과 동일한 것이다. 둘째, 소비자들이 지니고 있는 상품에 대한 욕망은 그것의 결여에서 오는 것이지만 의당 자신이 분배받아야 할 몫이라고 생각한다. 풍부함이 눈앞에 보이는 복지국가이자 평등한 사회에서는 소비 즉 사용가치 앞에서는 모두가 평등하기 때문이다. 그것은 언뜻 인간으로서의 권리로 보인다. 셋째, 그 욕망 충족의 순간이 곧 오리라는 환상이 소비자들에게는 언제나 내재되어 있다는 점에서 그 소비 욕망은 우울한 즐거움 혹은 결여에 의한 행복이라는 소비사회의 이데올로기를 만들어 낸다.

이상의 세 가지 측면에서 살펴보면 현대사회에서 바로 멜라네시아인의 신화가 재현되었다고 말할 수 있겠다.

(가) 욕구와 그 충족에 대한 합리주의적 신화와 그에 내재한 소박한 인간학은 소비 문제를 설명하는 데 무력하다. 즉 물건을 구매하여 소비하려는 주체의 욕망은 그 물건을 실용적으로 사용하여 얻는 가치 영역을 넘어서서 행복이나 안락함, 성공 등의 영역에까지 미친다. 이러한 영역은 사회적 체제 속에서 의미를 지니는 것이다. 즉 사회 속에서 자신은 남과 다를 수 있다는 차별성의 영역이다. 가령 세탁기는 도구로서 쓰여지는 것과 함께 행복, 위세 등의 요소로서의 역할도 한다. 바로 이 후자의 영역이 소비 영역이다. 이러한 기호 논리에서 사물은 이제 명확히 규정된 기능이나 욕구와 더 이상 관련되어 있지 않다.

욕망이 충족되면 안정된 상태를 유지한다는 합리주의 이론과는 달리, 욕구라는 것은 결코 어떤 특정한 사물에 대한 욕구가 아니라 차이에 대한 '욕구'(사회적 의미에 대한 욕망)라는 것을 인정한다면, 완전한 만족이란 있을 수 없다. 또한 욕구에 대한 정의(定義)도 있을 수 없다. 사물을 향유하는 것은 아마도 자율적이고 합목적적이며 자기목적으로서의 소비로 정의할 수 있을 것이다.

그렇지만 소비란 그런 것이 아니다. 사람들은 자기 자신을 위해서 즐기지만 소비할 때는 결코 혼자서 소비하는 것이 아니다. 사람들은 모든 소비자들이 자기들도 모르는 사이에 서로 연루되는, 코드화된 가치들의 생산 및 교환의 보편화된 체계 속으로 들어가기 때문이다. 이런 의미에서 소비는 언어와 마찬가지로, 또는 미개사회의 친족체제와 마찬가지로 의미작용의 질서이다.

소비 체계는 최종적으로 욕구와 향유에 근거하는 것이 아니라 기호(기호로서의 사물) 및 차이의 코드에 근거한다. 욕구, 자연적 효용 등이 없다고 말하는 것은 아니다. 현대사회의 독특한 개념인 소비는 그러한 것과는 무관하다는 것이다. 욕구와 향유의 우연적 세계를 대신하는 문화적 세계이며 자연적 생물학적 질서를 대신하는 가치 및 서열의 사회적 질서이다.

　재화와 차이화된 기호로서의 사물의 유통, 구입, 판매, 취득은 오늘날 우리들의 언어활동이며 코드인데, 그것에 의해서 사회 전체가 의사소통하고 서로에 대해 말한다, 이것이 소비 구조이며 그 언어(랑그)이다. 개인의 욕구 및 향유는 이 언어에 비하면 화언(파롤)의 효과에 불과하다.

(『소비의 사회』(문예출판사) 제2부「소비의 이론」중에서)

　(나) 어느 TV 광고의 한 장면을 소개한다. 젊고 아름다운 여성이 잘 꾸며진 응접실에 앉아 있다. 이 여성은 TV 앞에서 역시 젊고 능력 있지만 어리숙해 보이는 남편에게 명령인지 아니면 애교인지가 구별되지 않는 톤으로 꾸중을 해대고는 나란히 앉아 TV를 시청한다. 여자가 잠시 몸을 돌려 카메라를 향하여 '남자는 여자 하기 나름이에요' 하고 속삭인다. TV 판매를 촉진시키기 위해 제작된 이 광고에 나온 대사는 이것이 전부이다.

논점　소비에 대한 합리주의적 신화는 소비하는 과정에서 인간 주체가 늘 최종적 결정을 내리며 그 결정은 그 인간 주체의 주관적 욕망에 의해 규정된다는 입장에 있다. (가)의 글은 소비에 대한 이러한 입장을 반박하는 내용이다.

제시문 (가)를 참고로 하여 (나)의 광고 효과에 대해 설명해
보자.

(나)의 광고 지문을 보면 TV의 사용가치 자체에 대해서는 특별
한 언급이 없다. 이 TV의 기능상 특징이 무엇이며 어떤 측면에서
좋은 제품인지에 대한 언급이 전무하다. 따라서 이 광고는 다른
효과를 노리고 있음을 알 수 있다. 그 효과는 두 가지 측면에서
접근해 볼 수 있다.

첫째, 안락한 응접실에서 젊고 아름다운 아내와 함께 TV를 보며
이야기하는 장면을 통해 중산층의 특별한 삶을 보여 주려 했다는
점이다. 이것은 중산층이 되기 위해서는 이 TV가 있어야 한다는
의미이기도 하다. 따라서 소비자 입장에서 보면 중산층이 되기를
원하는 사람이나 중산층인 자는 이 TV를 사는 것이 당연하다는
메시지를 담고 있다고 할 수 있다.

이러한 지적은 현대사회의 소비 개념이 상품 소비만을 의미하
지 않고 행복, 부부간의 친밀감을 포함한 안락함, 성공 등의 소비
도 포함하고 있음을 말해 준다.

그런데 두 번째로 이러한 욕구는(가령 물건을 사고 싶어하는 욕
구란) 특정한 사물에 대한 욕구를 넘어서 차이에 대한 욕구 즉 사
회적 의미에 대한 욕망임이 이 광고에서 드러난다. 즉 사람들은
상품의 구입과 사용을 통해 자신을 돋보이게 하며 동시에 사회적
지위와 위세를 나타내려는 무의식을 지닌다고 할 수 있다. 이른바
사회적 차이화의 논리를 만들어 낸 것이다. 이 광고는 이러한 사
람들의 심리에 파고든 것이다.

이러한 광고 효과는 상품의 실제 사용가치를 넘어서는 일정한

보드리야르

허위적 욕망을 만들어 낸다. 르네 지라르가 한 인간의 욕망의 성
격을 분석해 내면서 그 욕망은 그 자신의 것이 아니라 누군가 혹
은 무엇인가의 중개를 받아 만들어진 것이라고 언급했듯이 현대
소비사회의 소비 대중들의 욕망은 이처럼 사회적인 맥락에 의해
매개된 것이다.

토인비와의 대화

토인비
Arnold Joseph Toynbee

토인비(1889~1975)는 현대의 가장 해박한 지식인이자 역사가로 영국 런던의 전형적인 지식인 집안에서 출생하였다. 조부는 의사였고 부친도 의사이자 자선사업가로 열렬한 사회주의자였으며, 그의 숙부인 아널드 토인비도 『영국 산업혁명사』의 저자로 이름 높은 경제학자이자 사회개량가였다. 그는 옥스퍼드 대학에서 로마와 그리스의 고전고대사를 전공하고 왕립 국제문제 연구소 연구부장, 런던 대학 국제사 연구 교수, 외무성 조사부장을 역임하고 런던 대학의 명예 교수가 된다. 『한니발의 유산』(1965)은 한니발 전쟁을 분수령으로 로마 역사에 일어난 혁명적 변화를 분석한 책이며, 1934년부터 세상에 나오기 시작한 『역사의 연구』는 왕립 국제문제 연구소의 해외 연구 책임자로 있으면서 집필한 책으로, 역사는 수천 년을 두고 반복된다는 직관을 구체적으로 서술한 전 12권 분량의 역저이다. 토인비의 저술은 매우 평이하여 대중적인 인기를 끌었으며, 좀더 융통성 있고 낙관적인 태도를 유지하고 있어 슈펭글러의 『서구의 몰락』과 대조적인 저술로 평가된다.

　역사 철학이나 문명의 역사에 대한 저술은 학문적인 엄밀성이 부족하다는 이유로, 다른 인문학 분야로부터 불신의 대상이 되어 온 분야였다. 그러나 제1차 세계대전이 끝나자마자 나온 슈펭글러의 『서구의 몰락』(1918), 그리고 제2차 세계대전 전후에 발표된 토인비의 12권 분량의 대작 『역사의 연구』(1934~1961)는 일반 대중들에게 상당한 관심과 호응을 불러일으켰다. 이들 저술의 성공 비결은 두 차례의 세계대전 와중에 현대 문명의 병리적 징후들이 확산되었고, 그에 따라 문명에 대한 대중들의 불안이 이러한 종류의 비판적인 문명 분석을 요구했기 때문이다. 전문가들로부터는 신랄한 비판이 따랐지만, 어쨌든 우리 나라에서도 이들 저작의 대부분이 번역되었다는 사실부터가 이들 저술의 범세계적인 인기를 증명해 준다. 특히 토인비는 좀더 대중적 인기를 누릴 수 있었다. 슈펭글러의 저술이 도식적이고 암울한 반면, 토인비의 저술은 상대적으로 융통성 있고 낙관적인 미래 예측을 보여 주기 때문이다.

　토인비의 문명 사관, 즉 『역사의 연구』 등에서 보여 준 기본적인 가정은 19세기적인 전통 사학의 고정 관념에 대한 비판에서 출발한다. 즉 토인비는 민족이나 국가보다는 좀더 큰 문화적 실체로서 '문명'을 상정하고 있다. 토인비는 문명이란 개인들 사이의 관계의 결과이며, 그것의 탄생, 성장, 쇠퇴는 원시적 단계를 벗어나려 한 인간 노력의 결정체로서의 의미를 가지는 것으로 보았다. 그렇다면 각각의 문명은 어떻게 원시 상태를 벗어나 성장할 수 있는가? 토인비는 문명의 성장은 '창조적 소수'의 힘에 의존한다고 설명한다. 즉 삶의 타성에 젖은 한 사회 집단 속에서 어떤 소수는 타성을 깨고 돌진하려는 창조적 의지로 반응하게 된다는 것이다. 그리고 문명은 지속적인 '도전과 응전(challenge and response)'의 과정 속에서 발전하는데, 도전은 자연 환경이나 문명 밖의 인간에게서 가해지는 게 아니라, 문명 내부에서 출발한다고 보았다. 그러므로 문명 내부에서 건강한 영적 가치를 가지는 일이 물질적 가치 이상으로 중요하게 된다.

토인비는 문명이 성장하고 소멸하는 데는 어떤 규칙성이 있음을 주장하였다. 먼저 그는 성장기의 문명은 통일성을 가지고 있다고 밝혔다. 즉 사회의 다수가 창조적 소수를 기꺼이 따르고 모방함으로써 일체감을 형성한다는 것이다. 또한 문명의 쇠퇴 과정은 성장 단계의 통일성이 깨지는 것, 소수의 창조성과 지도력이 상실되고 기계화되는 데서 비롯하는 것으로 보았다. 이 현상은 경험적으로 보아, 창조적 소수가 제기된 도전들에 늘 성공적으로만 응전하지는 못한다는 데서 비롯되는데, 이는 일단 도전에 성공한 소수는 자신과 제도를 우상화하는 경향이 있기 때문이라는 것이다. 다수는 이러한 소수에 순종하지 않으며 저항하기까지 한다. 토인비는 이 다수를 내부의 프롤레타리아라고 불렀다. 소수는 어쩔 수 없이 불복종하는 다수를 과격하게 통제하려 하며, 그리하여 이제 그들은 창조적 소수가 아니라 '지배적 소수'로 변질되는 것이다. 이와 같은 소수와 다수 사이의 조화 상실은 곧 사회의 자기 결정력 상실을 의미하게 된다.

『토인비와의 대화(Toynbee on Toynbee)』는 토인비가 1974년 라디오 방송에 출연하여 일본 교토 산업대학의 와카이즈미 교수와 나눈 대화를 수록한 것으로 원래 제목은 '미래에 살아 남기 위하여'였다. 현재 인류가 당면한 핵·공해·인구 및 첨단 전자산업인 컴퓨터와 세계국가, 그리고 우주 개발 문제 등에 대하여 대화의 형식으로 그 핵심을 지적하고 있다. 이 책에도 토인비의 독특한 역사관·문명관이 담겨 있다.

토인비

권력에 대해서는 다소 이해하기 힘든 몇 가지 문제가 있습니다. 개인들이 각자 그 무엇에도 복종하지 않고 자유로이 살아가던 서파키스탄의 어느 부락을 찾아간 적이 있습니다. 내가 찾았을 때는, 이미 어느 한 지방 호족이 범죄 수단을 동원하여 온 부락을 정복한 후, 강력한 단일 국가를 형성했습니다. 그 결과 계곡은 평화와 법과 질서를 획득했고, 수십만 민중들은 이전보다도 한층 행복해졌습니다. 그런데 정작 성치적 통일을 달성한 당사자는 행복할 수가 없었습니다. 생각건대 그의 행동은 개인적 야심에 기인할 것이었을 뿐, 애타주의(愛他主義)는 아니었던 모양입니다. 내가 그를 만났을 때, 그는 이미 죽음을 앞에 둔 노령이었으며, 자신이 저지른 범죄에 대해 회개하고 있었습니다.

여기에서 복잡한 문제가 대두됩니다. 법과 질서를 만들어 내고, 그 결과 우연히도 타인들로 하여금 행복을 획득하게 한 범죄 행위가 과연 선인지 악인지 하는 문제인데, 저로서는 이를 알 수 없습니다.

성 프란체스코는 참다운 의미에서의 성자였습니다. 그는 먼저 그리스도와 같은 생활을 하고자 마음먹었는데, 이것이 쉬운 일은 아니었으므로, 뜻을 같이하는 한두 사람이 더 있었으면 좋겠다는 생각을 했습니다. 그런데 놀랍게도 몇 해가 지나자 그의 수도 교단(修道敎團)에는 수백 명이 몰려왔고, 교황도 이 교단을 정식으로 인가하게 되었던 것입니다. 자기 자신이 한 기구의 지도자의 지위에 올라 행정관이 될 수밖에 없게 된 데 당황한 성 프란체스코는 즉시 교단의 단장직을 그만두었습니다. 그의 행위는 전혀 이기심이 개입되지 않은 것이었지만, 그 결과는 그리 바람직한 것은 아니었습니다. 성 프란체스코의 퇴진은 전혀 성자답지 못한 인물, 즉 엘리아스라는 사나이가 그 뒤를 이어 등장할 길을 열어 주었기 때문입니다. 엘리아스는 매우 아름다운 교회를 지었습니다. 그러나 교회를 건립하기 위해 많은 기부금을 거두면서 성 프란체스코가 성취하고자 했던 이상을 버린 것입니다.

그러나 열의를 가지지 못한 통치자가 권력직을 훌륭히 수행해 나갈 수는 없을 것입니다. 다른 일도 마찬가지겠지만, 통치자에게 필요한 것은 일단 열의입니다. 권력을 무작정 회피하고자 하는 은자들과는 달리 열의를 가지고 권력을 유지해 나간 사람도 있습니다. 중국의 진시황의 경우는 어떨까요? 그는 헤아릴 수 없는 비행을 저지른 인물입니다. 전대 미문의 '분서갱유(焚書坑儒)'를 저질렀고, 수많은 사람들을 전쟁터와 강제 노역장에 끌고 다녔습니다. 그는 훌륭한 인간성의 소유자는 아니었지만, 유능한 통치자였던 것은 분명합니다. 19세기 영국의 명망 높은 가톨릭 역사학자인 액턴 경은 권력의 속성에 대해 이렇게 말합니다. '어떤 권력이든 모두 부패하게 마련이다. 특히 절대 권력은 절대로 부패한다.' 이런 표현은 대단히 노골적인 표현입니다. 그러나 아무도 이를 부정하지는 못하는 듯합니다.

정부란 결국 개개의 피통치자로 하여금 통치자의 의사에 복종하도록 강요하는 것입니다. 이 개개인은 언제든 정부의 필요에 의해서 강요당한다는 점에서 변함없이 피통치자입니다. 이 강요란 바로 법과 질서입니다. 권력이란 생활의 표현으로서, 그것은 소수의 인간에 의해 타인들에게 행사될 수밖에 없는 것입니다. 우리 모두가 갑자기 성자(聖者)나 은자(隱者)가 되지 않는다면 말입니다.

(『토인비와의 대화』(상서각) 제1장 「삶의 목표」 중에서)

논점 성자였던 프란체스코와 전혀 성자답지 못했으나 매우 큰 업적을 남긴 엘리아스를 대비시킴으로써 참된 지도자가 갖추어야 할 덕성에 대해 설파하는 내용이다. 권력은 깨끗한 마음에서만 출발하는 것은 아니며, 어디까지나 현실적인 여건 속에서 의미를 갖는다는 표현은 혼란스러웠던 이탈리아를 통일시키기 위해 강력한 리더십이 필요하다고 역설했던 마키아벨리의 정치관과 유사하다.

권력이란 인간과 밀착되어 있는 까닭에, 무릇 인간 사회가 형성된 곳이라면 좋건 싫건 간에 늘 권력이 존재한다. 본인이 만약 권력자의 위치에 오른다면 어떠한 태도를 취할 것인가. 윗글의 내용을 정리하여 서두로 삼은 다음, 본인의 견해를 밝혀 보자.

인간 사이의 이해를 조정하고, 인간이 사회적 동물로서 온당한 역할을 맡도록 강제하는 것이 바로 권력이다. 그러나 권력은 필수적으로 강제력을 동원한다. 의회 제도를 채택한 민주국가에서도 강제력이 전혀 없는 것은 아니다. 어느 민주주의 국가에서도 납세와 국방의 의무는 피할 수 없으며, 결국 개인은 저항할 수 없는 강력한 권위와 권력의 수중에서 벗어날 수 없는 것이다. 그러므로 권력은 인간이 사회 생활을 영위하면서 불가피하게 받아들일 수밖에 없는 필요악이다. 또한 권력을 소유한 자, 즉 권력자의 존재도 불가피하다. 어느 누군가는 권력자의 위치에 올라야 하는 것이다.

사실 통치자가 모두 성자나 은자가 되어 권력의 이기로부터 철저히 벗어나 자신의 욕망을 다스려야 한다고 말하기는 쉽지만, 이것이 현실적으로 가능한 일은 아니다. 또 기존의 권력 구조를 전복시켰다 하더라도, 그보다 더 포악한 권력을 가져오는 경우도 적지 않다. 권력에 반대하여 이에 저항하는 혁명을 일으켰던 자가 결국 더 지독한 폭력적인 국가를 만들어 버린 역사상의 아이러니도 많이 존재하는 것이다.

그러므로 권력자가 감당해야 할 가장 기본적인 과제는 우선 자기 자신을 파악하는 일이다. 즉, 자기가 타인에게는 물론이거니와 자기 자신에게도 권력을 행사하기에는 부족한 인간이라는 것을 스스로 깨닫는 일이 필요하다. 권력 행사를 일종의 특권으로 생각하거나, 자신의 우월감을 입증하는 식의 즐거움으로 삼아서는 안된다. 오히려 권력 행사는 매우 어려운 일이라는 사실을 깨달아야하며, 일단 권력의 자리를 넘겨받게 된다면 가장 민주적인 절차에따라 타인의 의견을 경청하는 겸허함을 보여야 할 것이다. 타인의의견을 존중하는 민주주의의 원칙은 어느 경우라도 존중해야 한다는 점을 철칙으로 삼아야 할 것이다.

둘째로는 권력의 남용을 경계해야 한다. 위에 제시된 대로 '절대 권력은 절대 부패한다'는 사실을 좌우명으로 삼아, 자신의 권력이 타인에게 부당한 박해나 피해를 안겨 주어서는 안 된다는사실을 명심해야 한다. 즉, 자신의 권력은 잠시 자신에게 위탁되었을 뿐, 자신의 고유한 특권이 아니라는 사실을 명심해야 한다. 자신의 사소한 실수나 방심이 나약한 타인에게는 매우 커다란 고통과 비극의 원인이 될 수 있다는 점을 인식해야 한다.

그리고 또 하나 중요한 점은 권력에는 책임이 뒤따른다는 사실을 유념하는 일이다. 영어의 관용구 중에 '고결한 자의 의무'라는표현이 있다. 좀더 교육받고 사회적으로 대우받는 계층일수록 그에게 주어진 책임은 그만큼 크다는 말이다. 예컨대 우리는 일제강점하에서 고통받으면서도 일제에 복종했던 일반 대중을 비난하지는 않는다. 그러나 상층부의 지도층, 예컨대 지식인, 관료층, 대기업가에게는 그 책임을 물어야 한다고 주장한다. 그들은 우리 사회에서 많은 혜택을 받은 만큼, 그만한 책임을 지는 게 당연하기때문이다. 그러므로 권력자에게는 무한한 자유와 혜택만 주어지는게 아니라, 그에 따른 책임이 뒤따른다는 점을 다시금 명심해야할 것이다.

토인비

당신은 현대 과학과 기술이 추구하는 목표는 물질적 부의 증대에 있다고 말했습니다. 이러한 점에서 볼 때, 과학적으로 계획된 기술은 우리가 예견했던 것 이상의 놀라운 성과를 거두었습니다. 그러나 실제로 이러한 성과는 반드시 인류의 행복을 증대시켜 주지는 못했습니다. 문명이 시작된 이래로 부의 분배는 균등하게 이루어지지 않았으며, 이 불균형은 근대 산업혁명의 생산성 향상에 의해서도 제거할 수 없었습니다.

오늘날 미국은 모든 공업국가 가운데서 가장 풍요를 누리고 있는 나라입니다. 그러나 여전히 미국 국민의 상당수는 극빈 상태에 방치되고 있습니다. 그리고 국민의 일부나마 풍요를 누리고 있는 나라는 전세계적으로 극소수에 불과합니다. 세계 인구의 4분의 3은 아직도 농업으로 생계를 유지해 나가고 있으며, 그 물질적 수준은 신석기 시대에 비해 크게 향상되지 않았습니다. 게다가 현재 부를 향유하고 있는 일부 사람들조차도 부를 획득하기 위해 자신의 자유를 포기하는 비싼 대가를 치렀습니다.

구석기 시대의 사냥꾼들은 그 후손인 신석기 시대의 농민에 비해 많은 자유를 누렸습니다. 그러나 신석기 시대의 농민들도 적어도 자신의 일에 대해서는 기쁨을 발견했습니다. 그들은 자신이 가꾸는 농작물과 자신이 기르는 동물에 애착을 가졌습니다. 수공업 종사자들도 역시 자기의 일 속에서 기쁨을 발견하고, 보람 있는 일에 대한 긍지를 가졌습니다.

그러나 오늘날의 도시 공장 노동자나 사무원들의 경우를 보면, 그들은 선배인 수공업자들이나 농민에 비해 자유롭지 못하고, 그 일도 단조롭기 짝이 없습니다. 따라서 그들은 일 자체에서 기쁨을 찾고자 사는 게 아니라, 일해 준 대가로 받는 돈과 '레크리에이션'을 위해서 산다고 할 수 있습니다.

　레크리에이션(recreation)이라는 말은 그 의미가 자못 깊습니다. ‘다시(re) 창조(creation)’한다는 말은, 일은 사람들을 비창조(discreate)하게 하고, 인간 이하로 만들거나 혹은 비인간화시킴을 시사하고 있습니다. 그러므로 일에서 벗어났을 때는 자기 자신을 환원시키기 위하여 시간을 할애하지 않으면 안 되고, 이것이 바로 ‘레크리에이션’인 것입니다.

　산업혁명 이전 시대에는 일 그 자체가 바로 레크리에이션이었습니다. 따라서 노동자는 레크리에이션으로 여가를 보낼 필요가 없었습니다. 그런데 이와는 달리 오늘날의 도시 노동자들은 여가에 레크리에이션을 즐길 돈을 벌어들이기 위하여 살아가고 있는 형편입니다.

(『토인비와의 대화』(상서각) 제2장 「삶과 죽음」 중에서)

[논점] 삶의 의의를 어느 곳에 두어야 하는가에 대해서는 여러 견해가 있다. 토인비는 현대인들이 지나치게 실적과 능력을 우선시하는 가치관에 얽매여 이웃간의 사랑, 노동 자체의 즐거움을 외면하고 있음을 비판했다.

통합형 문·답

> 제시문에서 드러난 불행의 원인을 밝히고, 이에 대한 치유책을 모색해 보자.

　위의 제시문에서 토인비는 레크리에이션을 즐길 돈을 벌어들이기 위하여 노동에 종사하는 현대인들의 어리석음을 지적하고 있다. 즉, ‘놀이’를 사기 위해 ‘노동’을 파는 형국인데, 결과적으로는 ‘노동’을 위해 ‘놀이’를 헐값에 판다고 본 것이다. 우리는 여기에서 중대한 가치 전도 현상을 발견할 수 있다.

　인간 활동을 크게 두 가지로 대별할 수 있다면, 아마도 노동과 놀이일 것이다. 우선 노동을 통해 의식주를 해결하고, 그 결과로서 즐거운 생활을 영위하는 것이다. 그러나 어느 순간, 노동과 놀이는 분리되었고, 놀이는 부정적인 것으로 간주되기 시작했다. 우리는 놀이를 부정적인 것으로 보는 견해가 어느 시기에 생겼는지 분명하게 알지는 못한다. 다만 지금도 우리는 노동만이 가치 있는 일이며, 인간은 노동의 인내를 통해서만 훌륭한 삶을 영위할 수 있다고 은연중에 강요받고 있다.

　노동과 놀이의 분리는 분업의 원리에서 빚어진 결과라고 생각해 볼 수 있다. 분업 현장에 투입된 노동자들은 자신의 노동 자체에서 즐거움과 보람을 찾을 수 없다. 분업의 공정을 통해 생산된 재화는 생산력을 소유한 자본가의 손에 장악되고, 자신은 그 결과에서 소외된 채 노동의 대가만 받기 때문이다.

　그렇다고 해서 우리가 무작정 과거로 돌아갈 수는 없다. 다만 노동 속에서 진정한 즐거움을 찾을 수 있도록 현명한 삶의 지혜를 모으는 일만이 가능하다. 이를 위해서는 우선 개인적 차원에서 건전한 직업 윤리를 가지는 노력이 필요하다. 즉, 자신의 노동이 결과적으로는 자신은 물론 사회 전체에 도움이 된다는 자부심을 가지는 일이 중요하다. 그러나 이에 못지않게 중요한 것은 사회 전체 차원에서, 개인의 노동 행위가 좀더 즐겁고 능동적인 참여 활동이 될 수 있도록 제도적 장치를 준비해 주는 일이다. 노동자가 단지 기계의 부품으로 간주되어서는 안 되며, 결국 그들이 자발적으로 노동의 즐거움과 보람을 느낄 수 있도록 해야 하는 것이다.

권력이동

토플러
Alvin Toffler

미국의 미래학자 앨빈 토플러(1928~   )는 뉴욕 대학을 졸업하고, 과학·문학·법학 부문의 5개 명예박사 학위를 취득했다. 5년 간 미국 중서부에 있는 공장에서 용접공으로 일한 경험도 있으며, 그 후 노동조합 신문 기자, 『포춘』지의 부편집장, 코넬 대학 객원교수를 역임했다. IBM의 고문 등을 역임하면서, 자신의 글에서 컴퓨터와 정보통신이 미래의 인간과 사회에 미칠 영향을 폭넓게 다루었다. 1970년경부터 저작 활동에 전념했으며, 잘 알려진 저서로는 『미래의 충격』(1970), 『제3의 물결』(1980), 『권력이동』(1980), 『예견과 전제』 『적응기업』 등이 있다. 1998년, 우리 나라 김대중 대통령의 국정자문직을 수락, 방문한 바 있다.

앨빈 토플러는 이른바 미래학자로 분류된다. 그의 관심 폭은 매우 넓다. 그러나 주된 관심은 기술 진보가 인간과 사회의 삶의 양식에 어떤 영향을 미치며, 또 우리는 어떻게 미래에 대처해야 할 것인가에 대한 실용적인 지침들이다. 토플러의 저서는 여러 권이 있지만, 그 중에서도 『미래의 충격』(1970), 『제3의 물결』(1980), 『권력이동』(1980)이 대표적인 3부작이다. 정확히 10년의 격차를 두고 씌어진 이 책들은 적어도 10년 이상 앞을 내다보는 정확한 예측으로 인해 각 책들이 출간될 때마다 국제사회에서 대단한 화제를 불러일으켰다.

먼저 『미래의 충격』은 인간에게 극심한 변화가 닥쳐 왔을 때 인간은 어떠한 상태에 이르게 될 것인가, 그리고 어떻게 미래의 충격적인 변화에 대응할 것인가,라는 문제를 다루었다. 이 책에서는 당시의 지배적인 견해에 반대하여 핵가족조차 곧 균열을 일으킬 것이라고 예측했다. 또한 유전자 혁명, 일회용 사회의 등장과 교육혁명 등을 예견하였는데, 그 중의 몇몇은 이미 실현되기 시작했다. 과학정보연구소에 따르면, 이 책은 갑자기 국제적인 베스트셀러가 되었으며, 사회과학 문헌에서 가장 많이 인용되는 저서 중의 하나가 되었다고 한다.

『제3의 물결』은 농업혁명이라는 제1의 물결, 산업혁명이라는 세2의 물결에 이어, 정보화 사회로의 변화라는 제3의 물결이 도래했음을 밝힌 책이다. 구체적인 재화와 서비스의 생산이 중심이 되던 시대에 살고 있는 사람들은 이제 정보화 사회에 대한 새로운 인식의 전환이 필요하다는 것을 이 책을 통해 접하게 되었다. 토플러는 이 책에서 이른바 '굴뚝 산업'으로 불리는 2차 산업보다는 정보와 문화 축적력이 요구되는 '문화 산업'이 보다 부가가치가 높은 산업이며, 이를 주도할 수 있는 나라가 선진국이 될 수 있다고 강조하였다. 이 책은 앞으로 등장할 새로운 산업들, 예를 들어 컴퓨터·정보·생물공학 등에 기초한 산업들을 지적하면서 이것들을 경제의 새로운 사령탑이라고 명명했다. 또한 유연성 있는 노동시장과 생산시장, 미디어의 탈대중화, 파트타임과 재택근무제 등의 확산도 예견했다. 이 책은 생산자와 소비자의 새로운 융합에 대해 설명하면서 '생산 소비자'라는 용어를 소개하기도 했다.

『권력이동(Powershift)』은 이러한 문제의식을 보다 진전시킨 저서이다. 권력이동은 단순한 권력의 이전이 아니다. '권력이동'은 토플러가 이 책에서 강조하는 핵심적인 어구로, 권력의 본질 자체가 심층적인 변화를 일으킨다는 것이다. 앨빈 토플러는 21세기를 '문화와 지식, 정보의 시대'로 요약했다. 즉 '문화 르네상스'가 도래한다는 관측이다.

토플러는 오늘날의 권력의 격변을 야기시키는 것은 전적으로 새로운 부(富)의 창출 체제에서 연유한다고 갈파했다. 데이터·아이디어·상징 체계의 즉시적인 전달과 보급에 의존하는 이 체제가 낡은 공장굴뚝 체제와 충돌하면서 권력의 원천인 폭력(완력)·부·지식의 급진적인 변화를 야기한다는 것이다. 중국의 혁명가 마오쩌둥은 '권력은 총구(銃口)에서 나온다'고 말한 적이 있다. 권력이 폭력(완력)에서 나온다는 점을 말한 셈이다. 그러나 한편으로는 '돈이 모든 것을 다 말해 준다'는 격언도 널리 유포되어 있다. 이러한 속담은 부(富)가 권력의 핵심이라는 표현으로 해석할 수 있다. 또 17세기의 철학자 프랜시스 베이컨은 '지식 그 자체가 힘이다'라고 말한 적이 있다. 그는 완력이나 부보다 지식을 가장 중요한 권력의 요소로 본 셈이다.

토플러는 마오쩌둥의 발언, 일반에 유포된 격언, 베이컨의 주장을 예거한 다음, 권력 형태를 세 단계로 나눈다. 첫 번째 권력은 완력, 즉 '정치 군사적 권력'이다. 19세기 영국이 세계를 지배할 때 총칼로 식민지를 개척하는 '고강도의 폭력'을 사용한 것이 그 대표적인 예이다. 두 번째 권력은 '경제적 권력'이다. 20세기 초반 미국은 막강한 경제력으로 세계를 지배하였다. 이는 군사력에 의존하는 힘보다는 강제력이 덜하다는 점에서 '중강도 폭력'으로 규정된다. 그러나 경제적 지배가 군사적 지배보다 약하다거나 비효율적인 것은 아니다. 식민지 체제에서보다 더 강력하게 세계를 지배할 수 있는 힘이 바로 경제적 지배라는 점은 이미 보편화된 사실이다. 세 번째 권력은 '문화적 권력'이다. 문화, 정보, 지식이 앞선 나라가 세계를 지배할 수 있다는 논리다. 미국의 할리우드 영화나 IBM 컴퓨터, 일본의 만화산업 등은 문화와 지식의 힘에 의존한 세계 지배 전략이며, 이러한 문화적 지배에서 앞선 나라가 21세기를 주도할 수 있다는 것이다.

【 작품 읽기 】

노상 강도나 핵 미사일이 가공할 결과를 초래할 수 있다는 것은 의심의 여지가 없다. 법률 속에 숨겨진 폭력이나 물리력의 그림자는 정부의 모든 행동을 지탱해 주며 모든 정부는 궁극적으로는 자신의 의지를 집행하기 위해 군대와 경찰에 의존한다. 사회에 상존하는, 그리고 필수적인 이 공적 폭력의 위협이야말로 체제를 운영하고 일반적인 상거래 계약의 집행을 가능케 하며, 범죄를 줄이고 평화적인 분쟁 해결 장치를 마련하는 데 도움을 준다. 이같이 역설적인 의미에서는 베일을 쓴 폭력의 위협이야말로 비폭력적인 일상 생활을 보장하도록 도와 주는 것이다.

그러나 일반적으로 폭력은 중요한 결점을 안고 있다. 우선 폭력은

국가로 하여금 군비 경쟁을 가속화시킴으로써 만인에 대한 위험을 부추긴다. 또한 폭력은 효과가 있는 경우에도 저항을 불러일으키게 마련이다. 폭력의 희생자나 그 생존자들은 기회만 있으면 반격하고자 노리게 된다. 그러나 폭력 또는 동물적인 힘이 갖는 가장 중요한 약점은 그 완벽한 비융통성에 있다. 폭력은 응징을 위해서만 사용할 수 있다. 요컨대 폭력은 저품질 권력(low-quality power)이다.

이에 반해 부(富)는 훨씬 더 우량한 권력 수단이다. 두둑한 돈 지갑은 훨씬 더 융통성이 있는 것이다. 부는 단지 협박하거나 처벌을 내리는 대신 정교하게 등급을 매긴 현물의 보상을 제공해 준다. 보수나 뇌물이 이러한 예에 해당한다. 이처럼 부는 긍정적인 또는 부정적인 두 가지 방법으로 사용할 수 있다. 그러므로 부는 물리력보다 훨씬 더 융통성이 있는 것이다. 부는 중품질 권력(medium-quality power)을 만들어 낸다.

반면 고품질 권력(high-quality power)은 지식의 적용에서 나온다. 007 시리즈 영화에서 한 사령관은 숀 코너리에게 이렇게 질문한다. '소령, 당신이 좋아하는 무기가 어떤 것인지 말해 보시오. 내가 구해 주겠소.' 코너리의 대답은 매우 단순하다. '내가 필요한 것은 두뇌요.' 이처럼 고품질 권력은 상대방에게 단순히 영향력을 끼치는 데 그치지 않는다. 자기 뜻을 관철시켜 다른 일을 하려는 사람들에게 자기가 원하는 일을 하도록 만드는 능력만 행사하는 것이 아니다. 고품질 권력은 능률을 수반하므로 목표 달성을 위해 최소한의 권력 수단을 사용한다. 지식은 적을 자기 편으로 만들 수도 있으며, 무엇보다도 올바른 지식을 가지고 있으면 우선 곤란한 상황을 우회함으로써 물리력과 부의 낭비를 피할 수 있는 것이다.

물론 최대한의 권력을 장악하는 자는 이 세 가지 수단 모두를 서로 현명하게 연결시켜 번갈아가며 처벌 위협과 보상 약속을 설득력과 지식의 힘을 빌려 사용하는 사람일 것이다. 참으로 숙달된 권력

토플러

행사자는 직관적으로 자기들이 가지고 있는 권력 수단들을 어떻게 사용해야 하는지 잘 알고 있는 것이다.

(『권력 이동』(한국경제신문사) 중에서)

논점 토플러가 관심을 두는 부분은 역시 '고품질 권력'이다. 토플러는 어느 시대, 어느 국가에서도 권력과 지배는 불가피한 현상이라는 점을 인정한 다음, 보다 나은 권력관계를 모색하는 것이 인류사회를 위해서 필요하다는 점을 강조했다. '저품질 권력'은 일방적인 지배와 복종 관계를 강요하며, '중품질 권력'도 '부익부 빈익빈' 현상을 전제로 한다는 점에서 부정적이다. 반면 '고품질 권력'은 인간의 지식에 의존한 권력이므로 좀더 합리적인 지배관계를 형성한다는 게 그의 결론이다.

통합형 문·답

> 제시문에 나열된 세 가지 권력 수단을 정리한 다음, 21세기 국제 사회에서 어느 것이 가장 바람직한 권력 수단으로 활용될 수 있을 것인지 자신의 견해를 밝혀 보자.

일반적으로 권력은 힘, 부당한 폭력, 완벽한 지배라는 뜻을 포함한다. 그러므로 권력의 속성은 대단히 부정적인 것으로 간주된다. 그러나 이 세상에 권력이 없다면 어떤 일이 벌어질까에 대해서도 생각해 보아야 한다. 이 세상에서 무정부 상태는 현실적으로 존재할 수 없으며, 어떤 권력이든 존재하는 것이 당연하다. 문제는 보다 합리적으로 만인이 동의할 수 있는 권력이어야 한다는 점이다.

우리는 권력을 물리적인 힘과 동일시한다. '펜은 칼보다 강하다'라는 표현을 자주 사용하지만, 이러한 표현도 사실은 현실적으로 칼에 의해 지배되는 경우가 더 많다는 점을 보여 주는 것은 아닐까. 다만 우리는 펜에 의해 지배되기를 더 바랄 뿐이다. 역사적 사례를 검토해 보면, 권력은 늘 총칼과 함께 있었음을 알 수 있다. 우세한 군사력을 갖춘 민족은 세상을 짓밟고 자신의 야망을 펼쳤으며, 총칼을 제대로 갖추지 못한 민족은 늘 압박과 지배 속에서 신음했다. 그러므로 승자가 되기 위해서는 무엇보다도 강력한 군사력을 갖추는 게 급선무였다. '해가 지지 않는 나라'라는 명칭을 지녔던 영국의 세계 지배가 강력한 군함의 도움으로 가능했던 것도 그 한 예라 하겠다.

또 하나의 권력은 부(富)의 축적이다. 일반적으로 부자들은 가난한 자에 비해 많은 권리를 누린다. 또한 임금 노동자들을 고용한 사용자들은 그들에 대한 인간적인 지배까지도 행사하기도 한다. 이와 같은 구도는 국가 사이의 관계에서도 나타난다. 부를 축적한 국가들은 그렇지 못한 국가들을 자본의 힘으로 지배할 수 있으며, 실제로 그러한 지배를 행한다. 더욱이 부에 의한 지배는 군사력에 의한 지배보다 더욱 효율적이고 지속적이다. 군사력에 의한 지배는 이를 유지하기 위한 비용도 많이 들고, 피지배자들의 저항에 부딪힐 위험성도 많다. 그러나 경제력에 의한 지배는 피지배자들을 달콤한 상품의 유혹으로 순화할 수 있으며, 경제력 특유의 부익부 빈익빈 현상이 적용되어 좀더 강력한 지배체제로 유지될 수 있다.

19세기 제국주의 국가들의 세계 지배는 군사력에 의존한 권력을 사용했고, 20세기 자본주의 국가들의 세계 지배는 경제력에 의존한 것으로 요약할 수 있다면, 21세기의 세계 지배는 어떤 힘에 의존하게 될 것인가?

미국의 영화 한 편이 우리 나라 경제에 미치는 영향은 결코 적지 않다고 한다. 만약 1백만 명의 관객이 미국 영화 한 편을 보았다면, 그 관람료의 대부분은 현금 그대로 미국으로 유출된다. 그

토 플 러

경제적 파급력은 일반적으로 생각하는 것보다는 대단히 큰 것으로 알려져 있다. IMF 체제하에서 우리가 몇 달 동안 '금 모으기 운동'을 통해 모았던 외화의 두 배에 가까운 금액이 미국 영화 한 편의 상영을 통해 미국으로 유출된 일이 있었다. 또 미국 영화 한 편의 수입이 우리 나라 자동차 1만 대 수출에 맞먹는 부가가치에 해당한다고도 한다. 물론 미국 영화를 보지 말자는 주장을 하는 것은 아니다. 여기에서 강조하고자 하는 바는, 영화 한 편의 힘이 그처럼 막강하다는 점이며, 따라서 우리도 선진국의 경제적·문화적 지배에서 벗어나기 위해서는 우리의 영화산업을 육성시켜야 한다는 점이다. 이러한 사례는 비단 영화산업에만 적용되는 것은 아니다. 21세기 사회는 지금보다도 더 기술과 정보, 지식의 우위에 의해 그 운명이 결정될 것이다. 세계 전체에서 통용될 수 있는 운용시스템을 갖춘 컴퓨터, 언어와 문화의 장벽을 넘어 어느 곳에든 보편적으로 활용될 수 있는 기술을 갖춘 국가가 세계의 권력을 장악할 것이라는 사실은 불을 보듯 분명하다.

결론적으로 말해, 군사적 지배나 경제적 침략 못지않게 중요한 것이 문화적 침략이라는 점을 강조해 둘 필요가 있다. 문화적 힘은 한순간에 만들어질 수 있는 것이 아니다. 한 나라의 문화적 힘은 지식과 정보의 축적, 민주주의와 시장경제에 바탕을 둔 개인들의 창의적인 활동의 총체이다. 21세기에 좀더 주도적인 국가가 되기 위해서는, 적어도 다른 나라이 지배로부디 자유로운 국가가 되기 위해서는, 우리 문화의 독자성을 바탕으로 경쟁력 있는 문화상품을 만들어 세계에 진출해야 한다.

우리는 '해님과 바람'이라는 동화를 상기해 볼 필요가 있다. 해님과 바람은 길 가는 행인의 옷을 누가 벗길 수 있는가 내기를 한다. 바람은 강한 힘으로 옷을 벗겨 보려 하지만, 센 바람이 닥치자 행인은 오히려 옷깃을 더욱 힘차게 여민다. 빙긋이 웃고 있던 해님은 따뜻한 햇볕을 내리쬔다. 행인은 더위에 못 이겨 옷을 벗는다. 마침내 해님이 이긴 셈이다. 이러한 동화는 어느 쪽 힘이 더 강한가에 대해 생각하게 한다. 우리는 바람의 힘을 군사적, 경제적 힘이라고 생각할 수 있다. 물론 바람의 힘은 강력하지만, 이 힘은 다른 저항을 불러일으킨다. 반면 해님의 힘은 문화적 힘이라 생각할 수 있다. 문화는 일반적으로 지배 — 종속의 관계가 아니라, 수평적인 상호교류의 형태라고 간주된다. 해님은 부드러운 힘으로 스스로 행인이 옷을 벗게끔 만드는 것이다. 이러한 해님의 힘은 한 나라의 문화를 앞세워 다른 나라의 문화를 지배하는 형식에 비유될 수 있다.

토플러

역사의 종말

후쿠야마
Francis Fukuyama

미국 정치학 박사 후쿠야마(1952~)는 미국으로 이민한 일본인 3세로 시카고에서 태어났다. 코넬 대학에서 서양고전을 전공하고 예일 대학에서 비교문학 학위, 그리고 하버드 대학에서 소련 외교와 중근동 문제로 학위를 취득하였다. 미국 정부의 군축 관계 부서에서 일한 바 있고 국무성 정책자문부 차장을 역임한 후 워싱턴에 있는 랜드 연구소 정책 입안 고문을 거쳐 현재는 버지니아주 조지메이슨 대학 교수로 재직하고 있다. 동유럽이 붕괴되기 시작한 1989년 여름 『내셔널 인터레스트』지에 발표한 논문 「역사의 종말(The End of History)」은 전 세계에 큰 충격을 불러일으켰다. 그 논문의 기본 테마에 대하여 더욱 폭넓고 깊은 고찰과 연구를 한 결과가 바로 이 대저서이다.

후쿠야마의 『역사의 종말(The End of History)』은 베를린 장벽이 무너지고 동구와 소련에서 공산주의 체제가 무너진 역사적으로 매우 중요한 시점을 배경으로 하여 씌어졌다. 저자는 플라톤에서 시작하여 칸트, 헤겔, 마르크스, 니체 등의 사상가들의 역사철학적인 사고를 고찰하고 그것을 로크, 홉스와 같은 앵글로색슨적 전통사상과 대비시키면서 역사의 흐름을 논함으로써, 오늘날 우리가 놓여 있는 입장이 역사철학적으로 어떠한 위치에 있으며 거기서 앞으로 발생할 문제점은 어떠한 것인지를 해명하였다.

이 책의 서문에서도 밝혀져 있듯이, 역사의 종말이란 베를린 장벽이 무너지고 구소련과 동구 공산주의가 붕괴함으로써 이데올로기 대립이 없어지고 양극 구조가 사라진 현재, 더 이상 역사적인 어떤 사건이 일어나지 않는다는 의미가 아니다. 저자가 의도한 뜻은 모든 시대의 모든 민족의 경험에서 생각할 때 유일하고도 일관된 진보 과정으로서의 '역사'가 끝났다는 것이다. 이 말은 엄밀하게는 칸트와 헤겔의 사상에 담긴 의미로 쓰여진 것이며 그 의미는, 지금까지 세계에는 여러 가지 사회제도와 정치체제가 있었지만 그것이 서로 경합하고 경쟁하는 가운데 부적당한 것은 배제되고 마지막으로 가장 좋은 제도가 살아 남을 것이라는 칸트의 예감을 뜻한다. 역사를 하나의 일관된 진보 과정으로 간주한 것은 독일의 위대한 철학자 헤겔의 사상으로부터 출발하여 마르크스에 의해 과학적으로 정립되었다.

헤겔도 마르크스도 인간사회의 진화는 계속되는 것이 아니라 인간의 가장 근본적인 욕구를 채우는 사회형태가 출현했을 때 종말을 고할 것이라고 믿었다. 즉 예전부터 있어 온 각종 사회제도와 습관 중에서 인간의 본성에 반하고 인간에게 유익하지 않은 제도는 보다 인간적이고 뛰어난 다른 제도와 접촉하고 충돌하면서 배제되고 최종적으로는 가장 좋은 체제가 나타날 것이라고 믿었다. 그런 의미에서 두 사람은 역사의 종말을 하나의 사실로서 인정했지만 헤겔이 그것을 자유주의 국가라고 생각했던 것에 반해 마르크스의 그것은 공산주의 사회였다.

저자의 주장에서 특기할 만한 점은 독일 관념론의 계보에 속하는 사상가를 높이 평가한 반면 앵글로색슨 계통에 속하는 로크와 홉스의 전통을 낮게 평가한 것이다.

미국의 독립선언이 로크 철학을 그 밑바탕에 깔고 있다는 것은 잘 알려진 사실이다. 요컨대 로크와 홉스로부터 시작된 앵글로색슨적 자유민주주의 사회의 근본적 목적은 생명을 유지하고 재산을 획득, 유지하는 것이다. 이 생존본능은 인간의 욕구 중에서 가장 중요한 것이므로 그 본능에 거역하지 않고 경제적으로도 재산을 지킬 수 있는 인간의 욕구를 인정하는 제도를 좋은 제도로 여겼던 것이다. 이러한 사상이 미국 독립에 의해 '행복 추구의 권리' 속에 담겨 있는 것이다.

저자 역시 이것을 부정하는 것은 아니지만 그것이 인간 혼의 모든 측면을 만족시키는 것은 아니라고 주장했다. 생명과 재산을 지키고 늘릴 수 있는 권리라는 이상은 인간 혼 속에 있는 이성과 욕망의 분야에 속한다는 것이다. 독일 관념론에서는 인간다움에 대하여 이성과 욕망만이 아니라 인간의 존엄에 대한 '인정'을 포함하여 생각했다. 이것이 앵글로색슨적인 자유민주주의에 비해 한결 차원 높은 사고라고 할 수 있겠다.

헤겔에 따르면 이 인정받으려는 욕망 때문에 원시시대의 두 전사는 우선 자신의 인간다움을 상대에게 인정받고자 목숨을 걸고 투쟁한다. 그리고 어느 한쪽이 죽음에 대한 공포를 느끼고 항복했을 때 주인과 노예의 관계가 발생한다. 역사의 시작에서의 이 피비린내 나는 싸움의 대가는 먹을 거리나 집 또는 안전이 아니라 순수한 위신이었다. 또한 그러한 싸움의 목표가 생물학에 의해 정해진 것이 아니라는 이유에서 헤겔은 인간 자유의 서광을 거기서 발견했던 것이다.

역사의 출발점에서의 이 순진한 인지를 위한 투쟁이 주인과 노예의 관계를 낳았고 이 주종관계는 다종다양한 형태의 불평등한 귀족제 사회를 낳았으며 그것이 대부분의 인류사를 특징짓게 되었지만, 결국 그것으로는 주군과 노예 어느 쪽의 인지에 대한 욕망도 채울 수 없었다. 노예는 물론 어떤 점에서도 인간으로서 인정받지 못했다. 그러나 주인도 자기가 인정받았다고 만족할 수는 없었다. 왜냐하면 그는 다른 주인으로부터 인정받은 것이 아니었고, 자기를 인정해 주는 노예들은 인간으로서는 불완전한 존재였기 때문이다. 그리하여 귀족사회에서는 결함투성이의 인정밖에 얻을 수 없다는 사실에 대한 불만이 하나의 '모순'을 만들었고 그것이 역사의 다음 발전 단계를 낳게 된 것이다. 주종관계에 원래 갖춰져 있던 내부 모순이 프랑스혁명에 의해, 그리고 미국 독립혁명에 의해 극복되었다고 헤겔은 생각했다. 이 두 가지 민주혁명은 과거의 노예를 자신의 주군으로 바꾸고 인민주권이나 법의 지배라는 원리를 확보함으로써 주인과 노예의 구별을 일소했다. 주인과 노예라는 본질적으로 불평등한 인정의 형태는 보편적이고 상호적인 인정으로 대치되었다. 거기서는 시민 누구나가 다른 모든 시민의 존엄과 인간성을 인정하고, 다음에는 그 존엄이 갖가지 권리 부여를 통하여 국가로부터도 인정받게 되는 것이다.

이 인정에 대한 욕망은 서구 정치철학의 전통만큼이나 역사가 깊고 인간 개성의 실로 친숙한 일부를 차지한다. 이것은 독일 관념론보다도 더욱 거슬러 올라가 플라톤의 『국가』에서 최초로 묘사되었다고 한다. 플라톤은 인간 혼에는 욕망, 이성 그리고 튜모

스, 즉 패기의 세 부분이 있다고 했다. 그런데 인간의 패기에는 두 종류가 있다고 후쿠야마는 생각했다. 하나는 타인보다 우월함을 나타내기 위해서는 목숨도 아끼지 않는다는 의미의 '패기'와 또 하나는 타인과 동등하게 인정받고 싶다는 자유민주주의의 기본을 이루는 '패기'다. 후쿠야마는 전자를 '우월욕망', 후자를 '대등욕망'이라는 말로 표현했다.

자유민주주의 사회는 대등욕망의 사회다. 사람들은 서로가 서로의 권리를 상호 인정한다. 그리고 그 권리가 인정되는 국가는 개인의 생명이 보호되는 한 자유롭게 재산을 늘리는 것에 국가권력이 가능한 한 개입하지 않는 것으로 성립된다. 이것이 대등욕망의 사회다.

그러나 여기에 철학적이고 논리적인 모순이 발생한다. 모두가 평등해야 한다면 거기에는 위대한 예술도 위대한 학문도 생기지 않게 된다. 모두가 똑같아야 한다면 남보다 우월해지려는 욕망이 상실된 사회가 될 것이다. 니체의 말을 빌면 그것은 노예의 사회와 다를 바 없다. 즉 자유민주주의 사회는 서로의 권리를 지향하는 위험을 본질적으로 갖추고 있다.

한편 '우월욕망'이란, 이것이 없다면 사회의 발전은 없다고 해도 좋은 그러한 것이다. 자유민주주의 사회가 아직 실현되지 못한 구소련에서도 사하로프 박사라든가 솔제니친 등은 그 체제에 억눌리지 않는 패기를 보여 줬다. 그러한 패기가 있었기 때문에 자유민주주의의 방향으로 역사를 이끌어 가는 힘도 생기는 것이지만, 이 우월욕망은 본질적으로는 자유민주주의 사회에 충분히 적응되지 못한다는 위험이 있다. 이 두 가지를 어떻게 양립시켜 나갈 것인가가 역사철학상의 커다란 문제가 되는 것이다. 이러한 문제에 대하여 후쿠야마는, 다른 모든 경쟁체제를 물리치고 마지막으로 남았다고 생각되는 이 자유민주주의 체제 속에서도 이러한

역사의 종말

위험이 있다는 것을 정확하게 파악하고 자신의 용어로 해명하고
자 했다.

헤겔에게 있어서 프랑스혁명이란, 자유롭고 평등한 사회에 대한 기
독교의 비전을 받아들여 그것을 지상에 실현한 사건이었다. 혁명을
일으킴으로써 예전의 노예들은 스스로의 생명을 걸고 그때까지 노예
가 노예로 살 수밖에 없었던 죽음에 대한 공포를 극복하게 되었다.
자유와 평등의 원리는 나폴레옹의 무적 군대에 의해 유럽의 인근 국
가들에 널리 퍼졌다. 프랑스혁명의 뒤를 이어서 탄생한 근대 자유민
주주의 국가는, 기독교가 말하는 자유와 보편적인 인간 평등의 이념
을 현실세계에서 실현한 것뿐이다. 그것은, 국가를 신격화하거나 앵글
로색슨적인 자유주의에 결여된 '형이상학적 의미'를 국가에 부여하
는 것 같은 시도는 아니었다. 오히려 거꾸로 무엇보다도 먼저 기독교
의 신을 만든 것은 인간이고, 따라서 신을 지상으로 끌어내려 의사당
이나 대통령 관저나 근대국가의 관료제도 속에 살게 할 수 있는 것도
인간이라는 인식을 수립한 것이다.

헤겔은 우리들에게 홉스나 로크에게서 발단한 앵글로색슨적인 자
유주의의 전통과는 다른 관점에서 자유로운 근대 민주주의를 바꾸어
해석하는 기회를 제공했다. 자유주의에 대한 이러한 헤겔류의 이해는
동시에, 자유주의가 무엇을 나타내는가에 대한 한층 품위 있는 비전
이고 세계의 사람들이 민주주의 사회에서 살고 싶다는 바람을 말할
때 그것이 무엇을 의미하는가에 관한 훨씬 더 정확한 해석이기도 하
다. 홉스나 로크, 그리고 합중국 헌법이나 독립선언을 기초한 후계자
들에게 있어서 자유로운 사회란 특정의 자연권, 그 중에서도 생명의

우쿠야마

권리 —— 즉 자기보존의 권리 —— 나 재산획득의 권리로서 일반적으로 이해되는 행복 추구의 권리를 소유한 개인 사이의 하나의 사회계약이었다. 즉, 서로간에 사생활이나 개인 재산에 대해 간섭하지 않는다는, 시민 간의 상호적이고도 대등한 합의였다.

이에 반해 헤겔에게 있어서 자유로운 사회란 시민이 서로 인정한다는 상호적이고도 대등한 합의였다. 홉스나 로크가 말하는 자유주의가 합리적인 사리사욕의 추구라면 헤겔류의 자유주의는 '합리적 인정'의 추구, 즉 개인이 자유롭고 자율적인 인간으로서 만인으로부터 인정받는다는 보편적인 기반 위에서 성립한 인정의 추구로 해석할 수 있다. 자유민주주의 사회를 택한 경우에 중요한 것은 그것이 우리에게 자유로이 돈벌이를 할 수 있도록 하고, 영혼 속의 욕망의 부분을 채워 준다는 점만은 아니다. 더욱 중요하고 최종적으로 훨씬 만족을 주는 것은, 이 사회가 우리의 존엄을 인정해 준다는 점이다. 자유민주주의 사회는 엄청난 물질적 번영을 가져올 가능성을 내포하지만, 그것은 또 각자의 자유를 서로 인정한다는 완전히 정신적인 목표 실현에 도달하는 길도 제시해 준다. 자유민주주의 국가에서는 우리가 자기 자신의 가치를 어떻게 받아들이는가 하는 관점에서 인간이 평가된다. 이렇게 하여 우리 영혼의 욕망 부분과 '패기' 부분은 동시에 만족을 찾는 것이다.

보편적인 인정은 노예사회나 그와 유사한 많은 사회에 존재하는 인정에 관련된 심각한 결함을 바로잡아 준다. 프랑스혁명 이전의 사회는 대부분이 군주제나 귀족제였고, 한 사람의 인간(국왕) 혹은 소수(이른바 '지배계급'이나 특권계급)만이 인정되었다. 그들의 만족은 수많은 민중의 희생 위에서 성립되었고, 민중의 인간성은 전혀 인정되지 않았다. 보편적이고도 평등한 기반 위에서야 비로소 합리적 인정이 실현되는 것이다.

주종관계가 내포하는 내부적인 '모순'은 군주의 도덕성과 노예의 도덕성이 잘 통합된 국가에서 해결된다. 군주와 노예의 명확한 구별이 사라지고 이전의 노예는 새로운 군주가 —— 다른 노예에 대한 군주가 아니고 자기 자신의 군주가 —— 된다. 이것이 '1776년(미국 독립 선언)의 정신'이 지니는 의미다. 즉 거기에서는 새로운 군주가 승리한 것이 아니고, 새로운 노예의식이 생겨난 것도 아니며, 민주체제라는 형식으로 인간의 자기지배가 달성된 것이다. 그리고 이전의 주종관계 속에 있던 요소 중 몇 가지 —— 군주측의 인지로부터 얻어진 만족감과 노예측에 있어서의 노동 —— 는 이 새로운 통합형태 속에서도 여전히 존속한다.

보편적인 인지의 합리성은, 그다지 합리적이라 할 수 없는 다른 인지 형태와 대비해 보면 훨씬 잘 이해할 수 있다. 예를 들면 민족주의적인 국가, 즉 시민권이 특정 국민이나 민족이나 인종집단에게만 한정된 국가에서는 '비합리적'인 인지 형태가 형성된다. 민족주의는 인지에 대한 욕망의 표현이고, '패기'로부터 생긴다. 민족주의자에게는 경제성장 등은 부차적인 요소가 되고 인지와 존엄이 가장 중요한 요소가 된다. 민족성은 국민에게 본래부터 갖추어진 특성이 아니라 타인에게 그것을 인정받아야 비로소 얻어진다. 그렇지만 민족주의자는 어떤 민족으로서의 인지를 개인으로서의 자신을 위해 추구하는 것이 아니라, 자신이 속한 집단을 위해서 추구하는 것이다. 어떤 의미에서 민족주의는 이전의 '우월욕망'을 근대적이고 민주적인 장식을 걸친 모습으로 변형시킨 것이라 할 수 있다. 개개의 군주가 스스로의 영광을 추구하여 싸우는 대신에, 지금은 모든 국가가 국가로서의 지위를 인정받으려 애를 쓰고 있다. 이전의 귀족적 군주와 마찬가지로 이들 국가도 인지를 구하고 '볕이 드는 장소'를 찾아 폭력적인 죽음의 위험마저 사양치 않을 각오를 단단히 하고 있다.

하지만, 민족성이나 인종을 토대로 한 인지에 대한 욕망은 합리적인 것은 아니다. 인간인가 인간이 아닌가 하는 구분을 토대로 하는

후쿠야마

것이라면 그것은 아주 합리적인 것이다. 즉 인간만이 자유로운 존재이고, 따라서 순수한 위신을 위해서 인지를 추구해 싸울 수 있는 것이다. 이 같은 구별은 자연에 기초한 것, 혹은 자연의 영역과 자유의 영역과의 근본적인 차이에 기초한 것이라고 말할 수 있을 것이다. 이에 반해 어떤 인간집단과 다른 집단과의 구별은 인류사에 있어서 우연적이고도 자의적인 부산물이다. 그리고 스스로의 존엄에 대한 인지를 추구하는 이국민 집단끼리의 투쟁은 이전의 귀족적 군주들이 위신을 둘러싼 싸움을 벌인 것을 국제적인 규모로 확대한 것과 같은 막다른 길로 이끌게 된다. 말하자면 한 국가가 군주가 되고, 또 다른 국가가 노예가 되는 것이다. 어느 쪽이건 한쪽 국가만 인정받는 이러한 인지 형태는, 역사 초기에 개인적인 주종관계가 결코 만족을 가져오지 못했던 것처럼, 이 또한 불완전한 것이다.

(『역사의 종말』(한마음사) 제3부 19장
「보편적이고 균일한 국가」 중에서)

논점 앵글로색슨계의 홉스와 로크, 합중국 헌법이나 독립선언에 담겨 있는 자유로운 사회란 생명의 권리나 재산획득의 권리로 널리 이해되는 행복 추구의 권리가 보장되는 사회이다. 그러나 독일 관념론에 있어서는 그것과 아울러 보다 인간적인 요소, 즉 인간들 상호가 인정하는 인지의 요소를 필요로 했던 것이다. 인간의 역사는 결코 생명 유지와 재산 추구의 면에서만 이해되어서는 안 되며 인간의 인간다움을 충족시키는 욕망, 즉 타인에게 인정받고 싶은 욕망이 요소를 고려해야 한다는 것이 헤겔의 생각이었다. 저자가 이 책에서 지적했듯이 미국의 독립전쟁만 보더라도 이것은 단순히 행복 추구나 인명 보존이라는 관념만으로는 설명할 수 없는 요소가 있는 역사적 사건이었다. 예컨대 세금을 내기 싫다고 해서 생명을 걸고 독립투쟁을 한다는 것은 결코 생명 보존의 원리에도 맞지 않고 재산을 늘리겠다는 생각과도 맞지 않는 것이다. 그러므로 제3의 요인, 즉 인간의 존엄이라든가 타인과 대등한 존재로 인정받고 싶다는 욕구가 있는 것이다.

이 책의 저자 후쿠야마에 의하면 '민족성이나 인종을 토대로 한 인정받기 위한 욕망'은 합리적이지 못한 데 반하여, '인간인가 인간이 아닌가 하는 구분을 토대로 한 인정받기 위한 욕망'은 합리적인 것이 된다. 『역사의 종말』에 근거하여 저자의 이러한 판단의 근거에 대해서 생각해 보고, 그것에 의거하여 자유민주주의 국가가 지니고 있는 '보편적인 인정의 합리성'에 대한 저자의 생각을 정리해 보자.

'인간인가 인간이 아닌가 하는 구분을 토대로 한 인정받기 위한 욕망'은 합리적인 것이 된다는 저자의 판단은, '인간만이 자유로운 존재이고, 따라서 순수한 위신을 위해서 인정받기 위해 싸울 수 있다'는 생각에서 출발한 것이며, 이는 다시 자연에 기초한 영역과 자유의 영역과의 근본적인 차이에 기초하여 후자의 절대적 우월성을 인정한 데서 비롯된 것이라고 말할 수 있다.

이에 반해 어떤 집단과 다른 집단과의 구별은, 인류사에 있어서 우연적이고도 자의적인 부산물이다. 그리고 스스로의 존엄에 대한 인정을 추구하는 이국민 집단끼리의 투쟁은, 이전의 귀족적 군주들이 위신을 둘러싼 싸움을 벌인 것을 국제적인 규모로 확대한 것과 같은 막다른 길로 이끌게 된다. 말하자면 한 국가가 군주가 되고, 또 다른 국가가 노예가 되는 것이다. 어느 쪽이건 한쪽 국가만 인정받는 이러한 승인 형태는, 역사 초기의 개인적인 주종관계가 결코 만족을 가져오지 못했던 것처럼, 이 또한 불완전한 것이다. 그러므로 저자는 '민족성이나 인종을 토대로 한 인정받기 위한 욕망'은 합리적이지 못한 것으로 판단한다.

이와 관련하여 저자는 자유민주주의 국가는 합리적인 존재라 생각한다. 왜냐하면 이 같은 국가에서는 서로를 받아들이는 것을 가능케 하는 유일한 토대, 즉 사람을 사람으로서 간주한다는 원칙을 토대로 하면서, 승인에 대한 상충하는 욕망을 화해시켜 가기 때문이다. 자유민주주의 국가는 '보편적인 것'이어야 한다. 즉 모든 시민을 그들이 특정의 국가적 민족적 혹은 인종적 집단에 속한다는 이유 때문이 아니라, 그들이 당연히 인간이라는 이유에 의해서 인정해야 한다. 동시에 그 국가는 군주와 노예의 구별을 폐지함으로써 계급 없는 사회를 세워갈 수 있을 정도로 '균질적'이어야 한다. 보편적이고 균질적인 사회가 합리적이라는 것은 미국에서 공화제를 초래한 헌법 제정회의의 논의 과정에서 보여지는 것처럼, 이러한 국가가 열린 주의주장에 입각하여 의식적으로 세워졌다는 사실을 생각한다면 한층 명확해진다.

즉, 자유민주주의 국가의 권위는 오랜 전통이나 신앙심의 어두운 깊은 곳에서 생겨 나온 것이 아니라, 시민이 동시에 살아가기 위한 조건에 대하여 서로 합의를 얻을 수 있는 대중적 토론의 결과로서 탄생한 것이다. 자유민주주의 국가는 이성적인 자기 의식의 하나의 표현이다. 왜냐하면 이러한 나라이어야 비로소 인간은 공동체로서의 스스로의 본질을 깨닫고, 그 본질과 합치되는 정치공동체를 완성시켜 나갈 수 있게 되기 때문이다. 나아가 근대 자유민주주의 국가는 만인의 다양한 '권리'를 인정하고 그것을 보호하기 때문에 전 인류를 보편적으로 '인지한다'고 할 수 있다.

주요용어 보기

가신(家臣) : 중국 춘추시대에 여러 나라의 대부(大夫) 밑에서 벼슬한 사람. 세력가 밑에서 일하는 사람을 일컫는다.

계급 : 일반적으로 사회전체 내부에서 직업, 신분, 재산 등에 따라서 구별되는 사람들의 집단. 사회구성이나 사회구조를 분석하는 데 있어서 가장 기본적인 의의를 가지나 그 규정은 다의적이다. 마르크스는 생산수단의 소유 여부에 따라 노동자와 자본가를 화해할 수 없는 주요 계급으로 설정했다.

공리주의(功利主義) : 행위 기준을 '최대 다수의 최대 행복', 즉 사회의 최대 다수 구성원의 최대한의 행복을 추구하는 윤리·정치관. 주로 19세기 영국에서 유행한 윤리로서, 정치학설에서 공중적 쾌락주의와 같은 뜻이다.

공화제(共和制) : 군주제에 상대되는 개념으로 복수의 주권자가 통치하는 정치체제. 이 제도에서는 국정에 참여하는 대표자·원수는 국민투표로 선출되며, 일반적으로 대통령제나 합의체제 형태를 취하게 된다.

군주제(君主制) : 군주라고 하는 원수 또는 준원수를 가진 정체. 역사적으로는 한 사람이 주권(최고권력)을 가진 정체를 말하며, 귀족제, 민주제 또는 공화제와 구별되었다. 지금은 단순히 군주가 있는 국가 형태를 의미하는 데 그치며, 따라서 그 개념은 역사적이다.

뉴 레프트(new left): 영국 비(非)공산당 좌익의 사상운동으로 신좌익이라고도 한다. 사회주의를 인간 해방과 결부시키고 혁명을 단순한 정치권력 탈취 이상의 것으로 생각하며, 광범위한 문화까지도 정치 대상으로 파악하려고 하는 점이 특징이다.

매스 미디어(mass media) : 매스 커뮤니케이션을 위한 기술. 미디어란 매체·수단이란 뜻으로, 불특정 대중에게 공적·간접적·일방적으로 많은 사회정보와 사상(事象)을 전달하는 신문·TV·라디오·영화·잡지 등이 대표적이다.

미래학(futurology) : 과거 또는 현재의 상황을 바탕으로 미래사회의 모습을 예측하고, 그 모델을 제공하는 학문. 연구가 본격화된 것은 1960년대 이후이며, 미래사회를 대상으로 하는 만큼 누구도 절대적으로 실증할 수 없다는 점이 다른 학문과의 차이다. 현대사회 속에서 미래사회를 시사하는 변화의 조짐을 찾아낸다는 의미에서 미래학은 현재학이라고 할 수 있다.

벤처 비즈니스(venture business) : 산업의 탈공업화, 도시화가 진행되는 과정에서 고도의 전문지식과 새로운 기술을 가지고 창조적, 모범적 경영을 도모하는 모험 회사.

분석 철학(analytic philosophy) : 현대 영·미 철학의 주류. 형식언어 구축을 통한 의미 분석, 일상언어학파의 활동, 논리실증주의 등 논리학과 언어학의 밀접한 연관 속에서 진리에 관한 새로운 의미론적 접근을 시도하는 다양한 경향을 포괄한다.

사적 유물론 : 변증법적 유물론을 역사에 적용한 마르크스주의의 근거가 되는 역사관으로 유물사관이라고도 한다. 역사가 발전하는 원동력을 관념이 아닌 물질로 보아 '의식이 존재를 규정하는 것이 아니라 사회적 존재가 의식을 규정한다'는 사상이 근본을 이룬다. 사회는 물질적 생산관계라는 실제적 토대 위에 성립되는 법률적·정치적 상부구조로써 이루어져, 역사란 하부구조의 변화와 더불어 상부구조가 무너져 새로운 생산양식으로 이행되는 과정으로 본다.

사회계약설 : 정치사회 성립의 역사적·논리적 근거를 평등하고 이성적인 개인 간의 계약에서 구하려는 정치이론. 17·18세기 영국 및 프랑스에서 전개된 이론이며, 부르주아혁명 때는 근대 시민계급의 이데올로기적 기둥으로 중요한 구실을 하였다. 홉스, 로크, 루소 등이 이 이론의 전형적 전개론자로 프랑스혁명의 이론적인 근거를 세웠다.

상대성 이론 : 아인슈타인에 의하여 제창된 현대물리학상 중요한 이론으로, 특수 상대성 이론과 일반 상대성 이론으로 이루어진다. 관측자의 운동 상태에 관계없이 절대성을 가진다고 생각되어 온 지금까지의 시·공간 개념을 부정하고, 시·공간이 각각 관측자에 대하여 상대적으로만 의미를 가진다고 생각하는 점이 이들 이론의 근본적 특징이다.

상품 : 매매 대상이 될 수 있는 유형·무형의 모든 재산. 상업학의 입장에서 보면, 상품은 인간의 물질적 욕망을 만족시킬 수 있는 실질적 가치를 지니며, 또 매매를 위해 이동이 가능한 유체재산을 가리키는 것으로, 유가증권·부동산·상표권 등은 제외된다.

산업혁명 : 18세기 중엽 영국에서 시작된 기술상의 혁신과 이에 수반하여 일어난 사회·경제 구조상의 변혁. 영국에서 일어난 산업혁명은 이후 전세계적으로 확산되어 갔는데, 이런 의미에서 산업혁명을 광의

로 해석하여 농업 중심 사회에서 공업 사회로의 이행으로 본다.

선민사상 : 종교적인 의미에서 신이 특정한 민족 혹은 사람들을 구원하기 위하여 선택했다는 사상. 넓은 뜻으로는 어떤 민족이나 사람들이 자기들만이 우월하다고 생각하는 사상으로 유대교의 이스라엘 선민사상이 대표적이다. 중국의 중화사상이나 독일 나치즘도 선민사상의 일종으로 타민족 지배를 합리화하는 극히 위험한 사상이다.

실존주의 : 20세기 전반에 합리주의와 실증주의 사상에 대한 반동으로 독일과 프랑스를 중심으로 일어난 철학 사상. 인간 정신을 어디까지나 개별적인 것으로 보아 개인의 주체성이 진리임을 주장한다. 제1차 세계대전 후의 '생(生)의 철학'이나 현상학의 계보를 잇는 이 사상은 제2차 세계대전 후에는 문학이나 예술 분야로까지 확대되어 오늘날 세계적 유행사조가 되었다.

양자역학 : M. 플랑크의 양자가설을 계기로 등장한 전기 양자론(前期量子論)의 결함을 극복하여 슈뢰딩거, 하이젠베르크 등에 의해 건설된 이론으로, 양자론의 기초를 이루는 물리학 이론 체계. 원자·분자·소립자 등의 미시적 대상에 적용되는 역학으로서 현재 가장 타당성을 지닌다.

우생학(優生學) : 인류를 유전학적으로 개량할 것을 목적으로 여러 가지 조건과 인자 등을 연구하는 학문. 1883년 영국의 F. 골턴이 창시한 학문으로, 원래 유전학·의학·통계학 등을 기초로 한다. 독일 나치즘의 극단적 우생정책은 인권침해의 대표적 사례다. 이에 대해 환경과 교육 개선으로 인류 개량을 추구하는 학문을 우경학(優境學)이라고 한다.

이노베이션(innovation) : 경제에 새로운 방법이 도입되어 획기적인 새로운 국면이 나타나는 일. 슘페터의 경제발전론의 중심 개념으로, 생산을 확대하기 위하여 노동·토지 등 생산요소의 편성을 변화시키거나 새로운 생산요소를 도입하는 기업가의 행위를 말한다.

이데올로기(ideologie) : 인간·자연·사회에 대해 품는 현실적이며 이념적인 의식의 모든 형태. 사회집단에 의해 공유된 의식형태는 '사회적 이데올로기'를 형성하며, 이 사회적 이데올로기가 구체적인 개인생활을 통하여 내면화하면 '개인적 이데올로기'가 형성된다.

임금 : 고용자와 피고용자 간의 계약에 의하여 성립된 노동용역의 보수. 소득으로서의 임금, 비용으로서의 임금, 구매력이나 가격으로서의 임금이 국민경제적 차원에서 균형을 유지해야 한다.

잉여가치 : 마르크스 경제학의 주요 개념의 하나로, 투하된 자본가치에 대하여 자기증식을 이룩한 가치부분, 즉 투하된 자본의 초과분을 가리킨다. 이윤은 잉여가치가 전화(轉化)된 현상 상태다. 노동시간의 연장에 의하여 생산되는 절대적 잉여가치와 필요노동시간을 단축함으로써 생산되는 상대적 잉여가치로 이루어진다.

자본주의 생산양식 : 자급자족 가족경제에서의 '자기생산', 중세 도시경제에서의 '주문생산'과 달리 이윤을 얻기 위하여 생산되는 재(財)인 '상품'을 생산하는 경제양식. 잉여가치 생산을 목적으로 한다.

자연선택설 : 동종의 생물 개체 사이에 일어나는 생존경쟁에서 환경에 적응한 것이 생존하여 자손을 남기게 되는 일. 자연도태라고도 한다. 다윈은 품종개량에서 행해지는 인위선택에서 유추하여, 자연선택을 생물 진화의 주된 요인으로 제창하였다.

전체주의 : 개인은 전체 속에서 비로소 존재가치를 갖는다는 주장을

근거로 강력한 국가권력이 국민생활을 간섭·통제하는 사상 및 그 체제. 이탈리아 파시즘, 독일 나치즘, 일본 군국주의 등을 가리키는 말로 사용되다가 제2차 세계대전 이후 반(反)공산주의 슬로건으로 전용되었다.

정체(政體) : 국가권력, 즉 통치권의 운용 형식에 따른 정부 형태. 국체는 그 나라 주권의 소재에 따라 국민주권이냐 군주주권이냐의 구분에 의하여, 정체는 그 나라 주권행사의 방식이 입헌적이냐 전제적이냐의 구분에 의해서 규정된다.

착취 : 생산수단의 사유자(자본가)가 직접생산자(노동자)를 생활유지에 필요한 노동시간 이상으로 일을 시켜서 노동생산물 또는 성과를 취득하는 일. 생산수단의 사적 소유가 행해지는 사회에서는 이러한 의미의 착취가 항상 존재하였다.

청교도 혁명 : 1640~60년 영국에서 칼뱅주의 흐름을 이어받은 프로테스탄트 개혁파인 청교도가 중심이 되어 일으킨 최초의 시민혁명.

테크노크라트(technocrat) : 과학적 지식이나 전문적 기술을 소유함으로써 사회 또는 조직의 의사 결정에 중요한 영향력을 행사할 수 있는 사람.

통일장 이론 : 중력현상과 전자기현상을 결합시키기 위해 전자기장도 만유인력장과 동일하게 물리적 공간의 어떤 성질에 귀착시키려는 장(場)의 이론.

파시즘(fascism) : 1919년 이탈리아의 무솔리니가 주장, 조직한 국수주의적이고 권위주의적, 반공적인 정치적 주의·주장. 파시즘이란 이탈리아어 파쇼(fascio)에서 나온 말로 원래 묶음이란 뜻에서 결속·단결의 뜻으로 전용되었다.

페레스트로이카 : 1985년에 선언된 구소련의 사회주의 개혁 이데올로 기로, 정치·경제·사회·외교 분야에서의 스탈린주의의 병폐로부터 시작되었다. 고르바초프에 의한 페레스트로이카는 소연방이 해체되면 서 사실상 사회주의 체제의 포기 및 시장경제로의 전환을 추구하고 있는 현재 사회주의의 붕괴를 촉발시킨 원인으로 평가된다.

페미니즘(feminism) : 여성 억압의 원인과 상태를 역사적으로 밝히고, 여성해방을 궁극적 목표로 하는 운동 및 그 이론. 19세기 중반에 시 작된 여성 참정권 운동에서 비롯되었으며, 자유주의에 근원을 두고 다양한 줄기의 이론이 있지만, 결국 인류의 절반에 해당하는 여성해 방을 통한 인간 해방에 그 목적이 있다.

폴리스(polis) : 고대 그리스의 도시국가. 군주제에 대립하는 국가 형태 로 발생하였으며, 그 기원은 BC 10~BC 8세기까지 소급된다. 자유와 자치를 이상으로 하고, 시민은 씨족 및 종교 공동체 일원일 뿐 아니 라 국가공동체 일원으로서 모두 정무(政務), 군무(軍務)에 종사하였 다. 가장 전형적인 예가 아테네로 그 민주적인 조직은 다른 폴리스에 커다란 영향을 미쳤다.

프로테스탄트 : 16세기 종교개혁의 결과로 로마가톨릭에서 분리하여 성립된 그리스도교 분파. 가톨릭을 구교라 하는 데 대해 신교·개신 교라고도 하며, 로마가톨릭교회 및 동방정교회와 더불어 그리스도교 의 3대 교파를 이룬다.

현상학(phenomenology) : 일반적으로 후설을 중심으로 한 이른바 현상 학파의 철학 운동. 당초 '사상(事象) 그 자체로'라는 표어처럼 의식 에 나타난 것(현상)을 사변적 구성을 떠나서 충실히 포착하고, 그 본

질을 직관에 의하여 파악, 기술한다는 공통적인 지향성을 가지고 있
었다. 본질파악 방법에 의하여 논리학, 윤리학, 심리학 등의 분야에서
많은 업적을 남겼다.